金森敦子

「曽良旅日記」を読む

もうひとつの『おくのほそ道』

法政大学出版局

目次

一、曽良の旅日記は漢字とカタカナで書かれている。カタカナは地名以外は平仮名に直し、句読点をつけた。脇書は〔　〕で括り、意味が通る位置に入れた。

一、曽良が記した時間は不定時法なので、国立天文台発表の二〇一四年の日の出・日の入りを参考にして、曽良がいた県の県庁所在地での現在の時間を算出した。本文では中心になる時刻を一五分程度に区切り、一刻の場合は「前後」とし、一刻を三等分している場合は「頃」を付記しておよその時間を記した。詳しくは巻末の付表2を参照されたい。

出発前に

未知なる東国――シオガマザクラから

『おくのほそ道』は歌枕探訪の旅だった、というのが定説である。事実、結果的にはそうなったのだが、最初の計画どおりに旅立っていたら、歌枕とはあまり関係のないものになっていただろう。

芭蕉は当初、塩釜へ行くことをだけを目標とし、途中にある歌枕には興味を示していなかった。『おくのほそ道』の中で、塩釜までの文章は全体の四割強を占めているが、塩釜まで一気に行けば、これがほとんど省かれることになる。急ぎ足で過ぎたところは書きようがないからだ。風雅を求める文人は歌枕に立ち寄って、一句なり一首なりを作るのがたしなみであった。『おくのほそ道』も歌枕を取り入れた俳文を主にして、歩いた順に並べたものになっている。しかしこれは結果である。東国行脚を企てたのは、塩釜の桜を見るためだったことが、芭蕉自身の書簡からはっきりする。

芭蕉自身が東国行脚のことを記した最初の文書は、元禄二年正月十七日付の手紙である。伊賀上野にいる兄半左衛門に宛てたもので、送金できなかったことを侘び、「北国下向の節立ち寄」るつもりであることが記されている。いきなり「北国下向の節」と記されてもなんのことやらわからない。「北国下向の節」と書けばわかることが前提となっているので、この書簡を出す以前に、兄半左衛門にも東国行脚のことが伝えられていたのだろう。

日付がないのではっきりしないが、前後の状況から元禄二年閏一月末頃書かれたと推定される手紙には、すでにおよそのルートも決まり、あとは暖かくなるのを待つだけになったことが記されている。手紙を受け取ったのは伊賀上野の窪田惣七郎。内神屋《うちのかみや》という屋号をもつ富商で、芭蕉の幼なじみ。心許した親友で、俳号を猿雖《えんすい》といって芭蕉の門弟でもある。左はその抜粋。

> 弥生に至り、待ち侘び候塩釜の桜、松島の朧月、あさかのぬまのかつみふくころより北の国にめぐり、秋の初め、冬までには、みの《美濃》・をはり《尾張》へ出で候。露命つゝがなく候はゞ、又みえ候て、立ながらにも立ち寄り申すべきかなどゝ、たのもしくおもひこめ候（中略）去年《こぞの》たびより魚類肴味《かうみ》口に払ひ捨て、一鉢境界《いっぱつのきゃうがい》、乞食《こつじき》の身こそたふとけれと、うたひに侘びし貴僧の跡もなつかしく、猶《なお》ことしのたびはやつし〳〵して薦《こも》をかぶるべき心がけにて御坐候。其上能《よき》道づれ、堅固の修行、道の風雅の乞食尋ね出だし、隣庵に朝夕かたり候ひて、この僧にさそはれ、ことしもわらぢにてとしをくらし申すべくと、うれしくたのもしく、あたゝかなるを待ち侘びて居申し候。
> 一、宗無老御無事に御座候や。何角《なにか》に付けておもひ出でられ候。尚々江戸御下りなされ候はゞ、節句過ぎには拙者は発足仕り候間、それまでに候はゞ御目にかかりたく候。

と、塩釜の桜、松島の朧月を見ることを心待ちにし、安積沼のかつみ（花菖蒲の原生種）を屋根に葺く頃（端午の節句の頃）には北の国（東国）をまわる予定で、名利を捨てて野《や》に下った貴僧増賀《ぞうが》のように、乞食にも似た旅をするつもりだとその決心を語っている。またこの時点で、出発は三月三日の節句過ぎを予定していたことがわかる。

東北の地理に少し詳しければ、これは妙な文章だと気がつくはずだ。塩釜（宮城県塩釜市）の桜をみてから、五月の節句に使うかつみが生えている安積沼（福島県郡山市）に行き、それから北の国をめぐりたいといっているのだから、芭蕉は塩釜が安積沼の手前にあると勘違いをしていたことになる。芭蕉はこの勘違いに気づいていたのだろうか。

次の二月十五日付け名古屋の桐葉への手紙には、安積沼のことは記されていない。

拙者三月節句過ぎ早々、松嶋の朧月見にとおもひ立ち候。白川・塩竈の桜、お羨ましかるべく候。（中略）仙台より北陸道・みのへ出で申し候て、草臥《くたび》れ申し候はゞ又其元へ立ち寄り申す事も御座有るべく候。もはや其元より御状遣はさるまじく候。

三月節句（三月三日）を過ぎたら早々に松島の朧月を見るために出発する予定である、白河の古関や塩釜の桜を見るのだから、あなたもさぞ羨ましがることだろう、東国行脚のルートは仙台から日本海側に出て北陸道を行き、美濃に出るが、美濃から名古屋へ出る可能性もある、また三月節句過ぎには旅立つので、返事は書かないでくれとある。芭蕉は心浮き立つ気持ちをおさえられずにいたようだ。

次の日の十六日、惣七郎（猿雖）と宗無（伊賀上野の門人）へ宛てて再度の手紙。

又、野心《のごころ》とどまらず候。住み果てぬよの中、行く処帰る処、何につながれ何にもつれむ。江戸の人さえまだるくなりて、又能因法師・西行上人のきびすの痛さも思い知らんと、松嶋の月の朧なるうち、塩竈の桜ちらぬ先にと、そぞろにいそがしく候。うきよの人の大どしも我が桜待つ日におなじからむ。

「野心」は旅心の意。芭蕉にとっては、はじめての東国への旅になる。そこに何が待ちうけているのか、その不安と期待感が「野心」という一語にあらわれている。街道は十分には整備されておらず、道なき道を歩むことになるかもしれない。おそらく困難な旅になるにちがいない。しかし、旅の苦痛を味わってこそ、能因や西行の旅に近づけるというものだ。松島の月に春の朧がかかっている間、塩釜の桜が散ってしまわないうちに到着したい。それで忙しく過ごしているが、それは世間が正月を迎えるために大晦日を慌ただしく過ごしているのと同じだろう、とある。

安積沼のことが消えたにもかかわらず、この二通にも少々おかしいところがある。出発日は依然として三月節句早々。こんなにゆっくりした出発で塩釜の桜を見ることができるのかどうか。

現在、塩釜神社にはソメイヨシノをはじめとして約六百本が植えられているが、ことに名高いのが土地の名をつけたシオガマザクラ。花弁が何十枚も重なる大型の八重桜で、昔から著名なものだった。ソメイヨシノより少し遅れて新暦四月下旬頃に開花し、五月上旬には散っていることが多いという。ちなみに二〇一二年は四月十六日にソメイヨシノやしだれ桜が見頃を迎えたが、このときシオガマザクラは蕾にやや色がついた程度で、満開を迎えたのは四月二十九日であった。ちなみに二〇一二年四月二十九日は元禄二年三月十日にあたる。芭蕉が出発を予定していた三月三日過ぎから一週間もない。江戸時代は今より寒かったが、それを考慮しても遅すぎる。

江戸から塩釜までは奥州道中でおよそ百三十里。江戸時代の成人男子の一日の歩行距離は十里が標準であるから、どこへも立ち寄らずに毎日十里歩いたとすると十三日かかる。逆算すると、満開の可能性が高い元禄二年三月十日に塩釜に到着するには、二月二十七日に出発しなければならない。「三月節句過ぎ早々」では、シオガマザクラを見ることはできない可能性が高いのだ。

芭蕉は白河の関を越えた近くに塩釜があると思っていたのは確実のようである。江戸から白河まで四十八里三十丁。普通で五日、ゆっくり歩いて六日の旅路。塩釜が白河の関近くと思い込んでいた芭蕉は、白河から塩釜まで一日足らずで到着すると思っていたから、三月四日に発てば三月十日に着くという計画をたてたのだろう。

白河の先には須賀川の等躬がいた。芭蕉は以前に等躬と対面しているから、須賀川が白河の先であることは知っていただろう。本格的な東国行脚をする前に、芭蕉はこの等躬に是非とも会っておかなければならなかった。等躬は須賀川俳壇のリーダーで、芭蕉が宗匠になるとき、万句興行に句を贈って助力してくれた恩人の一人。その人に会わずに須賀川を通り過ぎることなどできるはずがない。等躬は奥州道中須賀川宿の宿《しゅく》役人で、問屋《といや》も営んでいた。荷物の逓送が商売だから、街道の様子を聞くにはこれ以上の人物はいない。また「蝦夷文段抄《えぞぶんだんしょう》」（「陸奥名所寄」とも）という本を上梓するほど東国の歌枕に通じていた。等躬に東国の歌枕の所在地を聞かなければ先へは進めない。

理由はそれだけではない。これから長い旅を続けるには、芭蕉は旅をしながら旅費を稼ぎださなくてはならない。それには俳人を訪ねて俳諧を興行する必要があった。等躬は東国の歌枕の所在地のみならず、各地の俳人の消息にも通じていた。どこへ行き、どの俳人を訪ねればいいかを聞くためにも、是非とも会っておかなければならない人物である。

芭蕉が俳諧興行しながら東国行脚をしようとしていたことは、先にあげた十六日の猿雖と宗無宛の手紙の続きからもうかがわれる。

道の具

短冊百枚、是かつゑたる日、五銭・十銭と代《しろ》なす物か

筆箱一　雨用意ござ・鉢のこ

柱杖《しゆぢやう》　この二色《ふたいろ》乞食の支度。

ひの木笠・茶の羽織、例の如し。

短冊百枚あれば、飢えた日の飯代になるというのだ。行く先々で俳席を設け、江戸から来た宗匠として指導をする。その教授料を得ることができたし、そんな折にはたいていは懐紙や短冊が所望される。この揮毫にももちろん謝礼が払われる。その謝礼を当てにしていたことはこの手紙で明らかだし、ちゃんと落款も持参している。

江戸時代の旅は、一日一朱（一両の十六分の二）が旅費の目安だった。贅沢はできないが、これだけあれば食べて旅籠屋で眠ることができる。『おくのほそ道』の全行程はおよそ四百五十里（定説は六百里であるが、実際に計算すると

四百五十里余である。巻末の付表1を参照されたい）。毎日十里歩いて四十五日の行程だから、四十五朱かかる。四十五朱は二両三分一朱。『おくのほそ道』の全行程は、普通に歩けば三両弱で賄えることになる。

今までの旅は出発前に送別句会が催され、その席で餞別を集めて旅費に充てていたが、『おくのほそ道』では内藤露沾《ろせん》（磐城国平城主内藤風虎の次男）の餞別吟と、曽良・嗒山《とうざん》・路通・芭蕉で四吟歌仙を巻いた程度で、華々しい餞別句会が催された気配はない。猿雖に書いたように今度の旅は「やつしやつして薦《こも》かぶるべき心がけ」だったから、旅費を十分に用意していたとは考えにくい。芭蕉庵を「人に譲」って旅費に充てたとみる向きもあるが、芭蕉庵の所有者は杉風だから、売った代金を芭蕉が手にすることはない。大店が軒を連ねる日本橋から、まだ辺鄙な深川にわざわざ隠棲していた芭蕉に、潤沢な旅費を用意できたはずもない。だから芭蕉はどうしても旅の途中で俳席を設けなければならなかった。

俳席は短い形式の歌仙でも一日で終わらないことが多い。迎える方もすぐに帰すことはせず、何日か逗留させて歓待するのが普通だった。塩釜に着く前に俳席を設けたのでは、シオガマザクラは散ってしまう。だから須賀川の等躬に会うのは「塩釜の桜」を見た後を想定していたことになる。塩釜は白河の少し先、そして須賀川からもすぐ近いところにあると芭蕉は勘違いしていたとしか思えない。

しかし、芭蕉は出発を前にしてそれに気づかされることになる。随行者に選ばれた曽良はすぐに歌枕がどこにあるかを調べはじめているから、芭蕉に報告しただろうし、また芭蕉の東国行脚を知った須賀川の等躬からも、塩釜までの距離や歌枕がどこにあるのかを知らされたのだろう。

「三月節句過ぎ早々」の出発だと、一日十里をひたすら歩いても塩釜到着は十三日後の三月十六日（陽暦では五月五日）。室の八島や日光、黒羽は割愛、須賀川での逗留も見送らなければ間に合わない。白河の古関も大急ぎの見物。飯塚（飯坂温泉）に足をのばして「土坐に莚を敷て、あやしき貧家」に泊まる余裕もない。しかもシオガマザクラは散りはじめている可能性が高い。奥州道中は東海道を歩くようなわけにはいかないから、きっちり十三日後に到着するとは限らないし、等躬とゆっくり会うこともできないから、東国の俳人たちの動向も聞けなくなる。当初の計画は諦めて、出発日も延ばさざるを得なくなった。

そのことを記した杉風の詠草が残っている。

翁、陸奥の歌枕見ん事をおもひ立ち侍りて、日比《ひごろ》住みける芭蕉庵の庵を先《まず》破り捨て、しばらく我が茶庵《とあん》に移り侍る程、猶その筋余寒ありて、白川のたよりに告げこす人もありければ、多病心もとなしと、弥生末つかたまで引きとどめて

花の陰我が草の戸や旅はじめ　　杉風

これによれば芭蕉が杉風の別宅である採茶庵《さいとあん》に引き移って旅仕度をしている最中に、東国はまだ寒気が厳しいと知らせてくれた人がいて、持病の多い芭蕉を気遣って杉風が三月末まで引き止めたというのだ。東国の気候の様子を知らせてくれたのは、須賀川の等躬だった可能性が高い。

杉風が書いているように、芭蕉は「多病」だった。胃腸が弱く、時折強い腹痛に苦しみ、痔疾にも悩まされていた。出発日が迫っていたのに、体調は万全とはいえない状態だったのは確かだろう。しかし、それはかりが理由ではなかった。塩釜のある地を勘違いしていたことに気づいたのだ。

シオガマザクラを諦めて出発日を延期したので、急ぐ必要はなくなった。こうして『おくのほそ道』は東国の歌枕を訪ねる文人らしい旅となり、あちこちにいる知友や門人を訪ねて、心ゆくまで風雅を楽しむ余裕もできたのである。『おくのほそ道』の移動日の平均距離は七里半。シオガマザクラに固執していたら、『おくのほそ道』はただ急いで道を進むだけの味気ないものになっていたにちがいない。

「曽良旅日記」の構成

こうして芭蕉と曽良の旅がはじまる。芭蕉の『おくのほそ道』は文学作品だから事実をそのまま書いたものではない。「其の日は雨降り、昼より晴れて、そこに松有り、かしこに何と云ふ川流れたりなどといふ事、たれ〳〵もいふべき覚え侍れども、黄奇蘇新《くわうきそしん》のたぐひにあらずは云ふ事なかれ」（『笈の小文』）と書いた芭蕉である。黄奇蘇新、つまり中国の黄山谷や蘇東坡のようにめずらしいものを新しい表現で書かなければ、紀行文を書く意味がないのだ。芭蕉はその信念の通りに『おくのほそ道』を書いた。『おくのほそ道』は紀行文というより、独立した俳文を道順に並べたものといってもいい。だから文飾があるし、文章を調えるために意識して事実を曲げている部分もある。長い旅だったから単なる勘違いもある。文学作品だから文飾は当然のことで、虚と実のあわいがより効果を高めて、『おくのほそ道』が紀行文学、あるいは俳文学の最高峰であることは誰もが認めるところである。

ところが随行した曽良は、芭蕉が書くまいとしていた「其の日は雨降り、昼より晴れて、そこに松有り、かしこに何と云ふ川流れたり」式の旅日記を毎日つけていた。どこを通り、どこに泊まり、誰と会ったか、芭蕉が何をしたかも記している。「俳諧書留」と名付けられている部分には芭蕉が現場で作った句が記され、『おくのほそ道』は曽良のこうした記録なしでは語ることはできない。

そのうえ時間まで記しているのには驚かされる。普通の旅人は、大雨や吹雪なら記すが、それ以外の天候など記さないのがほとんどである。小雨程度なら普通の日と同じように歩くからだ。また講の代参者の旅日記は報告書でもあり、次回の参考のために廻し読みされるから、個人的な感想は記さないのが普通である。曽良が時間まで記しているのは希な例で、彼が図抜けて几帳面で、雨や曇の日でもだいたいの時間がわかる能力をもっていたからだろう。時間が記されていることで、書かれていないことまで推量できる部分があるのだから面白い。

これから曽良の旅日記に添って『おくのほそ道』をたどっていこう。とは言っても問題がないわけではない。曽良の旅日記は曽良自身の心覚えで、他人に読ませることを想定していない。だから意味が通らないところが度々でてくる。不明なところは不明のままにしておく他ないが、普通の旅人だったらどうしただろうと考えながら進めていきたい。芭蕉は既知の俳人宅では非常な歓待を受けているが、そうした俳人が住む土地にたどり着くまでは、芭蕉と曽良はただの旅人でしかなかったのだから。

曽良が旅に持参した手帳は横本で、縦一一センチ、横一六センチ強、紙数百丁。折った紙の表裏二ページを一丁といい、表をオ、裏をウとあらわす。記述内容は以下のようになっている（『天理図書館善本叢書和書之部第十巻　芭蕉紀行文集』による）。

表紙	
見返し	仙台で記した周辺の歌枕略図。
一オ〜十二ウ	式内社の抄録。下野、陸奥、出羽、越後、越中、加賀、越前。
十二ウ〜十九オ	歌枕の抄録。下野、陸奥、出羽、越後、越中、加賀、越前。
十九ウ	後に記されたらしい壺碑（多賀城碑）の碑銘。
二十オ〜五十二オ	元禄二年三月二十日（二十七日）〜十一月十三日、曽良江戸帰着までの旅日記。『おくのほそ道』の行程が含まれる。
五十二オ〜七十四ウ	元禄四年三月四日〜七月十七日。近畿巡覧の日記。
七十五オ	高泉、丈山の漢詩（元禄四年六月一日、去来・丈草らと一乗寺村石川丈山詩堂を見物した時のもの）。

七十五オ〜九十オ　いわゆる「俳諧書留」。「室八島　糸遊に結つきたる煙哉　翁」から「山中の湯」まで。

九十ウ〜九十一オ　曽良の発句・付句。最終行の句は「六月十一日石山宿」とあり、元禄四年に書かれたもの。

白紙

九十四オ　元禄四年七月十八日から二十五日。近畿巡覧の日記続き。

白紙

九十七ウ〜九十八オ　「古代十六ヶ条」。弓道関係の単語。

九十八オ　「元禄二年七月廿九日書之」とし、「再来の時の句。会有。爪紅粉《つまべに》は末摘花のゆかり哉」と、山中温泉での貞室の逸話の聞き書。

九十八ウ〜見返し　古歌と雑多な記事で、山中温泉以後の足取りに関する地名も記されている。

裏表紙

途中に白紙があることでわかるように、曽良は最初から順に書きとめたわけではない。これを書いた順に整理すると以下のようになる。

一オ〜十二ウ　東北行脚に曽良が随行することが決り、曽良はルート上の主な式内社を書き出した。神道家吉川惟足《よしかわこれたる》に学んでいた曽良にとって意味があっただろうが、『おくのほそ道』にはほとんど関係ない部分である。しかし、「能登国四十二座、不可通故略之」とあり、能登国へ行かないことは最初から決っていたことがわかる。

十二ウ〜十九オ　すぐに続けて、『類字名所和歌集』『楢山拾葉』に拠って調査した歌枕（岩波文庫『芭蕉　おくのほそ道』解題による）が記されている。参勤で江戸にやってきた知友にも尋ねて、目印等もわかった限りを書き入れてある。「歌枕覚書」と呼ばれる部分で、ここにも「能登略」とある。

二十オ～五十二オ　元禄二年の奥州行脚の旅日記。『おくのほそ道』の部分である。右ページが空白になっていて、新鮮な気分で書きはじめたことが感じられる。曽良が江戸に帰着した十一月十三日までが記されているが、伊勢に向うために大垣を出発する九月六日までが「曽良旅日記」としてとりあげられることがほとんどである。この小著では江戸帰着までを追った。

七十五オ～九十オ　芭蕉と曽良が現地で詠んだ句、地元俳人との歌仙などが記されている。実際の旅日記がどれほどの長さになるかわからないので、「曽良旅日記」から多くの空白をとって書きはじめている。「俳諧書留」といわれる部分である。

十九ウ　仙台に行ったときに加之から聞いた歌枕の略図を見返しに書き入れた。

九十八ウ～見返し　古歌や雑多な人名・地名があるが、おそらく山中温泉で芭蕉と別行動を取ることが決ったときに記されたと思われる。

五十二オ～七十四ウ　「曽良旅日記」は五十二丁表の半ばまで綴られ、すぐそれに続けて元禄四年三月四日からの「近畿巡覧日記」が付けられている。いつまでたっても江戸に戻らない芭蕉を迎えに行ったものの、芭蕉はまだ京に着いていなかった。京の落ち着き先がわかったので、この間を利用して曽良は近畿周辺を巡覧した。その時の旅日記である。

九十ウ～九十一オ　曽良の発句・付句。最終行の句は「六月十一日石山宿」とあり、元禄四年の近畿巡覧後に芭蕉と再会したときに書かれたものらしい。『猿蓑』入集の曽良の句が多く記されている。

九十八オ　「再来の時の句。会有。爪紅粉《つまべに》は末摘花のゆかり哉」と、山中温泉での貞室の逸話の聞き書。「元禄二年七月廿九日書之」とあるが、記された位置が不自然なので、何かにメモしておいたものを改めて書きとめたようだ。

九十七ウ～九十八オ。「古代十六ヶ条」。いつ頃記されたのか不明。名古屋での記述か。

なお、曽良はこの旅日記のそれぞれに一切の題をつけていない。「曽良旅日記」「俳諧書留」「近畿巡覧日記」などは後世の研究者が便宜的につけたものである。

曽良が随行したときに旅日記をつけていたことは当時から知られていた。その旅日記を曽良の故郷諏訪の若人という俳人が蔵していることを、『句安奇禹度《くあきうど》』（大坂の竹斎著・文化七年刊）や『蕉門諸生全伝』（仙台藩士の曰人《あつじん》著・文政年中の稿本）などが書いているが、旅日記の全容までは知られていなかった。

『曽良奥の細道随行日記　附元禄四年日記』として全文が活字化されたのは、芭蕉と曽良の東北行脚から実に二百五十四年後の昭和十八年（一九四三）七月、太平洋戦争のただ中のことであった。編者は山本安三郎、発行は小川書房。解読できなかった文字も見受けられるが、これで『おくのほそ道』の実際の旅があきらかになった。

昭和二十七年（一九五二）、角川文庫から潁原《えばら》退蔵・能勢朝次訳註、尾形仂《つとむ》解説『奥の細道』が出され、「曽良随行日記」が収録された（昭和四十二年に潁原退蔵・尾形仂訳註で新訂、平成十五年に全面改訂し『新版　おくのほそ道』として角川ソフィア文庫に収められ、九月三日までの「曽良旅日記」が載せられている）。

昭和三十二年（一九五七）、岩波文庫から杉浦正一郎校注『芭蕉　おくのほそ道　附曽良随行日記』が出され、九月九日までの「曽良旅日記」と「俳諧書留」が収録された。

昭和三十四年（一九五九）、日栄社から阿部喜三男著『詳考　奥の細道』が出された。「『奥の細道』について、関係資料の網羅と従来の諸説の集成とを期して」（「はしがき」より）編まれたもので、関係資料は江戸時代までさかのぼり、諸論が公平な眼で簡潔に収録されている。「曽良旅日記」も載せられているが、『おくのほそ道』本文に関連する日々の日記のみとなっている。

昭和四十七年（一九七二）、八木書店から『天理図書館善本叢書和書之部第十巻　芭蕉紀行文集』が出され、曽良が『おくのほそ道』の旅に持参した手帳の全丁が、白紙も含めて原寸写真で復元された。脇書や曽良が引いた線など、どこに続くのかは校注者によって解釈が微妙に異なる場合もあるが、この復元版により自分の目で確かめることができるようになった。

昭和五十三年（一九七九）、新たに萩原恭男校注の岩波文庫『芭蕉　おくのほそみち』が出され、「曽良旅日記」に加え、「俳諧書留」と江戸中期の芭蕉研究家蓑笠庵《さりゅうあん》梨《り》一《いち》による『おくのほそ道』の注釈書「奥細道《おくのほそみち》菅菰抄《すがごもしょう》」が収録された。

この小著の中で主に利用させてもらったのは以上の六冊である。

この六冊を頼りに、この小著は二人が仙台藩を出るところからはじまる。途中からはじめる理由は、千住出発から書きはじめるといたずらに頁数を増やすだけだし、今まで通説とされていたことと違う考え方ができるのが、尿前の関から多くなるからである。なお曽良は漢字と片仮名で旅日記を綴っているが、片仮名は平仮名に直し、漢字には振り仮名をつけた。

仙台藩出国

関守にあやしめられて（五月十五日）

右の道遠く、難所有之《これある》由故、道をかへて

一　十五日　小雨す。〔二里〕宮〔壱里半〕○かぢは沢〔此辺は真坂より小蔵と云《いふへ》か丶りて〕此宿《このしゆく》へ出たる、格別近し。
○此間《このかん》、小黒崎・水ノ小嶋有。名生貞《ミヤウサダ》と云村を黒崎と所の者云也。其の南の山を黒崎山と云。名生貞の前、川中に岩嶋に松三本、其外《そのほか》小木生《はえ》て有、水の小嶋也。今は川原、向付《むかふにつき》たる也。古《いにし》へは川中也。宮・一ツ栗の間、古《いにし》へは入江して、玉造江《たまつくりえ》成《なり》と云。今、田畑成《になる》也。
〔壱里半〕尿前《シトマヘ》〔シトマへへ取付左の方、川向《むかふ》に鳴子の湯有。沢子の御湯成と云。仙台の説也〕。

関所有、断六ヶ敷《ことわりむづかしき》也。出手形の用意可有之《これあるべき》也。〔壱里半〕中山。
○堺田〔出羽新庄領也。中山より入口五、六丁先に堺杭有。村山郡小田嶋庄小国の内〕。

五月十五日〔新暦七月一日〕、仙台藩を出る。江戸を出発してから四十六日目。仙台藩に入ってから十三日目である。小雨降る日であった。この日は岩手山《いわでやま》〔宮城県大崎市岩出山町〕から出発する。曽良は何も記していないから、旅籠屋に泊まっていたのだろう。岩手山《いわでやま》は岩手の里、岩手の森で詠まれる歌枕で、曽良も「歌枕覚書」の「陸奥」の項の最初にあげている。

玉造郡。仙台より十弐里北西、館町に有。伊達将監。正《（政）》宗初の城跡、山の上に有。

○磐手　しのぶはえぞ知ぬかきつくしてよつぼの碑　ものいはれぬ思に多し。

「しのぶはえぞ知ぬ」は『新古今集』の源頼朝の歌で、冒頭は「みちのくの岩手《いわで》」で、言わないでの意。曾良が「ものいはれぬ思に多し」と書いているように、地名の「いわで」を「言はで」にかけて詠むことが多い。

思へども岩手の山にとしをへて朽やはてなん苔のむもれ木　藤原顕輔《あきすけ》
みちのくのいはでの森のいはでのみ思ひをつくる人もあらなむ　読人不知
見ぬ人にいかが語らむくちなしの岩出の里の山吹の花　読人不知

岩出山から宮まで二里、宮から鍛冶谷沢まで一里半。この辺（宮）は真坂から小蔵（一迫町小僧）という集落を通れば宮までは格別に近いことに気づいた。宮と鍛冶谷沢の間に歌枕の小黒崎と美豆《みづ》の小島がある（前日に芭蕉と曾良は無理してここまで足をのばしているのだが、曾良は改めて記している。なぜ二度も訪れることになったのかは後述する）。

小黒崎と美豆の小島は古今集東歌の「をぐろ崎みづの小島の人ならば都のつとにいざといはましを」で有名だが、曾良は「歌枕覚書」に四条天皇の「みづの小じまにあさりするたづぞ鳴なる波立らしも」を記している。これの最初の五文字は言うまでもなく「小黒崎」。

土地の者は名生貞という村を黒崎といっていた。その南の山を黒崎山という。名生貞の前の川中の岩に、松の木が三本と小さな木が生えているのが美豆の小島である。古くは流れの中にあったというが、今は川原が向こう岸についている。宮と一ツ栗の間は、古くは入江になっていて、玉造江といったが、そこも今は田畑になっている。

小黒崎は松と雑木が混生する標高二四四メートルの岩山で、特に変わった山容ではないから、現在は気をつけていないと見過ごしてしまう。しかし当時は松がびっしりと生い茂って目立っていたらしい。文政十年（一八二七）に鳴子温泉へ行く途中にここを通った水戸藩の儒学者小宮山楓軒《ふうけん》は、「小黒崎あり、古歌の名所なり、高山岩石の間に松樹ひしと生たり。下より観るに最奇なり、問はずして名所を知るべし」と感激している（『浴陸奥温泉記』。原文は片仮名だが平仮名に直した）。帰りにもまた立ち寄って、「曽《かつ》て来りし道なれど、実に名所ほどありて、あかぬながめにありしなり」と、再度しみじみ眺めている。楓軒は古歌に通じていたからこのような感想を抱いたが、歌枕を知らなければ何ということもない岩山である。江戸期には仙台藩直轄の金鉱山であったが、落盤が相次いで死人山《しびとやま》ともいわれていたという（『角川日本地名大辞典　宮城県』）。

美豆の小島は小黒崎から五〇〇メートルほどのところにある。道路から田んぼ道に入ると江合川《えあい》があり、川中に岩がある。これが美豆の小島である。狭い川中に小松が生えただけの変哲のない岩がなぜ有名なのか、今では理解に苦しむが、「奥羽観蹟聞老志」には「高さ二丈余、東西五六歩、南北八九間。蒼松三株あり」とあり、現在よりかなり大きかったようだ。とは言っても、小黒崎も美豆の小島も想像していたより貧弱で、芭蕉も曽良も意外に思ったのではなかろうか。歌枕はイメージの世界のもので、現実に見るとガッカリさせられることが多い。

曽良が出発前に調べていた「歌枕覚書」には「玉造江」も書かれていて、「湊入の―ともつゞけ」、「をく露のとも芦のすへばとよめり」とある。それぞれの和歌は、

湊入の玉造江に漕ぐ船の音にこそ出ね君を恋れど　　小野小町
置く露の玉造江に茂るてふ芦の末葉の乱れてぞ思ふ　　常磐井入道

鍛冶谷沢から一里半で尿前。尿前の手前の左側の川向こうに鳴子の湯がある。沢子の御湯であるという。これは仙台で聞いた。

小黒崎と美豆の小島を見て、さらに江合川の北を通る道をたどって行くと、対岸に鳴子温泉が見え、江合川を渡ると尿前である。尿前には江戸時代以前から関が設けられていたが、天和年間（一六八一～八四）に仙台藩が改めて番所を設置したという。現在の番所の門はのちに移築されたもので、以前は江合川を渡って尿前の集落に入る所に、道をふさぐように建てられていた。

「ここに関所がある。通過するときの断りが難しい。出手形を用意すべきである」。曽良はこう書き、芭蕉も「この道旅人まれなる所なれば、関守にあやしめられて、漸《やうやう》として関をこす」（『おくのほそ道』）と記しているから、かなりきつい尋問をされたようである。何とか通過できたものの、二人にとってはまったく意外な展開で、番所の怖さが身にしみたことだろう。

曽良はなんでこのようなことになったのか、その原因を記している。「出手形の用意これあるべき也」。つまり、出手形を用意していなかったから、このようなトラブルを招いてしまったのである。

トラブルの原因となった出手形、それがどのようなものであったのか、それを考える前に関所と番所について述べておこう。

芭蕉は「関守」と書き、曽良も「関所」と記しているが、尿前の関は正確には関所ではなく、仙台藩が設けていた口留番所《くちどめばんしょ》である。

寛永十二年（一六三五）に改訂された武家諸法度で幕府以外の者が関所を設けることが禁止されてから、「関所」は幕府が設置したものだけをいうようになった。しかし、外様大名たちは徳川家に服従する以前からあった関所を全部廃止することはなかったし、また外様大名に隣接する譜代大名も、隣国外様を警戒して藩境に関門の施設を設けていた。これらを口留番所と称していたのだが、関所と称することができないから呼び方を変えただけで、いかめしい門と柵を作って街道をさえぎり、手形がないと物品や旅人を通さないことは関所と同じである。

だから、芭蕉も曽良もこれを関所と書いた。芭蕉と曽良だけではない、他の旅人もたいていが諸藩の口留番所と関所を混同して旅日記に記している。それもそのはずで、幕府でさえ、脇往還に設置された小規模な関所は口留番所と称したし、幕府が重要な関所へ通達した文書にも「番所」と書かれていることが多い。また大藩では高禄の武士を配置した重要な口留番所を関所と称し、金沢藩のように口留番所の前に堂々と「御関所」と大書した大提灯を掲げているところさえあったのである（口留番所は単に番所ということが多いので以下番所で統一する）。

藩境に関門を作って人の出入りや物資の移出入を監視するのが番所であるが、そこでどのような改めがなされるのかは藩によってちがうし、同じ藩でも幹道に設置された番所と、人がめったに行き交わない間道の番所では改めは同じではない。また時代が下ると廃止されたり、規定が変更されることもある。

共通して重点がおかれたのは、手形を所持しない女性を出国させないこと、藩の専売品が許可なく持ち出されることと、領民の逃亡を阻止することにあった。女性が番所から出ることに厳しい規定を設けている藩が多いが、これは幕府の関所規定に倣ったもので、庶民の旅日記からは、男性・女性にさほどの差があったようには見受けられず、男女ともに手形（手判・切手・通判《とおりはん》などさまざまの言い方がある。入国時に渡されるものを入判《いりはん》、出国の時に納めるものを出判《ではん》といった）を必要とした。

物品に関しては、税を払って許可を受け（物品によってどこで、誰に税を払うか決まっていた）、許可を得た証《あかし》の出判を提出しないと番所から出すことができなかった。領外から入ってくる商品も番所で調べを受けて、税を払ってから持ち込んだり、番所では売り物の物品を書き上げた手判を渡し、商売が終わると残品と照らし合わせて税を払わせ、出判を出すなどが一般的である。売り買いをしない領民も、領外に出るときにはあらかじめ町役人（在郷なら名主や庄屋など）を通して申請を出し、奉行（町人は町奉行、在郷は郡奉行等）が発行した手形を番所に提出しないと領外に出ることができなかった。

旅人に対しては、入国させるときに番所で入判というものを渡す。入判は入国許可証で、怪しい者ではないこと、禁制の品物は持参していないことを証明するもので、たいていの藩では判賃として少額の金銭と引き換えに渡している。つまり入判は売られていたのである。旅人は藩内に逗留している間に奉行所か手判問屋に行き、この入判を出判に書き替えてもらい、出国するときに番所へその出判を差し出す。しかし、入国は自由で、出国するまでに出判を用意するという藩も少なくない。どちらにしても出判がないと出国することができない。この出判は出手形とも呼ばれている。

仙台藩は東北最大の藩でしかも外様大名。表高は六十万石だが、実高は百万石以上あったといわれる。新田開発に力を入れて、一六三二年には江戸に入ってくる米の三分の二は仙台藩石巻港から船で運ばれてくる奥州米だったという（『武江年表』）。石巻港には南部領や福島領など北上川や阿武隈川沿いで穫れた米も運ばれてきたが、一番多かったのはもちろん仙台藩が売った米であった。また長崎から中国へ輸出される干しアワビやフカヒレといった海産物の大産地だったし、馬も生産している。そして鉱山資源も豊富だった。こうした大国仙台藩に幕府は警戒の目を光らせ、仙台藩もまた隣藩に接するあらゆる道に番所を設けて、専売品が移出されないか、隠密など不審人物の侵入がないか、厳重に警備していた。

仙台藩国絵図には、隣接する藩に通じるすべての街道の要所に番所が描かれ、その数は二十九カ所に及んでいる（図1）。番所を通らずには仙台藩に入国できなかったし、また番所を通らずに出国もできないようになっていて、番所を通らずに入国・出国した者は罪人として扱われた。

こうした数多い仙台藩の番所の規定はどうなっていて、出手形は誰がどのようにして出したのだろうか。

芭蕉が『おくのほそ道』を歩く五年前の貞享元年（一六八四）、羽後に通じる山間の街道に設けられた花山番所（寒《ぬる》

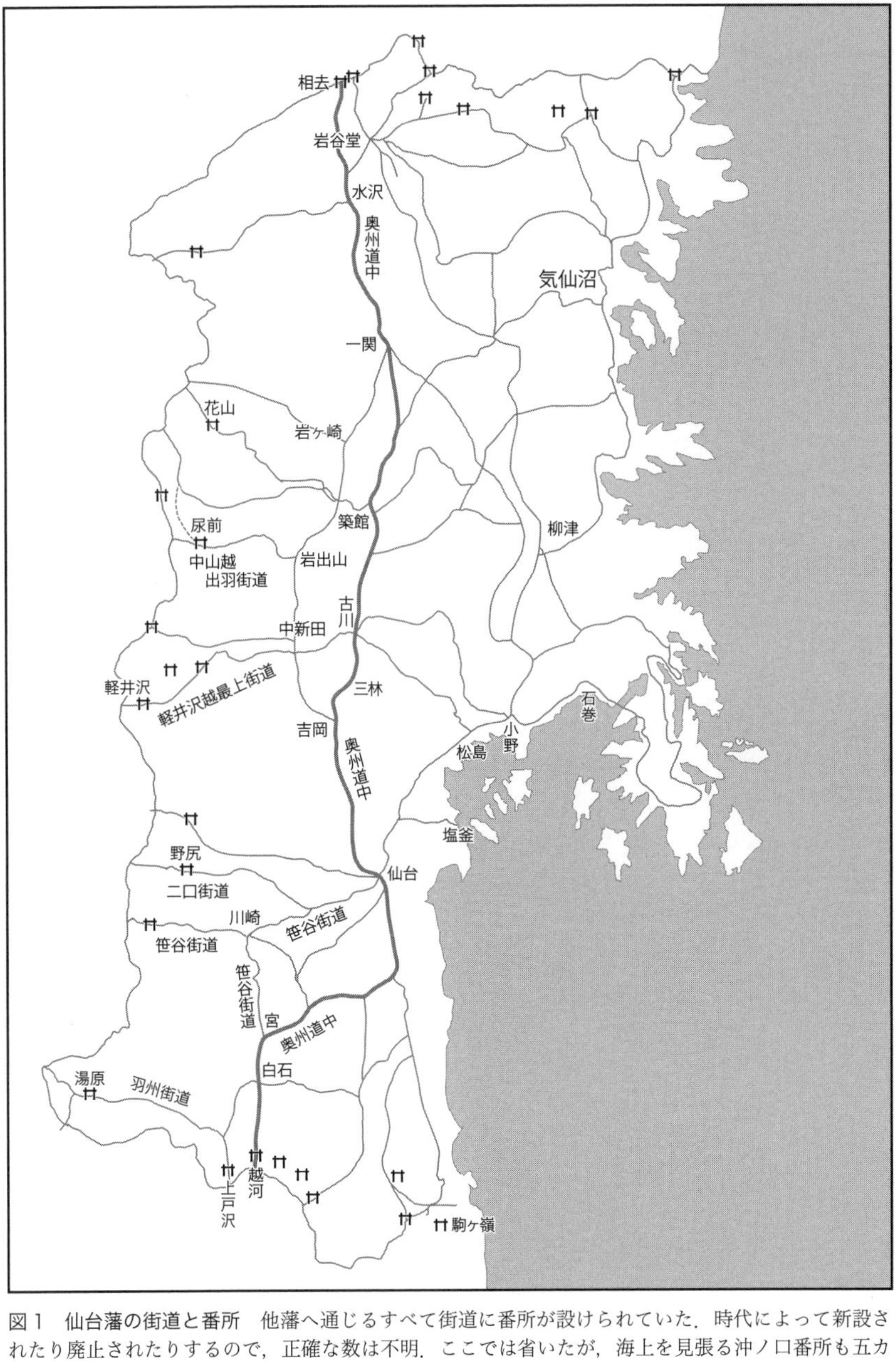

図１　仙台藩の街道と番所　他藩へ通じるすべて街道に番所が設けられていた．時代によって新設されたり廃止されたりするので，正確な数は不明．ここでは省いたが，海上を見張る沖ノ口番所も五カ所設置されていた（『仙台藩歴史事典』をもとに作成）．

湯《ゆ》番所ともいう）に通達された文書は以下のようになっている（「栗原郡花山村山内寒湯　御境目守三浦家文書目録」）。

他領之神社へ参詣之御式目ヶ條之内

一、他領の神社仏閣へ参詣の儀、仙台御町の者は御町奉行衆、在々の者は御郡司衆の通判を以《もって》、御境目可相通《あいとおすべし》、判無之者《はんこれなきもの》は一切相通間敷事《あいとおすまじきこと》

一、諸寺院諸侍衆、上中の者並諸職人たりといふとも、右両役の衆の通判を以可相通事《もってあいとおすべきこと》

右の通《とおり》今度改て申渡候條、其心得御郡司衆へ被申渡《もうしわたされ》、御境目横目衆中へも相通可被申候《あいとおしもうさるべくそうろう》、以上

貞享元年三月十四（日脱）

壱岐
伊賀
内匠
但馬

これによると、たとえば領民が伊勢参りや出羽三山詣などで仙台領を出国する場合、仙台城下に住む者は町奉行所、在郷の者は郡司（郡奉行）から通判（出国許可証）を渡すので、番所ではそれを確認して通す。通判を所持しない者は一切通してはならない。また僧や武士、諸職人を含む庶民も、該当する奉行所の通判を以て通す、となっている。

領内庶民の出判は、町役人や名主が申請書を書いて奉行所に提出しているが、これは彼らを監督する立場の町役人や名主が、旅立つ者が逃亡する恐れのない人物であることを請け負う一札を入れたということである。ちなみに借金が多かったり、素行の悪さが目立つ者は申請書を書いてもらえなかった。領民が無断で他国へ出ることに神経をとがらせていたのは、年貢負担者の領民が逃亡すると人口が減って年貢に差しつかえたからだ。この頃の旅は長期にわたったから、農民なら年貢を納めてから田植えまでの農閑期に行くことが多かった。

この通達は領民が対象で、他国からやってきた旅人に関してはなにも記されていない。だからといって、旅人がフリーパスで仙台藩の番所を自由に出入りできたはずがない。もし旅人がフリーパスならば、領民が旅人と偽って番所から出ることが可能になるからだ。これを防ぐために、旅人が入国・出国する際に何らかの手続きをしたにちがいない。おそらく他藩と同じく、入国させるときに番所で手判を渡し、旅人であることの証明にしたのだろう。

花山番所の元禄十三年（一七〇〇）番所規定には、それに関することが書かれている。関係部分のみ抜き出してみよう。

一、他領の者、伊勢参宮等其外上方見物等に罷通者《まかりとおるもの》、路銭所持申候い（ハ、カ）て入判にて可相通事《あいとおすべきこと》、路銭所持不仕者は堅く相入申間敷事

他領の者が伊勢参宮や上方見物をするために仙台領を通り抜ける場合は、路銭を持っているかどうかを確かめ、持っている者には入判（入国許可証）を渡して通すこと、路銭を所持しない者は決して仙台藩領へ入れてはならない、というものである。

旅費を持っていない者を領内へ入れないのは、領内で物乞いをされては迷惑だし、また病気等になったときには薬を与えて養生させ、その病人が望めば村継で故郷まで送り返さなければならなかったからだ。病人が無一文の場合は、医者代・薬代をはじめ、長期の宿泊と食事の経費も、かかわった町や村が負担することはどこの藩でも同じであった。旅人の行き倒れは、村々にとって財政的な負担が大きかったから、無一文の者を入国させないのは自国を守るための手段であった。無慈悲なようだが、これは仙台藩に限ったことではなく、他藩でも明文化している場合がある。

「伊勢参宮等其外上方見物等に罷通者」とあるが、そのように限定せず、他領から入国する者と広義にとってもいいだろう。旅人は路銭を持っていれば入判を渡され（実際には買うのだが）、仙台藩に入ることができたのである。

しかし、ここでは旅人の入国の場合のみが記され、出国のことには触れられていない。出国には普通「出判」というものが必要だった。この出判が曽良が記した「出手形」にあたるのだが、出判はどこで誰から出してもらうのか、それが明記されていない。

出国の際にどうすればいいのかを番所規定に明記している藩はほとんどない。女性の旅人に関しても、「女　無手形で一切出す間敷《まじき》事」（無手形の女は一切出国させないこと）、「他所の者時々女を召し連れ参り候時、入判を所望致す儀これ有べく候、其者の在所名字を承り、相違なく入判出すべし」（女連れの旅人がやって来ると入判を欲しいと願い出るので、その女の住所や名字を聞いて、間違いなく入判を出さなければならない）などと入国時のみが規定されていて、男性の旅人に対しては何も書かれていないのが普通である。しかし庶民たちの旅日記を読むと、男性も入国時に入判を受け取り、出国までに入判を出判に替えて、それを出国の際に番所に差し出している。ほとんどの藩ではそうした手続きをして出判をもらわなければ出国できなかったのである。

では仙台藩を出国する際に実際にどのようにしていたのか、庶民の旅日記からそれをみてみると、不思議なことに、入判をとったことだけを記すか、またはその入判をそのまま出口の番所に納めたと書いているだけで、出判に書き替えたという記事が出てこないのである。

時代がだいぶ下ってしまう例ばかりだが、年代順にあげてみよう。

「ここ（上戸沢）にて判を取り、湯ノ原役所へ納めるなり」一七六五年。

奥州道中桑折《こおり》から出羽へ通じる羽州街道の仙台領部分を七ヶ宿街道と通称し、福島県との境に近い上戸沢に百石以上の藩士が詰める仙台藩の番所が設けられていた。この旅人は仙台藩上戸沢番所で入判を受け、それをそのまま湯原《ゆのはら》番所に提出している。

「五文、はんせん《(判銭)》、戸沢へ上げ候」一七七一年。

前の例とは反対方向で、湯原番所で五文払って入判をもらい、それを上戸沢番所へ差し出して出国した。

「尿前といふ所に、奥州と出羽との関所あり。此所にて手形入る也。百姓家にて手形をたのみ、番所へ届けもらひければ、女房通達して通す也。あたへ何程と問時、銭十二文盛らっしゃりませとぞ申しける。尿前より中山へ一里半」一七七七年。

この旅人は芭蕉と同じように中山越出羽街道を来て、尿前から出国しようとしている。他の旅人は入判をそのまま出口の番所に差し出して通っているのに、この旅人はここで「百姓家で手形をたのみ、番所へ届けて」もらっている。仙台藩へ入ったのは越河《こすごう》番所からで、ここで入判をもらっているはずである。それを紛失してしまったのか、それとも「手形が必要だ」と言われて、それを入判のことだとは思わずに判賃を出してしまったのかは不明。判賃は五文のはずだが、十二文出している。しかし判賃を出しさえすれば、入判がなくても通れたことがわかる。

「野尾《(尻)》へ、此所御番所有、判銭十文出し、出判をもらい、こすか《(越河)》へ上る。（中略）越河右出口に仙台の御番所有り、野尻にて請候入判此所へ上る」一八二八年。

二口《ふたぐち》街道野尻番所から入国。入国のときに「出判をもらい」とあり、入判がそのまま出判になったことがはっきりわかる例である。判銭十文は一人分。それを越河番所に提出して出国。

「此所に御番所有、御判代茶屋にて一人分十二文宛出し罷通る也」一八六二年。

越河番所からの入国である。番所近くの茶店が旅人の代わりに番所で入判をもらってきてくれた。判賃は十二文。食事をすると茶店ではこうしたサービスをしてくれた。江戸後期になると茶店で番所手続きをする例が各地でみられる。

こうしてみると、仙台藩では入判をそのまま出口の番所に持参すれば出国でき、その入判を手にするためには判賃が必要だったことがわかる。おそらく旅人から受け取った入判にこの番所から出たという裏書をして、その入判（出判）は決まった時期に藩に納められ、処分されてしまったのだろう。入判がそのまま出判になったわけである。

入判料はまちまちで、これは旅人の風体を見て請求したことがあったからだろう。判賃は決められていたはずだが、余計に取った分は関守たちの余録になったと推測される。こうしたことが許されているのは仙台藩に限ったことではなく、他藩の番所や幕府の関所でもみられる。関守役が代々受け継がれる例が多いのは、こうした余録を手放したがらなかったせいもあろう。また請求された金額以外に、すすんで「祝儀」を差し出している旅人もいる。

右にあげた資料はいずれも江戸時代後期のもので、芭蕉が行った当時のことは不明である。もし元禄二年も入判だけで出国できたとするならば、越河で取った入判を出せば尿前番所から出国できたはずで、曽良は「出手形の用意これ有るべきなり」とは書かなかったはずである。芭蕉までが「関守にあやしめられて、漸《やうやう》として関をこす」と書いているのだから、関守の尋問は厳しく、判賃稼ぎのいやがらせ程度のものではなかったはずだ。

入判を出せなかったのは紛失したからとも考えられるが、曽良の几帳面な性格からしてその可能性はないとみていい。汚れて文字が不鮮明だったりすると、これも効力を失ってしまう。汗をかいたり川に落ちたり、またぞんざいに扱ったりすると手形は汚れてしまうから、旅人は厳重に油紙に包んで注意していた。芭蕉と曽良は戸今から一関に向かうときに「合羽も通る」ほどの激しい雨にあっている（五月十二日「曽良旅日記」）。持参の入判が汚れそうなのはこの日だけだが、曽良のことだから万全の注意を払っていたにちがいない。

あとはうっかりして入判を取らなかった場合が考えられるが、はたしてどうだったのだろうか。その可能性があるかどうか、遡って仙台藩に入国したときの曽良の旅日記を振り返ってみよう。

仙台藩入国の検証

芭蕉と曽良が越河番所から仙台藩に入ったのは五月三日のことだった。その日、曽良は旅日記にこう記している。

三日　雨降る。巳の上尅《じやうこく》、止《やむ》。飯坂を立《たつ》。桑折《こおり》〔伊達郡の内〕へ二里。折々小雨降る。
一、桑折とかいた（貝田）の間に〔国見峠と云《いふ》山有〕伊達の大木戸の場所有。コスゴウ（越河）とかいた（貝田）との間に、福島領〔今は桑折より北は御代官所也〕と仙台領との境有〔是より刈田郡の内〕。左の方、石を重ねて有。大仏石と云《いふ》由。さい（斎）川より十町程前に万ギ（馬牛）沼・万ギ（万牛）山有。その下の道、あぶみこふし（鐙毀）と云《いふ》岩有。二町程下りて右の方に、次信《つぐのぶ》・忠信《ただのぶ》が妻の御影堂《みえいだう》有。同晩、白石《しろいし》に宿す。一二三五

これを読んでも曽良が越河から仙台領になったことを十分に意識していたことがわかる。「仙台領の堺」には「是より刈田郡の内」と脇書をしているし、古くから国境の榜示であった大仏石のことも書いている。ここまで記していながら、なぜか越河に番所があったことには触れていない。手判（入判）を取ったかどうかも、曽良の書きぶりでは不明である。

しかし、街道を歩いていていつの間にか番所を通り過ぎてしまったとは考えにくい。越河番所は百石以上の藩士が勤める重大な五カ所の番所の一つで（他の四カ所は駒ヶ嶺・上戸沢・湯原《ゆのはら》・相去《あいさり》。これ以外の番所は百姓たちが番をしていた）、建物は立派だし、番所の門もがっしりと大きく、街道のど真ん中に道をふさいで建てられていた。門の左右には土手が築かれ、領外から来た者はどうしてもこの門から入国しなければならないようになっている（図2）。芭蕉が越河番所を通ったことはまちがいない。旅人が門をくぐると下役人（下番）が名前・住所・入国の目的を聞いて上

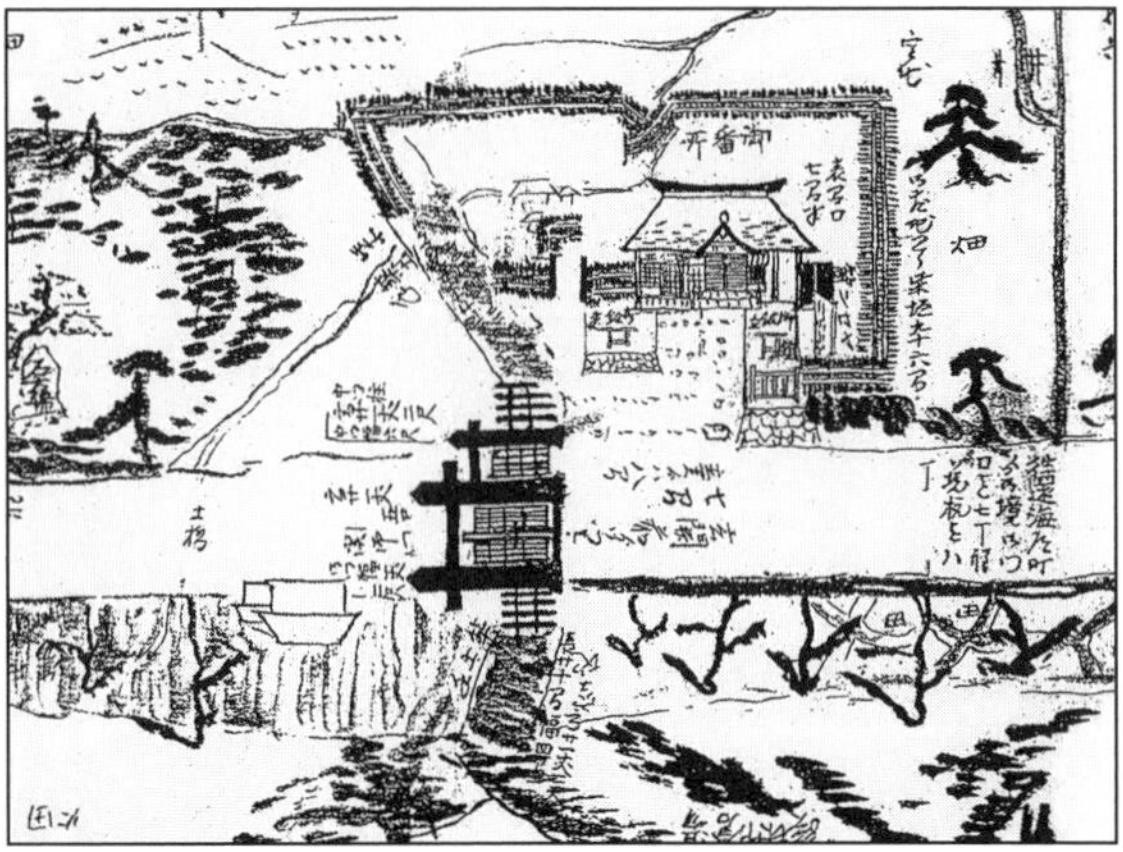

図2　越河番所　門の高さは一丈五尺．両側に土手が築かれ，門以外からは入れないようになっている（『奥州仙台領遠見記』より転載）．

役（上番）に伝え、上番がそれを帳面に書き取って入判を書いてくれる。この時に旅人の面体・そぶりにあやしいところはないかが観察される。少しでも不審があれば身分証明書にあたる往来手形の提示が求められ、尋問される。

芭蕉も曽良も当時の人に比べれば旅慣れていた。とはいえ、それまで芭蕉が旅をしていたのは東海道が主で、関所は箱根と新居《あらい》（浜名湖の西側に設置）にあるが、関所手形が必要だったり取り調べを受けたりするのは女性だけで、男性は原則として笠を脱いで会釈をすれば呼び止められることはなかった。幕府が関所手形を義務づけたのは、江戸方向から来る女性と大量の武器を江戸方向へ運ぶ場合だけなのだが、江戸中期になると、男性でも念のために関所手形を持参するものが多くなり、それが慣習化されてくる。しかしその手形は旅人が泊った旅籠屋が出したものでもよく、形だけのものであった。だから関所といってもやましいことがなければ恐れることはなかった。中山道の関所も碓氷と木曽福島の二カ所。五街道はすべて親藩・譜代の領地を通っているから、最低限の関所だけを設置していた。しかし、関所の設置場所は巧妙に張りめぐらされ、江戸からどの方向へ行くにも、必ず関所を通らねばならないようになっていた。

『おくのほそ道』のルートにある最初の番所が、ここ越河だった。芭蕉と曽良が番所で入国手続きをすることを知らなかったとしても、門をくぐると関守が待ちかまえていたのだから、何の手続きもなしで通ったとは考えられない。かならずやここで入判を取ったにちがいないのだ。

実際に番所を通るときどのような様子だったのか、それを記した紀行文がある。

芭蕉が東北行脚をしてから七十一年後の宝暦十年（一七六〇）、相馬街道（江戸浜街道とも）を北上して駒ヶ嶺番所から仙台藩に入った水戸藩の地理学者長久保赤水は、

駒峯駅に至る。すなわち仙台の封彊《ほうきょう》なり。抱関者「誰ぞ、何す」と。余、跪《ひざまず》き、姓名郷貫《きょうかん》を陳《の》ぶ。糯を請ひ以て出ずる時の信と為し、駅舎前にて榜《ぼう》に懸け、五有司の姓名花押を署《しる》す。厳然たる大国の表なり。

（『東奥紀行』）

と書いている。封彊は国境、抱関者は関守、郷貫は本籍。「糯」は漢和辞典に「肌着、よだれかけ、細かい綾絹、羽織」とあり、これでは意味が通じない。だが「以て出ずる時の信と為し」とあるから正規の入国を証明するもので、入判であろう。「榜」は立て札で制札。「有司」は役人で、番所の制札には仙台藩の家老たち五人の名に花押までが添えてあった。「何者だ、旅の目的はなんだ」と関守が威張って呼び止め、旅人はひざまずいてそれに答えるなど、番所のいかめしい様子をうかがうことができる。

しかし、いかめしい取締りをいつもしていたわけではないようだ。赤水が通ってから六十七年後の安政四年（一八五七）、同じ水戸藩士の小宮山楓軒（小黒崎と美豆の小島を感心して眺めていた人物である）は相馬街道を通り、この駒ヶ峰番所に来て、以下のように記している。

これより仙台領なれど、仙台相馬とも傍示なし。関所あること、赤水紀行に見えたり。もし見咎ぬることあらば、答えんやうあらんと心がまえせしかども、若党召し連れ槍荷《かつ》いだる僕もあり、駕籠馬にて通行せる水戸の士なれ

ば誰何《すいか》せず。制札に仙台家老五人の姓名花押あり。雨降れば書写せず。

（『浴陸奥温泉記』）

幕府の役人が番所を通るときは、あらかじめ奉行所から予告があるのでそのまま通すし、他藩の藩士などもお供の人数を旅籠屋が書き出して前もって番所に提出するので、番所では誰何せずに通した。不用意な誰何は他藩との摩擦の種になることがあるからだ。

ところが一般庶民や文人に対しては、居丈高になることが多かったようで、文化四年（一八〇七）に奥州を旅していた画家の谷文晁は、仙台領の北端にある相去から仙台藩を出るときに以下のように書いている。

宿中仙台よりの番所あり。長柄三ツ道具等飾り、関守下役人と思《おぼ》しき者出《いで》て、何方《いづかた》へ何様（用）にて通ると一々聞く。余が僕用向きは得知らず。南部へ通るとばかり断り過ぎる。

（『婦登古路《ふところ》日記』）

番所では威嚇するために三ツ道具（捕縛用の突棒《つくぼう》・刺叉《さすまた》・袖搦《そでがらみ》）を仰々しく飾っていた。下役人が文晁の下僕に、「どこへ行くのだ、用件は何だ」としつこく聞いてきた。おそらく横柄な口ぶりだったろう。ところが下僕は荷持ちでついてきただけなのでおろおろするばかり。文晁は平然として「南部へ行くんだ」と言い捨てて、そのまま難なく通ったというのだ。関守が旅人の風体や態度によって対応を変えるのは仙台藩の番所に限ったことではなく、各地にそんな関守が多かった。

芭蕉と曾良が通ったのは、百石以上の藩士が詰める越河番所である。仙台藩での百石は微禄といっていいが、百姓が守る番所とは比べものにならない厳重さだった。必ずや誰何され、芭蕉と曾良は入判を取らざるを得なかったのだが、一〇〇パーセントとは言い切れない。なぜなら、越河番所を通りながら、入判もなく仙台藩を見物していた者がいるからである。

秋田佐竹藩御用達の津村淙庵《そうあん》（一七三六〜一八〇六。富商でありながら歌人・国学者としても知られていた）が仙台藩にやって来たのは天明元年（一七八一）八月。久保田（秋田城下）に向かう途中、奥州道中と羽州街道が分岐する桑《こ》折《おり》で、ここから仙台・松島までは近いと聞き（と言っても仙台までは二十里ある）、急遽予定を変更、仙台へ向かった。古歌に造詣の深い淙庵は、「小萱生《（越河）》といふ所は下紐の関のあと也ときこえければ、いくとしか思ひわたりし道こえてこゝろもとくる下ひもの関」と歌枕に敬意を表してのどかに一首を詠み、気分よく歩を進めていった。こうして仙台、塩釜、松島を見物して、仙台長町から二口《ふたぐち》街道を通って久保田へ向かおうとしたのだが、この街道の先、仙台藩の藩境二口峠の手前に野尻番所が控えていたのである。

> 野尻と云《いふ》すく《（宿）》に至る。此国の関あり。二口のたうげ《（峠）》にのぼらんとする麓也。関守人に逢て、しか〳〵めぐりき《（来）》ぬるよしをいふに、小萱生《（越河）》にて入判と云《いふ》ものをとりて、爰《ここ》にて出判に引かふる事也といふ。さるは不破の関屋の心地せしところ成《なり》しかば、それしら《（知）》で過ぎしもいと口おしう覚ゆ。されどわが申《まうし》にまがふすぢなければ、関守ゆり《（許）》てと《（通）》をしつ。あぶなかりし事かなとて、いそぎ過行《すぎゆく》。（「阿古屋之松」）

野尻の番所に来たとき、関守に呼び止められた淙庵は、仙台・松島などを見物してこれから久保田に向かうのだと説明した。禁制品を持っているわけではないので、住所や身分、どこを見てきたかを告げれば難なく通してもらえると思っていたのである。しかし、仙台藩の番所ではそんなことでは納得してくれない。入判を出せと言われても、そのようなものは持っていなかった。仙台藩に入るときに越河の番所で入判をとり、出るときはこの番所で出判に引き替えなければならないのだ、と関守に説明され、そう言われれば越河に不破の関屋のようなものがあったような気がするが、そんな手続きがあるなど知らないままに通り過ぎてしまったと気付いたが、後の祭りだった。不破の関は「人住まぬ不破の関屋の板庇《いたびさし》あれにしのちはただ秋の風」（新古今）の和歌で知られ、荒れ果てている場所の代名詞である。淙庵が行ったときの越河番所は、そんな不破の関を連想させるほど貧弱になっていたらしい。この年の七月五日に、仙台藩は大雨洪水に襲われていた（『仙台藩歴史事典』）。番所では旅人を誰何《すいか》して入判を出すのが仕事なのに、旅人が通っても気づかなかったのは、関守の人数が削減されていたのだろうか。どちらにしてもこれが番所かと、唖然とさせられる。

淙庵がうっかりしていたせいもあるが、旅人が通ったのに気づかず、入判を渡さなかったのはあきらかに越河番所の落ち度である。しかしそんな言い訳が通るはずもない。怪しい者ではないと分かってくれて関守は許してくれた、と淙庵は書いているが、おそらく脂汗を流しながら説明したにちがいない。危ないところだったと急いで通り過ぎた、という文章から、淙庵の心細さとあせりが伝わってくる。

おそらく淙庵は、仙台領で何をしていたかを説明したから通ることができたわけではないだろう。入判には判賃がかかったのだから、それを精算しなければならない。言われた判賃に心付けを加えて関守の手に握らせたにちがいない。脇道を来たために入判をとらず、出国の時に判賃を払っている旅人は他にもいるからだ。

淙庵はのちに寛政七年（一七九五）の跋がある自著『譚海』に仙台藩の番所のことを記している。

奥州仙台に遊ぶ人は、大木戸を入れば越河といふ所にて入判といふものをもらふ。銭三文を出してもらふ事なり。仙台を出る時は、いづくの出口にても又出判をとりて出る。五銭（注・五文）をいだしてとほる事なり。

仙台藩は入国時に三文出して入判を取り、出国する時もまた五文の判賃を払って出判をもらわなければならないとあるのは、この時の苦い体験からそう勘違いしたのだろう。前にあげたさまざまの旅日記にあるように、淙庵が行った時代は入判だけで出国できたはずである。

淙庵は『譚海』に、仙台藩では入判・出判ともに判賃がかかると書いてしまった。出判を取るのが普通だったから、そう勘違いしたのである。藩境が山や川になっていれば番所を設けやすいが、平野だと番所を設けても抜け道はいくらでもあるという場合もある。しかし仙台藩は東は海、西と南が山、北は川が藩境になっていて、他藩に通じる街道のすべてに番所を設置していたのに、入判のみで出判がなかったというのはまことに不思議なことである。

出国の事例

芭蕉が仙台藩に行く以前から、東北の多くの藩では旅人に入判・出判の所持を義務づけていた。入国したら、出国までに奉行所に入判を届けさせて出判を出す。それぞれに日付が入るから、旅人が不自然に長期間逗留していれば怪しい者かもしれないということになる。旅人に許されている宿泊は、江戸・京・大坂等の大都市を除けば、どこの国でも旅籠屋では原則一泊であった。商用や病気、また親類の家に幾日か逗留する場合は、泊める者がその理由を書いて、何日に出立すると届け出なければならなかった。病気が治らなかったりすると、再度、あるいは再々度、届け出をしなければならない。普通の旅人は通り抜けだから、入国から出国までそれほどの日にちはかからない。奉行所や出口の番所では、この日付にも注意を払った。そして出判には出国する番所が明記されているから、それ以外の番所から出国しようとすると面倒なことが起こった。幕府の関所だと、宛名違いは絶対に通してくれない。だから旅人は申請した出口の番所に向かって道を急いだのである。旅人を早々に領内から出そうとした藩の意図どおりである。

では他藩では入判・出判をどのようにして出し、その文面はどのようなものだったのだろうか。

たとえば仙台藩の北に隣接する盛岡藩（南部藩とも）では延宝七年（一六七九）に、藩境を通る者はすべて証文（入判・出判）を持たなければならないと布達している。

この中に、仙台藩の領民が盛岡藩領を通って秋田へ行く際に、鬼柳番所（盛岡藩番所）で出す入切手（入判）の例文が載っているのでそれをあげてみる（『藩法集6　盛岡藩』『北上市史　第十一巻』に所収）。

一、仙台より百姓町人秋田へ用事これ有、罷り通り申したく願い出候節入切手認め方

何郡何村か何町誰、右何人爰許御関所へ入来、秋田領何村か何町誰所へ用事これあり罷り通りたきに付き入切手願い出候間、吟味を遂げ一宿の外逗留の儀相成らず旨申し含めさせ入切手如件

旅人は、住所・名前・人数、どこの番所から入国してどこへ行くのか、用事は何なのかを書いた入判をもって町奉行所へ行き、出判に換えてもらうのである。『藩法集』には「他国の商人・御領内町人御境通手判、御町奉行相出、控帳年寄共え相渡可申事」とあって、他国の商人や領内の町人は町奉行所が「御境通手判」、すなわち出判を出すと書かれている。禰宜や山伏、学問僧や出家が他領へ出るときも同様に町奉行が出判を出した。

少し後世のものになるが、同書には江戸まで行く他領者に対して、町奉行が出す出判例文も載っているのでそれも抜き出しておく（鬼柳番所が貞享三年・一六八六年から天保八年・一八三七年までの重要と思われる定目や番所日記からの抜き書きや、藩が出した法令などをまとめた「関勤録」の中にある。『北上市史　第十一巻』に所収）。

何所何町之誰下壱人相連乗下《のりした》風呂敷包壱ツ持江戸へ罷登候条御通可有候《まかりのぼりそうろうじょうおとおしあるべくそうろう》。以上

年号月日　盛岡　御町奉行

鬼柳御関所

と、ここにも住所、名前、連れの人数、鞍下の荷物、行き先が記され、発行日と宛先の番所が明記されている。

もう一つ、出羽国鶴岡藩（庄内藩）の例もあげてみよう。以下は寛文六年（一六六六）鶴岡の大庄屋川上四郎右衛

門が御用帳に書き留めたもので、新庄藩の領民が鶴岡藩を通って名古屋へ引っ越す際のものである（『鶴ヶ岡大庄屋川上記　上巻』所収）。

女壱人男壱人、羽州新庄より尾張の名古屋へ罷越し候間、道中御関所相違なく御通し下さるべく候、其の為仍如件

寛文七年未三月十七日

戸沢能登守内

戸沢　玄蕃

所々御改衆中

□□□□村の俊左衛門と申候同女房、男女二人に出判《ではんだす》出

未三月二十日

一、吉左衛門様より御書きだし、市太夫殿・七郎右衛門殿御三人の印判表の女壱人、男壱人男女合わせ弐人、御関所相違なく相通さるべく候、断りのふみこれ有候、以上

この旅人が鶴岡藩を出るために最初に訪ねなければならないのは、旅人の出判を申請してくれる鶴岡の大庄屋川上四郎右衛門である（酒田や大山でも申請ができた）。ここで国元の新庄藩戸沢玄蕃が書いてくれた「女一人男一人が尾張名古屋まで行くので、道中にあたる番所を間違いなく通してくださるように」という文書を差し出す。大庄屋はこの「女壱人男壱人」が□□□□村の俊左衛門とその女房であることを確かめ、戸沢玄蕃が書いた文書を別紙にそっくり写し取って、旅人に戻す。その際御用帳にも同じ文面を書き留める。写しとった書面を奉行所へ持参すると、奉行所ではその裏に「表の女壱人、男壱人男女合わせ弐人、御関所相違なく相通さるべく候」と書き（これが裏書である）、奉行の吉左衛門・市太夫・七郎右衛門がそれぞれ署名捺印すると、これが出判となる。

奉行たちの名前と印判の印形は鶴岡藩の各番所が保管していて、それと照合するので、他の者の名前や印判では通してくれない。そして、行き先によって出国する番所が自ずと決まるので、出判はその番所宛になる。鶴岡藩では、はじめは大庄屋がこうした手判手続きをしていたが、後年になると旅人が泊まった旅籠屋が判賃を取って奉行所へ行ってくれるようになる。

鶴岡藩が設けていた番所は十五カ所。最上川の船着場になっていた狩川通には清川番所、櫛引通は大網番所と田麦俣番所、越後に続く小国街道には小国番所と小名部《おなべ》番所、小国街道の脇道にあるのが関川番所、海岸沿いの山浜通りには鼠ヶ関番所、北の羽後に通じる街道には吹浦《ふくら》番所と女鹿《めが》番所、その他仙台領に通じる山越えの脇道の立矢沢、中ノ俣、升田、坂本、青沢、新升田にも番所が設けられていた。二重に設けられている番所だと、最初の番所で判賃を払って印判を押してもらい、二番目の末番所にそれを納めて通ることになる。すでに出判に書き替えるための判賃を奉行所か旅籠屋に支払っているので、鶴岡藩は旅人から二重に判賃をとっていることになり、旅人からの評判が悪かった。

米沢藩での番所手続きは、入口の番所で入判をもらい、それを米沢城三の丸にある奉行所に持って行くと、奉行が出口番所宛の出判を作ってくれるので、それを出して出国することになっていた。とは言うものの、実際には他国者である旅人は三の丸に入ることができなかったから、旅籠屋が宿泊した旅人に代わって三の丸の奉行宅に行き、入判を出判に書き替えてもらうことになる。

米沢藩では最初から判賃を取るという規定はなかったのだが、旅籠屋が判賃と称して旅人から謝礼を受け取るという悪習が生まれていたので、これを改めるべく安永四年（一七七五）に城外の大町に判所を設けて、旅人が直接手続きをすることができるようにした。これにより旅籠屋の仲介がなくなり、入判・出判とも無料になった。さらに米沢城下に用のない旅人を、出判手続きのために米沢城下まで迂回させるのは難儀をかけるというので、安永八年（一七七九）には出口の番所でも旅人が持参した入判を出判に書き替えることができるようにしている。旅人にとって米沢藩はありがたい藩であった。

このように東北のほとんどの藩では入口の番所で名前、住所、用向き、所持品、どこへ行くのかを問い、旅人は判賃を払って、それらを記した入判を手に入れて入国。その領内にいる間に奉行所で入判を出判に替える手続きをしている。その出判には出口にあたる番所の名前が明記されているのが普通だったのである。

ところが仙台藩では入判を出し放しで、しかも宛先の番所名が記されていないから任意の番所から出国できたらしい。これでは旅人がまだ領内にいるのか、それとも出国したのかを把握することは難しかったろう。どこの番所から出国せねばならないということもないので、旅人はあちこち歩きまわっても平気、隠密活動がばれそうになったら近くの番所からすぐ逃げ出すことができるのである。仙台藩は大国でありながらなんとも無防備な国だったと言わざるを得ない。

今まであげた資料から推測すると、越河で取った入判を尿前番所に提出すれば、芭蕉と曽良は足止めを喰らうはずがなかった。しかし、面倒が起こってしまった。大事な入判を受けなかったのだろうか。津村淙庵のように越河番所を何事もなく通り過ぎた例もあるが、それは不破の関屋のように荒廃していた場合のみで、特例であろう。元禄二年の仙台藩には藩政をゆるがすような事件はおこっていない。宝暦五年（一七五五年）の飢饉以後は目もあてられない悲惨な状況が相次ぐが、この当時はまだ稔り豊かだった。一揆もおこっていないし、大火災も地震もなかった。越河番所が不破の関屋のようになる原因は見あたらないから、改めを受けて入判を取ったことは間違いないだろう。

仙台藩では入判を出口の番所に出せば出国できたのなら、曽良はなぜ「出手形の用意これあるべき也」と、わざわざ「出手形」と書いたのだろう。文面通りに解釈すれば、入判を持参するだけでは出国できず、出判が必要だったことになる。それとも「出手形を出せ」と言われ、入判がそのまま出判になることに気づかず慌ててしまったのだろうか。

出手形の事を抜きにしても、芭蕉と曽良は番所で怪しまれる要因を作っていた。

尿前番所に行き、越河番所で取った入判を渡すと、関守はまず入国日に注目したはずである。仙台藩を縦断しても越河から相去までおよそ五十里。普通なら六日、ゆっくり歩いても七日で国境に出る。それなのに芭蕉と曽良が尿前に着いたのは仙台藩に入って十三日目のことだった。「どこへ行った、何をしていた」となるのも無理はない。

芭蕉が奥州へ行った頃には歌枕をたずねる風流人などいなかった。街道からはずれた歌枕を訪ねたからと正直に説明しても、関守には理解できなかったろう。また塩釜から登米、一関、岩出山、鳴子と歩を進めた行程は、商人以外の旅人があまり通ることのない脇往還である。旅人は正規の街道を通ることになっていて、脇道を通っていると住民からの通報で役人が出張ってきて、厳重注意を受けて街道に戻されることになっていた。この決まりは仙台藩だけでなく、全国的にそうなっていた。隠密が田舎などをまわってさまざまなことを嗅ぎ出すのを警戒したのである。正直に話せば話すほど、関守の疑いは深まったことだろう。

芭蕉と曽良が持ってきた入判は越河番所が出したもので、行き先は尾花沢。普通の旅人だったら、軽井沢越最上街道を通るだろうに、遠まわりになる中山越出羽街道に来て尿前から出国しようとしている。しかも、越河から尿前までは三十五里前後で、四日か五日で抜けられるのに、十三日もかけている。入判の文面だけ見れば、誠に怪しいのである。

芭蕉と曽良が仙台藩を出国する際に、急遽コースを変えるという変則的な動きをしている。なぜそのようなことをしたのか、再度日付を遡ることになるが、尿前に行く前日の曽良の旅日記をひもといてみよう。

一関から岩手山へ（五月十四日）

五月十四日（新暦六月三十日）、一関（一関藩は三万石。仙台藩の支藩である）を発った二人は、鈴木清風がいる尾花沢（山形県尾花沢市）へと向かった。

　須賀川の等躬宅を訪問してからは、俳席が設けられていない。曽良は旅費が少々心配になったことだろう。芭蕉は須賀川の等躬宅から江戸の杉風に宛てた書簡に、「出羽清風も在所に居候よし、是にもしばし逗留致すべく候」（元禄二年四月二十六日付）とあり、清風が在宅していることを確かめ、再会を心待ちにしていた。目的地は一路尾花沢の清風宅だった。だが入判にはこのような私的な事情は何一つ記されず、越河番所から入国し、尾花沢へ行くと書かれているだけである。普通の旅人なら越河から奥州道中を北上し、吉岡か古川《ふるかわ》から軽井沢越最上街道へと行くだろう。しかし、芭蕉と曽良は平泉を訪れたので一関から南下。それも奥州道中ではなく、上街道と呼ばれた西側の脇往還を歩いている。『吾妻鏡』に「松山道　到津久毛橋《つくもばしにいたる》」（文治五年八月二十一日の条）と出てくるのが上街道で、松山道・松山街道とも称された古い道である。脇往還であるから、奥州道中とくらべると宿駅の整備は十分とは言い難かった。奥州道中ならば宿場には東海道のような賑わいはないものの、幹線道だからここを歩いている限り旅人の安全は最低限保証されていた。さらに奥州道中の金成《かんなり》と沢辺の間には義経の腰かけ石・芭蕉が見損ねた歌枕の姉歯の松、古川には緒絶の橋もあったのである。

　芭蕉がこれらの歌枕を無視して上街道を選んだ理由ははっきりしないが、この道が一番近かったし、また古道に対する思い入れがあったのかもしれない。

　曽良の「歌枕覚書」には、

松嶋〔三里半〕大松沢〔二里半〕三本木〔是にて南部へ仙台よりの道に出合《であふ》〕古川〔緒絶橋有〕荒や町〔此辺にて野々たけ見ゆる〕高清水　月館（築）〔此辺姉歯村へ近し〕宮野　沢辺　金成　有壁　一ノ関　一里　山ノ目
松嶋より一ノ関迄二十里程

という鰭紙《ひれがみ》が貼り付けられている。松島から一関へのルートで、普通ならこの道を行くのだが芭蕉は石巻へと向かってしまった。それが本当に「終に路ふみたがえて、石の巻といふ湊に出」（『おくのほそ道』）たのか、故意だったのかは不明だが、曽良はあとになって、この道を行けば緒絶の橋や姉歯の松を見ることができたのにと、この紙片を貼り付けたようである。松島を出たときには、芭蕉と曽良はまだ姉歯の松と緒絶の橋がどこにあるのかはっきり知らなかったらしい。

石巻で「あねはの松・緒だへの橋など聞き伝へ」ただけで見ることはできず、「袖のわたり・尾ぶちの牧・まのゝ萱はらなどよそめに」見たに過ぎなかった（『おくのほそ道』）。こうした歌枕に関心を寄せていたことは「歌枕覚書」の記述からも明らかである。曽良が記した歌枕を全部見ようとすれば、石巻から小野まで戻り、奥州道中の古川へ向かわなければならなかった。奥州道中に出れば古川、荒谷《あらや》、高清水、築館、宮野、沢辺、金成、有壁、一関と宿場が続き、古川には緒絶の橋が、沢辺の近くには姉歯の松と、これも歌枕のつくも橋がある。これらは石巻の袖の渡や尾駮の牧・真野の萱原にくらべるとずっとメジャーな歌枕だから、石巻へ行かずに、小野から奥州道中に向かっても良かったのだが、そうしなかったのは、『おくのほそ道』にあるように「終《つい》に路《みち》ふみたがえて、石の巻といふ湊《みなと》に出《いづ》」が事実であったからだろうと思われる。当時の塩釜、登米、一関のルートは旅人が歩くような道ではない。

一関から奥州道中を行くと、途中の沢辺で姉歯の松を見て築館まで七里余、緒絶の橋がある古川までだとおよそ十二里半。それぞれから西に向かい、岩出山までは、築館からは五里余、古川からは七里余。一関から岩手山までの合計距離は、築館・真坂経由が十三里弱、古川・中新田経由は二十里ほどで、いずれも二日はかかることになる。紅花の開花時期が迫っていて、あまりのんびりしてもいられない。紅花が咲けば、清風の稼業が忙しくなってしまうからだ。それで最短距離である下街道を行くことにしたのかもしれないが、一日早く到着してもほとんど意味はなかったろうにと思われる。

曽良がその日の行程をやたら詳しく記しているのは、脇街道に入ると道がわかりにくくなることが予想されるので、事前に一関で岩出山までの道を聞いていたからだろう。また歩きはじめてからも道を確かめたらしく、脇書や矢印が目立つ。

一　十四日　天気吉。一ノ関〔岩井郡ノ内〕を立《たつ》。〔四里〕岩崎〔栗原郡也。一ノハザマ。藻庭大隅。三リ〕真坂〔三ノハザマ。栗原郡也〕岩崎より金成へ行中程に〔此間に二ノハザマ有〕つくも橋有。岩崎より壱里半程、金成よりは半道程也。岩崎より行ば、道より右の方也。〔四リ半〕岩手山〔伊達将監〕。やしきも町も平地。上の山は正(政)宗の初の居城也。杉茂り、東の方、大川也。玉造川と云。岩山也。入口半道程前より右へ切れ、一ツ栗と云村に至る。小黒崎可見《みつべし》との義也。〔二里余〕遠き所也故《なるゆえ》、川に添廻《そひまはり》て、及暮《くれにおよび》、岩手山に宿す。真坂にて雷雨す。乃《すなわち》晴、頓《やが》て又曇て、折々小雨する也。

中新田町《なかにひだまち》　小野田〔仙台より最上への道に出合〕　原ノ町　門沢《かどさわ》〔関所有〕　漆沢　軽井沢　上ノ《かみの》畑《はた》　野辺沢　尾羽根沢　大石田〔乗船〕

岩手山より門沢迄、すぐ道も有也

右の道遠く、難所有之《これある》由故、道をかへて

一　十五日　小雨す。〔二里〕宮〔壱里半〕○かぢは沢〔此辺は真坂より小蔵と云《いふ》かゝりて〕、此宿《このしゅく》へ出たる。格別近し。

○此間《このかん》、小黒崎・水ノ小嶋有。名生貞《ミヤウサダ》と云村を黒崎と所の者云也。其の南の山を黒崎山と云。名生貞の前、川中に岩嶋に松三本、其外《そのほか》小木生《はえ》て有、水の小嶋也。今は川原、向付《むかふにつき》たる也。古《いにし》へは川中也。宮・一ツ栗の間、古《いにし》へは入江して、玉造江成《たまつくりえなり》と云。今、田畑成《になる》也。

〔壱里半〕尿前《シトマヘ》〔シトマへへ取付左の方、川向《むかふ》に鳴子の湯有、沢子の御湯成と云。仙台の説也〕。関所有、断六ケ敷《ことわりむづかしき》也。出手形の用意可有之《これあるべき》也。〔壱里半〕中山。

○堺田〔出羽新庄領也。中山より入口五、六丁先に堺杭有。村山郡小田嶋庄小国の内〕。

十四日、天気は晴。一関を出発した。一関は岩井郡の内である。一関から岩崎（宮城県栗駒町岩ヶ崎）まで四里。岩崎は栗原郡で、一の迫《はさま》がある（これは曽良の勘違いで実は三の迫。迫は山にはさまれた狭い場所を流れる川のことで、北上川にそそぐ迫川の支流。栗原郡にはこの支流が三つあり、それぞれが地名となっていた）。伊達家の重臣の藻庭大隅の知行地。岩崎から三里で真坂《まさか》（一迫町《いちはさま》）。真坂も栗原郡である（一関から真坂までは七里である。普段の二人の速度だと真坂に泊まってもおかしくはないが、真坂に適当な旅籠屋が見つからなかったのかもしれない）。真坂と岩崎の間に三の迫（実は一迫）がある。朝は晴れていたのに、真坂で突然の雷雨になった。岩崎から金成《かんなり》へ向かえば、歌枕のつくも橋がある（文治五年八月に平泉から頼朝の軍に追われた藤原泰衡が殺された場所で、近くの信楽寺跡に泰衡の墓がある）。二の迫もこの間にある。つくも橋は岩崎から一里半ほど、金成からだと半里ほどの距離で、ここ岩崎から行けば道の右方にあるという。雷雨はすぐにやみ青空も見えたが、間もなく曇って時々小雨になったので、岩崎からそのまま岩手山に向かった。真坂から岩手山へは四里半、ここは伊達将監の知行地である。屋敷町は平地にあり、上の山に伊達政宗がはじめて建てたという居城がある。杉が茂っていて、東の方の大きな川は玉造川といい、岩山に沿って流れている。岩手山町の半里手前から右に道をとり、一ツ栗（岩出山町一栗《いちくり》）という村に向かった。そこから西へ江合川《えあい》の上流にある歌枕の小黒崎を見ようというのである。小黒崎は二里余もある遠い所と聞いたので、街道は通らず、川に沿って近道を行き、日が落ちてから岩手山に宿った。

曽良が記した道順をたどると、一関から岩出山までは十一里半。これに小黒崎・美豆の小島を見て岩出山へ戻る分を加えると、一関からは合計十五里余。およそ六〇キロメートルで、『おくのほそ道』で一番の長丁場である。一日にこれだけ歩いたのは、歌枕の小黒崎・美豆の小島を見る機会はこの日しかないと思ったからにちがいない。しかし歌枕に着いたときは夕暮れになっていて、ゆっくり見ることはできなかったろう。疲れた足を引きずり、その夜は岩出山に泊まる。ちなみに岩出山小学校の下あたりの旅籠屋に泊まったという伝承があり、芭蕉像と「奥之細道芭蕉一宿の地」の標柱が建てられている。

芭蕉と曽良は翌日には岩出山からこのまま南下して軽井沢越最上街道を行く予定だったことは、前日に小黒崎・美豆の小島へ足をのばしていることと、「曽良旅日記」の十四日の後半に記された「原ノ町、門沢、漆沢、軽井沢、上ノ畑、野辺沢、尾羽根沢」という地名が、全部軽井沢越最上街道の宿場の名であることからも推察できる。岩出山から中新田、そして小野田へ、小野田からは尾花沢へ通じる軽井沢越最上街道を通って尾花沢へ行くつもりでいたらしい。さらに尾花沢で清風と旧交をあたためてから大石田に出、船で最上川を下って羽黒山へということまで予定されていた。また、小野田には仙台から最上へ通じる道があること、門沢には関所（番所）があること、ここ岩出山から門沢までは近道もあることが記され、曽良は十分に下調べをしていた。

曽良が記していたこの軽井沢越最上街道は、銀山越とも称されていた。この名でわかるように軽井沢越最上街道には銀山があった。延沢銀山で、曽良は「野辺沢」と記している。大正ロマンで売り出した銀山温泉にある廃坑といった方がわかりやすいだろう。採掘は慶長年間からといわれ、元和八年（一六二二）頃が最も盛んであった。寛永十一年（一六三四）には幕府直轄鉱山となり、人口も二万人に達して、「出羽の銀山裸でいても、かねや宝は掘り次第、かねがほしけりゃ最上へ往けよ、最上銀山かねがわく」と唄われるほど隆盛を極めたという。しかし正保四年（一六四七）頃には坑内に水が湧いて産出量が激減、元禄十五年（一七〇三）には鉱夫たちも山を下りてしまい、廃坑状態になってしまう。

芭蕉が行った頃、銀山の賑わいは過ぎ去り、銀山へ生活物資を運ぶ馬の姿は少なくなっていた。しかし、出羽三山への道者《どうしゃ》（参詣の旅人）が行き交い、上方・松前からの北前船の物資は酒田から最上川を遡る川船に乗せられて大石田で下ろされ、この道を通って奥州道中筋の各地へ運ばれていった。当時、仙台領と尾花沢のある最上地方をつなぐ一番人通りの多い道といえば、この軽井沢越最上街道だったのである。芭蕉と曽良がこの街道を行こうとしたのも当然だった。

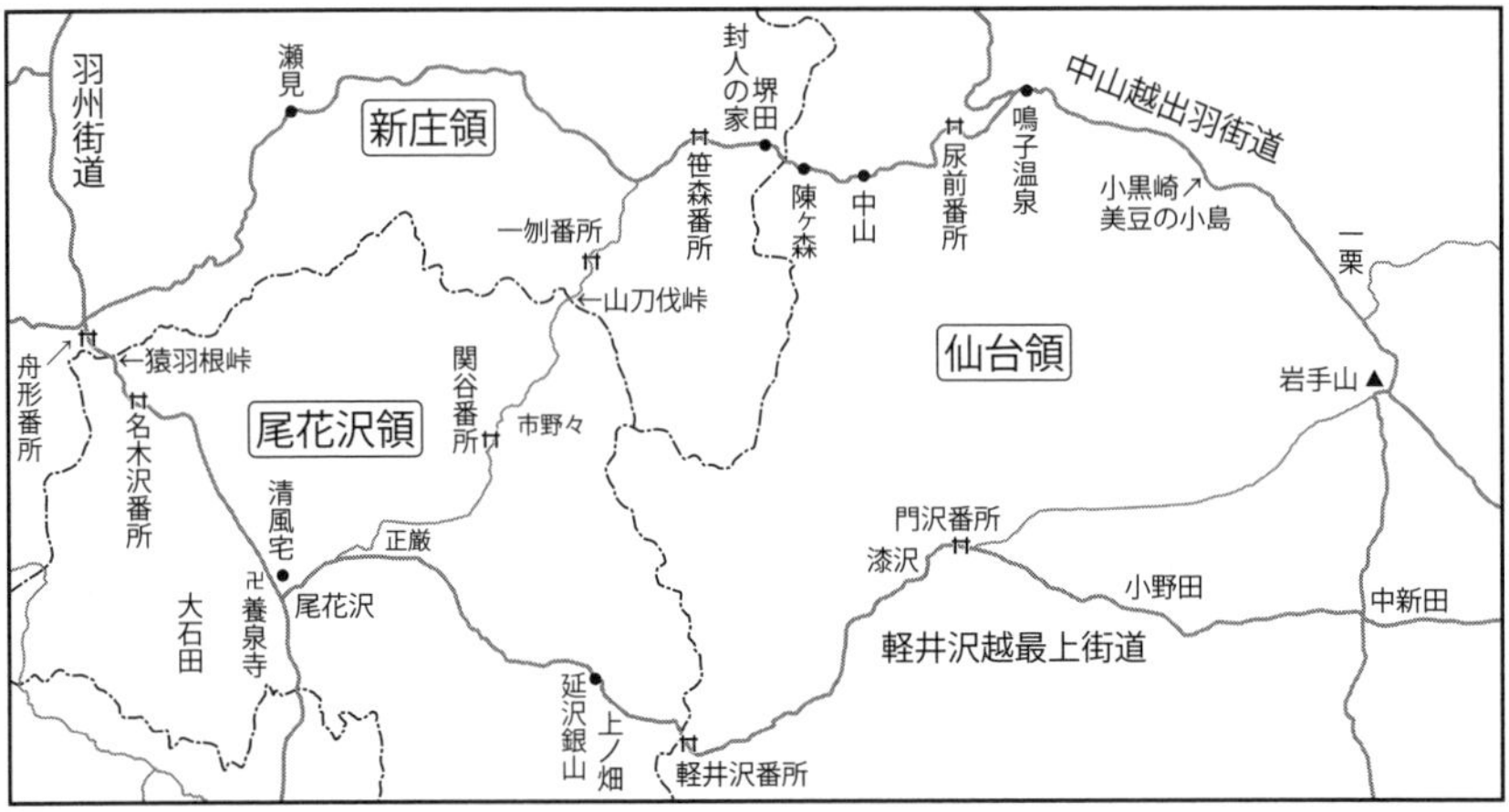

図３　軽井沢越最上街道と中山越出羽街道の番所

しかし、問題があった。それを曽良は「右の道遠く、難所有之由故、道をかへて」と書いている。この街道は距離が長くて難所があるから、急遽道を変更したというのだ。しかし岩出山から尾花沢まではこの銀山越が一番近く、「道遠く」というのは当たらない。奥羽山脈を越えるのだから、どの街道を行っても「難所」はある。おそらく二人が懸念したのは番所の改めだったろう。

銀が秘密に持ち出されないかを監視するために、この街道にはあちこちに番所が張りめぐらされていた。銀山最盛期には、大十分一・高山・吹沢・鶴子・新番所・向平・上野《うわの》・上野畑《かみのはた》・軽井沢・下柳渡戸に番所が設けられていた。芭蕉が行った頃にはこれらの番所の多くが廃止されていたが、曽良が記した門沢の他に、軽井沢にも百姓たちが守る番所がまだ残されていた。軽井沢越最上街道にある仙台藩の番所は軽井沢と門沢だが、門沢は軽井沢番所が雪に埋もれてしまう十月一日から四月末までを受け持った番所だから閉鎖されていたはずで、実際には軽井沢番所だけである（図3）。旅籠屋の主人がこれらの番所のことを大袈裟に言ったのかもしれない。

番所では運が悪いと痛くもない腹まで探られることがある。関守のさじ加減でどうにでもなることがあるのだ。できるなら通りたくないと思うのが旅人である。そこで慌てて道を変えて、岩出山からすぐに道を西にとって、中山越出羽街道を行くことにしたのだろう。

そして尿前番所に着いて、ひと悶着あったのである。

尿前は陸奥国と出羽国の境にあり、軍事上の要衝として古代から関が置かれていた。その関が岩手《いわで》の関で、歌枕にもなっている。

あずま路やいはての関のかひもなく春をば告ぐるうぐいすの声　藤原定家
ひとめ守いはての関は固けれど恋しき事はとまらざりけり　源俊頼

ただし、岩手の関は南部領岩手郡（現在の岩手県の一部）とする説もある。

仙台領の岩手の関は藤原秀衡の時代には陣ヶ森《じんがもり》にあったという。義経が秀衡を頼って奥州に落ち延びるときに、陣ヶ森の手前で生まれたばかりの若君がはじめてオシッコをした、それでそこを尿前というようになったという地名伝説がある。また「シト」という敷物を編む「シトメ」という草が生えていたからともいう。

尿前が宿駅として成立したのは元和年間（一六一五〜二四）の伊達政宗の時代。正式に番所が設置されたのは寛文十年（一六七〇）といい、鳴子村の肝煎遊佐氏に尿前番所の関守も兼務させて、九十石を与えていた。芭蕉が通った元禄二年当時は八代目か九代目の遊佐甚之丞で、二十七、八歳だったという。仕事に張り切り過ぎて、ことさら厳しくしていたのだろうか。後世の記録になるが「安永風土記」には、尿前の戸数十三戸、男女合わせて住人七十九人とある。小さな村の百姓が守る番所だから、簡単に通ることができたはずなのにそれができなかったのは、芭蕉が行った頃の一時期は「出手形の用意」をしなければならなかったからではないだろうかと、この可能性を私は捨て去ることができない。

他の藩と同じように、出国までに入判を出判に替えなければならないとしたら、越河で取った出判には、出国すべき番所の名前が明記されていたはずである。たとえば、芭蕉が尾花沢へ行くと言えば、その出判は軽井沢番所宛になる。特に申し出がなければ、わざわざ人通りの少ない尿前番所宛にはしないだろう。事実、芭蕉と曽良は最初は軽井沢越をしようとしていたのだ。それを当日の朝になって尿前経由に変えてしまった。出判の宛先は軽井沢番所。その出判を尿前番所に出しても、すんなり通してくれるはずがない。

幕府の関所では、些細なことなら一札書かせて通すこともあったが、関所の宛名違いと手形発給者の名前・印判違いは、絶対に通してくれなかった。たとえば京都の者が江戸に行くとき、東海道を行くと申請すれば新居関所宛の手形が発給される。ところが東海道は海岸近くを通るので河川の幅が広く、内陸を通る中山道より川留になる可能性が高い。旅人が川留をおそれて急遽東海道から中山道に道を変えたとすると、木曽福島に関所があって、持参の手形は新居関所宛だから通せないと言われてしまう。こうしたときはまた京都まで戻り、京都所司代から木曽福島関所宛の同文の手形を出してもらわなければならない。それだけ関所の宛名は重要なものだったのである。

芭蕉が行った時代の仙台藩の手判の書式がわかれば、曽良の「出判の用意」の謎は解けるだろうが、今のところ不明としかいいようがない。

ともかく「漸《やうやう》として関をこす」ことができたのは、袖の下を渡すことに気付いたか、一札書かされたかであろう。

この後、芭蕉と曽良はひどい難渋を強いられた。ここから一里の中山に至る間に、深い谷を越えて行く小深沢・大深沢という大難所が待ちかまえていたのである。深い谷をつづら折りに下って沢を徒渉する所が小深沢、それから坂を這うようにして登り、尻をついて下る急坂が十丁（一キロ強）も続くのが大深沢で、この街道の中での最大の難所だった。芭蕉と曽良は、やはり軽井沢越最上街道にすればよかったと後悔したかもしれない。

大深沢を越えると中山になる。さらに下って陣ヶ沢、登れば陳ヶ森で、ここからようやく平地になり、しばらく行くと仙台藩と新庄藩がそれぞれ立てた国境の杭がある。絵図を取り交わして国境が定まったのは正保二年（一六四五）という。中山から国境まで五、六丁。ここから出羽国新庄領堺田となり、堺田に宿泊する。

出羽路

封人の家――芭蕉の宿泊について（五月十六日～十七日）

○十六日　堺田に滞留。大雨。宿《やど》和泉庄や、新右衛門兄也。

五月十六日（新暦七月二日）、「堺田に滞留」とあるので、前日も堺田に泊っていたことがわかる。大雨で発つことができなかったので居続けである。梅雨に入ったようで、この日以後は雨の日が多くなる。

泊ったのは和泉庄屋の家。「新右衛門兄也」は和泉庄屋が新右衛門の兄なのか、和泉庄屋の兄が新右衛門なのか判然としないが、和泉庄屋が新衛門の兄なのだろう。

ここでのことは、『おくのほそ道』に次のように書かれている。

大山にのぼつて日既暮《すでにくれ》ければ、封人《ほうじん》の家を見かけて舎《やどり》を求む。三日風雨あれて、よしなき山中に逗留す。

蚤虱馬の尿《ばり》する枕もと

堺田は新開地で貞享元年（一六八四）に検地を受けて成立した新しい村で、芭蕉が行った当時は村として成立してからまだ五年しかたっていない。九十年後の寛政六年（一七九四）の家数は九軒、人口五十二人であったから、当時もこれと同じか少ないかであろう。宿場ではあるが、旅籠屋があったのかどうか。旅人が少ないのだから、旅籠屋をやってもそれで生活することは難しかったろう。旅籠屋がなければ、名主を訪ねて民家を紹介してもらうことになる。これを指宿《さしやど》といった。中にはムシロが戸の代わり、雨漏りもするという家もあって、こんな家に当たると旅人は悲劇だが、順番が決められているので文句は言えない。

指宿の制度がないと名主の家に泊めてくれる。往来の旅人が難渋していればそれを助けるのが名主の役目だったので、行き暮れた旅人を拒むことはない。名主は草分けの家や財力のある家が勤め、宿駅になっている村では荷物の継《つぎ》立《たて》をする問屋《といや》を兼ねていることが多い。堺田では有路《ありじ》家が名主兼問屋を勤めていた。その家は元禄期の様式をそのまま残して「封人《ほうじん》の家」として現存している。

芭蕉が書いた「封人の家」を、『奥細道菅菰抄』は『左伝』をあげて「封はサカヒと訓ず。封人は境守と云《いふ》」としているが、堺田の有路家が関守も兼ねていたという史料はないようである。「封《ほう》」は盛り土による境も意味するから、国境に住む者という意で使ったのだろう。曽良は「和泉庄屋」に宿ったと書いているが、「和泉」は姓ではなく屋号で、屋敷の裏に泉がわき出していたからという。堺田は一村のほとんどが有路姓だから屋号で呼び合っていたのだ。

「新衛門」については、「笹森の関守とも」（岩波文庫・杉浦正一郎校注）や「中山陳が森にいた新右衛門と称した人」（瀬川虎年子）の説がある。芭蕉の歩みの順に記すと、中山、陳ヶ森、堺田、笹森で、陳ヶ森までが仙台領、堺田から新庄領である。兄弟が国境を隔てて住んでいたとは考えにくいので、新右衛門は笹森にいたと思われる。したがって「新右衛門は笹森の関守」説を採りたいところだが、笹森の新右衛門が堺田の庄屋の兄であったか、弟であったかの確証はこれもない。

もし新右衛門が笹森番所の関守であるならば、曽良は笹森番所で何か問題があったら、堺田の兄の家に泊めてもらったと言うつもりだったのかもしれない。

十六日は出発を断念しなくてはならないほどの強い雨が降っていた。人通りは少なかったが、「和泉庄屋」は問屋も兼ねていたから、商人たちが立ち寄る。空を見上げ、そのまま「和泉庄屋」に滞留した者もいただろう。土地の言葉がわからない芭蕉と曽良は、人々の輪から離れて黙り込んでいるより仕方なかったのではないだろうか。

封人の家は東北の家の常で、茅葺きの田の字型である。土間をはさんで馬屋も同じ屋根の下にある。大黒柱は太く、板の間はピカピカに磨かれ、そこに大きな囲炉裏がある。その奥が畳の部屋になっていて、「芭蕉さんはここに泊まられました」と説明される。玄関からすぐの座敷である。「蚤虱馬の尿する枕もと」という句を作っているので、馬小屋のすぐそばに寝かされたイメージがあるが、とんでもない、旅籠屋や民家とは比べものにならない立派さである（図4）。

図4　封人の家　「芭蕉は奥の部屋に寝た」と説明される．手前が土間で，土間の脇に馬屋が併設されている曲屋の典型である．

『おくのほそ道』を読んでいると、芭蕉の奥州行脚はたいそう苦しいもので、貧しい民家に泊めてもらいながらの旅だったという印象をもってしまう。東北の宿場は確かに貧弱であった。仙台・酒田といった大都市を除けば、宿場の旅籠屋は小さく暗く、ムシロの上をノミが跳ねまわり、清潔とは言い難かったところも多い。

しかし、芭蕉が実際に泊ったのは、そうしたイメージとはまったく別な所だった。

大垣から伊勢へ向かったのは、千住を出発してから百五十六日目。これが『おくのほそ道』の期間である。この百五十五泊の内、俳人宅か芭蕉の知人宅に泊ったのが七十二日を数える（尾花沢の養泉寺七泊と羽黒山の南谷別院六泊もここに含めた）。

俳諧は日常の言葉を使うので庶民でも取っつきやすい、とはいっても、よい句を作ろうとすると古歌や漢詩など古典の素養は不可欠だった。第一、文字が書けなければ俳席に連なることはできない。芭蕉が『おくのほそ道』を歩いていたころの東北では、俳諧は、武士・富商・名主・医者・神官など知識階級のもので、彼らは裕福な者ばかりだった。普通の庶民が読み書きに不自由しなくなるのは、十八世紀半ばを過ぎてからのことになる。俳諧に遊ぶほどの者の家は立派で、馳走が出され、俳席が調うまで近くの名所を案内され、教授料や染筆の謝礼も高額なものが渡された。芭蕉はこうした富裕層だけでなく、つましく暮らしていた俳人の家にも泊まっている。松岡の天竜寺や福井の等栽、大垣の如行らの持てなしは質素だったろうが、心がこもっていた。全体からみれば貧しい者は少数で、富裕層宅泊が全体の半分近くを占めている（表1）。

芭蕉を泊めた俳人たちが、次の宿泊先を紹介してくれる。芭蕉をもてなしてくれそうな俳諧愛好者を選んだろうから、こうした家も貧しいわけがない。

表1　芭蕉の宿泊（推定も含む）

宿　泊	日　数	割合（%）
俳人，又は知友宅	72	46
紹介あり	40	26
名主宅	4	3
旅人として旅籠屋	39	25

芭蕉は名主や検断（大庄屋格）の家に四泊している。一度目は玉生《たまにゅう》（栃木県塩谷郡塩谷町）で、雷雨の中を歩き続けて旅籠屋に入ったが、慌てて出て名主の家に泣きついた日（四月二日）。旅籠屋が混んでいたからではなく、あまりの汚さに驚いたのだ。郡山（福島県郡山市）で曽良は「宿むさかりし」（宿が汚い）と書き、次の日の福島では「宿きれい也」と記して、芭蕉の体調を気遣って、できるだけ清潔な宿を見つけるのに苦労していた。二度目は登米（宮城県登米郡登米町）である（五月十一日）。紹介状を持参したらしいが断られ、検断宅に泊めてもらっている。そしてここ堺田で二泊である。

普通の旅人は名主の家に泊まることなど思いもつかず、民家の戸を叩くだろう。そして断られれば辻堂や木の下で野宿である。芭蕉は名主など上層階級とつき合いがあったから、宿泊を頼んでも断られないことを知っていたろうし、また芭蕉が俳諧師だと名乗れば、文化人としての扱いをうけただろう。

芭蕉が一般の旅人と同じように旅籠屋等で泊まった日は驚くほど少ない。一応三十九日という数字を挙げたが、ここには寺に泊ったという伝承が三日含まれている。すでに確かめようのないことを含めての数字だが、寺ならば旅籠屋よりははるかに居心地がよかったはずだ。曽良まで僧形にしたのは、寺での宿泊も視野に入れていたからだろう。

また宿泊した家の名を書いてあっても、それが旅籠屋なのか民家なのか決めかねる場合も多い。屋号で書いてあればおそらく旅籠屋だろうと見当がつくが、名前だけだと曽良の記述とのちの資料から推測せざるを得ない。たとえば仙台の大崎庄左衛門は旅籠屋が建ち並んでいた国分町に住んでいたから旅籠屋だと推定できるが、須賀川から色々な書状を預かっているので、等躬から紹介してもらった可能性もある（ここでは一般の旅人として旅籠屋に泊ったものとして数えた）。とすると、大崎庄左衛門は俳諧に興味をもっている人物だったかもしれないのだ。酒田での宿泊もおそらく旅籠屋であったと思う。もし不玉宅に泊まったならば、曽良はそう記したはずだからだ。越後路では庄屋を勤めていた旅籠屋と、脇本陣も勤める旅籠屋に泊っている。こうした旅籠屋は他の旅籠屋より建物が立派だったことはいうまでもない（宿泊については巻末の付表3を参照されたい）。

芭蕉は毎日がたいそう辛かったような書き方をして東北の旅のイメージを作り上げたが、それは文学としての虚構で、実際には普通の旅人が経験できないほど立派な家に泊り、あちこちで歓待されていたのである。

○十七日　快晴。堺田を立《たつ》。

〔一里半〕笹森関所有。新庄領。関守は百姓に貢《こう》を宥《ゆる》し置《おく》也。〔さゝ森、三里〕市野々。小国と云《いふ》へかゝれば廻《まは》り成《なる》故、一ばねと云《いふ》山路へかゝり、この所に出《でる》。堺田より案内者に荷持《をもた》せ越《こす》也。市野々五、六丁行て関有。最上御代官所也。百姓番也。関なにとやら云《いふ》村也。正厳《しょうごん》・尾花沢の間、村有。これ野辺沢へ分《わか》る也。正ごんの前に大夕立に逢《あふ》。昼過《すぎ》、清風へ着《つく》。一宿《いつしゆく》す。

五月十七日（新暦七月三日）。快晴となり堺田を出発。『おくのほそ道』には「三日風雨あれて、よしなき山中に逗留す」とあるが、実際には堺田に二泊していた。

堺田から一里半で笹森。そこには新庄藩の番所があって、百姓が藩から俸給をもらって番をしていた。入国になるが、新庄藩は入判を出していないのでそのまま通る。

尾花沢へは瀬見を通って羽州街道に出るのが幹道だが、それだと遠くなるので脇道に入って、一刎《いちばね》から山刀伐《なたぎり》峠を越すことにした。一刎にも新庄藩の番所があり、ここから出国。曽良は出判のことを記していないが、番人は百姓で土地の若者と顔なじみだから、挨拶程度で通ることができたのだと思う。生活圏が一緒だとあらかじめ木札の通判が渡されていたりして、地元の者は自由に行き来することができる。連れの旅人を、知人や親類の者といえば厳しく問いただすことはなかった。

山刀伐峠は木が生い茂り、獣道もあって迷いやすい、降り続いた強雨で路肩が破損しているかもしれない、熊や猪などに遭遇するおそれもあるといわれて、荷物持ちを兼ねた案内人を雇った。山刀伐峠の名は、その山容が山仕事をする際にかぶる藁製の帽子に似ていることから付けられたという。さして高い峠ではないが、頂上が新庄藩と幕府領の尾花沢領の境になっている。登りはつづら折りの急坂だが、下りは一部を除いてだらだら坂である。案内してくれた若者は見るからに強そうなうえに、反脇差《そりわきざし》を腰にたばさみ、樫の杖を手にして、いかにも心強かったと、芭蕉は書いている。樫の杖で木々の雫を払い、時には差し出して芭蕉と曽良を引き上げたのだろう。脇道に入ると何かと問題が起こるが、こうした土地の者と一緒だと番所を通るときも安心だった。山刀伐峠を下って少し行くと市野々の集落である。その手前で若者と別れた。

曽良が「関なにとやら云村」に尾花沢領の番所があったと記しているのは、関屋（現在は関谷と書く）のことで、百姓が番をしていた。ここも入判は出していない。関谷から正厳《しょうごん》へ。正厳の手前で大夕立に遭った。「正厳・尾花沢の間、村有。これ野辺沢へ分る也」とある村は二藤袋《にとうぶくろ》である。ここから延沢銀山への道が分かれていて、もし軽井沢越をしていたならばこの延沢へ出たはずである。

芭蕉と曽良は濡れたまま昼過ぎに尾花沢に着き、この日は清風宅に泊まった。

尾花沢──清風と俳諧ネットワーク（五月十八日〜二十六日）

尾花沢の鈴木清風（一六五一〜一七二一）は紅花や穀物を扱う大きな問屋で、金融業もやっていた島田屋八右衛門。清風はその俳号である。元禄二年当時三十九歳。島田屋は当時の尾花沢地方きっての豪商で、江戸小石川に別邸をもって広く商いをしていたという。貞享二年の小石川別邸の俳席には芭蕉・嵐雪・其角等が招かれて「涼しさの凝りくだくるか水車」の清風の発句に、芭蕉が「青鷺草を見越す朝月」の脇句を付けている。翌三年には芭蕉・曽良・其角も招かれて、「花咲て七日鶴見る麓哉《ふもとかな》」の芭蕉の発句に、清風の脇句「懼《おじ》て蛙《かはず》のわたる細橋」で始まる歌仙が興行されていて、互いに顔見知りの間柄である。

清風は東北の地方都市にいながら、俳人としてすでに撰集をいくつかものにしていた。処女撰集『俳諧おくれ双六』の序には、自ら「花の都にも二年三とせすミ(住)なれ、古今俳諧の道に踏迷《ふみ》ふ」と書いているし、また『尾花の系譜』（宝暦十年の写本）には「売買職にして、帝都に津亭を求めて紅花を商ふ事莫太(ママ)なり。多年の上京、しり人も多く、又在京も永き時ハ、風雅に心を寄て、さらは俳諧にと、信徳、言水《ごんすい》に近付て附合なと仕習ひて、尾花沢の宗匠たり」と書かれている。

「花の都」にたびたび行っていたのは、鈴木家が商いの主商品にしていたのが紅花だったからだ。清風の家は金融業を営む一方で、村山地方に産する紅花を買い付けて京都や江戸で売りさばいていた。紅花は染料のほか口紅にも加工されるが、この地方の紅花は品質が高く、数々の行程を経て精製した紅花餅は同じ重さの米の数十倍の値がついたという。口紅にすれば紅一匁金一匁と言われるほど高価であった。

それを有利に売りさばくにはじっくり腰をすえてかからなければならない。そのために清風の滞在も長期にわたり、江戸では発句の上手といわれて芭蕉とも親交の深かった信徳に、京都では俳壇にその名を馳せていた言水について学んだ。豪商の若旦那らしい一流好みである。連句の集まりは単なる社交の場にとどまらず、商人たちにとっては新しい商売相手を見つけ、莫大な取り引きを円滑にする交遊手段でもあったので、清風にとってただの遊びではなかった。しかし俳諧への熱意は、商売の為とか遊びとかの域を越えて本物であった。延宝七年（一六七九年・清風二十九歳）には高政《たかまさ》撰『中庸姿《つねのすがた》』に独吟歌仙一巻が入集し、それ以後は『おくれ双六』（延宝九年・一六八一年）、『稲莚《いなむしろ》』（貞享二年・一六八五年）、『俳諧ひとつ橋』（貞享三年・一六八六年）など、自分の撰集も刊行するほどになっていた。

芭蕉はただ漠然と歌枕を目指していたわけではない。俳人がいればその者の家を訪ね、近くの歌枕へ足をのばしている。どこにどのような俳人がいるのか、未知の俳人を知る手がかりはこれまでに出された俳書だった。

清風の『おくれ双六』には桃青（芭蕉）の「郭公《ほとゝぎす》まねくか麦のむら尾花」と、門人其角の「露橋や待つとは宇治の星姫も」が入集されているから、芭蕉は『おくれ双六』を読んでいたはずである。そこには『おくのほそ道』の途次で会うことになる大石田の一栄（十五句）、新庄の風流（六句）・如柳（十二句）、尾花沢の一中（五句）が載せられているが、全部が「羽州」となっていてどこに住んでいるのかまでは知ることができない。だが、清風に尋ねればすぐにわかる。

清風第二撰集の『稲莚』には、西鶴・露沾《ろせん》・其角・幽山・卜尺《ぼくせき》・信徳・湖春・秋風・言水・挙白《きよはく》・調和・才麻呂・不卜《ふぼく》・素堂、といった当時三都で活躍していた著名な俳人の他に、地元羽州をはじめ、西は九州久留米までの多数の俳人の句が寄せられていて、そこにはそれぞれが住んでいる地名が冠せられている。『おくのほそ道』の道順に沿って、「曽良旅日記」や『おくのほそ道』にゆかりのある人物を挙げると次のようになる。

『稲莚』に入集した人々

白河　何云《かうん》（二句）。白河藩士。芭蕉は何云と会うことはなかったが、須賀川の等躬宅から「早苗にも我が色黒き日数かな」の句を「西か東か先づ早苗にも風の音」に改案したことを知らせる手紙を送っている。

須賀川　等躬（十一句）。乍憚《さたん》、乍単斎とも称した。須賀川俳壇の中心にいた人物で、芭蕉が立机した際に祝の句を贈ったのは前述したとおり。芭蕉は等躬の家に四月二十二日から二十九日まで逗留している。

尾花沢　遊川（八句。遊川とだけで地名が冠されていないが、尾花沢の遊川とみて間違いないだろう）、一中（十句）

大石田　一栄（九句）、似休（九句。曽良が「似林」と記していた人物である）

酒田　不玉（六句）、不白（六句）

金沢　一笑（二句）、北枝（二句）、牧童・万子《まんし》・友琴・流志（各一句）

『稲莚』には芭蕉の句は入集していないが、芭蕉がこれを目にしていたならば、どの土地でどういう俳人が活躍しているかがわかり、誰を訪ねるかの指針になったことだろう。

また『阿羅野《あらの》』の序文は「元禄二年弥生　芭蕉桃青」となっていて、芭蕉が東北行脚出発直前に書いたもので、本文も読んでいたかもしれない（上梓は元禄三年か）。『阿羅野』は名古屋の荷兮《かけい》が撰したもので三河周辺の俳人の句が多く取られているが、ここにも金沢の一笑（五句）、小春《しょうしゅん》（五句）、北枝（一句）が入集していた。

このようにして、芭蕉は東国行脚以前にあっても、俳書によってかなりの地方俳人の名を知ることができたのである。

清風は遠来の客を喜んで迎えただろう。すでに江戸で俳席を共にした仲である。芭蕉も既知の俳人と会うのは須賀川の等躬以来で、再会を楽しみにしていた。しかし、再会したあとの滞在はそれほど心弾むものではなかったようである。

○十八日　昼、寺にて風呂有。小雨す。それより養泉寺移り、居《いる》。　○十九日朝　晴れる。素英〔奈良茶賞《しやう》す〕。夕方小雨す。　廿日小雨。　廿一日朝、小三良《こさぶろう》へ被招《まねかる》。同晩、沼沢所左衛門へ被招《まねかる》。此《こ》の夜、清風に宿《やどる》。廿二日〔晩〕、素英へ被招《まねかる》。廿三日の夜、秋調へ被招《まねかる》。日待《ひまち》也。その夜清風に宿す。廿四日の晩、一橋、寺にて持賞《もてな》す。十七日より終日晴明の日なし。

○秋調《しうてう》　仁左衛門　○素英　村川伊左衛門　○一中　町岡素雲　○一橋　田中藤十良、遊川《いうせん》　沼沢所左衛門、東陽　歌川平蔵

○〔大石田〕一栄　高野平右衛門　○〔同〕川水《せんすい》　高桑加助　○〔上京〕鈴木宗専、俳名似林《じりん》、息小三良。〔新庄〕渋谷甚兵へ　風流。

○廿五日　折々小雨す。大石田より川水入来《じゆらい》、連衆《れんじゆう》故障有て俳なし。夜に入《いり》、秋調にて庚申待《こうしんまち》にて被招《まねかる》。　廿六日　昼より於遊川《いうせんにおいて》に、東陽持賞《もてな》す。此日《このひ》も小雨す。

この曽良の日記は、あとで思い出してまとめて書いた部分が多くなっている。

十八日は尾花沢滞在の二日目である。寺で風呂に入り、その後に養泉寺に移った。風呂に入ったという寺は不明。養泉寺は清風宅から七〇〇メートルほど行ったところにある天台宗上野寛永寺の末寺で、格式は高く、現在よりずいぶん広い敷地だったという。養泉寺は町はずれにあって、天気が良ければ右手に鳥海山、左手やや正面に葉山、奥に月山も見えてロケーションはまことに素晴らしい。前年に改築されたばかりだったから、ゆっくり滞在するにはうっ

てつけの場所だった。芭蕉と曾良は尾花沢十泊の内、七泊をここ養泉寺で過ごすことになる。清風が自宅ではなく養泉寺に宿泊させたのは、仕事が忙しく、相手している時間がとれなかったからと説明されることが多い。紅花は春の彼岸前後に種を蒔き、半夏一つ咲きと言って半夏生《はんげしょう》（夏至から十一日目に当たる日。ちょうど芭蕉たちが着いた頃になる）から開花しはじめ、土用の入り頃に満開となる。摘み取りは朝霧を含んでトゲが柔らかいうちに行われ、それが二、三週間ほど続く。紅花餅にして清風宅に運ばれてくるのはまだ先だが、生産地の見まわりや主業の金融業も忙しかったのだろう。清風が島田屋を継いで当主になるのはこれから三年後の元禄五年。清風には、元禄十五年に江戸で紅花の値をつり上げるために紅花餅を全部焼いたと見せかけて大儲けし、その金を吉原で使い果たしたという逸話が伝えられている。豪放な性格であったらしい。

貞享三年（一六八六）九月に大淀三千風が尾花沢にやって来たときに、「当所には予が好身《よしみ》古友あまたあれば、三十余日休らひ、当所の俳仙鈴木清風は古友なりしゆへとぶらひしに、都桜に鞭し給ひ、いまだ関を越えざりしとなん。本意《ホイ》ながら一紙を残す」と書いている。「俳仙鈴木清風」とは三千風流の大仰ないい方だが、清風にはすでにそう言われても違和感のない実績があった。

芭蕉がやって来たのは三千風に遅れること三年。清風は俳諧に対しても商売に対しても、自信満々だったろう。まだ父の元で働く身ではあったが十分にやり手であった。俳諧と家業を天秤にかければ家業をとるのは当たり前で、そうでなくては紅花大尽と呼ばれるほどに商売を拡大することはできなかった。清風は家業を投げ出して芭蕉の相手をすることなど考えていなかったはずである。芭蕉がわざわざ訪ねて来てくれたのは嬉しいが、時期が悪かった。自宅に泊まられると仕事にも差しつかえるし、芭蕉にも失礼があるかもしれない。そこで養泉寺に案内した。

しかし曾良は、こうした清風の態度にどこかよそよそしいものを感じていたのかもしれない。曾良の旅日記を読んでいると、そんな感じを抱いてしまう。

ともかく尾花沢での旅日記をひもといてみよう。曾良は二十四日の後ろにこの地方の俳人の俳号と名前を書いているのだが、便宜上それを先にあげる。なお、わかっているだけの注をつけた。

尾花沢

秋調　歌川仁左衛門。医師歌川東陽の息子。宝暦六年五月に四十有余で没しているので、元禄二年は二十歳くらいか。

素英　村川伊左衛門（七郎兵衛とも）。楯岡の商家村川九郎兵衛の息子で、若いときから尾花沢に住み、島田屋に出入りして俳諧を清風に学んだという。後に嵐雪門となり、其角・露沾とも交わることになる。元禄二年は三十五歳前後か。

一中　町岡素雲。紀州和歌山に生まれ、日光の寺に住んでいたころに嵐雪に入門。尾花沢海谷村地蔵院の住職となり中興の祖といわれる。清風撰『稲莚』に十句、『おくれ双六』に五句、三千風『松島眺望集』に一句入集。大石田の一栄と並んでこの地方きっての俳人である。

一橋　田中藤十郎。杏花とも号した。遊川、川水と姻戚にある。

遊川　沼沢諸左衛門。曽良は「所左衛門」と書いているが「諸左衛門」が正しい。沼沢家は代々諸左衛門を名乗って尾花沢の庄屋を務めていた。一橋・川水と姻戚にある。俳諧は一中に指導を受けたという。『おくれ双六』に七句、『稲莚』に八句が入集している。

東陽　歌川平蔵。医者で流説とも号したという。秋調の父。

大石田

一栄　高野平右衛門。芭蕉より八歳年上の五十四歳。川湊大石田の船問屋で、組頭として川船役所の御用も努め、大石田に卸される物資と積み出される物資への荷役税を課す仕事をしていた。清風の『おくれ双六』に十五句、『稲莚』にも九句入集している。大淀三千風が尾花沢にやって来たときにも会っていて、大石田を代表する俳人である。しかし、芭蕉が尾花沢滞在中には一度も顔を出していないのは、藩の御用で大石田にいなかったからであろう。

川水　高桑加助（金蔵とも）。大石田の大庄屋で、遊川・一橋と姻戚関係がある。元禄二年は四十七歳だった。

似林　鈴木宗専。上京のため不在だった。鈴木宗専は鈴木清風家の本家に当たり、大石田の富商で大名貸をするほどであったという。曽良は鈴木宗専の横に「上京」と脇書をしているが、宗専がこの地で名の知れた俳人の一人で、俳席をともにできないことを残念に思ったから書き入れたのだろう。もし鈴木宗専が旦那芸として俳諧を楽しんでいただけなら、曽良はわざわざ「上京」とは記さなかったのではないだろうか。「上京」を残念に思うほど、似林は俳諧の上手だったのだろうが、似林の名は『おくれ双六』にも『稲莚』にも見あたらない。

しかし『稲莚』には「似休」で三句、「鈴木似休」で六句が入集して合計九句。三千風の『松島眺望集』に「尾花似休」が一句、「モガミ似休」が三句入っているが、これらは同一人と考えていいだろう。こうしたことから鈴木宗専の俳名は「似休」で、この地方では名高い俳士（岩波文庫・角川ソフィア文庫も「似林」としている。しかし曽良の筆跡は「似休」と読めそうである）。

小三郎　鈴木宗専の息子で俳名を東水といった。

新庄
風流　渋谷甚兵衛。新庄の富商。『おくれ双六』に六句、『松島眺望集』に一句入集。

十九日は素英に招かれて奈良茶をご馳走になった。奈良茶はお茶を煎じた湯で炊いた飯で、大豆・小豆・栗などを混ぜ込んだもの。江戸では明暦の大火（一六五七年）後に浅草寺門前の料理茶屋が出すようになり、後に大流行した。たまには江戸の味をという素英の心遣いだったろう。

二十日は誰も来なかったようで、「小雨」とだけ記されている。

二十一日は朝から隣町大石田の鈴木小三郎宅へ招かれた。父の宗専（似休か）は富商で、この時は仕事で京へ上っていた。宗専は芭蕉の名を知っていただけでなく、尊敬すべき宗匠として息子の小三郎に話していて、小三郎は父の代理としてはりきって芭蕉を迎えたのかもしれない。尾花沢から大石田まで一里余。この日は大石田から戻り、夜は尾花沢の庄屋の沼沢諸左衛門に招かれた。俳号を遊川といった人である。この日は養泉寺に戻らず、清風宅で泊まっている。

二十二日の昼は清風宅で過ごしたようだ。晩はまた素英宅に招かれ、養泉寺に戻った。

二十三日の昼は何をしていたのだろう。夜になって日待《ひまち》だというので医者の息子の秋調宅に招かれた。日待は二十三夜待で、この夜の月は勢至菩薩の化身とされ、拝めば罪が滅するといわれていた。宿をする家に講員が集まって月を拝むのだが、月の出は真夜中になるので飲食や世間話をして過ごし、朝まで起きているのが二十三夜待である。日待の席には短時間しかいなかったらしく、夜は清風宅に泊まっている。

二十四日も昼は何をしていたのか記されていない。晩になって一橋が養泉寺に来た。何かご馳走を持ってきてくれたらしい。曽良はこの日に、尾花沢に着いた十七日から一日も晴の日がないと記している。

この日に尾花沢と大石田、そして新庄の俳諧愛好者の俳号と姓名が記されている。

二十五日も時々小雨が降った。大石田で大庄屋をつとめる川水がやって来て、予定していた者の都合が付かなくて俳席開催ができなくなったといってきた。夜になってまた秋調から今夜は庚申待だと招かれた。庚申待は、庚申講のメンバーが青面《しょうめん》金剛や猿田彦の掛け軸の前で豊作福運を祈り、夜を徹して飲み食いや雑談をして過ごす。この若者は大勢が集まる講に誘うことで、芭蕉と曽良の無聊をなぐさめようと一生懸命だった。

二十六日の昼、尾花沢の庄屋遊川に招かれた。秋調の父で医師の東陽も来て色々ご馳走してくれた。この日も小雨であった。

こうしてみるとしげしげと顔を出して芭蕉をもてなしていたのは、尾花沢の素英、遊川、秋調の他に大石田からも小三郎がやってきていた。ほとんどがこの地の上層階級である。そして一度大石田での俳席が計画されたが、取りやめになったことがわかる。

芭蕉が現地で作った発句や歌仙は、曽良が旅日記の後ろの方に筆記するのが常であった。「俳諧書留」といわれる部分がそれである。清風と俳席を共にすることを芭蕉は楽しみにしていたし、また清風もそれを期待していただろう。しかし「俳諧書留」には、仙台で加衛門（加之）に「五月乙女《さをとめ》にしかた望《のぞま》んしのぶ摺《ずり》　翁」の短冊を与えたという記事の後はすぐに大石田の一栄と芭蕉・曽良の三吟歌仙（百句つなげるのを百韻といって連句の基準だが、百韻は時間がかかるので三十六句で終わるのを和歌の三十六歌仙になぞらえて歌仙といった。芭蕉が興行したのはほとんどが歌仙である）が記され、その後ろに

立石の道にて
まゆはきを俤《おもかげ》にして紅ノ花　翁
立石寺
山寺や石にしみつく蟬の声　翁

となっていて、尾花沢のことは記されていない。『おくのほそ道』にも載せられた「まゆはきを俤にして紅粉《べに》の花」は、尾花沢を出発して立石寺へ向かう途中で作っていたことは「誹諧書留」で明らかである。清風とは俳席での交流がなかったのだろうか。

尾花沢での歌仙は思わぬ所から発見されることになる。須賀川の俳人石井雨考が、相楽等躬家に「すゞしさをの

巻」と「おきふしの巻」の二巻が伝わっているのを見つけ、越後出身の俳人幽嘯《ゆうしょう》が雨考宅を訪れたときにそれを写し取って『繋橋《つなぎばし》』（文化六年・一八〇九年刊と推定）に載せ、はじめて尾花沢での歌仙が明らかになったのである。

すゞしさを我やどにしてねまる也　芭蕉
　つねのかやりに草の葉を焼《やく》　清風
鹿子立《かのこたつ》をのへのし水《（清水）》田にかけて　曽良
　ゆうづきまろし二の丸の跡　素英
楢紅葉《ならもみじ》人かげみえぬ笙《しょう》のおと　清風
　鵙《もず》のつれくるいろ〳〵の鳥　風流
（以下略）

おきふしの麻にあらはす小家かな　清風
　狗《いぬ》ほえかゝるゆふだちの蓑　芭蕉
ゆく翅《つばさ》いくたび罠のにくからん　素英
　石ふみかへす飛こえの月　曽良
（以下略）

「すゞしさを」の巻では清風と素英が加わった四吟歌仙が始まったところに風流が偶然来て二句だけ付けて帰ったようである。風流は新庄の富商で、芭蕉と曽良はのちに新庄で風流と再会することになる。これらはいつ巻かれたのだろうか。二十二日や二十四日などはその可能性が高い。これがなぜ曽良の「俳諧書留」に記されていないのかは、このときの執筆《しゆひつ》（書記役）を素英が努めたからだろうか。しかしこれらの歌仙を曽良が手控えの「俳諧書留」に写し取ることは可能だったはずだが、それをしていないのも不思議である。

芭蕉は清風のことを最大級に褒めている。

尾花沢《おばなざは》にて清風《せいふう》と云《いふ》者を尋《たづ》ぬ。かれは富《とめ》るものなれども志《こころざし》いやしからず。都《みやこ》にも折々かよひて、さすがに旅の情《なさけ》をも知《しり》たれば、日比《ひごろ》とゞめて、長途《ちやうど》のいたはり、さまぐ＼にもてなし侍る。

（『おくのほそ道』）

清風は金持ちだが心の賤しい人ではない。都へも時々行って自分でも旅をしているので、旅人の気持ちを理解してくれる。私たちを何日も引き留めて長い旅の苦労をいたわり、いろいろにもてなしてくれた。

芭蕉がこう書いたので、『おくのほそ道』を訪ねる俳人たちは、清風は旅人をいたわり、その時の芭蕉の話を喜んでしてくれると思い込んだようである。七年後の元禄九年に桃隣（一六三九～一七一九）が清風を訪ねた。桃隣は蕉門で、芭蕉のいとこともいう。

是より尾花沢にかゝり、息を継《つが》んとするに、心当たる方留守也。

（『陸奥衛《むつちどり》』）

心当たる方は清風のこと。長旅の疲れを休めるために清風宅に泊めてもらおうとしたが、清風は留守で、会えないまま尾花沢を去っている。本当に留守だったのか、それとも忙しくて留守は口実だったのか。

後世、『おくのほそ道』の文章を真に受けて清風を訪ね、「こんなはずでは！」という目にあった俳人がいる。享保元年（一七一六）に旅をした祇空《ぎくう》である。祇空は那須で潭北《たんほく》と合流して二人で旅をしていた。

尾花沢清風といふものは旅の哀《あはれ》もしり、我宿にしてねまるといひしもあればと尋しに、今は俳諧をやめ、又江戸よりの一封もしる人さだかならずと、むげなる返事にて、一宿をゆるさざりけり。雨盆をくつがへし空は墨を摺たるやうなるに、馬もあらばこそ、ゆたんに合羽おもきが上に、からうじて諸沢にとまる。蚊の声は耳辺に雷のごとく、蚊屋はなし、猶むし立るあつさ、すげ笠をきて上にゆかたをかけ、すこししづまればねこたを蚤のざはぐ〳〵と喰いつく。

（『烏絲欄《うしらん》』）

享保元年というと清風六十六歳。俳諧はやめていたという。祇空は江戸から持参した紹介状を出したが、清風は紹介者は知らない人だと言い、泊めてくれなかった。土砂降りの雨で、しかも夜は更けている。馬でもあればいいのだがそれもないので、油単（紙に油を引いて水を通さないようにしたもの）を被って歩いたが、油単の下の合羽にまで雨がしみ込んで重いことこの上ない。諸沢というところに泊まったが、蚊がひどくてまるで雷のよう耳に響くが蚊帳もない。蒸し暑さもひどい。菅笠を置いてその上に浴衣をかけ、ようやく蚊から逃れたものの、今度は敷いたゴザから蚤が何匹も出てきてザワザワと食らいついた、というのだ。

宝暦三年（一七五三）に尾花沢を訪れたのは風光である。

清風がゆかり尋んと行に今はあとかたもなし。

（『宗祇戻り』）

『おくのほそ道』が板行されると、これを読んだ芭蕉ファンが清風宅を訪ねるようになった。泊めてもらえるのが当然と思い、泊まれば尾花沢滞在時の芭蕉の話を聞きたがり、仕事が忙しいから断ると、旅の情けを知らぬ者というい方をされる。清風は商人で俳人としても名高かったが、俳諧はあくまで余技である。それなのに俳人と称する輩がやたらと来るのは大変な迷惑である。それで俳諧はやめたと言ったのだろう。享保期の緊縮政策の断行で贅沢品は取り締まられ、さしもの島田屋も清風の晩年には傾きはじめるが、清風の嫡子も孫も沾風という俳号をもっていたし、ひ孫も梅枝という俳号をもっていたから（「尾花の系譜」による）、実際にやめたわけではないようだ。大きく商売をしようとすると俳席が社交の場となり、そこで得た人脈が商談につながっていくから、俳諧は後々までも大商人のたしなみであったが、それ以上のものではなかった。清風宅で巻かれた歌仙二巻が須賀川の等躬宅で発見されたのも、島田屋の家業が傾いて金に換えたというばかりではないような気がする。清風を「富《とめ》るものなれども志《こころざし》いやしからず」「旅の情《なさけ》をも知《しり》たれば」と持ちあげた芭蕉は、とんだ罪作りをしてしまったようだ。

芭蕉が『おくのほそ道』に載せた「涼しさを我宿《わがやど》にしてねまる也」は清風宅で行われた歌仙の発句で、ここで「ねまる」という方言を用いている。「ねまる」はゆったりと楽に座るの意で、涼しい風が吹くところでゆっくりできましたという挨拶句。

共通語がまだない時代、それぞれがその土地の言葉を話していたわけだから、非常に不便だったろう。特に東北を旅した人々は一様に、仙台領に入ると言葉がわからなくなると書いている。

さて仙台領内に余国に不通の事三つあり、一里を六丁に定め、四角銭を用ひ三文にて丸銭一文に成る事、音声鼻に掛り一切言葉分らず、此の三カ條余国不通也。言葉は羽州も同前なり。夫《それ》故に悪瘡を病み鼻の崩れたる者も音声同じ、因《よつ》て病者もよろしと云ふべし、吾々共奥州出羽の両国にて言葉の分からざる故にさっぱり困り入りたり。

（『日本九峯修行日記』）

すべて詞《ことば》不通にて、大ていはしれぬなりにすましゆく。

（『歌戯帳』）

東北の言葉は、伊賀生まれで江戸に暮らしていた芭蕉にはわかりにくかったはずだ。しかし、芭蕉が実際に会話を交わした相手は俳諧に興味がある知識階級である。武士は参勤交代で江戸に行き、諸藩と自国の言葉がちがっていることを知っているから意識して話してくれる。どうしても通じなければ文語体で話せば通じた。諸国と取り引きのある商人も言葉には通じているし、武士との付き合いもあるからそれなりの商人言葉で会話ができた。知識層には文字という手段があるのだから、いざとなれば文語で書けば意志の疎通はできる。

ところが曽良はそうはいかなかった。道を確かめるのも、草鞋を買うのも、訪ねる家がどこにあるか聞くのも曽良の役目で、相手はほとんどが百姓である。鼻にかかる声を聞き分けられるようになるには、かなりの時を要したことだろう。

立石寺から大石田（五月二十七日〜三十日）

○廿七日　天気能《よし》。辰の中剋《ちゅうこく》、尾花沢を立て、立石寺へ趣《おもむく》。清風より馬にて舘岡迄被送《おくら》る。尾花沢〔二里〕元飯田〔一里〕舘岡〔一里〕六田《ろくた》〔二里余。馬次《うまつぎ》間に内蔵に逢《あふ》〕天童〔山形へ三里半〕。〔一里半〕山寺、未《ひつじ》の下剋《げこく》に着《つく》。これより山形へ三里。
宿《やど》、預かり坊。其日、山上山下巡礼終る。

五月二十七日（新暦七月十三日）、尾花沢に来てからはじめての晴天であった。この天気を待ちかねたように、二人は尾花沢を出立した。辰の中刻（六時四五分頃）に別れを告げ、立石寺へ向かう。「殊清閑《ことにせいかん》の地也。一見《いっけん》すべき」（『おくのほそ道』）と清風たちに薦められてのことだった。

立石寺は清和天皇の勅願により、貞観二年（八六〇）に慈覚大師円仁が開基した古刹。そそり立つ風穴のある奇岩と、そこに危うく建てられた数々の寺坊が奇観を呈している。今は山上の寺で僧が住むのは三寺となってしまったが、芭蕉が行った頃は十二の寺が点在していたという。人の眼を驚かすに十分な景色だが、まだ多くの人には知られていず、地元民だけが行く静かなところであった。

清風が馬を出してくれたので、館岡までの三里は馬に乗った。館岡で馬を降り、それから一里歩いて六田《ろくた》だが、六田の手前で内蔵と逢った。内蔵が何者なのか不明。六田から二里余で天童。天童からこのまま真っ直ぐ南下すれば三里半で山形に出るが、天童から脇道を一里半行って山寺へ。未の下刻（一五時頃）に立石寺に着いた。荷物を宿坊に預けて奥の院まで巡礼し、この日は宿坊に泊まった。日没は一九時三分だからゆっくりと見物できたはずである。

この日は七里半余の移動だが、三里は馬に乗っている。羽州街道はほぼ真っ直ぐに伸びる平坦な道で、街道沿いが紅花の産地になっている。尾花沢では紅花を栽培していないので、芭蕉はここで紅花が一面に咲いている光景をはじめて目にしたのだ。「立石の道にて　まゆはきを俤《おもかげ》にして紅ノ花　翁」と「俳諧書留」に記されていることは前述した通りである。

日いまだ暮《くれ》ず。麓の坊に宿かり置《おき》て、山上の堂にのぼる。岩に巌《いはほ》を重《かさね》て山とし、松栢年旧《しょうはくとしふり》、土石老《どせきおひ》て苔滑《こけなめらか》に、岩上《がんしょう》の院々扉《とびら》を閉《とぢ》て、物の音きこえず。岸をめぐり、岩を這《はひ》て、仏閣を拝し、佳景寂寞《かけいじゃくまく》として心すみ行《ゆく》のみおぼゆ。

閑《しづか》さや岩にしみ入蝉《いるせみ》の声

（『おくのほそ道』）

立石寺は参拝客もなく、寺坊も扉を閉めて人影もない。森閑とした中で聞こえるのは蝉の鳴き声だけである。芭蕉が立石寺で作ったのは、「山寺や石にしみつく蝉の声」（「俳諧書留」）だが、その後「淋しさの岩にしみ込むせみの声」、「さびしさや岩にしみ込蝉のこゑ」、「閑さや岩に染み付く蝉の声」となり、結局は「閑《しづか》さや岩にしみ入蝉《いるせみ》の声」（『おくのほそ道』）に落ち着いた。山寺という地名をはずして「淋しさ」に、またそれを「閑さ」に直し、数度の推敲を重ねている。普通の俳人は詠み捨てにすることが多く、このように一句を何度も推敲したのは芭蕉くらいなものであろう。「涼しさや」とした真蹟もあるという。普通ならあちこちに響きわたる蝉の鳴き声もここでは岩にしみ込んでしまうのか、このひっそりと静まりかえった空気は少しもゆるがない。芭蕉は「心すみ行《ゆく》のみおぼゆ」と書いている。人気のない山にたたずんで、芭蕉も曽良も来た甲斐があったと思ったことだろう。

山形へ趣《おもむ》かんし（と脱）て止《や》む。是より仙台へ越路有《こゆるみちあり》。関東道九十里余。
一　廿八日　馬借て天童に趣《おもむく》。六田《ろくた》にて、又内蔵に逢。立寄ば持賞《もてな》す。未《ひつじ》の中尅、大石田一英（栄）宅に着《つく》。両日共に危《あやふく》して雨不降《ふらず》。上飯田より壱里半。川水出合《せんすいにであふ》。其夜、労《つかれ》に依て無俳《はいなし》。休す。夜に入《いり》小雨す。

五月二十八日（新暦七月十四日）。当初、尾花沢を訪ねたあとは直接出羽三山へ向かう予定であった。尾花沢から大石田に行き、そこから最上川を下って清川へ。そして羽黒山麓の手向《とうげ》村に行くのが道順である。最初はその予定で十四日の日記にも「大石田　乗船」と記されていた。

しかし急遽立石寺を訪れることになった。立石寺に行ったら、山寺から山形に出て六十里越街道を行くのがいいと尾花沢で教えてもらったらしい。だから前日に曽良は「山形へ三里」と記している。山形から月山の南を通って鶴岡へ出るのが六十里越街道で、ここは羽州街道に通じているから三山道者が一番多く通る街道である。わずか二カ月の登拝期間に（現在の登山期間は七月一日から十月中旬まで）数千人が押しかけるときもあるほどだから、白衣に身を包んだ道者に付いて行けば安心だった。そして、予定通りに六十里越街道を行けば、芭蕉は最上川を下ることはなかったのである。

山寺から仙台へは二口街道が続いている。曽良が「是より仙台へ越路有《こゆるみちあり》」と書いた部分である。「関東道九十里余」はどういう意味で書いたのだろうか。仙台から関東道（奥州道中）を通って江戸まで九十一里。山寺から江戸までも八十九里余、どちらともとれる書き方である。

山形へ行くはずだった予定が、この日の朝になってまた急遽変更になった。迎えが来て、大石田へ行くことになったのである。尾花沢に滞在していた二十五日に、大石田の川水がやって来て、俳席に参加するはずだった者に急用ができて俳諧興行ができなくなったと伝えていた。その者が二十七日の夜に戻って来たのだろう。それで芭蕉を大石田に迎えて指導を仰ぎたいと相談がまとまり、すぐに山寺に使いを出したのだと推測される。その者がいなくては俳席もままならない大物といえば、「上京」していた似林（似休）か一栄だろう。互いに俳席を共にすることを楽しみにしていながら、会うことはなかったのだが、それが可能になったのだ。

こうして芭蕉と曽良は来た道をまた戻ることになる。大石田へ向う二人のために馬が用意されていた。六田で再び内蔵と出逢った。芭蕉とは再びまみえることがないと思っていた内蔵は小躍りして喜んだらしく、ご馳走をしてくれた。館岡、本飯田（曽良は上飯田と書いているが本飯田であろう）を過ぎて道を左手にとると一里半で大石田である。昨日も今日も雨が降りそうな気配があったが降らなかった。大石田の入口で出迎えてくれたのは一栄だった。一栄は当時五十四歳。『おくのほそ道』の旅で芭蕉が親しく歌仙を巻いた相手の中で一番の年長である。重く垂れ下がった空を見上げながら、ずっとここで待ち続けていたようだ。この初老の俳人がどんなに芭蕉を待ち望んでいたか、その気持ちは芭蕉にも伝わったことだろう。

未の中刻（一四時一五分頃）に一栄の家に着いた。この距離の移動にしては早く着いているのは、通し馬だったたからだ。少々疲れたので、その夜は俳席は設けず、そのまま一栄宅に泊まる。何より先に体調を気遣ってくれる一栄に、二人は好印象をもったにちがいない。夜になって小雨が降った。

一　廿九日　発《ほつ》一巡終《をへ》て、翁、両人誘《さそひ》て黒滝へ被参詣《さんけいせらる》。予、所労故止《とどまる》。未尅被帰《ひつじのこくかへらる》。道々俳有。夕飯、川水に持賞《もてなし》。夜に入《いり》、帰《かへる》。

五月二十九日（新暦七月十五日）。高野一栄の家は倉庫が建ち並ぶ川湊の近くにあり、家の裏から最上川が望まれる。庄屋の川水がやってきて、早速、芭蕉・一栄・曽良・川水の四人で歌仙が巻かれた。

　　大石田、高野平左衛門亭にて

五月雨を集めて涼し最上川　　はせを
　岸にほたるをつなぐ舟杭　　一栄
瓜畠いさよふそらに月待て　　曽良
　星をむかひに桑の細道　　川水

（「俳諧書留」以下三十二句略）

芭蕉の「五月雨を集めて涼し最上川」は実景をそのまま詠んだ句。尾花沢滞在中は小雨が続いていた。雨が流れ込んだ最上川は水位を上昇させて滔々と流れ、川面をなでて吹いてくる風は暑さを忘れさせてくれる。この挨拶句はのちに「五月雨をあつめて早し最上川」（『おくのほそ道』）と推敲されて挨拶句から脱皮、最上川を詠んだ雄大な一句となる。

参会の四人が一句ずつ作ったところで、芭蕉と一栄・川水が対岸にある黒滝の向川寺へ参詣することになった。そこは曹洞宗鶴見総持寺の直末の古刹で、東北地方に数十の末寺をもつ大寺である。なぜ歌仙を中断したのか不明だが、「桑の細道」と詠んだ川水が向川寺への道のことを話し、それでは行ってみようということになったのかもしれない。曽良は疲れたからと、一人残った。

三人は未の刻（一四時一五分前後）に戻ってきた。曽良は「道々俳有り」と書いているので、三人は歩きながら歌仙の続きをやったらしい。続きの五句目は一栄、六句目は芭蕉、七句目は川水、そして八句目を曽良が作っている。

向川寺へ行く道すがら、一栄と川水はそこで芭蕉が考えている新しい俳諧論を聞き、目から鱗が落ちるような思いを抱いたのではないだろうか。

当時はいまだに貞門派が主流だったが、昔ながらのその手法はすでに色あせていた。もてはやされていたのは、洒落た比喩、斬新な見立て、そしてスピードと大量生産の即吟であった。そうした風潮は都会的なものだ。人と人が威勢よく交差し、我先にと声高にしゃべる土地に似合っている。都市に生まれ育った者は軽々とそれに馴染んだが、田舎の者はそういう軽さとは本来無縁だった。洒落た言葉、珍奇な見立ては苦手である。そうしたことが得意な者もいただろうが、少数派であった。

芭蕉は矢数俳諧はしないし、皆を驚かせるような突飛な言葉を使うことも少ない。数多くの句を垂れ流し的に作るより、一句を何度も推敲する作風である。一句を納得できるまで何度も直し続ける俳人は、芭蕉の他に誰がいただろうか。芭蕉が生涯で作ったのは千句未満。一昼夜で二万三千五百句の矢数俳諧を作った西鶴は論外としても、画業と俳諧の二足のわらじで活躍した蕪村でさえも二千八百句から三千句、一茶で二万句と言われるから、芭蕉がいかに一句ずつを大切に作っていたかがわかる。一つの言葉を胸の中に落とし、じっくりと練って引き上げる。こうした芭蕉の句作りこそが地方俳人に合っているものだった。

一日で二千八百句を即吟、翌日二百句を追加して三千句とし、俳号を三千風とした大淀三千風が尾花沢にやって来たとき、三千風が会いたいと思っていたのは清風だった。清風は京都や江戸に何度も足を運び、都会者には負けぬという自信に溢れていた。しかし清風は留守で、三千風が『日本行脚文集』に載せているのは、

しられけり鉄西行の秋の暮　　羽州大石田鷹野氏　一栄
尾花うら枯て牛の細道行暮む　　尾花沢村川　残水
行脚衣気をしのぶずりの秋暮し　　歌州　俊親

水風呂《すいふろ》や烏衣の一しぐれ　鈴木　似休
落葉路も気転や雛《あしげ》の馬ざくり　三井　崇智
可《こ》強《わかん》根《べ》甲《ひね》焼《つかう》て草鞋《たい》あてん　鈴木氏　宗円

鷹野氏一栄は高野一栄。残水は尾花沢の素英と同じ村川姓で、『稲莚』で十三句も取り上げられていたが、元禄二年には没していたのだろうか、曽良の旅日記にはその名は出てこない。歌州俊親は不明。鈴木似休は前にも述べたように鈴木宗専だろう。大石田の富商でこの地では名のある俳士である。三井崇智、鈴木氏宗円は不詳。矢数俳諧で名をあげた三千風、談林風に親しんで意気軒昂な清風、こうした者に指導されて句作をしても、尾花沢と大石田の俳人はどこか無理しているような感じで、自分自身にしっくりこなかったのかもしれない。

最上の俳人たちは、『おくのほそ道』にあるように「此道《このみち》をさぐりあしゝて、新古ふた道にふみまよ」っていたのだ。そうした時に芭蕉が訪れた。遊戯の俳諧はいっときもてはやされても、やがては忘れ去られていく。しっかり留めるには、自分の胸の底から出た言葉を彫琢し、五七五・七七の中でひとつの真実を創りあげることだ。芭蕉は向川寺への道すがらこのようなことを話したのかもしれない。大石田の二人には、名をあげたいとか、人に認められたいとかいう欲があまりない。俳諧に対しても真摯だったから、芭蕉の言葉は真っ直ぐに一栄と川水に届いたことだろう。「みちのく・三越路の風流佳人のあれかしとのみに候」（元禄二年三月二十三日付、安川落梧宛書簡）という芭蕉の念願は、思いもしなかったこんな地方都市で叶ったのである。

○一　晦日《みそか》　朝曇、辰刻晴（歌仙終）。翁其辺へ被遊《あそばれ》、帰《かへり》、物ども被書《かかる》。

五月三十日（新暦七月十六日）、朝は曇っていたが、辰の刻（七時前後）になって晴れた。歌仙は夜通し行われたらしい。向川寺から戻って続けた「五月雨を」歌仙には仰々しい言葉は使われていない。そして曽良の「山田の種を祝ふ村雨」の挙句《あげく》で四吟歌仙はめでたく満尾した。

雨があがり、満ち足りた思いを抱きながら芭蕉は近くを散歩したようだ。もちろん一栄と川水も充実感でいっぱいだったことだろう。帰って来てから芭蕉は一栄の望みに応えて、満尾したばかりの「五月雨歌仙」を清書して与えている。この日も一栄の家に泊まる。

『おくのほそ道』には、

最上川《もがみがわ》のらんと、大石田《おおいしだ》と云《いふ》所に日和《ひより》を待《まつ》。爰《ここ》に古き俳諧の種こぼれて、忘れぬ花のむかしをしたひ、芦角一声《ろかくいっせい》の心をやはらげ、此道《このみち》をさぐりあしゝて、新古ふた道にふみまよふといへども、みちしるべする人しなければと、わりなき一巻《ひとまき》残しぬ。このたびの風流、爰《ここ》に至れり。

と満足気に記されている。

新　庄（六月一日～二日）

○六月朔《ついたち》　大石田を立《たつ》〔辰刻〕。一栄・川水、弥陀堂迄送る〔一里〕。馬弐疋、舟形迄送る。〔一里半〕舟形。大石田より出手形を取、なき沢に納通《をさめとほ》る。新庄より出る時は、新庄にて取りて、舟形にて納通《をさめとほる》。両所共に入《いり》には不構《かまはず》。

〔二里八丁〕新庄。風流に宿す。二日、昼過より九郎兵衛へ被招《まねかる》。彼是《かれこれ》、歌仙一巻有。盛信、息、塘夕《たうせき》〔渋谷仁兵衛・柳風共《とも》〕。

孤松〔加藤四良兵衛〕、如流〔今藤彦兵衛〕、木端〔北村善衛門〕、風流〔渋谷甚兵へ〕。

六月一日（新暦七月十七日）、辰の刻（七時前後）に大石田を出発した。芭蕉が大石田にいると聞いて、新庄からも指導を仰ぎたいと伝えてきたのだ。新庄の俳人風流からの使いであろう。尾花沢にいたとき、曽良は風流が新庄の渋谷甚兵衛の俳号であることを書き留めていたし、「すゞしさを」の歌仙にも風流は二句だけだが参加している。大石田での成功を新庄でもと、芭蕉は期待したにちがいない。

新庄へは羽州街道を行くのが本道だが、大石田から芦沢まで脇往還が続いていた。その道を通ったようだ。一栄と川水は、大石田から二里の弥陀堂まで見送ってくれた。「弥陀堂」は阿弥陀堂だろう。「馬弐疋」とあって、阿弥陀堂から馬に乗ったように書かれている。大石田から二里というと羽州街道との合流地点芦沢の近くになる。

曽良は記していないが、一栄は芭蕉が出羽三山へ向かうと聞いて、羽黒山の会覚阿闍梨《えがくあじゃり》への紹介状を書いてくれた。会覚も俳諧をたしなみ、一栄と相知る仲だったようだ。同時に、羽黒山の麓にある手向《とうげ》村の俳人呂丸《ろがん》にも、芭蕉がそちらに行くのでよろしく頼むという使いを出したはずである。呂丸は優秀な俳人だが「新古ふた道にふみまよ」っている一人だった。旧態依然の俳壇から抜け出して新しい俳諧を目指している宗匠に対面すれば、呂丸にも有益だろうし、また芭蕉と曽良を心から歓待してくれるはずである。

こうして芭蕉と曽良は馬に乗って新庄へ向った。尾花沢領を出国するためには出判が必要だったが、その出判もちゃんと用意されていた。新庄からは最上川を下って行くようにと、一栄が船宿宛てに紹介状も書いてくれたことが三日の日記に記されている。馬といい、出判といい、船宿への紹介状といい、至れり尽くせりで、知らぬ土地を旅する二人にはこの心づくしは有難かった。

一里半で舟形。舟形の手前の名木沢に尾花沢領の番所が設けられていた。ここに出判を出して通過。新庄から出国するときは新庄で出判を取り、舟形番所にそれを提出して通る、尾花沢領も新庄藩も入国するには手続きは不要である、と曽良は記している。尿前番所での苦い経験があるから、日記への記入も念入りである。

名木沢の先にある猿羽根《さばね》峠が両藩の境。標高一五〇メートルと低いが、粘土質の急勾配が続くから、雨が降ると坂が滑って難所になった。頂上からは最上川が眼下に見え、月山や鳥海山も一望できる。下ると舟形で、新庄藩の番所があるが、入国なので何事もなく通過。舟形から二里八丁で新庄となる。

新庄は戸沢氏六万八千二百石の城下町。この日は風流宅に泊まる。風流はこの城下の富商であるから、綿の入った蒲団とご馳走が出されたことだろう。

六月二日（新暦七月十八日）。この日の記事は前日に続けて記されている。午前中はゆっくりして午後から九郎兵衛宅に行き、それから歌仙が巻かれた。

九郎兵衛は渋谷九郎兵衛で俳号は盛信。当時の新庄一の富商で、風流の本家。風流と盛信の家は大通りをはさんだ斜め向かいにあった。風流は本名渋谷甚兵衛。彼も豊かな商人である。清風の『おくれ双六』に六句、三千風の『松島眺望集』にも一句入集していて、新庄では名のある俳人であった。尾花沢で巻いた「すゞしさを」の歌仙にも二句だけ参加していて、芭蕉と曽良を見知っていた。

彼らで巻いた歌仙は、

御尋《おたづね》に我宿せばし破れ蚊や　　風流
はじめてかおる風の薫物《たきもの》　　芭蕉
（「俳諧書留」以下略）

と風流の発句からはじまっている。客人を招く側の発句はその家の主人がするから、歌仙が巻かれたのは風流宅だったことがわかる。盛信宅へ挨拶に行き、盛信の息子の柳風（渋谷仁兵衛、塘夕《とうせき》とも）を伴って風流宅に戻ったのだろう。

「御尋ねに」の連中は風流・芭蕉・曽良・孤松（加藤四良兵衛）・柳風・如流（今藤彦兵衛。『おくれ双六』に十二句入集していて、これは一栄の十五句に次ぐものである）・木端（北村善衛門）の七人。この歌仙は順調に進んで、短時間で満尾した。

風流が氷室を案内したのは歌仙の始まる前の午前中だったかもしれない。氷室は夏まで氷を貯蔵しておく蔵や穴で、それが新庄の南の外れにあった。

風流亭

水の奥氷室尋る柳哉　　翁
　ひるがほかゝる橋のふせ芝　　風流
風渡る的の変矢《それや》に鳩鳴《なき》て　　ソラ

（「俳諧書留」）

芭蕉が「水の奥」と詠んだその水はどのようなものだったのだろうか。今は氷室はなくなってしまったが、半畳ほどの小さな池が柳の清水として復元され、時折ポコッ・ポコッと水が湧き出している。

歌仙が終わってから盛信宅に場所を移し、芭蕉と盛信の息子の柳風・木端の三吟があった。

盛信亭

風の香も南に近し最上川　　翁
　小家の軒を洗ふ夕立　　息 柳風
物もなく麓は霧に埋《うづもれ》て　　木端

（「俳諧書留」）

新庄で一番の金持ち商人渋谷九郎兵衛は、盛信という俳号をもちながら、一度も俳席に顔を出していない。急用でもできたのだろうか。この日も風流宅に泊まる。

庄　内

最上川下り（六月三日）

○三日〔天気吉《よし》〕。新庄を立《たつ》。〔一里半〕元合海《もとあひかい》。次良兵へ方へ甚兵へ方より状添《そふ》る。大石田平右衛門方よりも状遣《つかは》す。船、才覚《さいかく》してのする。〔合海《あひかい》より禅僧二人同船、清川にて別れる。毒海ちなみ有〕。一里半、古口へ舟つくる。是又、平七方へ新庄甚兵へより状添《そふる》。関所出手形、新庄より持参。平七子呼《こをよび》、四良、番所へ持行《もちゆく》。舟つぎて〔三里半。この間に仙人堂・白糸ノ滝、右の方に有〕、清川に至る〔酒井左衛門殿領也〕。平七より状添方の名忘たり。状不添《そへず》して、番所有て、船よりあげず。〔一里半〕厂川《かりかわ》〔三里半〕羽黒手向荒町《たふげあらまち》。申の刻、近藤左吉の宅に着《つく》。本坊より帰りて会す。本坊若王寺別当執行代和交(光)院へ、大石田平右衛門より状添《そへ》、露丸子《ろがんし》へ渡す。本坊へ持参。再び帰《かへり》て、南谷へ同道。祓川《はらひがわ》の辺よりくらく成《なる》。本坊の院居所《いんきよじよ》也。

六月三日（新暦七月十九日）。空は晴れていた。新庄を出発。一里半で本合海へ。ここに最上川の乗船場があった。甚兵衛（風流）と大石田の平右衛門（一栄）が本合海の船宿次郎兵衛へ宛てて紹介状を書いてくれたので、これを船宿に出す。片や新庄の金持ち、もう一方は大石田の川船役所御用の船問屋であるから、これ以上強力な紹介状はない。だが「才覚して乗する」とあるからすぐに船を調達できたわけではなかったらしい。

このあたりの最上川の船着場は大石田、本合海、清水であるが、荷物や乗客が多いのは大石田と清水であった。乗合船といっても荷物も同時に乗せ、水嵩次第・風次第の運航である。『おくのほそ道』には「是に稲つみたるをや、いな船といふならし」とあるので、乗船した舟は稲を運ぶ農作業用の小舟のような感じを受けるが、これは古歌を知っていたからそう書いただけであろう。

　最上川のぼれば下る稲舟のいなにはあらずこの月ばかり　東歌
　最上川綱手ひくとも稲舟のしばしがほどは碇おろさん　西行

古歌では稲《いな》に否《いな》を掛けて恋心が否定されることに使う。大河に翻弄される小さな稲舟は、切ない恋心にぴったりである。路通の『誹諧勧進牒』（元禄四年刊）には、「もがみ（最上）の泊」と前書をつけた曽良の句、「稲舟に休みかねてや飛《とぶ》蛍《ほたる》」が載っている。「俳諧書留」にないからのちに詠まれたものだろう。

曽良も古歌を知っていたから稲舟と詠んだまでで、実際に稲舟で最上川を下ったわけではない。

一七七七年に本合海から酒田へ下った旅人は、

本合海舟宿久介方へ泊。此所にて六十四文づゝ番銭といふ物を取る也。此銭を古口といふ所にて取あげる。是より下り舟十四里の間最上川是也。舟の内、米櫃に紙に書て張付置たり。乗合五人舟賃三百文。其夜舟に泊。はたご百文。乗合に所の僧一人、伊勢参宮と書きたる笠を持たる非人体の者壱人、此座頭三絃を弾く。（略）舟は長さ二十九尋《ひろ》三尺、幅九尺、厚さ三寸ほど、尤も一枚板の横深さ板はゞ四尺ほど、とも（艫）の方筥《はこ》の如し、四角也。外に薪・穀物など積入たり。

（『奥州紀行』）

と書いている。本合海から酒田まで十四里。古口番所へ納めるものだといって船宿が一人六十四文取っているが、旅人が出判を持っていればそのような金を藩が徴収することはない。この旅人は出判を取り損ねていたので、船頭が旅人に代って本合海船番所に出判賃を納めることにしたのだろうか。それにしてもこの「番銭」は高すぎる。船頭は旅人の風体を見てふっかけたのだろう。五人乗りの船で酒田までの船賃が一人三百文、一日で酒田まで行けないのでそのまま船中泊となる。その宿泊代が百文だから、酒田まで「番銭」込みで四百六十五文、それに食事をしたりすると五百文以上になる。

船の長さは二十九尋《ひろ》三尺とあるが、一尋は大人が両手を広げた長さで、明治時代に一尋＝六尺と定められたが、芭蕉当時の日本人の体型を考えるとおよそ一・五メートルが妥当だろう。これをあてはめると二十九尋三尺は四四メートル余。明治九年の記録では一番大きい五人乗りの平田舟の長さは八間（一四・四メートル）とあるから、二十九尋というのは誤りかもしれない。しかし同じ名称の船でも時代が下るにつれて小型になっていく傾向がある。この旅人は船の幅九尺（二・七メートル）、板の厚さは三寸（九センチ）、深さは四尺（一・二メートル）と書いていて、立ち上がっても景色を見ることができない。旅人はみな両側の景色を楽しんでいるから、船底に積んだ荷の上に底板が張ってあって、その分がかさ上げされていたのだろう。

もしこれらが正確な数字なら大変な巨大船である。最上川は西からの川風が強く吹くので、遡るときは帆を使い、風がないときは碇泊《ていはく》して風を待つか、引き子が綱で引っ張った。増水時や強風時の運航を考えると、かなりの大きさが必要だったと思われる。この巨大船は下りは薪・穀物の荷物を積んでいて、乗客はそうした荷物の間に乗っていたようである。

芭蕉はどんな船に乗ったのだろうか。大物の紹介状を二通も持ってきた者を乗せて、増水している最上川に漕ぎ出すのである。危うい目には遭わせられないから、稲舟のような小型舟ではなかったろうと思う。平七はこの船の船頭だろう。一栄はこの平七へも紹介状を書いてくれている。羽黒山に向かう禅僧が二人、乗船を頼んできたので乗せてやったとあることから、乗合船ではなかったことがわかる。芭蕉と曽良が乗った船は本合海から一里半で古口に至った。古口に至るまでの情景は『おくのほそ道』そのままである。

最上川はみちのくより出《いで》て、山形を水上《みなかみ》とす。ごてん・はやぶさなど云《いふ》おそろしき難所有《なんじょあり》。板敷山《いたじきやま》の北を流《ながれ》て、果《はて》は酒田の海に入《いる》。左右山覆《おほ》ひ、茂みの中に船を下《くだ》す。是《これ》に稲つみたるをや、いな船といふならし。白糸の滝は青葉の隙〱《ひまひま》に落《おち》て、仙人堂、岸に臨《のぞみ》て立《たつ》。水みなぎつて舟あやうし。

五月雨をあつめて早し最上川

(『おくのほそ道』)

「水みなぎつて舟あやうし」とあるから、最上川の水勢はかなり激しかった。最上川は球磨川・富士川と並んで日本三大急流の一つとして知られていたから、増水時は肝を冷やす速さになる。船頭は芭蕉に最上川は山形から流れてくると説明したようだが、源流は山形県と福島県の境にある西吾妻山。山形から流れてくるのは須川で、須川も最上川に流れ込んでいる。碁点《ごてん》・三ケ瀬《みかのせ》・隼《はやぶさ》が最上川の三大難所であるが、それらは芭蕉が乗船した本合海からずっと上流にあったので、芭蕉はそこを通っていない。

川の両側は切り立った山で、山に繋った木々でまるで「茂みの中に船を下す」ような感じは現代でも同じである。時に谷あいに家が見えるがそこに続く道はなく、対岸へは舟で渡るしかない。雨が降り続いていたから、最上川の両側の山からは、幾筋もの水が大小の滝となって流れ落ちていただろう。四十八滝などというが、数えればそれ以上だったはずだ。雨が何日も降らなければ白糸の滝でさえ細々としたものになってしまうが、増水していたから、芭蕉が見た白糸の滝は見応えがあっただろうし、仙人堂の赤い鳥居も目に鮮やかだったにちがいない。

大河を船で下るのは芭蕉にとってもはじめての体験だった。東海道にも浜名湖の一里半、熱田（宮）と桑名間の七里は船で渡るし、京と大坂間も淀川の船に乗るのが普通である。こうしたところは芭蕉もすでに通っていたが、浜名湖は外洋の波が入らないように杭が打たれていたし、熱田・桑名間も三河湾の遠浅の海で、干潟の泥の上を水主《かこ》が船を押したり引いたりして進めることさえある。それらに比べると最上川のなんと勇猛なことか。船は流れに翻弄されて走る。

強く引く綱手と見せよ最上川そのいな舟のいかりをさめて　西行
落鮎のなほなほ早し最上川　鳥酔
毛《け》見《み》の衆《しゅ》の舟さし下せ最上川　蕪村

最上川は歌枕になっているが、歌人・俳人の胸に深く刻み込まれたのは歌枕というばかりではなく、芭蕉と同じように大河を船で下るという体験が少なかったからだろう。

旅人は街道を歩くのが原則だった。脇道に入ったりすると領内を調べている隠密かと疑われ、役人がやって来て叱りつけ、本道に戻してしまう。海を渡ったり、川船の荷物の間に隠れて行くのも御法度である。街道に設置された関所や番所を抜けてしまうことがあるからだ。しかし特例として認められている川の街道がある。最上川もその一つで、山々に遮《さえぎ》られているから、尾花沢や新庄から出羽三山や酒田・鶴岡に出るには最上川を使うしかない。『おくのほそ道』に出てくる板敷山を越える道はあるが、ひどい難所で、雪が降れば通行できなくなる。そこで最上川は街道と認められ、街道だから川に番所が設置されていた。

古口には新庄藩の船番所があり、ここに船を碇泊させて旅人は出判を納めなければならない。その出判も新庄でちゃんと用意していたので、平七が息子の四郎を呼んで番所へ持って行かせた。他の旅日記にも、旅人が自分で出判を持っていくのではなく、船頭が出判を集めて船番所へ持っていったと記されている。曽良が「舟つぎて」と書いているのは、平七の船は古口番所を通過する出判を取っていなかったので、船を乗り換えたということだろう。禅僧二人も同じ船に乗り継いだ。

古口番所に出す出判はどういうものであったのか、天保十二年（一八四一）のものになるが、旅日記に書き写している庶民がいるのでそれを引き写してみよう。

湯殿山参詣行人五人古口通
出御判被成下《なしくだされ》度《たく》奉存《ぞんじたてまつり》候《そうろう》
丑七月廿六日　　船問屋　印
小屋十右衛門殿
海道　勘蔵殿
皆河　二郎八殿

御裏
表書通リ相改相違無御座候、已上《いじょう》
右御三人様御印
古口御番所衆中

この旅人が泊まった清水の船宿の主人が、「湯殿山参詣行人五人古口通　出御判被成下度奉存候」と書いたものを、出判所へ持参して「表書通リ相改相違無御座候、已上《いじょう》」と裏書してもらい、さらに出判を出す権限のある小屋・海道・皆河の三人の印判をもらってきて、これが正式な古口番所の出判となる。芭蕉と曽良が持参した出判もこのようなものだっただろう。

最上川は新庄藩から鶴岡藩（庄内藩）へと流れていく。鶴岡藩に入ると清川に船番所が設置されていた。三山登拝で羽黒山へ行く者はここで下船する。

ところが下船の際に問題が起きてしまった。芭蕉と曽良は、清川で下船することができなかったのである。新庄藩では入国時には手続き不要であったが、鶴岡藩は番所で入判を取ることになっていた。正規に入国したという証明である。曽良は「平七より状添方の名忘たり。状不添《そへず》して、番所有て、船よりあげず」と書いているから、平七が用意した入判の申請書には、記すべき名前が抜け落ちていたらしい。こんな時は平謝りに謝って、入判料に心付けを添えて渡せばそれで済むことが多いのだが、そうはいかなかった。よほど頭の硬い番所役人だったようで、これでは入判は出せないといって、芭蕉と曽良を上陸させなかった。仕方がないので、芭蕉と曽良を乗せたまま一里半ほど最上川を下り、船が着けられるところを探して芭蕉と曽良をおろした。そこが雁川（狩川）だったのである。

芭蕉と曽良は鶴岡藩に不法入国したことになる。鶴岡藩は旅人に厳しい国である。入判を持っていないと出国時にどんな嫌がらせをされるか、曽良の頭痛の種がひとつふえた。

「図司左吉」（六月三日〜四日）

狩川から三里半で手向荒町《とうげあらまち》（「曽良旅日記」には三里半とあるが、狩川・手向間は二里余と書いている旅人が多い）。ここは七カ所ある月山登拝七口の中で一番大きな門前町である。ちなみに七口とはここ手向荒町の羽黒口、湯殿山側の大網口と注連掛《しめかけ》口、南からの本道寺口、東南からの岩根沢口・川代口、東からの肘折《ひじおれ》口で、延享三年（一七四六）の記録ではこうした山麓で宿坊を営む山伏の家は三百三十六坊を数えている。彼らは妻帯していたが、山内にある三十一カ院の山伏は一生不犯の定めであった。

山麓に住む妻帯山伏は毎年秋から春にかけて霞場《かすみば》と呼ばれる担当地域を訪ね歩き、火防札の牛の絵姿や三面大黒の御札、また豊凶予想の作占表を配ったり、家相・相性の占いから人間・牛馬の病気平癒の祈禱まで、求められれば何でも祈禱して信仰を広め、五月中にはかならず帰山する決まりであった。そして登拝シーズンがくれば、担当地域の道者《どうしゃ》（連れだってやって来る参詣人を道者と呼んだ）が参詣する際には自分の宿坊に泊まらせ、登拝の先達並びに荷物を運ぶ強力《ごうりき》もつとめる。

一般人が出羽三山に登ることのできる期間はわずか二カ月。この間に道者が押し寄せる。縁年は月山が卯年、羽黒山が午年、湯殿山が丑年で、こうした年に登拝すれば十二年分したと同じ御利益があるというので、例年の数倍の道者が押しかけた。手向荒町の通りには大勢の山伏たちが出て、参拝者の生国を聞き、その国のその郡ならば何坊だと宿坊を教えてくれる。

しかし山伏たちは全国に霞場を網羅していたわけではないので、山伏がまわってこない地域もある。こうした所からやってきた道者は手向荒町に着くと適当な宿坊に一泊し、翌日の夕方に宝前院・花蔵院・智憲院・聖之院・経堂院・北之院のいずれかに参籠、次の日の早朝に先達に案内されて月山から湯殿山に下ることになっていた。芭蕉のような江戸の住人も同様だった。江戸は大火や地方からの移出入が頻繁だったために、翌年行ったら住んでいるはずの住人が居なかったということがあり、霞場が成立しにくいという事情があった。そのために江戸道者にも決まった宿坊はなかった。

芭蕉と曽良が手向荒町に着いたのは申の刻（一六時三〇分前後）。大石田の平右衛門（一栄）から紹介された呂丸こと近藤左吉の家を訪ねる。すでに一栄から呂丸へ、芭蕉が行くことが知らせてあったはずだ。しかしこのとき呂丸は本坊に行っていて留守だった。本坊は住職が住む寺で、ここでは羽黒山全体を取り仕切っている会覚がいる若王寺《にゃくおうじ》別当宝前院を指している。宝前院は羽黒山の中腹より上の二の坂をさらに登った平地にあった。建物だけで六百五十余坪あったといわれる（現在ここは御本坊平と呼ばれている）。羽黒山の石段は俗に二千四百四十六段といわれているから、戻るまでに時間がかかる。芭蕉と曽良は呂丸の家で待つことになった。

呂丸宅は宿坊が建ち並ぶ通りから奥に入った所で、現在の羽黒第一小学校の校門の斜向《はす》かいにあった。呂丸の年齢ははっきりわかっていないが、没したのは元禄六年二月。元禄九年に手向を訪れた桃隣は、「彼《かの》呂丸は一度風雅の眼を開き、四十九にたらずして行事《ゆくこと》、本意《ほい》なかるべし」（『陸奥鵆』）と書いている。呂丸が亡くなったのは元禄六年のことだから、元禄二年当時は四十五歳くらいか。

『おくのほそ道』には「図師左吉」とあり、山伏が着用する衣の染物屋で、図師は通称だという。図師は「指図または手引すること。また、その者」（『広辞苑』）だから、呂丸はこのあたりの染物業者を指図して束ねるような役についていたのだろう。翌日から巻かれることになる歌仙「有難や」の巻では、芭蕉の発句に続けて、第二句は亭主である会覚が付けるはずだが、代わって付けていることも、呂丸が一介の染物屋ではなかったことをうかがわせる。呂丸には、会覚が信頼して代理をまかせ得るだけの俳諧の教養があったのだから、ただの染物職人ではなかったろう。大商人にとって、俳諧の座はただ楽しみというだけでなく、顔を売って商売を拡大する機会でもあったことは前述したが、呂丸が羽黒山で一番の権力者会覚に一目置かれるほどの俳人になっていたのは、常日頃から羽黒山の上層部と接触する機会があったからだろう。俳席を通じて顔を売って信頼を得、大量の法衣染色の注文を受けると、それを下部の染物屋に振り当てる立場にいたからではないだろうか。

どのくらい待ったのだろうか。呂丸が戻ってきた。一目みれば呂丸には、その人が待ちわびていた芭蕉だとすぐにわかったはずだ。呂丸は大石田の一栄が書いた会覚阿闍梨への紹介状を受け取ると、大急ぎで再び石段を駆け上り別当宝前院へ。本来ならば芭蕉と曽良は一般の関東道者と同じように手向荒町の宿坊に泊まらなければならないのだが、手向荒町の宿坊は混み合っていて、こんな所に泊まれば十把一からげにされて俳席を設けることもできない。一般の宿泊客と分けて、静かな所にゆっくり泊まってもらいたいという思いは、一栄も呂丸も同じだった。

羽黒山は江戸東叡山寛永寺（天台宗）の末寺で、寛永寺の高僧が別当（寺務を統轄する役僧）として派遣されていたのだが、元禄二年には別当職が空席になっていて、和合院会覚が別当代理を勤めていた。だから当時の羽黒山で一番権力をもっていたのが会覚ということになる。会覚は寛永寺から出向いているから、江戸俳壇の状況を知っていたにちがいない。芭蕉は深川に移ってから仏頂和尚に参禅し、内省的で無常観を漂わせた句を作ったりしている。心ある俳人たちに少なからぬ衝撃を与えた「枯枝に烏のとまりたるや秋の暮」、「古池や蛙飛こむ水のおと」という句の作者として、会覚は芭蕉に大いに興味をもっただろうし、一栄の紹介状にも、停滞している俳壇に新風を巻き起こす宗匠だと、力をこめて書かれていただろう。

呂丸が戻ってきた。会覚が芭蕉の宿舎に指定したのは、宝前院に近い南谷の玄陽院で、一般の登拝者とは別扱いとなる（図5）。

呂丸の案内で芭蕉と曽良は羽黒山を登り南谷へ。随身門をくぐって継子坂《ままこざか》の石段を下ると祓川が流れている。曽良は「祓川の辺より暗くなる」と記している。ちなみにこの日の日の入りは現在時刻で六時五九分。近くにある五重塔はもう見えなかっただろう。暗闇の中、呂丸の持つ灯りを頼りに一の坂、二の坂を登っていくが、ゆるやかな石段のところもあれば、胸をつく急勾配のところもある。現在参道には杉の巨木が立ち並んでいるが、これは寛永七年（一六三〇）に第五十代別当天宥《てんゆう》が植えたものがほとんどで、芭蕉が行ったのはその四十年後。まだ天を刺すほどの高さにはなっていないものの、それ以前からある杉や雑木はかなりの高さで鬱蒼としていたはずだ。

宝前院の前を過ぎて三の坂の手前に右に行く平坦な小道があり、この道を五〇〇メートルほど行ったところに南谷がある。南谷の玄陽院は以前は本坊の別院として使われていたという。曽良は「本坊の院居所也」と記しているし、元禄九年にここを訪れた桃隣も、若王寺の様子を述べた後に「同隠居南谷に庵室」と書いている。当時は別当が退任するとここで余生を過ごしたようだ。芭蕉が行った当時は別当職は空席だったが、六月十五日に芭蕉が象潟から出した呂丸宛の手紙に「南谷御坊様がた」とあるから、数人の僧が住んでいたようだ。現在の南谷には建物はなく、礎石と池の遺構が残るばかりだが、当時は大きくはなくとも立派な建物だったらしい（図6）。芭蕉と曽良はここで六泊することになる。

図５　「羽黒山絵図」　神仏分離以前の羽黒山で文政 13 年に作成された絵図．宝前院の手前の「芭蕉塚」は明和 6 年建立の「芭蕉翁　三日月塚」と彫られたもの（戸川安章家蔵．『図録 庄内の歴史と文化』より転載）．

図６　南谷別院跡　礎石と庭の池の遺構があるばかりだが，杉を伐り払えばすばらしい眺望がひらけるだろう．

次の日の日記に、曽良は「夜、希有《けう》に観修坊釣雪《ちょうせつ》に逢う。互いに泣弟《（ママ）》す」と書いている。「泣弟」は「涕泣《ていきゅう》」の誤りで、涙を流して泣くこと。釣雪は荷兮が撰した『阿羅野《あらの》』（元禄二年三月に京都井筒屋から刊行）及び『曠野《あらの》後集』（元禄六年井筒屋刊）に多くの句が載せられ、『更科紀行』に旅立つ芭蕉を野水たちと送り、「稲妻にはしりつきたる別《わかれ》かな」の句を詠んでいる。この時点で曽良はまだ名古屋にいた連衆とは繋がりがなかったから、まさかこんな所で逢おうとはと、思わず泣いてしまったのは芭蕉だったようだ。

○四日（天気吉《よし》）。昼時、本坊へ草麦切《そばきり》にて被招《まねかれ》、会覚《ゑがく》に謁《えつ》す。幷《あはせて》南部殿御代参《おだいさん》の僧浄教院・江州円入《がうしうゑんにう》に会す。俳、表斗《おもてばかり》にて帰る。三日の夜、希有《けうに》観修坊釣雪逢《てうせつにあふ》。互に泣弟《（ママ）》す。

六月四日（新暦七月二十日）。晴。今まではっきりしない天気が続いていたから、山中のさわやかさは格別だった。午前中はゆっくり休み、昼時に宝前院に招かれて、蕎麦切りをご馳走になった。蕎麦は団子にするか、湯で練って蕎麦掻きにする食べ物だったが、延ばして細く切り、蒸してつゆにつけて食べるようになったのは十六世紀初頭まで遡ることができるという。当初は蕎麦粉二分に小麦粉八分で、蕎麦風味の細うどんという感じだったという。寛文年間（一六六一～七二）から二八蕎麦が大量に生産されるようになり、つゆにつける食べ方が流行した。蕎麦掻きよりもおいしく上等な食べ物として出されたのだ。余談になるが、二八蕎麦の名の由来は十六文だったからというが、貞享二年（一六八五）の江戸の「むしそば切」は一杯六文だった。

蕎麦切りを食べ終わって、会覚と会い、南谷に宿泊を許された礼を述べた。そして早速俳席がもうけられた。

有難や雪をかほらす風の谷　　　　　　芭蕉
　住程人のむすぶ夏草　　　　　　　　露丸
川船のつなに蛍を引立て　　　　　　　曽良
　鵜の飛跡に見ゆる三ケ月　　　　　　釣雪
澄水に天の浮べる秋の風　　　　　　　珠妙
　北も南も碪《きぬた》打けり　　　　　　　　梨水

（「俳諧書留」以下略）

「俳諧書留」には「芭蕉七　梨水五　露丸八　円入二〔江州飯道寺〕　ソラ六　会覚一〔本坊〕　釣雪六〔花洛〕　珠妙一〔南部法輪院〕」と、この歌仙の最後に各々の句数が記されている。

発句は芭蕉、脇をつけたのは露丸（呂丸）である。三句目は曽良で、四句目をつけた釣雪とは前日の夜に会っている。釣雪は京都観修坊の僧で、南谷に逗留していたようだ。珠妙は盛岡藩主南部氏の名代として参拝に来ていた七戸の宝輪院塔頭浄教院の僧。梨水は不明。この日近江の飯道寺不動院の円入とも会っていて、円入は九日にこの続きに参加することになる。

三十六句の歌仙だが、表六句で打ち切って南谷へ戻った。

月山登拝（六月五日〜七日）

○五日　朝の間、小雨す。昼より晴る。昼迄断食して註連《しめ》かく。夕食過て、先《まづ》羽黒の神前に詣《まうづ》。帰《かへりて》俳、一折《ひとをり》にみちぬ。

六月五日〔新暦七月二十一日〕。朝に小雨が降ったが、昼から晴れた。いよいよ明日は登拝である。身体を清浄にたもつために朝食は食べず、昼食は粥程度しか食べないのが掟である。潔斎のしるしの白い襦袢と白股引に着替え、頭を白の五尺頭巾で包み、紙縒《こより》を編んで作った木綿《ゆう》しめを掛ける。曽良は「夕食過て、先ず羽黒の神前に詣ず」とだけしか記していないが、夕食は「一汁五菜」のご馳走だったと書いている旅人がいる。夕食がすむと羽黒山神社に参拝。登拝者たちは一堂に集められ、護摩が焚かれて、十念・祓・懺悔の文を授けられ、お山でのことは他言無用の誓いをたてさせられる。

こうした潔斎式を終えて、歌仙の続きをするために宝前院に戻った。俳席のメンバーは芭蕉、曽良、呂丸、釣雪の四人で、珠妙は帰国したのか加わっていない。「俳一折りに満ぬ」とあり、裏十二句まで詠まれたことがわかる〔三十六句のうち十八句目まで。歌仙の半分にあたる〕。この日は南谷に戻らず、明日案内兼強力《ごうりき》となる先達がいる坊に泊まったようだ。ここで宿泊代や明日の案内賃、入山料などをまとめて支払う。

○六日　天気吉《よし》。登山。〔三里〕強清水《こわしみず》〔二里〕平清水《ヒラシヅ》、高清（水脱）、是迄馬足叶《うまあしかなふ》。〔道人《だうじんの》家、小やがけ也〕。弥陀原《みだがはら》〔中食《ちゆうじき》す。是よりフタラク・ニゴリ沢、御浜などと云《いふ》へかける也〕。難所成《なり》。御田《みた》有り〔こや有り〕。行者戻り〔こや有り〕。申の上尅、月山に至《いたる》。先《まづ》御室《おむろ》を拝して、角兵衛小やに至る。雲晴て来光《らいがう》なし。夕には東に、旦《あさ》には西に有由也。

六月六日〔新暦七月二十二日〕。晴。早朝に先達の山伏とともに出発。『おくのほそ道』には「木綿《ゆふ》しめ身に引《ひき》かけ、宝冠《ほうくわん》に頭《かしら》を包《つつみ》、強力《がうりき》と云《いふ》ものに道びかれて」とある。わらじ三足と賽銭も必ず持っていく〔図7〕。野口から海道坂〔一合〕、大満《だいまん》〔二合。小月山神社がある〕、神子石《みこいし》〔三合〕、強清水《こわしみず》〔四合。ここから勾配がきつくなる〕、

図7　明治12年の「三山総絵図」より（戸川安章家蔵．『図録　庄内の歴史と文化』より転載）．

狩籠（五合）、平清水（六合）、合清水《ごうしみず》（七合）、弥陀ヶ原（八合）、仏水池《ぶすいけ》（九合）となるが、一合目ごとに掛茶屋があって餅やトコロテン、酒などを売っていた。もちろん登拝シーズンだけの営業である。曽良は「三里」「二里」という距離を記しているが、これは聞いたままに記したもので、道の難渋さが加味された里数である。実際には出発口となる野口から強清水まで二里半、強清水から平清水まで二十八丁、平清水から合清水まで十一丁、合清水から弥陀ヶ原まで二十三丁、弥陀ヶ原から月山頂上まで一里半で、全長は五里二十丁ほどという。

七合目は地元では合清水《ごうしみず》と言っていたが高清水とも呼ばれていたらしく、曽良は「高清」と書いて「水」の字が脱落している。ここまでは馬で行くこともできたが、ここより先は馬の乗り入れが禁じられていた。ブナの原生林が終わって、合清水から先は這松と山笹の生い茂る道となる。遮るものもなく下界を一望できるので、雲が下にたなびいていると、「日月《にちぐわつ》行道《ぎやうだう》の雲関《うんくわん》に入《いる》かとあやしまれ」（『おくのほそ道』）るのが実感できる。合清水は月山登山道の区切りとなっていた場所で、登拝者たちはここで一息つくし、道者のための泊まり小屋もあった。

図８　弥陀ヶ原　神が作った田んぼというのが実感できる.

一八一一年に登拝した者は、「羽黒より馬留迄六里の道三百文にて馬に乗申候、疲れ候時は馬に乗候がよし、馬代下直也」と書いている。野口から七合目の平清水までの登山道を三百文とは安い。しかし、ほとんどの登拝者は声高に「六根清浄、御山は繁昌」と山念仏を唱えながら徒歩で登っている。

七合目から先に進むと道は二手に分かれて、左は補陀落道で御浜に通じ、右は弥陀ヶ原（八合）で高山植物が群生する湿原（図8）。芭蕉たちは弥陀ヶ原で腹ごしらえをした。登拝日の朝食は粥程度で軽くすませるものであったというから、空腹だったことだろう。下界では春・夏と季節を分けて咲く花も、弥陀ヶ原では一度に見ることができる。大小数々の池は神が作った田んぼというので「御田ヶ原」と記されることも多い。ここにも小屋があった。

それから補陀落道を通って御浜、濁沢へと下っていく。このあたりは「親つなぎ・子つなぎ」という切通しの難所で、濁沢の滝水は眼病に利くといわれていた。一巡してから弥陀ヶ原へ戻って仏生池（九合。仏水池・毒池《ぶすいけ》とも。ここにも茶屋があった）へ。この先の行者返し（行者戻りとも）の峻険な岩場を越すと山頂（十合。標高一九八四メートル）で、月山神社本宮がある。

芭蕉たちが山頂に達したのは申の上刻（一五時四五分頃。この日の日の入りは一八時五七分）。『おくのほそ道』では「息絶《たえ》身こゞえて頂上に臻《いた》れば、日没《ぼっし》て月顕《あらは》る」とすぐに日没になったかのような書き方をしているが、実際には三時間ほどの間があった。日の出や日没時に霧がたちこめると、背後からの陽光で自分の影が霧に映り、影の周囲に色のついた環が浮かびあがる（ブロッケン現象）。弥陀の来迎を彷彿とさせるこの現象は、夕方だと東に、朝ならば西に出ることがあると聞いて、ぜひ見たいと思って霧が出るのを待ったが、雲が晴れて霧が発生せず、見ることはできなかった。明治十二年に出された「三山総絵図」（前頁図7）には月山神社から少し下ったところに「来光谷（来迎谷）」

が記されているから、おそらくこの辺りで来迎現象を待ったのだろう。この絵図には小屋の絵がいくつか記されている。小屋は泊まり小屋だけでなく、酒や菓子を売る小屋、お札を売る小屋もあった。

来迎谷の泊まり小屋の一つが芭蕉たちが泊った角兵衛小屋だった。小屋は支柱に横木を渡して茅をかぶせただけの粗末なもので、「笹小屋」と書いている旅人が多い。強力が担いできた食事をとり、「笹を鋪《しき》、篠《しの》を枕」（『おくのほそ道』）にして寝るのだが、どてらの賃貸しもあった。下界は夏でも、ここでは急に吹雪になって凍死するかと思うような寒さに襲われることもあり、薄い浄衣だけでは夜を過ごすことはできない。文久三年（一八六三）の旅日記には「大びろくの夜着一つ損金百五十文、同きもの一つ損金五十文」とある。垢じみたそれらはいかにも高かったが、借りずに済ますことができない場合が多かった。

　○七日　湯殿へ趣《おもむく》。鍛冶やしき〔こや有。○本道寺《ほんだうじ》へも、岩根沢へも行《ゆく》也〕。○牛首〔小屋有り〕不浄汚《（垢）》離〔こゝにて水あびる〕。少し行てハラ《（ワ）》ジぬぎかへ、手繦《てかう》かけなどして御前に下る〔御前よりすぐにシメカケ・大日坊へかゝりて鶴ヶ岡へ出る道有〕。これより奥へ持たる金銀銭、持て不帰《かへらず》。惣《そうじ》て取落《とりおとす》もの取上《とりあぐ》る事不成《ならず》。浄衣・法冠・シメ斗《ばかり》にて行《ゆく》。昼時分、月山に帰る。昼食して下向す。強清水迄光明坊より弁当持《もた》せ、さか迎《むかへ》せらる。暮及《くれにおよび》、南谷に帰《かへる》。甚《はなはだ》労《つか》る。

　△ハラ《（ワ）》ジぬぎかへ場よりシヅ《（志津）》と云《いふ》所へ出て、モガミへ行也。

　△堂者坊に一宿《いつしゆく》、三人、壱分。月山、一夜宿、こや賃廿文。方々役銭《やくせん》弐百文の内。散銭《さんせん》弐百文の内。彼是《あれこれ》、壱歩銭不余《あまらず》。

六月七日（新暦七月二十三日）。角兵衛小屋を出て湯殿山へ下って行く。鍛冶屋敷までの間に、六十里越街道の本道寺口と岩根沢口へ下りる道もある。

鍛冶屋敷は『おくのほそ道』に

谷の傍《かたはら》に鍛冶小屋と云有《いふあり》。此国《このくに》の鍛冶、霊水を撰《えらび》て、爰《ここ》に潔斎して剣を打《うち》、終《つひに》「月山」と銘を切《きっ》て世に賞せらる。彼竜泉《かのりょうせん》に剣を淬《にらぐ》とかや。

と名刀「月山」のエピソードが語られた場所。ここにも道者用の小屋があった。

ここから急坂を下り、清川《きよめかわ》に出るとそこが装束場になっていた。ここで水を浴びて垢離をとって浄衣と白布の法冠のみになり、ワラジも新しいものに履き替える。ここにも六十里越街道の志津に下る道があった。装束場からすぐ先に、二〇〇メートル余の断崖を鉄鎖にすがって下る難所があり、そこを過ぎて梵字川の渓谷に沿って行くと湯殿山神社本宮となる。道者は歩きながら賽銭を撒いていくのだが、一度撒いたものは決して拾ってはならないとされていたので、道は賽銭で敷き詰められていた（登拝シーズンが終れば、山伏たちが賽銭を回収する）。月山頂上から湯殿山神社まではおよそ二里。

湯殿山神社のご神体は赤茶色の巨岩で、上部の中央から湯が噴き出している。巨岩の前面は女性があぐらをかいたような形になっていて、全体が湯に濡れてテラテラしているからエロチックな感じを抱かせられる。裸足になってこの岩を登り、遙か下を流れる梵字川に賽銭を投げ込んで戻る。登拝者の白の浄衣は死装束であるといい、湯殿山に参拝することで再びこの世に生まれ出ると伝えられているのも、女の下半身を連想させるこのご神体ゆえである。

湯殿山神社に参拝して、来た道を戻った。月山の頂上にたどり着いたのは昼時分。昼食をとって下山する。四合目の強清水には光明坊から弁当を持った者が迎えに来ていたので、そこで「さか迎え」の弁当を食べた。迎えに来た光明坊は手向荒町の妻帯修験で平井貞右衛門。息子が弁当を持ってきたらしいことが六月十二日の日記に記されている。また芭蕉は六月十五日に吹浦から呂丸に出した手紙に、「光明坊・貞右衛門殿親子」にもよろしく御礼を申し上げてくれとあるので、先達をしたのは光明坊だったらしい。「さか迎え」は旅人の無事の帰国を祝って村はずれ等で飲食をともにする行事で、「境迎え」が語源だろう。しかし江戸後期になって飲食が派手になってくると、「酒迎え」などと書かれるようになる。

こうして暮れ方になってようやく南谷に着いた。我慢強い曽良でさえ「はなはだ疲れた」と記している。曽良より五歳年上の芭蕉は蒲柳の質で持病もかかえていたから、疲労困憊の極致だったにちがいない。

この日、曽良はめずらしく金銭のことを記している。「堂者坊」は道者坊で、先達がいる寺。ここに登拝にかかる費用をまとめて前金で払ったが、それが先達を入れて三人分で一分（一両の四分の一）。貞享二年（一六八五）に書かれた「福島県会津高組風俗改帳」（『会津高田町史　第三巻』所収）には「湯殿山参詣には初穂として九十六文を先達へ、湯殿山参詣の時は別当へおとし物として三、四人で金一分、山先達には一人四十八文を手引銭として渡る」とあるから、曽良が書いた「三人、壱分」は当時の一般的な値段である。月山の角兵衛小屋の使用料が二十文。なにやかやで山役料等が二百文、道に撒いていく賽銭が二百文ほどかかっている。曽良は初穂や先達の手引銭を記していないが、会覚の俳諧相手ということで請求されなかったのかもしれない。

時代が下って一八一六年の旅日記になるが、「羽黒、湯殿、月山三山先駆先達案内賃山役まで一人前六百五十文也と云ふ。外に山上にて諸々入用定りあり、一人前〆て銭一貫文宛入用なりと云ふ」とある。銭一貫文は千文。信仰の登山もなかなか金がかかる。曽良は湯殿山へ行く道で「銭踏《ぜにふみ》て世を忘れけりゆどの道」と一句作り、それを推敲した「湯殿山銭ふむ道の泪《なみだ》かな」が『おくのほそ道』に載せられている。湯殿山のありがたさに涙したと解釈すべきだろうが、賽銭を踏んで歩きながらそれを持って帰れない残念さを感じる貧乏庶民もいたことだろう。曽良はここで「月山や鍛冶が跡とふ雪清水」「三日月や雪にしらげし雲峰《くものみね》」も作っている。

南谷で会った人々（六月八日〜十二日）

○八日　朝の間小雨す。昼より晴。昼時、和交（光）院御入、申《さる》の刻に至る。
○九日　天気吉《よし》、折々曇《くもる》。断食。昼及《ひるにおよび》てシメあぐる〔ソウメンを進む〕。亦《また》、和交（光）院の御入て、飯・名酒等持参、申《さるの》刻《こく》に至る。花の句を進《すすめ》て、俳、終《をはる》。曽良発句、四句迄出来る。

六月八日（新暦七月二十四日）。朝に小雨が降ったが、昼からは晴れた。昼時、和光院が南谷まで出向いて来、申の刻（一六時三〇分前後）まで滞在。

木綿しめをはずす儀式に出てはじめて登拝が終わったことになるのだが、芭蕉と曽良は下山した翌日にそれをやっていない。疲れすぎて動くこともできず、儀式に参加できなかったのかもしれないし、和光院会覚と俳諧の話がはずんでしまい、儀式参加は後まわしになったのかもしれない。それにしても、羽黒山の最高権力者がわざわざやって来るなど、普通では考えられないことである。身分の上下を問わない俳諧の世界だからこそできた訪問だった。

九日、天気は晴れていたが、時々曇った。朝は断食をして、昼に肩から掛けていた木綿しめをはずして納めた。これでようやく正式に登拝を終えたことになる。下山の翌朝は断食し、小昼（間食）にそうめんが出されるのが登拝後のしきたりだった。芭蕉と曽良は下山から二日後にそうめんを食べているから、一日遅れている。やはり疲労困憊して前日は動けなかったらしい。

さて、この日も再度会覚が訪問している。飯と酒を持参して四時半前後までいた。ここで登拝の様子やこれまでにできた句が披露されている。曽良は「俳諧書留」に芭蕉の句として、

雲の峰幾つ崩レて月の山
涼風やほの三ケ月の羽黒山
語《かた》れぬ湯殿にぬらす袂哉《たもとかな》

曽良自身の句として、

月山や鍛冶が跡とふ雪清水
銭踏て世を忘れけりゆどの道
三ケ月や雪にしらげし雲峰《くものみね》

を記している。会覚が句の短冊を乞うたのはこのときだったかもしれない。『おくのほそ道』には、

坊に帰れば、阿闍梨の需《もとめ》に依《より》て、三山巡礼の句々短冊に書《かく》。
涼しさやほの三か月の羽黒山
雲の峰幾つ崩《くづれ》て月の山
語られぬ湯殿にぬらす袂《たもと》かな
湯殿山銭ふむ道の泪《なみだ》かな　曽良

と載せているが、会覚が求めて今に伝わっている短冊はもちろん初案のもので、三枚の短冊には「桃青」と記されている。

また日は不明だが、芭蕉は羽黒山滞在中に「天宥法印追悼」の文を書き、「その玉《魂》や羽黒にかへす法《のり》の月」の句を寄せている。また天宥画「四睡図」に「月か花か問へど四睡の鼾《いびき》哉」の画賛を添えているが、これらも会覚からの要請だった。天宥は羽黒山第五十代の別当で、羽黒山を天台宗に改宗させて大々的に山内を改革、寺院を新たに建築した中興の祖だが、罪を得て伊豆に流され、十四年前に没していた。この追悼文や画賛に対して、芭蕉へはかなりの額の謝礼が包まれたにちがいない。

それから本坊の宝前院へ移動し、五日の続きの歌仙を興行。旧メンバーに加え、新しく江州飯道寺の円入が参加している。

こうしてたまたま居合わせた諸国の初対面の俳士たちと同座して楽しむことができるのが、俳諧のすばらしさである。酒田の不玉撰『継尾集』（一六九二年刊）に其角・支考・桃隣の三吟歌仙が載っているが、その中に其角の「所々の秋通り切手をたのむ也」に、支考が「本名しらぬ俳諧の友」と付けている。農村では年貢を納めた後の正月明けから田んぼの耕起までが農閑期で、農民たちが長期の旅に出るとしたらこの期間になる。一生に一度かもしれない旅を心待ちにして、稔りの旅になると早々と旅に必要な往来手形を、名主や檀那寺に書いてもらおうとそわそわしている、というのが其角の句。それに対して支考は、本名を知らぬ同士が俳号で呼び合って、旅先で俳諧に興じている姿を詠んでいる。身分をやかましくいった封建制度を超越して、交際できるのが俳席であった。

会覚は忙しかったらしく、最後になってから顔を出して、三十五句目の花の座で一句だけ作っている。こうして四日からはじまった「有難や」の歌仙は、五日、九日と三日がかりで完成した。

曽良の旅日記には記されていないのだが、南谷滞在中に呂丸がしばしば顔を出していたらしい。そして俳諧に関して日頃疑問に思っていることを芭蕉に聞き、それを書き留めて「聞書七日草」を残している。ここには不易流行の文字こそないが、芭蕉の「不易流行論」の萌芽が認められるという。『俳諧大辞典』（明治書院）には「不易流行」

を「俳諧は新しみをもって生命とする、その常に新しみを求めて変化をかさねてゆく流行性こそ、実は俳諧の不易の本質」で、「流行は単なる変化にとどまるものではなく、つねに永遠の価値の実現をめざしてなされなければならぬ、そして逆に俳諧の永遠の価値はマンネリズムを排し新しさを求める不断の努力の中からこそ生まれ得るもの」(この項の筆者は尾形仂。一部のみ引用)と説明されている。

芭蕉はこの東北行脚でさまざまのことを見てきた。歌枕の地へ行ってみると、「山崩《くづれ》川流《ながれ》て道あらたまり、石は埋《うづもれ》て土にかくれ、木は老《おい》て若木にかはれば、時移り、代《よ》変じて、其跡《そのあと》たしかならぬ事のみ」(『おくのほそ道』)であったが、これらの歌枕に関する和歌は芭蕉の中で生きているのである。しかし、俳諧はどうなのだろうか。芭蕉はこの旅でずっとそのことを考え続けていたのかもしれない。今まで芭蕉が次々に試みたものは単なる新趣向で終わるのではない、これを突き詰め脱皮していけば、俳諧も永遠の価値あるものになるかもしれないという思いが生まれたのが、羽黒山滞在中だった。呂丸が問い、芭蕉が答える。答えながら考えが徐々に整理され、「不易流行」へと至っていったのだろう。

羽黒山を発って、芭蕉が六月十五日に吹浦から呂丸に出した手紙には、世話になった礼を述べたあとに、「風雅の因《ちな》み浅からざる故」貴方とは俳諧が取持つ縁で結ばれたと書いている。才能ある者同士の俳席は、互いにすばらしい充実感を味わうことができる。羽黒山は芭蕉には忘れがたい俳席となった。

その後の呂丸についても記しておこう。元禄三年には路通が『おくのほそ道』をたどって呂丸の家で厄介になり、五年には支考も来て世話になっている。支考は、芭蕉が呂丸に宛てた紹介状(元禄五年二月八日付)を持参したが、そこには「宗五と御申出《まうしいだ》し候。命候内には今一度《ひとたび》と願申候」と、宗五(曽良)といつも貴方様のことを思い出しています、命あるうちに今一度お目にかかりたいと願っています、とある。呂丸は人にそう思わせるような人柄だったようだ。芭蕉は呂丸の才能を見抜き、芭蕉が理想としている俳諧を理解し、継いでくれる一人と目していたからこその言葉であった。

支考を送り出すと呂丸は江戸へと旅立ち、芭蕉庵でしばらく滞在した。元禄五年九月上旬のことである。この時芭蕉は、月を詠んだ門弟たちの発句集「三日月日記」を清書して呂丸に与えている。呂丸は旅中の身だから万一のことを考え、「三日月日記」を手向荒町の家に送り、それから美濃・伊勢へまわり、京都の向井去来宅を訪ねた。芭蕉の紹介で去来宅に寄留して、年を越したらしい。一月末までは病気の兆候など見えなかったのに、元禄六年二月二日に突然客死した。呂丸の辞世の句は、

消安《きえやす》し都の土に春の雪　　呂丸

芭蕉をはじめ蕉門や会覚も追悼句を寄せている。

当帰《たうき》よりあはれは塚のすみれ草　　芭蕉
しにゝ来てその二月《きさらぎ》の花の時　　支考
雲雀《ひばり》なく声のとゞかぬ名ごり哉　　会覚
ふみきやす雪も名残や野べの供　　去来

芭蕉の句の「当帰」はセリ科の薬草で、線香花火のような小さな白い花を咲かせる。高さは六〇センチほどでたくましい印象を受ける。それより哀れなのはスミレだというのは当たり前すぎて、私などは芭蕉の真意がわからない。

○十日　曇。飯道寺正行坊入来《じゅらい》、会す。昼前、本坊に至て、蕎切《そばきり》・茶・酒など出、未《ひつじ》の上刻に及ぶ。道迄、円入被迎《むかへらる》。又、大杉根迄被送《おくらる》。祓川《はらひがわ》にして手水《てうづ》して下る。左吉の宅より翁計《ばかり》馬にて、光堂《（ママ）》迄釣雪送る。左吉同

道。々（道々の誤脱） 小雨す。ぬるゝに不及《およばず》。申《さる》の刻、鶴ヶ岡長山五良右衛門宅に至る。粥《かゆ》を望《のぞみ》、終《をはり》て眠休して、夜に入て発句出《いで》て一巡終る。

六月十日（新暦七月二十六日）。曇。飯道寺の正行坊が南谷にやって来たので、面会した。飯道寺というと円入が思い出されるが、正行坊と円入は同一人であろうか。昼前に南谷を出て本坊宝前院へ。そこで蕎麦切りや茶・酒などが出された。会覚の心づくしの送別のしるしであった。未の上刻（一三時一五分頃）までゆっくりして、本坊を出発。円入と釣雪が見送りに出、一緒に石段を下る。円入とは五重塔の近くにある大杉根（祖父杉）で別れた。祓川で手を洗い清めて下ると、次は継子坂という急な石段を上ることになる。それから随神門をくぐって手向荒町の呂丸の家に立ち寄る。呂丸は馬を用意して待っていた。

これから鶴岡へ向かうのである。鶴岡藩士長山五郎右衛門は呂丸とは俳友で、俳号は重行。芭蕉を歓待してくれるはずである。芭蕉は馬に乗り、曽良は徒歩で従う。芭蕉の馬の口取りは呂丸である。釣雪はなおも付いてきて、手向の黄金堂まで見送ってくれた。別れがたかったのだろう。釣雪はこの後も羽黒山にとどまっていたらしく、『継尾集』に「象潟や夕食過《ゆうめしすぎ》のほたる舟　羽黒山　鉤《（ママ）》雪」として載せられることになる。

話はとぶが、元禄三年四月八日から其角は一日一句、夏中に百句詠むことを自ら課し、誹諧日記を付けた（『華摘』）。その四月九日に、

僧釣雪がかたりけるに
此里に后《きさき》ますべし桐の花　　羽黒　露丸

と記している。俳人同士の書簡のやりとりが頻繁に行われ、そこには自作の句はもちろん、他の俳人の最新作も書き入れることが多かった。俳人の力量はどういう句を作るかだけでなく、どんな句を撰ぶかによって好みや教養が示されたからである。釣雪が露丸（呂丸）の句を手紙で知らせたとも考えられるが、「かたりけるに」とあるからおそらく釣雪は江戸に来て、其角宅に立ち寄ったのだろう。

また『花摘』には、四月「二十八日、此日閑《ひま》に飽て翁行脚の折ふし、羽黒山於本坊興行の歌仙をひらく。元禄二年六月にや」と、芭蕉の「有難や雪をめぐらす風の音」を立句とする歌仙を書き、それに続けて

湯殿
語られぬゆどのにぬるゝ袂哉　翁
月山
雲の峯いくつ崩れて月の山　同
同じ山行
鶯の声賤《いや》しさよ夏の雪　観修坊　釣雪

と記している。

元禄三年四月の時点で芭蕉のこれらの句はまだどこにも発表されていないし、釣雪の句が記されているので、釣雪から聞いたとしか考えられない。路通の『俳諧勧進牒』（元禄四年刊）に「はる風や行《ゆく》ほど奥のうるしばら（漆原）　花洛　釣雪」が載せられていて、釣雪は『俳諧勧進牒』が出される前に花洛（京都）にいたことがわかる。釣雪は羽黒山から京都に行く途中に江戸の其角宅を訪れ、芭蕉の句を教えたのだろう。

俳人たちの情報網にはまったく驚かされる。飛脚制度が発達していなくても手紙は人に頼んで届けてもらえたし、

また俳人自身が各地を旅して情報を伝え歩いていた。見知らぬ同志も、同じ撰集に入集しているというだけで心を許す友という感じを抱いただろう。句が入集した撰集が出されるより先に、彼らは各地の俳人たちの句を悠々と楽しむこともできたのである。

芭蕉たちの行動に戻ろう。

手向から鶴岡まではおよそ三里。ときどき小雨が降ったが、濡れるほどではなかった。申の刻（一六時三〇分前後）に鶴岡の長山重行の家（図9）に着いた。鶴岡は酒井氏十三万八千石の城下町で、長山重行は荒町裏町から与力町へ通じる小路の角に住んでいた。大身の武士が住む城近くから外れていて、禄高百石の武士にふさわしい所だ。そこは今も長山小路と呼ばれている。重行の宅に着いて、夕食に粥を所望したら庄内名産の民田《みんでん》茄子《なす》の漬け物が添えられていた。それから少し眠って休んだ。登拝の疲れがまだ残っていたらしい。

図9　長山重行宅跡　奥に「めづらしや」の句碑がある．

夜になって歌仙が始まった。

めづらしや山をいで羽の初なすび　翁
　蟬に車の音添る井戸　重行
絹機の幕閙《さわが》しう梭《おさ》打て　曽良
　閏弥生もすゑの三ケ月　露丸
（「俳諧書留」以下略）

芭蕉の発句は民田茄子を詠んだ挨拶句だが、涼しかった羽黒山から下りてくると下界はまさに夏。茄子漬けを食べて本当の季節を実感した。この日の歌仙はこれで中断。

○十一日　折々村雨す。俳有。翁、持病不快故、昼程中絶す。
○十二日　朝の間村雨す。昼晴。俳、歌仙終る。
○羽黒山南谷方〔近藤左吉、観修坊、南谷方也〕、且所院・南陽院・〔山伏〕源長坊、光明坊・息　平井貞右衛門。
　○本坊芳賀兵左衛門・大河八十良・梨水・新宰相。
△花蔵院　△正隠《(穏)》院、両先達也。円入〔近江飯道寺不動院にて可尋《たづぬべし》〕、〔七ノ戸〕南部城下法輪寺内浄教院珠妙。
△鶴ヶ岡、山本小兵へ殿、長山五良右衛門縁者。
　図司藤四良、近藤左吉舎弟也。

六月十一日（新暦七月二十七日）。時々驟雨が走る一日だった。昨日の続きの歌仙をはじめたが、芭蕉の体調がおもわしくなく、昼頃に中断した。登拝の疲労は持病を悪化させる。昨日粥を所望したのも、胃腸の調子が悪かったからだろう。

六月十二日（新暦七月二十八日）。朝、時折雨が激しく降ったが、昼になって晴れた。芭蕉も回復し、四吟の歌仙が満尾した。

この日、曽良は忘れないうちにと羽黒山で出逢った人々の名を記している。

南谷で会ったのが、呂丸こと近藤左吉と、俳席をともにし黄金堂まで見送ってくれた観修坊釣雪。且所院・南陽院は羽黒本社の近くの三の坂を上ったところにある寺の清僧。源長坊は山麓に住む妻帯山伏で、潔斎のときに立ち会った僧だろうか。光明坊も妻帯山伏で平井氏。芭蕉と曽良の月山登拝の先達をしたのがこの光明坊で、強清水まで迎えに来てくれたのが息子の貞右衛門であろう。

本坊で会ったのが、芳賀兵左衛門・大河八十良・梨水・新宰相。芳賀兵左衛門は山麓の妻帯修験で弥勒坊。この弥勒坊の息子はのちに文殊坊芳賀兵左衛門となり、呂笳《ろか》の俳号で俳人としても活躍することになる。梨水は「有難や」の歌仙で五句作っていた人物。大河八十郎と新宰相は不明。

文政十三年（一八三〇）に写された「羽黒山絵図」（八九頁図5）には、花蔵院は三の坂を上ったところに、正穏院は羽黒本社に向かって右手の鳥居の先に描かれている。ともに山上の清僧で先達。円入は近江の飯道寺不動院の僧。珠妙は盛岡藩七戸の法輪陀寺の塔頭浄教院の僧。

鶴岡の山本小兵衛は長山五郎右衛門（重行）の縁者であること、図師藤四郎は近藤左吉（呂丸）の弟であることが記されている。弟も鶴岡で染色業者を束ねる役をしていたのだろう。

呂丸は十二日に手向荒町へ戻ったらしい。芭蕉が呂丸に宛てた礼状には、「この度初めて御意を得候処、御取り持ちご厚情故、山詣滞留心静かに相勤め候て、誠に忝《かたじけ》なく存じ奉り候。風雅の因《ちな》み浅からざる故、もの事御心安く、他人隔てなき、互いの心意安らかに芳慮を得、大慶忝なく存じ奉り候。先ず以て本坊において御馳走御懇《こん》情《せい》の段、さてさて無類道者、御礼筆頭尽くし難く存じ奉り候」（『芭蕉書簡集』）と、破格の厚遇を受けたことを謝し、会覚、光明坊にいる貞右衛門親子、南谷で世話になった人々に感謝していることを伝えてほしい、と書かれている。この書簡の日付は記されていないが、呂丸と別れてすぐに書かれたものと推定される。

呂丸は十二日中に羽黒山に戻って、芭蕉が鶴岡から酒田へ出発することを会覚に報告。翌朝会覚が鶴岡に飛脚を差し向けたことが、翌日の「曽良旅日記」からわかる。

酒　田――豪商たちとの一夜（六月十三日〜十四日）

一　十三日　川船にて坂田に趣《おもむく》。船の上七里也。陸五里成《なり》と。出船の砌《みぎり》、羽黒より飛脚、旅行の帳面被調《ととのへられ》、被遣《つかはさる》。又、ゆかた二ツ被贈《おくらる》。亦、発句共も被為見《みせらる》。船中少し雨降りて止《やむ》。申《さる》の刻より曇。暮に及《および》て坂田に着《つく》。
玄順亭へ音信《おとづれ》、留主《るす》にて、明朝逢《あふ》。

六月十三日（新暦七月二十九日）。これから酒田へ向かう。最上川河口にある酒田湊で陸揚げされた物資は、赤川を遡って鶴岡に入ってくる。旅人はこの戻り舟に乗って鶴岡から酒田へ行くのが普通であった。今の赤川は黒森と広岡新田の間から流路を西へまげて直接海にそそいでいるが、これはたびたびの洪水被害を防ぐために開削されたもので、大正十年に着工、昭和二年に完成したもの。それ以前の赤川は、最上川の河口近くで合流していた。酒田港に大型の外洋船が入港できたのも、この二つの川の水勢が河口の川底土砂を押し流して水深があったからである。

芭蕉と曽良も舟で酒田に向かった。重行の家からほど近いところに内川の船着場がある。昔は内川は赤川の本流だったが、改修されて鶴ヶ岡城の内堀の役を果たしていた。内川から乗船すると当時の赤川の本流に出る。曽良が書いているように陸路は五里だが、舟だと七里。のんびりした船旅が楽しめた。

乗船しようとしたときに羽黒山から飛脚が来て、会覚阿闍梨からの手みやげを届けてくれた。旅行の帳面と浴衣、そして発句である。

旅行の帳面は駄賃帳だろう。馬や駕籠を雇うと幕府御用は無料、武士は公定値段、庶民は相対で決めるが、公定値段の二倍以上取られるのが普通だった。芭蕉と曽良は民間人なので、馬や駕籠を使うと高額の料金を請求されるから、会覚は羽黒山の駄賃帳を渡し、馬・駕籠は公定値段で使えるようにはかってくれたのだろう。また浴衣は旅中は塵除けに使われた。芭蕉が象潟まで行くと聞いて用意してくれたのだ。象潟へは庄内砂丘を歩くのだが、風が強いと砂が巻き上げられる。その砂除け用にという心遣いである。会覚の餞別句は「忘るなよ虹に蝉鳴《なく》山の雪」。

こうして下り舟に乗って酒田へ。途中で雨が少し降ったがすぐに止み、申の刻（一六時三〇分前後）から曇になった。赤川と最上川が合流する広い河口に出て、酒田の内川（新井田川）に入って舟をつける。内川は山居《さんきょ》倉庫に続いていて、酒田港は物資の保管にも便利な港であった。酒田に上陸したのは夕暮（日没は六時五一分）であった。

芭蕉が訪れる十七年前の寛文十二年（一六七二）、河村瑞賢が酒田を起点とする西回り航路を開いてから、酒田は全国でも有数の経済都市に成長していた。もちろんそれ以前から酒田港は日本海航路の重要な基地であったが、三月から十一月まで二千五百ないし三千艘の外洋船が入津して帆柱が林立するという光景は、西回り航路が開かれてからのものである。こうした外洋船は播磨から塩、大坂・堺・伊勢からは木綿、出雲からは鉄、また北の津軽・秋田からは材木、松前からは塩物・干物を運んできた。これらの品々は酒田の問屋に卸され、最上川舟運を中心に各地へと売りさばかれたのである。酒田港から移出するのは主に米であった。芭蕉が行った当時、こうした品々を取り扱う問屋は四、五十軒を数え、いずれも多額な取引きをして盛大に栄えていた。

酒田の豪商の中でも有名なのが鐙屋《あぶみや》で、西鶴の『日本永代蔵』（元禄元年刊）の「舟人馬かた鐙屋の庭」には、「諸国の客を引受け、北の国一番の米を買入れ惣左衛門と云う名を知らざるは無し」で、「表口三十間奥行六十五間」のとてつもない大きさの屋敷であると紹介している。酒田は三十六人衆という草分けの人々によって町政が行われた歴史があり、町人の結束と勢力が強い土地である。落着いた雰囲気の鶴岡城下に比べ、酒田は活気ある喧噪が渦巻いていた。

舟から下りた芭蕉と曽良は、まず伊東玄順に到着したことを知らせた。玄順（?〜一六九七）は本道医というから内科の医師である。医名は淵庵《えんあん》、俳号は不玉。酒田内町組の大庄屋伊藤弥左衛門家から分かれ、医師となって一家をたてた。酒田の豪商たちが不玉の俳諧の門弟あるいは俳友で、また彼らのかかりつけの医者でもあった。不玉は当時から酒田俳壇の宗匠格と目されていた人物である。家は豪商が軒を連ねる本町通りから小路を入ったところにあり、酒田の町年寄加賀屋与助からの借家である。不玉は元禄十年に五十歳で没しているので、元禄二年当時は四十二歳。天和二年（一六八二）刊の三千風撰『松島眺望集』には「酒田　玄順」として二句入集。また天和三年（一六八三）五月に三千風が象潟の帰りに酒田を訪れ、「五代院俳諧　連衆廿余人大寄」の俳席を設けたが、俳士の名をあげたのは

「酒田宗匠伊藤氏　玄順(東)」のみであった。清風の『稲筵』に六句入集していたから、不玉を訪問することは芭蕉の想定内のことだったろう。芭蕉がこの地を訪れて以降、不玉は蕉門に名を知られるようになり、支考編『葛の松原』（元禄五年）に一句、知足編『千鳥掛』（正徳二年）に一句入集することになる。

しかし不玉は留守だったので、明朝会うことになった。この日の宿は旅籠屋であろう。

○十四日　寺島彦助亭へ被招《まねかる》。俳有。夜に入《いり》帰る。暑甚《あつさはなはだ》し。

六月十四日（新暦七月三十日）。寺島彦助に招かれて七吟の俳諧興行となった。俳席に連なったのは、寺島彦助、芭蕉、曽良、不玉に加え、長崎一左衛門、加賀屋藤衛門、八幡源衛門で、諸国相手の豪商ばかりである。身なりも立派で、それなりの風格も備えていただろう。芭蕉が江戸から来た宗匠で、羽黒山の会覚から厚くもてなされたと聞けば、彼らも興味津々で期待して集まったにちがいない。

亭主をつとめた寺島彦助は問屋を営んでいて、酒田に運ばれてくる幕府領の年貢米管理と廻船への積み込みを請け負う浦役人。幕府から五人扶持を支給され、名字帯刀も許されていた。また御城米船の船頭・水主《かこ》たちの船宿も経営し、これは船一艘につき旅籠雑用金として金二両をとっていたという。家は本町五ノ丁にあり、安種《あんしゅ》・詮道《せんどう》・令道といった俳号をもっていた。詮道が船頭相手の仕事をしているからつけた俳号なら、洒落のわかる男だ。不玉が編んだ『継尾集』には安種の俳号で「象潟や藻の花渡る夕すゞみ」が入集している（次頁図10）。

長崎一左衛門は定連という俳号であるが住居その他は不明。問屋の一人である。

加賀屋藤衛門も問屋を営み、任暁という俳号をもっていた。家は本町六ノ丁にある。

八幡源衛門は扇風の俳号で、家は本町四ノ丁。これも問屋である。

この四人の豪商と芭蕉・曽良・不玉の七人で興行した連句は「俳諧書留」に記され、「六月十五日　寺嶋彦助亭に

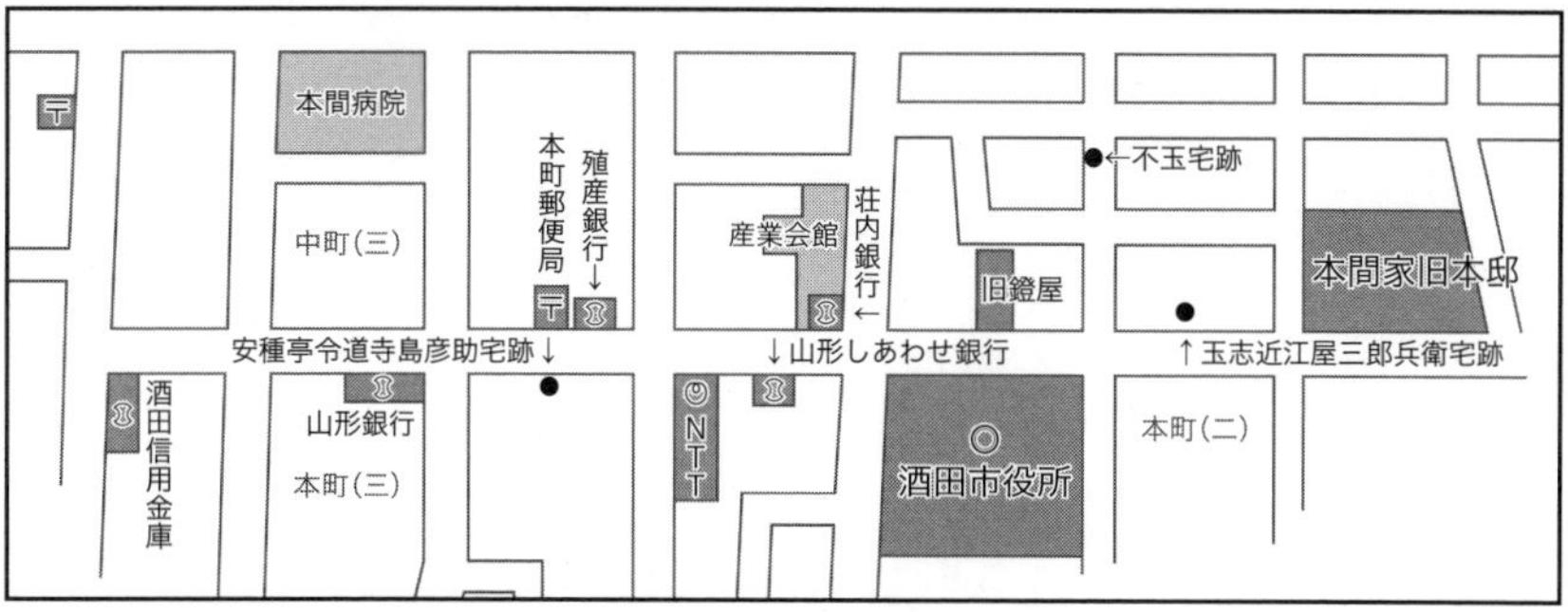

図10　酒田の俳人宅跡　現在も銀行が建ち並ぶ商業の中心地である（酒田市の観光マップより）.

て」と記しているが、十四日の間違い。曽良はこの日、「暑甚し」と記している。芭蕉はこの暑さの中で、日本海にそそぎ込む最上川を詠んで挨拶句とした。

涼しさや海に入たる最上川　翁
　月をゆりなす浪のうき見る　寺嶋 詮道
黒かもの飛行庵《とびゆくいほ》の窓明て　不玉
　麓は雨にならん雲きれ　長崎一左衛門 定連
かばとぢの折敷作りて市を待　ソラ
　影に任する宵の油火　かゞや藤衛門 任暁
不機嫌の心に重き恋衣　八幡源衛門 扇風
（「俳諧書留」）

芭蕉の挨拶句は「暑き日を海に入れたり最上川」と改作されて『おくのほそ道』に載せられることになる。

この日以降、酒田ではどこに泊まっていたのかはっきりしない。医者の家に泊まるのはためらわれただろうし、また会覚からの謝礼があるから旅籠屋だったのではないか。不玉宅に泊まったなら、曽良はいつものようにそう書いただろうし、「夜に入《いり》帰る」と、前夜泊まったところに戻ったように書いていることも旅籠屋で泊まったことをうかがわせる。

歌枕象潟へ（六月十五日～十七日）

○十五日　象潟《きさかた》へ趣《おもむく》。朝より小雨。吹浦《ふくら》に至る前より甚《はなはだ》雨。昼時、吹浦に宿す。此間六里、砂浜、渡し二ツ有。
〔左吉状届。晩方、番所裏判済〕。

六月十五日（新暦七月三十一日）。芭蕉の体調も回復したので、象潟へ行くことになった。背後に雄大な鳥海山を従えた象潟は入江に多数の小島を浮べ、俗に「九十九島」といわれるが、実際にはそれ以上あった（文化元年の象潟大地震以後に新田開発の波が押し寄せ、島々の多くが消え去っている。しかし、昭和九年一月に国の天然記念物に指定されたときでさえ指定区域に一〇三島を数えていた）。象潟は芭蕉が崇敬してやまない歌人の能因や西行が訪れたといい、多くの歌人に詠まれている著名な歌枕の地である。

曽良は「歌枕覚書」に源顕仲《あきなか》（一〇五八～一一三八）の「さすらふる我にしあればきさかたのあまの苫《とま》やにあまた旅寝ぬ」と、能因の「世の中はかくてもへけりきさたがのあまの苫やをわが宿にして」の二首を書き抜いていた。他に大江匡房《ただふさ》（一〇四一～一一一一）の「象潟や海士《あま》の苫屋の藻塩草うらむる事の絶えずもあるかな」や、『継尾集』にも載せられている北条時頼（一二二七～六三）の「詠むればいとど哀れぞまさりゆくおもひ入江のあまのつり舟」など、象潟を詠んだ和歌は少なくない。

これらでもわかるように、象潟をテーマにしたときは、流離《さすら》ってたどり着いた侘しい場所、うらぶれた苫屋、恨み、寂寥感などを詠むことが決りとなっていた。明るい風景や楽しい気分などは決して詠まないのである。歌枕の共通のイメージを基に作るのだから、実際に現地へ行かなくても和歌はいくらでも作ることができた。象潟に来ることもなく古歌のイメージをふくらませて、象潟を訪れたような心で詠んだ和歌が多く作られていく。都から一歩も出たことがない天皇や宮廷の女流歌人が、地方の歌枕を駆使して実感のこもった和歌を作っているのはこうした理由による。屏風に描かれた風景画を見て、あたかも描かれたその地で詠んだような和歌を作ることなど、歌人にはごく普通のことだった。

『おくのほそ道』で芭蕉は「松島は笑ふが如く、象潟はうらむがごとし」と書いているが、これは風景がそのように見えたばかりではない。和歌の素養があれば、象潟というと侘しさや恨みをイメージすることが常識だったのである。

さて、歌枕の象潟へ行くためには鶴岡藩の出判が必要である。入国したときに取った入判を奉行所へ行って出判に替えるのだが、芭蕉と曽良は入判を持っていなかった。最上川を下ったときに鶴岡藩番所のある清川から入国することができず、やむなく狩川から上陸していたからだ。厳密に言えば密入国になる。入判がないと普通は少々やっかいなことになるのだが、常日頃役人とつながりの深い酒田の豪商たちがうまくやってくれて、出判は難なく手に入れることができただろう。また出羽三山参詣で鶴岡藩に入ったという名目ならば、羽黒山別当の宝前院からでも出判を出してもらうことができたが、入国と出国の番所が違うと参詣目的とは見なされなかったから、やはり酒田で出判を用意したのだと思う。

その出判はどのようなものだったのだろうか。安永六年（一七七七）に二人の男性が象潟まで行くために、酒田の奉行所から取った出判を旅日記に書き写している。

その出判は次のようなものであった。

此者二人、内一人俗、一人僧、象潟迄被通申候間《とおしもうされそうろうあいだ》、御改所無相違《そういなく》御通し可被下《くださるべく》候、為後日《ごにちのため》手形差上申候。
表書の通り其御口無相違《そういなく》御通し可被下候《くださるべくそうろう》、為其如斯御座候《そのためかくのごとくござそうろう》。

坂田町　奉行堀平太夫

芭蕉と曽良もこれと同じような出判を用意して酒田を発ったことだろう。

酒田から象潟までは十一里半。その大半が広大な庄内砂丘の上を歩くことになる。言うまでもなく砂の道はひどく歩きにくい。それに暑さも続いていた。現在は松が植林されて砂丘の面影はなくなっているが、当時は木はおろか草さえも生えていなかったから、炎天下を熱い砂に足を奪われながら進むことになる。ことにこの海岸は西風が強く、その風の強さも尋常ではなかった。芭蕉よりおよそ百年後にここを歩いた橘南谿は、

出羽国酒田を朝とく起出でて、吹浦という里を心ざし行く。其間六里にして、路傍に人家なく、又田畑も見えず。左は大海、右は鳥海山にて、過ぐる所は渺々《びょうびょう》たる沙場《しゃじょう》なれば道路もさだかならず。此辺の人だに迷う故にや、其間三五十間程ずつに柱を建てて道の目印とせり。酒田より一、二里も来ぬらんと思う頃より、北風強く吹起こり、沙《すな》の飛散る事おびただし。初《はじめ》の程は彼《かの》印をたよりとし、又は人馬の足跡あるいは草鞋、馬の沓《くつ》などのある方へ道をいそぎしが、次第に風吹つのりて沙を吹起こすにぞ、天地も真黒に成り目当の柱のみえざるのみか、我うしろに従い来たる養軒（注・橘南谿の弟子）さえ見えわかねば、互いに声を合わせ手を携えて行く程に、後《のち》には前後をだにわきまえず。もとより路を尋ねん人も無く、心もそらにまどいて、せんかたなきまま能々《よくよく》思うに、かくみだりに行迷いなば、いかなる所にか迷い到らんもはかりがたし。（中略）かくやあらんとたたずみ居たるに、午《うま》過ぐる頃より小雨降出でたり。雨のしめりに砂しずまり、印の柱も見え出でたり。嬉しき事限り無し。されども風猶やまざれば、笠も何方へか吹散りぬ。雨は横ざまにふり、合羽は頭より上に舞上り、惣身ひたぬれにぬれて、其《その》う《(憂)》くつらき事いひもつくすべからず。されど沙しずまりしゆえ、路に迷わず、只急ぎにいそぐ程に、中の刻ばかりに吹浦へ着きぬ。

惣じて此所のみに限らず、越後・出羽の二ヶ国は、街道、北海にほとりして、百六七十里が間は、一日も砂原を通らざることとなし。歩行するにも足首迄は常に砂に埋もれ、進めども只退くようにのみ思われ、道はかどらぬ越の長浜とよみしも思い出でられぬ。殊に九月の頃より三月末までは、一日として風吹かざることもなく、沙塵常に天を覆う。

（『東遊記』図11）

と書いている。百年後にしてこうだったのだ。左は大海、右は鳥海山、歩くのは縹渺とした砂丘で、所々に杭が打ってある。これが街道のしるしだった。いったん風が吹き出すと砂が巻き上がって、目印の杭はもちろん、前を行く者の姿さえも見えなくなってしまう。風で舞い飛ぶ砂は汗ばんだ肌を刺す。何も見えないままに歩かねばならないその心細さは想像に難くない。

橘南谿がここを歩いたのは天明六年（一七八六）三月二十二日。この風は「九月の頃より三月末まで」とあるから、芭蕉が行った季節はこれほどの強い風ではなかったろうが、海風が強いのは庄内砂丘の常である。最上川の舟が帆をあげて遡って行けたのも、酒田が何度も大火に見舞われたのも、今、風力発電の巨大風車が建ち並んでいるのも、すべて年間を通じて強い風が吹くからである。鶴岡から酒田に行く十三日に、羽黒山の会覚がわざわざゆかたを二枚届けてくれたのは、この砂除けのためだった。

この日、幸いに朝から小雨が降っていた。これで砂の熱さと空からの熱射は避けられるし、砂は雨で締って多少は歩きやすくもなる。橘南谿も「小雨出でたり。雨のしめりに砂し

図11　吹浦の砂磧（『東遊記』より）.

ずまり、印の柱も見え出でたり。嬉しき事限り無し」と書いていた。しかし芭蕉と曽良は「嬉しき事限り無し」というわけにはいかなかった。雨は次第に激しさを増し、吹浦の手前ですさまじい土砂降りとなり歩くことができなくなってしまったのだ。酒田からここまで六里。まだ昼時だったが吹浦に泊ることにする。旅籠屋に泊ったのだろう。

曽良は脇書として「左吉状届く」と書いている。左吉（呂丸）は芭蕉がまだ酒田にいると思って、芭蕉からの礼状に返信を書き、使いの者に届けさせたのだ。しかし象潟に向ったと聞いて、使いの者はそのまま芭蕉を追って吹浦で追いついた。土砂降りの中で届けられた呂丸の手紙には何が書いてあったのだろう。その書簡は発見されていない。

またこの晩に曽良は番所に出向いて裏判を受けている。酒田から持ってきた出判に出判料を添えて下番人のところへ持っていくと、下番人は上番に見届印を押してもらい、それを旅人に渡す。これで正式な出判となるのだ。つまり出判には、奉行所の印判と吹浦番所の印判と二つ押されていないと次の女鹿《めが》番所を通過できない。鶴岡藩では主要な街道には二重に番所を設けていたことは前述した通りである。

鶴岡藩の番所の判賃であるが、享保十五年（一七三〇）の「仰渡《おおせわたし》」には、下番人は往来の旅人から一切の賃銭・礼物を受け取ってはならない、ただし入判は一枚につき十五文、出判は五文を、それぞれ「大儀分」として取ることを許す、と記されている。この金額の差は、入判の場合は文言を記さなければならないが、出判だと印判を押すだけだからというものらしい。手判には人数が書いてあり、何人であっても渡されるのは一枚である。しかし判賃は人数分取られる。芭蕉と曽良が行った年も同じ規定だったから、ここで曽良は五文ずつ十文の判賃を払って明日の女鹿番所通過に備えたのである。

○十六日　吹浦《ふくら》を立《たつ》。番所を過《すぐ》ると雨降《ふり》出る。一里、女鹿《めが》〔番所手形納〕。是より難所。馬足不通《とほらず》。大師崎共、三崎共云《いふ》。一里半有。小砂川《こさがは》、御領《ごりよう》也。庄内預り番所也。入《いり》には手形いらず。塩越《しほこし》迄三里。半途《はんと》に関と云《いふ》村有。〔是より六郷庄之助殿領〕。ウヤムヤノ関成《なり》と云。此間、雨強く甚濡《はなはだぬるる》。〔船小屋にて休み〕、○昼に及《および》て、塩越に着《つく》。佐々木孫左衛門尋《をたづね》て休《やすむ》。衣類借りて濡衣干す。ウドン喰《くふ》。所の祭に付て女客有に因《より》て、向屋《むかひや》を借りて宿す。先《まづ》、象潟橋迄行て、雨暮気色《うぼのけしき》をみる。今野加兵へ、折々来て被訪《おとなはる》。

六月十六日（新暦八月一日）。吹浦を出発。昨晩手続をしておいた出判を見せて吹浦番所を通過。雨は上がっていたのに番所を過ぎたらすぐにまた降り出した。一里で女鹿。ここにも鶴岡藩の番所があり、出判を提出してようやく出国となる。

女鹿からすぐに三崎峠の難所が待ちかまえていた。峠（といってもほんのわずかの高みでしかない）の上には慈覚大師の堂があるので大師崎ともいう。曽良は「是より難所。馬足不通《とほらず》。大師崎共、三崎共云《いふ》」とすんなり書いているが、ここは海に突出した岩場の細道で、短い距離ではあるが足場の悪い上り下りが続く。木や草が道を隠すように生い茂って、昼でも薄暗い（図12）。天和二年（一六八二）、つまり芭蕉が行く七年前に、鶴岡藩主幼少のために幕府から派遣された国目付が庄内地方を巡見している。この一行は鼠ヶ関から浜街道を北上して象潟まで来ているが、その時に書かれた「大泉庄内御巡見紀行」（『庄内史料集20』所収）には、三崎峠を以下のように記している。

図12　三崎峠　夏は草が生い茂り，冬は雪が足場を隠すので危険きわまりない．現在は海岸寄りに遊歩道がつけられ，簡単に上ることができる．

女鹿村関所有。是《これ》より馬に乗れぬ道なれば歩行にて三崎峠を登る。十四五丁過て峠の中に慈覚大師の御影《みえい》有、座像の長三尺四五寸あり、慈覚大師自《みずから》の作也。是迄にて庄内領也。是より御預地の内由利御領高千八百石の場御巡覧あるに、三崎峠頂上に新規に茶屋をしつらい、爰《ここ》にて人馬息つきて、馬は鞍をはねはたせになし、ひけとて下知をなし上るに、駒なかせ地獄谷、やっと取《とり》付上《つきのぼ》る所、馬もしらあわをかみ、人も胸に手を宛てあがる。油石《あぶらいし》にて一枚岩也。土気なくして皆籠山《かごやま》也。

幕府から来た国目付の巡見だから、三崎峠の頂上にわざわざ休憩のための茶屋を作っていた。普段は馬など通れない道だが、この時は無理矢理馬を上らせている。馬が鞍を「はねはたせ」にしたとあり、馬が脅《おび》え跳ねて鞍が落ちそうな光景が目に浮かぶ。手綱を精一杯引っ張って引き上げる馬泣かせの地獄谷で、馬は白泡を吐いてあえぎ、人も息をはずませてやっとのことで上がる有様である。なにしろ油を引いたように滑る一枚岩が不揃いに重なって、しかも籠のように透き間だらけ。ちょっと足を滑らせてしまうと、岩の間にはまりそうになってしまう。この国目付巡見の一行が戻るときも、「三崎峠に打かゝれ、ゆひ(指)をならべたるやうの岩の頭をふんですべり落、はふ(這)て上り漸《ようやく》頂上へ帰り着《つく》。爰《ここ》にて息を継て又難所を越る」と散々だった。

雪が積ればどこが足場なのか見分けがつかず、そうなると案内人なしでは越えられそうもない。真夏で草が生い茂ればこれまた足場がわからなくなるし、風が強いと海に吹き飛ばされそうになる。芭蕉と曽良は夏草の生い茂るなか、しかも強い雨が降っているときに越えている。足が滑って、さぞや難儀なことだったろう。

この大師崎が藩境で、一里半で小砂川。小砂川には幕府の番所があるが鶴岡藩預りとなっていて、鶴岡藩が守っていた。曽良が書いているように小砂川番所では入判は不要。そのまま通過して少し行くと、関という集落がある。ここから本荘藩六郷氏の領地で、当時の領主は六郷庄之助十五歳。歌枕の有耶無耶《うやむや》の関はここ関村にあったと聞いた。平安次代後期に設けられた関で、むやむやの関、もやもやの関ともいう。人を喰らう鬼が住んでいて、その鬼が居るときは鳥が「有耶有耶《うやうや》」と鳴き、居ないときは「無耶無耶《むやむや》」と鳴いて教えてくれたという。有耶無耶の関はここだけではなく、山形・宮城の県境の笹谷峠にもあって、歌枕になっていた。

霧深きとやとやとりの道とへば名にさえ迷うむやむやのせき
東路のとやとやとほりのあけぼのにほととぎす鳴くむやむやの関

関は三十軒ばかりの家が建ち並ぶ普通の集落で、鬼が出ただの、関所があっただのという雰囲気はなくなっていた。雨は相変らず強く降り続いていた。途中で舟小屋に駆け込んでひと息つき、昼頃にようやく塩越に着いた。小砂川から塩越まで三里。

塩越に着くと佐々木孫左衛門を訪ねた。佐々木孫左衛門は不玉が撰した『継尾集』(一六九二年刊)に、「能登屋孫左衛門」として出てくる人物で、不玉からの紹介だったのだろう。当時の能登屋の職業ははっきりしていない。不玉が紹介するくらいだから、ただの旅籠屋とも思えない。能登屋の妻は象潟の名主金《こん》又左衛門の娘おやすであるというから、それなりの家柄で裕福だったと思われる。

ずぶ濡れだったので、能登屋から着物を借りて着替えた。頭は僧形のまま町人姿になったので、芭蕉と曽良は見慣れぬ様子に互いに笑いあったのではないだろうか。能登屋は着物を乾かしてくれ、その上うどんも馳走してくれた。そのうちに祭に参加する女たちがやって来て、能登屋に泊ることになった。かしましい声が迷惑だろうと、芭蕉と曽良は斜め向いにある向屋に移された。向屋が屋号なのか、それとも単に向い側にある家という意味なのか不明。向屋は佐々木左右衛門で、旅籠屋だったらしい。

能登屋の佐々木孫左衛門は、神事の都合で芭蕉を泊めることが出来なかったのが余程残念だったのだろう、のちに支考がやって来たときに、「元禄のはじめ、芭蕉の翁ゆかりさせ給ひしを、神の事侍りてかしがましく、ことに風雅も等閑《なほざり》なりしを、このたび其かたの人とて僧の支考のたよりしたまへば」と詞書をつけて、「今ならば能因を我が宿の月」と詠んでいる(『継尾集』)。これによると、能登屋に来た女たちは、明日行われる熊野神社の祭礼のためにやって来たようである。

播州高砂の大庄屋で塩問屋を営み、また国学・漢学に秀でて文人として知られていた三浦迂齋《うさい》は、芭蕉より七十三年後の六月十五日に象潟を訪れているが、その日はちょうど芭蕉が訪れた祭の日で、女たちのことも記している。

けふハ此所の神の祭なりとて、ものさはがしく、立ちさまよひけり。国ぶりの山がさなども見ゆ。それが中に二八過るころなる女の、二人うちつれて、銀ばくだミたる桶になひ、塩くむさまして来り、歩む有。風流のわざをぎにすなる松風村雨のうたひものをまなぶとなん。里人いふ。これらはみな神に祈ることの侍りて、その事叶ひぬれば神輿の御供つかふまつりてん、と誓ひたるものゝかくするなり、といへり。其外いろ〳〵おもひ〳〵にねりわたり侍る。上方の祭会などに出るものに似かよひたり。
(『東海済勝記』)

十六歳過ぎの乙女が銀色に彩色した桶を担いで二人連れだって行くのは、須磨の浦で在原行平の寵愛を受けた松風と村雨姉妹の仮装であるという。心願が叶った者がこのような仮装をして神輿の行列に参加するのだ、と土地の者が説明している。おそらくこの扮装で神前で踊ったりするのだろう。この祭の有様が芭蕉当時とほぼ変っていないなら、芭蕉が一晩やっかいになるはずだった能登屋には、思い思いの仮装の準備をするために女たちが集ってきたと考えてよさそうである。京などで行われる風流踊と似たもので、かなり派手なものだったようだ。

夕暮近くなって小雨になったので、曽良は一人で象潟橋まで行ってみた。現在、橋は象潟橋と中橋(欄干橋)の二つがあるが、当時は明日祭礼を迎える熊野神社のすぐ近くに架かっていた中橋だけである。中橋からは鳥海山が正面に見えるのだが、この天候では鳥海山を見ることはできなかったろう。

向屋には「今野加兵衛」がしょっちゅう顔を出して、何くれとなく世話をしてくれたことが記されている。「今野」は「金《こん》」の誤り。象潟には金姓が何軒もあり、「金の加兵衛」と言ったのを、曽良は「今野」と間違えてしまったようだ。また「加兵衛」も実は「嘉兵衛」である。金嘉兵衛は名主金又左衛門の実弟。名主又左衛門家は本陣及びったのだろう。

廻船問屋も営んでいて、文人が訪れると必ず顔を出していたようであるが、又左衛門もまた祭の準備で手が離せなかったのだろう。

先にあげた三浦迂齋は、商取引相手である酒田の本間光丘《みつおか》（当時三十一歳）が書いてくれた金又左衛門宛の紹介状を持参し、名主の又左衛門家に泊るつもりだったが、中田八郎右衛門（出羽屋と称した廻船問屋で、迂齋の家とも取引きがあった）が祭の装束のまま駆け寄ってきて、是非とも我家に泊ってくれと懇願したので、金又左衛門の家に泊ることができなかったと記している。ちなみに塩越の廻船問屋は、宝暦十三年（一七六三）の記録によると、金又左衛門、須田惣左衛門、兵藤与次右衛門、中田八郎右衛門、佐々木与助、竹屋和右衛門、須田七右衛門の七軒が名を連ねている。

曽良の旅日記では次の日の記述になるが、この日、美濃の商人低耳《ていじ》も象潟にやって来ている。低耳の本名は宮部弥三郎。言水系の俳人というだけで、正体があまりわからない人物である。貞享五年（一六八八）六月上旬に、芭蕉が岐阜に滞在して長良川の鵜飼見物した時に低耳も同席していたらしく、芭蕉への追悼句は「鵜飼見し川辺も氷る泪《なみだ》哉」というものであった（其角編『枯尾花』）。また「伊呂《いろ》の浜」と前書のある「蜑《あま》の子に髭《ひげ》ぬかせけり五月雨《さつきあめ》」（支考編『笈日記』）という句も作っていて、色浜へも行っている。街道がそれほど整備されていない元禄二年当時の日本海側を、一人で歩いて商う職種とはどういうものだったのだろうか。

低耳は、芭蕉と曽良が象潟に向ったことを酒田で知り、すぐに追いかけてきたらしい。芭蕉たちより半日遅れで酒田を発ったならば、激しい雨のために昼時に吹浦の旅籠屋に入った芭蕉たちに追い付いたはずである。そうならなかったのは、低耳が酒田を出発したのは十六日の早朝だったからだろう。この日も一時激しい雨が降っている。酒田と象潟のある塩越間は十一里半。砂丘の上を、しかも激しい雨が降る中を一日で来たとなると、尋常でない脚力と意思の持主である。

芭蕉は『おくのほそ道』にこの低耳の句も載せている。

祭礼

象潟や料理何くふ神祭　曽良

蜑の家や戸板を敷て夕涼　みのゝ国の商人　低耳

岩上に雎鳩《みさご》の巣をみる

波こえぬ契ありてやみさごの巣　曽良

『おくのほそ道』に記された句は、芭蕉五十句、曽良の句として十一句、低耳一句で計六十二句。こうして見ると低耳の一句が奇妙に思える。芭蕉は何を基準に低耳の句を入れたのだろうか。『おくのほそ道』の旅で世話になった人というならば、那須黒羽の桃雪・翠桃兄弟、須賀川の等躬、仙台の加之（画工加右衛門）、尾花沢の清風、大石田の一栄・川水、羽黒山の会覚・呂丸、酒田の不玉、そしてこれから先になるが金沢の北枝、旅の終着大垣の如行たち。挙げればきりがない。特に、大垣の木因《ぼくいん》は芭蕉の古い友人で、多くの門弟を紹介してくれた恩人であるのに、木因のことがまったく出てこないのも不可解である。

芭蕉はこれらの人々を差し置いて低耳の句を載せている。低耳の「蜑の家や」の句は、是非とも載せなければならないほどの名句とも思えない。低耳の句を載せた理由は他にあるはずである。低耳はこれから芭蕉が向う土地にいる人に宛てて何枚もの紹介状を書いてくれることになり、その紹介状をもって泊まった中には、ぞんざいに扱われて腹を立て、その家を飛び出した日もある（七月五日柏崎）。低耳の紹介状はかなりいい加減なものだったと考えざるを得ない。だから紹介状のお礼の気持で載せたわけでもないだろう。芭蕉はなぜ低耳の句を載せたのか、それが不思議に思われる。

十六日に象潟へ着いた低耳は早速向屋を訪ねた。名主の弟嘉兵衛は芭蕉の知友として低耳のことも鄭重に迎えたことだろう。

十七日（朝小雨、昼より止みて日照る）。朝飯後、皇宮山蚶弥(満)寺へ行《ゆき》、道々眺望す。帰て所の祭渡る。過て、熊野権現の社へ行《ゆき》、躍《おどり》等を見る。夕飯過て、潟へ船にて出る。加兵衛、茶・酒・菓子等持参す。帰て夜に入《いり》、今野又左衛門入来《じゅらい》。象潟縁起等の絶たるを歎《なげ》く。翁諾《だく》す。弥三良低耳《やさぶろうていじ》、十六日に跡より追来《おひき》て、所々へ随身す。

六月十七日（新暦八月一日）。この日も朝から小雨。朝食後に蚶満寺まで行ってみた。向屋から蚶満寺までは熊野神社の前を通り、昨日曽良が行った中橋を渡っていく。天気ならば「道々眺望す」という言葉のとおりに鳥海山と象潟の島々が眼前に広がるが、まだ小雨があがっておらず、見えたのは象潟の島々の一部だけだったろう。

蚶満寺は干満珠寺ともいい、天台座主慈覚大師円仁の開基であるが、十六世紀末に天台宗から曹洞宗に改宗している。「奥細道菅菰抄」には「神功皇后三韓征伐のときに干珠満珠《ひるたまみつたま》の両顆をもち玉へる事を伝会して、干満の下に珠の字を加へ、寺号となし、或はこの両珠を此地に埋み玉ふと云《いふ》」と、寺の名のいわれを記している。

蚶満寺から戻ると神輿の渡御があった。それを見物してから、また熊野神社へ行って踊等を見物した。「躍」とあるから跳ねるような動作があったのかもしれない。昨夜、能登屋にやって来た女たちは、思い思いの扮装で、猥雑なほど元気に踊っていたのだろう。

夕食を食べてから、嘉兵衛に誘われ、象潟を遊覧することになった（次頁図13）。芭蕉も一緒である。当時は中橋の付近から舟を漕ぎ出して象潟の島々をめぐり、また適当な島にあがって火を焚いて簡単な調理をしながら酒を飲んだりすることができた。嘉兵衛もそのつもりで茶や酒、菓子等を持ってきている。夕暮の象潟遊覧は暑さを忘れさせたことだろう。羽黒山にいた釣雪に「象潟や夕食過《ゆうめしすぎ》のほたる舟」、羽州吉田村の不易という者も「蚶潟《きさかた》や客人の漕《こ》ぐ蛍ぶね」という句を作っているから（いずれも『継尾集』に入集）、暑い盛りには遊覧舟の灯があちこちにチラチラ見え

図13　**象潟遊覧**　小舟が潟に出ているが，ほとんどは遊覧用である．蚶満寺の「芭蕉塚」は宝暦13年建立の句碑．この絵は牧野雪僊（1820～1904）が往時の象潟を忍んで描いたもの（蚶満寺蔵「象潟古景図」部分）．

るような夕暮に舟を出すことがあったようだ。

芭蕉たちは能因島に上がっている。能因島は他の島と比べれば多少は大きいが、能因が「三年幽居」したとは考えにくいし、あちこち歩きまわって見物するほどの大きさはない。芭蕉の頃の能因島は今よりだいぶ大きかったと考えられるが、それでも上がって周囲を見渡し、お茶や酒を一献酌み交せばそれで終りである。再び舟に乗って蚶満寺まで行って上陸した。

其朝《そのあした》天能霽《てんよくはれ》て、朝日花やかにさし出《いづ》る程に、象潟に舟をうかぶ。先能因島《まづのういんじま》に舟をよせて、三年幽居の跡をとぶらひ、むかふの岸に舟をあがれば、「花の上こぐ」とよまれし桜の老木《おいき》、西行法師の記念《かたみ》をのこす。江上《かうしやう》に御陵《みささぎ》あり。神功后宮の御墓と云《いふ》。寺を干満珠寺《かんまんじゆじ》と云《いふ》。此処《このところ》に行幸《ぎやうかう》ありし事いまだ聞《きか》ず。いかなる事にや。

（『おくのほそ道』）

「花の上こぐ」と西行が詠んだ歌は「象潟の桜は波に埋もれて花の上漕ぐ蜑の釣り船」で、『山家集』にも載っていないので伝西行という歌である。しかしこの歌は西行作と信じられ、芭蕉以前にも井原西鶴が『好色一代男』の「木綿布子もかりの世」の中で、「今男盛二十六の春、坂田《（ママ）》といふ所にはじめてつきぬ。此浦のけしき、桜は浪にうつり誠に『花の上漕ぐ蜑の釣舟』読みしは此所ぞと、御寺の門前より詠《ながむ》れば、勧進比丘尼声を揃えてうたひ来れり」と書き、また大淀三千風も『日本行脚文集』の中で、「漸々蚶象《やうやうきさかた》にいり、蚶満寺欄前《らんぜん》、湖水を眺望す、向に鳥海山高々と聳《そびへ》、『花のうへこぐ蜑の釣船』とよみしも、げにとうちゑまるゝ、寺院の伝記什物《じふもつ》見て、西行ざくら木陰の闇に笠捨たり」と一句作っている。蚶満寺に来たら西行のこの和歌を書きしるすのが文人の教養であったし、また「花の上漕ぐ蜑の釣舟」とあれば読者はすぐに西行の歌とわかるほどの有名歌だった。西行桜は何代か植え継ぎされ、今も若木の桜が植えられている。

芭蕉が象潟遊覧をしたのは、『おくのほそ道』では、「其朝《そのあした》天能霽《てんよくはれ》て、朝日花やかにさし出《いづ》る程に、象潟に舟をうかぶ」と、朝のことになっている。しかし、曽良の旅日記によれば、この日の朝はまだ小雨が降っていたのだから、「朝日花やかにさし出《いづ》る程に」とはいかなかったはずで、実際には曽良が書いているように「夕飯過て」のことだったのだろう。当時は日没までは働き、その後に夕食をとることが多かったから、暗くなった象潟に舟を出したことになるが、それでは能因島や蚶満寺を満足に見ることができない。祭の日だったから仕事は休み。ひっきりなしに食べ物が運ばれ、昼食とも夕食ともつかない時間に食事を取ったと考えるのが妥当のようだ。昼には雨が上がり、日も照ってきた。それから食事をとり、熊野神社の踊を見て、象潟遊覧へ向ったのだと思う。

此寺《このてら》の方丈《はうぢやう》に座して簾《すだれ》を捲《まけ》ば、風景一眼《いちがん》の中《うち》に尽《つき》て、南に鳥海、天をさゝえ《（へ）》、其陰《そのかげ》うつりて江《え》にあり。西はむや〱の関、路《みち》をかぎり、東に堤を築《きづき》て、秋田にかよふ道遥《はるか》に、海北にかまえて、浪打入《なみうちい》る所を汐こしと云《いふ》。江の縦横《じゆうわう》一里ばかり、俤《おもかげ》松島にかよひて、又異《こと》なり。松島は笑ふが如く、象潟はうらむがごとし。寂しさに悲しみをくはえ《（へ）》て、地勢《ちせい》魂をなやますに似たり。

（『おくのほそ道』）

象潟は文化元年（一八〇四）に隆起して以来、芭蕉当時と一変しているが、今でも蚶満寺の裏庭に立つと『おくのほそ道』通りの風景が広がっている。東西南北を見渡したこの風景は、「此寺の方丈に座して、簾を倦《まけ》ば」と、あたかも方丈（住職の居間）に招き入れられて見たような書き方だが、方丈に入らない方がこの風景を十分に実感できる。暗くなってからでは、この雄大な風景は望めなかったろう。

蚶満寺から戻ると、名主の金又左衛門がやってきた。その時はすっかり夜になっていた。又左衛門は「象潟縁起等の絶たるを歎」いたとある。以前は「象潟縁起」というものがあったのだが、それがなくなってしまったのを嘆いたのである。「翁諾す」とあるから、「象潟縁起」を書くことを承諾したようにとれるが、しかし芭蕉が書いた「蚶満寺縁起」というものは伝わっていないし、また存在したという記録もない。

芭蕉は象潟で二つの句文懐紙を書いている。一つは

象　潟

きさがたの雨や西施がねぶの花
　夕方雨やみて処の何がし舟にて江の中を案内せらるゝ
ゆふ晴や桜に涼む波の華
　腰長《こしたけ》の汐といふ処はいと浅くて鶴おり立てあさるを
腰長や鶴脛ぬれて海涼し
　武陵芭蕉翁桃青

芭蕉が「象潟縁起等の絶たるを歎」く又左衛門に書いてやったのは、この「象潟懐紙」だったのかもしれない。

「象潟縁起」そのものはすでに失われていて、その内容を又左衛門から聞きながら、しかも祭で皆が浮き立っている最中に新しい縁起を書き起すのはそう簡単なことではない。その代りにこの懐紙を与えたのかもしれない。

この「象潟懐紙」にも夕方に象潟に舟を出したことが書かれ、「ゆう晴」という文字も使われている。夏の夕暮の象潟はひとしおの趣きがあったことだろう。ちなみにこの日（新暦八月一日）の日の入りは十八時四十八分。陽はまだ長い。なお腰長《こしたけ》は中塩越北端の海辺にある小字名である。

芭蕉はこの日、もう一つの「象潟懐紙」を書いている。それは低耳に与えたもので、現在は柿衛《かきもり》文庫蔵になっている。

元禄二年夏象潟

一　見

きさかたのあめや西施がねぶのはな　はせを

夕　晴　同

ゆふばれや桜に涼む波の華

象潟や蓬屋の土座も明安し　曽良

きさかたや海士《あま》の戸を敷《しく》磯涼　低耳

『継尾集』（六月十八日）

元禄三年四月にいち早く『おくのほそ道』をたどったのは路通（一六四九〜一七三八）であった。しかし路通は羽黒山まで引き返し、象潟には来ていない（『俳諧勧進帳』）。芭蕉の足跡をたどって象潟にやってきた最初の俳人はというと、各務支考（一六六五～一七三一）である。支考は芭蕉の『おくのほそ道』行脚以後の元禄三年に近江で入門した新参だが、元禄五年（一六九二）二月に江戸を出発、四月十六日に呂丸に案内されて象潟まで足をのばしている。

　このときに支考は酒田の不玉を知り、不玉が芭蕉の句だけでなく、象潟を訪れた俳人たちが記した句を書き留めていることを知ったらしい。前述したように、塩越の名主金又左右衛門は風雅の士がやって来ると、「旅客集」と題した帳面を持っていそいそと訪ね、句などを書いてもらっていた。それをまとめたのかもしれないし、象潟を訪ねたのちに不玉宅を訪れた俳人も多かったから、そうした折りに象潟で作った句を直接聞いたのかもしれない。不玉はこれらの句をもとに撰集を出したいと考えていたのだろうが、一冊にまとめるには句数が少なかったし、版元との手づるもなかった。それを惜しんで助力したのが支考である。

　『継尾集』は巻之四まであるが、巻之一はおそらく不玉が書きためていた部分らしく、冒頭に象潟と蚶満寺に関する不玉の文が載せられている。この巻には多くの象潟の句が載せられているが、『おくのほそ道』に関係する人物の句を中心に抜きだしてみよう。

ゆふばれや桜に涼む波の花　　芭蕉
象潟の畠にきらぬさくら哉　　不玉
　　神事の日まいりあひければ
蚶《きさかた》潟や幾世になりぬ神祭り　　曽良
象潟の蜑《あま》や秋めくさしこぎぬ《(刺子衣)》　　ミノ　己百
きさかたや色〳〵の木のみな桜　　尾花沢　清風
象潟や霜にあげ居る鷺の足　　同　素英
すゞ風や蚶の入江を持ありく　　支考

象潟や夕飯過のほたる舟　羽黒山 鉤《(ママ)》雪
水やそら翠の生絹《スヾシ》打ひろげ　呂丸
静なる所といへばねぶの花　不撤
蚶潟や山伏ぬらす春の雨　不白
象潟や蜑の戸をしく夕すゞみ　ミノ 低耳

元禄のはじめ、芭蕉の翁ゆかりせさせ給ひしを、神の事侍りてかしがましく、ことに風雅も等閑《なほざり》なりしを、このたび其かたの人とて僧の文考のたよりしたまへば

今ならば能因を我が宿の月　象潟能登屋 孫左衛門

正月十六日汐干

十六夜《いざよひ》の月やすみうき汐干潟　蚶潟 芳雄
正月の賑ひつゞく汐干かな　同 玉芳
象潟や卒塔婆の文字をふる時雨　玉林
きさかたのさくらは遅し茱萸《ぐみ》の色　玉栄
象潟や藻の花渡る夕すゞみ　酒田 安種
象潟のさくらに見たし二王門　玉志
象潟や夕立とをる沖の雲　任暁
象潟の島よりあがれ夕雲雀　鶴岡 重行

まず芭蕉の句だが、『おくのほそ道』に載せられた「象潟や雨に西施がねぶの花」「汐越や鶴はぎぬれて海涼し」の二句の他に、この「ゆふばれや桜に涼む波の花」が載せられている。これは曽良の「俳諧書留」にも「夕に雨止て、

船にて潟を廻る　夕晴や桜に涼む浪の花」と書き留められている。

「ミノ　己百《きはく》」は岐阜市梶川町の妙照寺の七世住職。芭蕉は貞享五年（一六八八）六月八日から八月十一日まで越人とともに二カ月余を岐阜に逗留し、ここから「更科の月みんとて」（『更科紀行』）旅立っているが、妙照寺にも何日か滞在していた。住職の己百が象潟まで行ったという確証はないので、低耳とのゆかりで句だけ送ったものか。己百は元禄十一年十一月一日に没している。

不白は二十五日に芭蕉と曽良が酒田を発つときに、袖の浦まで送ってくれる一人。生没年不詳。

尾花沢の清風と素英はすでに述べた。

「鉤《ママ》雪」は羽黒山で再会した釣雪であろう。

「不撤」は不玉の弟で伊東祐勝。後に本家である酒田内町組の大庄屋伊藤弥左衛門家を継ぎ、元禄十年には大庄屋となった。元禄二年は三十一歳という。

「象潟能登屋　孫左衛門」は芭蕉が泊るはずだった佐々木孫左衛門。

「蚶潟　芳雄」は名主の金又左衛門。

「同　玉芳」は又左衛門の実弟金嘉兵衛。

「酒田　安種」は前出の酒田の浦役人寺島彦助。

「玉志」は酒田の富商近江屋三郎兵衛。

「任暁」も酒田の富商加賀屋藤右衛門。

「鶴岡　重行」は鶴岡藩士長山五郎右衛門で、すでに述べた。

この他に、紫衣事件に連座して出羽国上山《かみのやま》に流されたことのある沢庵（一五七三〜一六四五）、磐城平城主内藤風虎の知遇を得た松山玖也（?〜一六七六）などの大物物故者の象潟の句も載っている。

巻之二で支考は自ら「象潟の紀行」を書き、不玉・呂丸をはじめ、尾花沢の清風、大石田の一栄・川水、須賀川の乍単斎等躬らの象潟とその周辺を詠んだ句を載せている。

巻之三は芭蕉・不玉・曽良の「あつみ山や」の三吟歌仙、近江を中心にした蕉門と支考の「穂の上を」歌仙、支考・重行・呂丸の「行雲の」歌仙。そして以前、路通が来たときに不玉・呂丸・不撤が巻いた「夏の日や」の四吟を、支考は玉文とともに六吟歌仙に仕上げている。

巻之四は其角・支考・桃隣による「飯鮓《いひずし》の」三吟歌仙から始まる。支考は六月頃に江戸に戻り、早速其角を訪ねて、「酒田の不玉おとゝし思ひ立ける集あり、これを都のつとに頼まれ侍る」(『継尾集』巻之四。其角の前文)とあるように『継尾集』の草稿を見せたようだ。其角は喜んで応じ、そして桃隣も呼んで三吟歌仙が巻かれた。この「飯鮓の」歌仙は実に軽やかに進められて、支考のうまさが表れている。先に述べた「本名しらぬ俳諧の友」の付句が入っているのがこの「飯鮓の」歌仙である。江戸で大人気の其角が参加したことにより、『継尾集』が華やかなものになった。

それに続くのが、清風・支考・不玉による「初雪を」三吟歌仙、不玉と路通二人による「河豚喰《ふぐくう》て」歌仙、そして最後に、羽黒山本坊の会覚の餞別句「忘るなよ虹に蟬啼《なく》山の雪」を発句とする歌仙が載っている。この「忘るなよ」歌仙は、象潟から酒田に戻った芭蕉が不玉・曽良とともに四吟に仕上げたものだが、支考はこれを大幅に変えてしまった。三句目の不玉の句を直させ、四句目を付けた曽良の句はカット、曽良の句に代えて不白に付けさせ、五句目は釣雪を起用している。六句目は「筆」とあり執筆《しゅひつ》の句。ここで表六句が終わる。裏の十二句は不玉と美濃の己百の二人がやっている。己百には象潟を詠んだ句があるが、実際に来たのかどうかは不明だし、不玉が美濃に赴いたということも確かめられない。不玉には「三越路や乙《きのと》の寺の花ざかり」という句があり、越後国乙村《きのとむら》の乙宝寺《おつぽうじ》を実際に訪ねたことがあるようだが、これが美濃行きの途中の句とする確証が見つけられない。酒田の不玉と美濃の己百、遠く距離を隔てたこの二人はおそらく文通によって交互に句を付けあったようだ。残りの十八句は大垣の如行と支考が交わした句で、この歌仙を満尾させている。

こうして見てくると、支考が『継尾集』にどれほど力を入れていたかがよくわかる。巻之一は不玉が集めた句だが、巻之二から巻之四までは支考がいなければ集められなかった句や歌仙がほとんどである。全体の構成もよく考えられているし、特に巻之四では、其角を引っ張り出して歌仙を巻き、しかも巻尾をかざる「忘るなよ」歌仙に如行を参加させて、『おくのほそ道』を意識させるアイデアは支考ならではのものである。若干二十五歳の新参でありながら、江戸、大垣と駆けまわった支考の獅子奮迅の行動力には、まったく目を見張るものがある。

支考は野心家で権力志向が強く、蕉門から最も嫌われた人物である。芭蕉没後は、我こそ芭蕉の正統を継ぐ者との触れ込みで諸国を行脚し、句の高みや深みを意に介しない平俗な句を指導、多くの門人を獲得して美濃派を確立。芭蕉の真意をあえて曲げて自家宣伝するそのやり方に、芭蕉を尊敬していた蕪村一派は支考を「俳魔」とまで呼んでいる。芭蕉の名を自分の勢力拡大に利用した支考は確かに「俳魔」と呼ばれても仕方ないところがある。しかし支考が全国を行脚して大いに売り込んだからこそ、それまで俳諧と縁が薄かった者たちにまで芭蕉の名が浸透し、俳諧愛好者の底辺が大いに広がったことも確かである。『継尾集』編集のときの支考には、才気は感じられても、世俗的画策家という印象はない。純粋な熱意に溢れていたこの時のことを、のちの支考は思い出すことがあったのだろうか。『継尾集』は元禄五年に不玉編として京都の井筒屋から刊行されたようだ。序は「羽山呂図司」で呂丸が書いている。

○十八日　快晴。早朝、橋迄行。鳥海山の青嵐を見る。飯終て立《たつ》。アイ風吹《ふき》て山海快《こころよし》。暮に及て酒田に着《つく》。

六月十八日（新暦八月三日）。久しぶりの快晴である。早朝にまた中橋まで行って鳥海山を眺めた。正面に裾野を広げた鳥海山、その下には象潟の島々。待ち望んでいた風景だった。青嵐は薫風のこと。すがすがしい眺めだった。朝食を食べて酒田に向って出発。アイの風が吹いて大層心地がいい。酒田に着いたのは夕方だった。曽良の記述は簡単で、どのようにして酒田に戻ったのかは記されていない。往路と同じように歩いたのだろうか。

それとも船に乗って行ったのだろうか。

「アイ風」はアイの風で、「日本海沿岸で、沖から吹く夏のそよ風」(『大辞泉』)で、その土地によって方位は多少ちがっているが、歓迎すべき風のこと。庄内砂丘のあたりでは北西の風で、暑い日に涼しさを運んでくる風をいったという。

もし往路と同じように歩いて酒田に戻ったとしたら、曽良は「山海快し」と書くだろうか。アイの風は確かに気持良かっただろう。しかし、この日は快晴だった。塩越から酒田まで十一里半。この間に庄内砂丘は徐々に熱くなり、焼けるような砂の上を歩かなければならない。そうして暮れまでに酒田に着くには、前のめりになって必死に進まなければならず、「快し」どころではなかったはずである。曽良は「山海快し」と悠然と広い範囲を見渡しているのだから、船で海上を行ったと考えるべきだろう。

前にあげた三浦迂齋は酒田から船に乗って象潟にやって来ている。本間光丘が仕立ててくれたもので特別な計らいだった。地元民たちは、年貢米や北前船が運んできたさまざまな物資を運ぶために、酒田・象潟間は日常的に船を使って行き来している。象潟には回船業を営む者が何人もいたし、宝永二年(一七〇五)には又左衛門自身が回船業を営んでいる記録がある。名主の又左衛門が船を用意してくれたのかもしれない。

再度の酒田——手紙はどのように届けられたか(六月十九日〜二十四日)

○十九日　快晴。三吟始《はじまる》。明《あけて》廿日、寺嶋彦助江戸へ趣《おもむ》かるゝに因《より》て状認《したた》む。翁より杉風《さんぷう》、又、鳴海寂照《じゃくしょう》、越人《えつじん》へ被遣《つかはさる》。予、杉風・深川長政へ遣《つかは》す。

六月十九日(陽暦八月四日)。芭蕉・曽良・不玉の三吟歌仙がはじまった。不玉亭で行われ、発句は芭蕉の「温海山や吹浦かけて夕涼」、亭主の不玉は「みるかる礒にたゝむ帆莚」と付けている。この歌仙は二十一日に満尾するから、三日間かけることになる。

寺島彦助が明日江戸へ出立すると聞いた。おそらく幕府への出仕であろう。そこで手紙を届けてくれるよう頼んだ。芭蕉は江戸の杉風と鳴海の寂照、それに名古屋の越人、曽良も杉風と深川の長政宛の手紙を書いた。

杉山杉風は日本橋小田原町一丁目で鯉屋と称した幕府出入りの魚問屋で、芭蕉の初期からの門人。芭蕉より三歳年下である。温厚篤実で芭蕉が信頼を寄せていた門人の一人で、芭蕉は出発から一カ月後の四月二十六日にも杉風に手紙を出しているが、そこにはこれまでの旅とこれからの予定を簡単に記し、曽良は杉風の厚情を思い出して泣いてしまった、ということまで書かれていて、芭蕉だけでなく曽良も杉風を信頼しきっていた様子がうかがわれる。五代将軍綱吉が発布した「生類憐れみの令」のあおりで杉風の商売は徐々に傾き、元禄三年九月頃にはそうとう困窮していたようである（九月二十六日付・芭蕉宛曽良書簡）。宝永六年（一七〇九）に綱吉が没し、「生類憐れみの令」も廃止されると、杉風もようやく息をつぐことができるようになる。

寂照は鳴海宿本町の造り酒屋千代倉の主人で、本名は下里金右衛門。この地の豪商である。寂照は剃髪してからの法号で、俳号は知足。芭蕉より四歳年上。芭蕉とはじめて会ったのは貞享二年四月で、当時から鳴海六歌仙の一人といわれた俳人である。以後芭蕉は東海道を行き来するたびにこの千代倉に立ち寄っている。息子の蝶羽も芭蕉に入門。のちに芭蕉の笈を桐葉からゆずり受けて、東海道を上下する文人・俳人たちが希望すればそれを見せていた。亀世、蝶羅、学海と、この家の代々の主人はみな俳諧に秀でていた。

越人の姓は越智。名古屋の中心地で染物業を営んでいた。芭蕉より十歳年下で、入門は貞享元年冬頃か。貞享四年には杜国に逢いに行く芭蕉を三河伊良子崎に案内し、翌五年の『更科紀行』の旅にも同道している。

曽良が手紙を書いた「長政」は不明。名字と名とを縮めたものらしい。

芭蕉はこの時だけでなく、『おくのほそ道』行脚中に幾通もの手紙をしたためている。黒羽から江戸の杉風へ（未発見)、須賀川から白河の何云《かうん》へ、鶴岡から(あるいは酒田からか)羽黒手向の呂丸へ、加賀山中温泉から大垣の如行へ、山中温泉から小松の塵生《じんせい》へ出しているし、曽良もこの日以外に金沢から江戸の杉風・田平・川源等へ手紙を出している。

今まで発見された芭蕉の手紙は二百二十九通(今栄蔵『芭蕉書簡大成』による。この内三通は遺書)。郵便が全国均一料金で個人の家まで届けられるようになるのは明治四年(一八七一)まで待たなければならない。江戸時代は、芭蕉が寺島彦助に預けたように、手紙の宛先に行く者に頼んで届けてもらうことが多かった。よく知っている者に頼むこともあるし、たまたま通りかかった旅人が承諾してくれれば、急いでその場で手紙をしたためて頼む。見知らぬ人の手紙でも、引き受けたからには、回り道をいとわず届けてやるのが当時の日本人の常識だった。とはいえ、厚意を当てにしてのことだから、いつ着くのか、確実に着くのかは相手任せで、重要な用件や荷物を頼むとなると飛脚便を使った。しかし飛脚便は高額なので、芭蕉のような貧乏人には縁遠いものだった。

しかし「大垣藩の飛脚便で送る」としたためた芭蕉の書簡が幾通か残っている。貞享三年(一六八六)十二月に鳴海の知足宛に出した書簡には、短尺十三枚を大垣藩主戸田家の飛脚便に託して送ったこと、この手紙は飛脚を待たせておいて書いたことが記されている。同四年四月の熱田の桐葉宛の書簡にも、大垣の飛脚に頼んだものが届かなかったのは飛脚が途中で手間取ってしまったからだとある。

大垣藩士でもない芭蕉が大垣藩が雇っている大名飛脚を使うことができたのは、大垣藩江戸留守居役の濁子《じょくし》(中川甚五兵衛)のはからいがあったからである。濁子は大垣藩の中では最初期の蕉門で、天和三年(一六八三)の『虚栗』にすでにその名が見えている。禄高は五百石(赤穂浪士の討入り一件の手際が評価されて、最終的には千石となる)。江戸詰の濁子は公用便の中に芭蕉の手紙も入れ、飛脚に鳴海や熱田へも届けるように言い含めていたのだ。これは飛脚にとっても割のいいアルバイトになっただろう。何しろ届け先は豪商ばかり。「御苦労」だけで済むわけがない。

彦助は江戸まで行ったから、日本橋小田原町に住んでいた杉風には直接届けただろう。あとは杉風がはからってくれる。鳴海の寂照（知足）と名古屋の越人への手紙は、大垣藩士の濁子に依頼して大垣藩の飛脚を使用しただろう。大垣藩の飛脚は鳴海、熱田（宮）と行き、熱田で美濃路に入り、名古屋を通って大垣に至るのである。また、曽良が書いた深川の長政への手紙も杉風宅に届けられ、それから杉風の下男が長政の家に届けたのだろう。

杉風宛の書簡は周囲の門人たちにも披露されたにちがいない。師が無事でいるかどうかは、杉風一人ではなく門人全員の関心事だった。手紙が残っていないのでどのようなことが書かれていたのかは不明だが、この年の七月には其角が近江堅田の千那に手紙をしたためていて、その中に「翁は当月半《なかば》加賀に赴《おもむく》と申候。秋中には御対話と奉存候《ぞんじたてまつりそうろう》」という一行がある。杉風宛の書簡には、このようなことが書かれていたようだ。これによると、「当月半」（七月中旬）には芭蕉は加賀に赴き、秋には近江堅田へも足を向けるつもりでいたようである。近江堅田に直接向えば、道筋からいって大垣へ行くことはなかったかもしれない。芭蕉の旅は漠然とした行先はあっても、たえず流動的であった。

〇廿日　快晴。三吟。　〇廿一日　快晴。夕方曇。夜に入《いり》、村雨して止《やむ》。三吟終。
〇廿二日　曇。夕方晴。　〇廿三日　晴。　廿四日　朝晴。夕より夜半まで雨降る。廿三日　近江や三良兵へへ被招《まねかる》。夜に入《いり》即興の発句有。

六月二十日（陽暦九月九日）。「温海山や」の三吟歌仙が始まり、二十一日に満尾した。二十二日はゆっくり休んだのだろう。

二十三日は近江屋三郎兵衛に招かれた。近江屋は酒田の自治を掌握していた三十六人衆の末裔の一人で、本町二之町に住んでいた。玉志という俳号をもっているから不玉の門弟で、十四日に寺島彦助亭に集った者たちの仲間だろう。『継尾集』にも入集している。不玉も同席して、座は四人でなごやかに盛り上がったらしい。暑い日が続いていたがこの日の夕方から雨が降り、これで暑さも少しはやわらいだ。夜を迎え、瓜が出された。この夏の初物であった。井戸で冷された瓜を前に、これで一句作ることになった。その時の皆で即興で作った句を芭蕉が懐紙にしたためている。

あふみや玉志亭にして、納涼の佳興に瓜をもてなして発句をこふて曰《いはく》、
句なきものは喰事《くふこと》あたはじと戯《たはむれ》けれバ

初真桑四《よつ》にや断《たた》ン輪に切《きら》ン　はせを
初瓜やかぶり廻しをおもひ出ヅ　ソラ
三人の中に翁や初真桑　不玉
興にめでゝこゝろもとなし瓜の味　玉志
元禄二年晩夏末

当時の夏の果物というと瓜、西瓜、桃が代表的なものである。「真桑瓜六角堂のやうにむき」と江戸川柳にあるように、瓜は左手に乗せて縦に皮をむくのが普通であった。芭蕉は瓜を普通に縦に切って四等分するか、それとも輪切りにして美味しいところとそうでないところを作ろうかとおどけたのである。それに対して曽良は、幼い時は瓜にかぶりついてムシャムシャ食べたもんだと応じ、不玉は地元宗匠に似つかわしくない気の高ぶりで、ただただ感激して初物の真桑瓜と芭蕉を並べるだけだった。玉志は、この座の面白さに比べると初物の瓜の味も物足りないくらいだ、と興奮気味である。皆が童心に返ったような楽しい夜であった。この懐紙は現在本間美術館に所蔵されている。

この酒田滞在中に、十三日に羽黒山の会覚阿闍梨が送ってきた餞別句を発句に、芭蕉・不玉・曽良が句を作っている。

羽黒より贈らる

忘るなよ虹に蟬鳴《なく》山の雪　　会覚
杉の茂りをかへり三ケ月　　芭蕉
磯伝ひ手束《たつか》の弓を提《ひっさげ》て　　不玉
汐に絶たる馬の足跡　　曽良

（「俳諧書留」）

『継尾集』では不玉の句が「弦《つる》かくる弓筈《ゆはず》を膝に押当て」と直され、曽良の句の代わりに不白の「まへ振《ふり》とれば能《よく》似合たり」、釣雪の「ばら〳〵に食《めし》くふ家のむつかしく」と続き、美濃の己百、大垣の如行を起用して文考が歌仙としたのは前述した通りである。

当時の酒田で一番の豪商は、西鶴の『日本永代蔵』にも書かれた鐙屋惣左衛門。当時の常識から考えれば、鐙屋も当然俳諧に遊んでいたはずだが、芭蕉の前に姿を見せないのは酒田を留守にしていたからなのだろうか。ちなみに鐙屋も近江屋も、平仮名で書けば「あふみや」となる。

のちに鐙屋をしのぐ豪商に成長する本間家は、芭蕉が訪れた元禄二年に、初代原光《もとみつ》が久右衛門家から分家して本町一丁目に新潟屋として店を出したばかりであった。酒田随一の豪商に成長するのは二代光寿《みつとし》が家督を継いでからになる。

芭蕉は鼠ヶ関を越えることができたか（六月二十五日〜二十七日）

一　廿五日　酒田立《たつ》。船橋迄被送《おくらる》。袖ノ浦、向《むかひ》也。不玉父子・徳左・四良右・不白《ふはく》・近江屋三良兵・加ゞや藤右・宮部弥三郎等也。未《ひつじ》の尅《こく》、大山に着《つく》。状添《そへ》て丸や義左衛門方に宿《やどる》。夜雨降《ふる》。

六月二十五日（陽暦八月十日）、いよいよ酒田を出発することになった。多くの人が見送ってくれている。曾良が「不玉父子」と書いた不玉の息子は玄的といって、父と同じく医者である。「徳左・四郎右」は不明。「不白」は『継尾集』で活躍した人物で、不玉の門下であろう。他に近江屋三郎兵衛（玉志）、加賀屋藤右衛門（任暁）、そして宮部弥三郎（低耳）他である。大旦那たちじきじきの見送りは仰々しいものだったにちがいない。彼らが見送った袖の浦は最上川河口の対岸にあり、歌枕になっている。

酒田の余波《なごり》日を重《かさね》て、北陸道《ほくろくだう》の雲に望《のぞむ》。遙々《えうえう》のおもひ胸をいたましめて、加賀の府まで百卅里と聞《きく》。

（『おくのほそ道』）

芭蕉の気持ちはすでに金沢に飛んでいる。歌枕を訪ねる東国行脚は象潟で終わったと考えていたのだろう。酒田では歓待してもらったが、不玉以外の金持ち連中の俳諧は所詮は余技にすぎなかった。そしてこれから向う越後・越中には既知の俳人はいないし、また歌枕にも乏しく膾炙した和歌もほとんどない。曾良の「歌枕覚書」には、「越後」として「越路潟・越山・伊夜彦」と記されているだけである。芭蕉も曾良も、越後・越中にはなんの期待も抱いていなかったようだ。「遙々《えうえう》のおもひ胸をいたましめて」（まだまだ先は遠くて旅路も長い、そう思うと胸が痛くなって）と書いた芭蕉。出羽三山踏破や象潟までの砂丘を歩いて、疲労もたまっていただろう。それに加えて暑さが続いている。早く金沢にたどり着いて、才能ある俳人たちと充実したひとときを過したいと思ったのも無理はない。金沢には、芭蕉が東北行脚の帰りに金沢に立ち寄ると聞いて、「翁行脚の程、お宿申さん」（其角著『雑談集』）と、首を長くして待っている一笑がいたのだ。一笑は小杉新七といい、はじめ高瀬梅盛に学んだ（『俳家大系図』による）。松江重頼編『時勢粧《いまようすがた》』（寛文十二年・一六七二年）に入集したのが二十歳の頃。芭門の尚白《しょうはく》が撰した貞享四年（一六八七）刊の

『孤松《ひとつまつ》』に百九十五句という大量入集で名が知られるようになり、それ以後も有名宗匠の撰集に取り上げられていた期待の新人である。酒田から金沢まで実際に百三十里。

皆に見送られて最上川を舟で渡り、海側の街道をたどった。ここも歩きにくい砂丘の道である。元和二年（一六一六）頃から植林が試みられているが、ことごとく失敗。成功の兆しが見えはじめるのは芭蕉が通ってから五十年以上経た寛保二年（一七四二）頃からになる。

浜中から善宝寺の前を通って大山へ。大山に着いたのは未の刻（一四時前後）だった。

曽良は書いていないが、酒田を発つときに低耳が商売上の得意先や知人宛てに幾通もの紹介状を書いてくれていた。旅籠屋に泊るより待遇がいいからという厚意だった。この日、曽良は「状添へて丸や義左衛門方に宿る」と書いている。低耳の紹介状で泊った丸屋義左衛門は未詳。大山はこの当時から酒造業が多い土地であった。加茂港があったから経済の中心で、しかも交通の要衝である。丸屋義左衛門も豊かな商家だったのだろう。

次の日に曽良は酒田からの距離を、「酒田より浜中へ五里近し。浜中より大山へ三里近し」と記している。酒田から大山まで八里弱。

これから二人は越後に向うのだが、街道はどこを通っていたのだろうか。正保四年に成った「庄内三郡絵図」には、越後に通じる街道が三つ記されている。街道の両脇に一里塚（∴で表記）が記してあるのが本街道で、木俣《きのまた》から関川を通り越後の雷《いかずち》へ至る部分は脇街道となり、旅人が通ることはない。従って、鼠ヶ関からそのまま海岸を行って越後国原見に至る街道と、鶴岡から南下して坂下《さかのした》、菅代《すがのだい》、温海川《あつみがわ》、木俣《きのまた》、小国、小鍋（小名部と表記されることが多い）を通って越後の小俣に至る街道が、正規の街道となる（図14）。

鶴岡から南下して内陸を通る街道を庄内では越後街道と呼ぶが、街道名は行先の地名をとってつけられるので、同じ道が越後側からだと出羽街道となる。ややこしいので街道の途中の地名をとって小国街道ということもあるので、

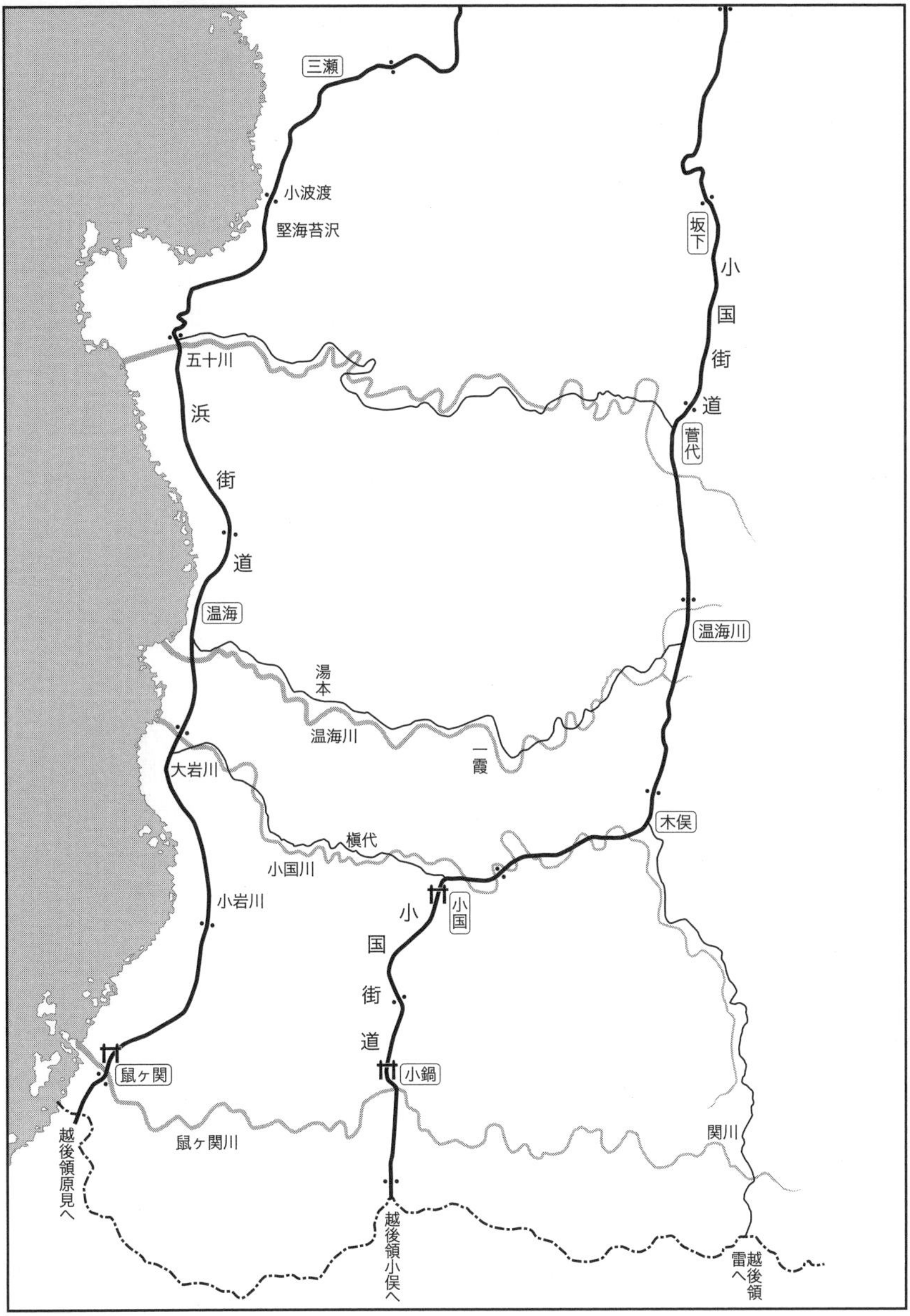

図14 「庄内三郡絵図」に描かれた街道と地名（『図録 庄内の歴史と文化』所載の図をもとに作成）．小国街道には長くても一里少々で次の宿場が設置されているが，浜街道だと三里ほど行かないと宿場がない．旅人にはきつい街道である．鶴岡藩の番所は鼠ヶ関・小国・小鍋（小名部）に設けられていた．

本稿では小国街道で話を進めていくことにする。小国街道の宿場は、鶴岡〔一里十五丁〕湯田川〔湯村。一里十丁〕下田川〔十八丁〕坂下〔坂野下。一里〕菅代〔菅野代。一里三丁〕温海川〔一里一丁〕木俣〔木野俣。一里十一丁〕小国〔一里十一丁〕小鍋〔小名部。堀切峠が国境。一里〕越後国村上領小俣〔一里十五丁〕中継《なかつぎ》〔三十丁〕荒川〔二十一丁〕中村（村上市北中）となる（地名の表記と距離は正保二年頃のもの。括弧内の地名は現行表記）。

もう一つは大山から三瀬《さんぜ》に出て海沿いを行く道である。これは浜街道と呼ばれていた。海沿いの道はどこでも浜街道と呼ばれるので、区別するには前に国名をつける。ここだと羽前浜街道となるが、芭蕉当時もこう呼ばれていたのかは不明。宿場は酒田〔三里〕浜中〔三里〕大山〔三里〕三瀬〔三里十一丁〕温海〔二里半〕鼠ヶ関〔ここまで鶴岡藩。一里半〕越後国村上藩領府屋となる。

庄内から越後に行くにはこの二つの街道があったのだが、旅人の多くが小国街道をたどっている。小国街道は庄内と越後を結ぶ古来からの本道で、文禄四年（一五九四）に津軽藩が豊臣秀吉に鷹を献じたときに通っているし、また元和八年（一六二二）に信濃松代から鶴岡藩初代藩主となる酒井忠勝が入部したときも小国街道であった。多くの旅人が当然のように小国街道を往来していた。

一方、浜街道には義経が奥州に逃げのびるときに使ったという伝説がある。越後の馬下《まおろし》から馬も使えなくなり、舟に乗って鼠ヶ関に上陸。鼠ヶ関には関所が設けられていたので、ここで安宅の関のように弁慶が白紙の勧進帳を読みあげ、ようやく通過したと伝えている。鼠ヶ関から北へも、波が打ち寄せる岩場を歩いたり、断崖絶壁をたどるなど、天候がよほど良くないと危険な道である。ここをたどるのは、低耳のようにこのあたりに商売相手をもつ商人か、芭蕉のように鼠ヶ関に歌枕を探る風流人か（『能因歌枕』に「ねずみの関」として出ている。ただし和歌はあげられていない）、あるいは珍奇な風景を見たいというもの好きか、無謀をした方が旅らしいという若者くらいのものだろう。

芭蕉と曽良が酒田を出発して大山に向っているので、最初から浜街道を通る予定だったのだろう。内陸を通る小国街道を行くならば、鶴岡へ向ったはずだ。あえて危険な道を選んだのは、歌枕鼠ヶ関が目的だったからである。鼠ヶ関は白河関、勿来関《なこそのせき》とともに古代の奥州三関の一つ。白河関を見たのだから鼠ヶ関も、という気持ちはわからないでもない。大山の丸屋義左衛門に紹介状を書いた低耳も、この浜街道はすばらしい景色であると薦めたのだろう。こうして二人はこれから浜街道を歩いて行くことになる。

○廿六日　晴。大山を立《たつ》。酒田より浜中へ五里近し。浜中より大山へ三里近し。大山より三瀬《さんぜ》へ三里十六丁（難所也）、三瀬より温海《あつみ》へ三里半。この内、小波渡《こばと》・大波渡・潟苔沢《かたのりさわ》の辺に鬼かけ橋・立岩、色々の岩組景地有。未《ひつじ》の尅《こく》、温海《あつみ》に着《つく》。鈴木所左衛門宅に宿《やどる》。弥三良添状有。少し手前より小雨す。及暮《くれにおよび》大雨。夜中不止《やまず》。

六月二十六日（陽暦八月十一日）、大山から中山へ。矢引坂を登って下ると三瀬《さんぜ》である。三瀬には義経と弁慶の笈、静御前の長刀《なぎなた》（これは後世に加えられた偽物らしい）があって、旅人に開帳していた。これは旅人にもかなり知られていたようで、拝観したという記事が庶民の旅日記に出てくる。『おくのほそ道』は義経の足跡を訪ねる旅でもあったと解説されることもあるが、奥州の街道は義経の東下りルートと重なるところが多いだけのことで、芭蕉が義経に特別な想いを寄せていたとは考えにくい。もし義経に関心があるのなら、笈の拝観を願ったろうが、芭蕉が関心を寄せた様子も、立ち寄った様子もない。

三瀬から笠取峠に登り、しばらく山の中腹に付けられた道を、海を右手に見ながら進んでいく。笠取峠という地名は、風が強いと笠が飛んでしまうようなところにつけられることが多く、ここも海風が直接強くあたって笠が吹き飛ばされるようなところだ。

しばらく進むと下り坂になり、下りきったところが小波渡。ここから崖の切通しの下を行く。そこを通り抜けると堅苔沢《かたのりさわ》。海側に鬼掛橋と呼ばれる巨岩がある。昔、鬼が石で掛橋を造ったと伝えるところだ。曽良も「潟苔沢の辺に鬼かけ橋・立岩、色々の岩組景地有」と、奇岩に目を見張っている様子が控えめな記述からもうかがわれる。

鬼掛石を過ぎると大波渡で、砂浜の道は次第に上り坂になり、ここをトビヤ坂（鳶ヶ沢とも）という。下りは九十九折《つづらおれ》の急坂の難所だった。坂を下ると五十川《いらがわ》。ここからまた少し登り、崖の上を歩くようになる。鈴《すず》を過ぎると斜めに柱状節理がはいった塩俵石群が見えてくる。岩場の道が続き暮坪へ。暮坪にあるのが鉾立岩で、これは遠くからも見えた。高さ十八丈の細長い岩で、岩の上に松が生えている。庶民の旅日記には、「暮坪村に立岩、日本一見事也」とか「誠眼廻程御座候《まことにめがまわるほどにござそうろう》」とか記されている。少し行くと米子。浜の道をたどっていくと今日の宿泊地温海《あつみ》である。

この日は天気で、素晴しい風景を見ることができたが、道はかなり歩きにくかった。文化四年（一八〇七）の原図をもとに描かれた「庄内海岸打払絵図」（図15。鶴岡市郷土資料館蔵）を見ると、それぞれの村は小さく、どこの村で

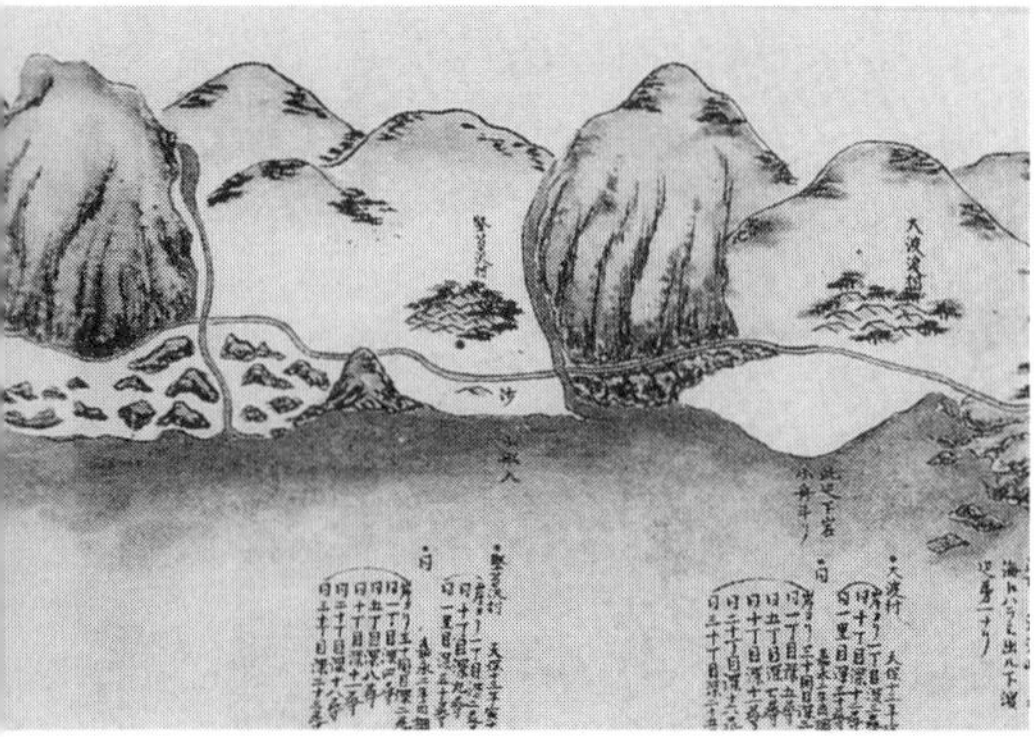

堅苔沢　　大波渡

鉾立岩　　米子

小岩川　　タマツカ坂

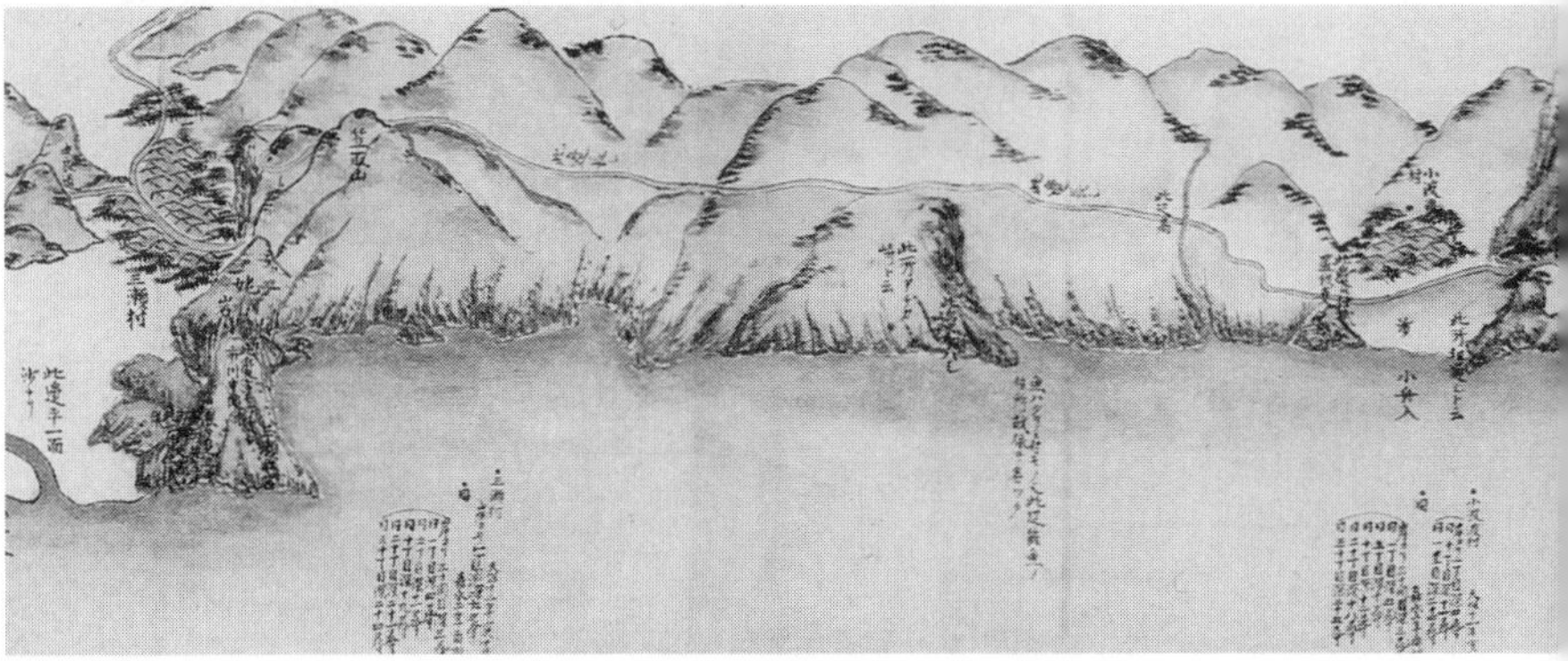

三瀬　　小波渡

トビヤ坂

温海　　釜谷坂

図15　三瀬から小岩川へ（鶴岡市郷土資料館蔵「庄内海岸打払絵図」.『図録 庄内の歴史と文化』より転載

も小舟が碇泊できるようになっている。漁業のためでもあったが、歩きにくいので、隣村とは舟を使った方が便利だったからだろう。

芭蕉より九十九年後にこのルートを巡見使の一行と歩いた古川古松軒は、

鬼の掛け橋・天狗岩・竜の角石・犬の子石・鷲石・鳩石・獅子石・鹿石・猿石・沖の鮑石・磯の鮑石など、世にあらゆるものの形に似たる石かぎりなし。北西を遙かに見るに、目にさえぎる物はさらになく、ただ大浪立ち上がり、狼煙《のろし》雲の如く、東の方は岩石連なりて、剣を立てし如く、山の麓の細き通い路を通行せることにて、見おろす所は数百丈もある切岸にて、頭のうえには大石きおい懸かりて、気も魂も身にそわぬ心地して、日本の内とはさらに思わず。知らぬ異国に渡りし思いありて、

（『東遊雑記』）

と記している。

温海に着いたのは未の刻（一四時前後）。低耳の紹介状を持って「鈴木所左衛門」宅に泊まった。曽良は「所左衛門」と書いているが、正しくは「惣左衛門」。低耳の紹介状が所左衛門になっていたのだろう。鈴木惣左衛門家は旧家だったが旅籠屋ではなかったという。名前を間違えていたことで、曽良はまだ数通持っている低耳の紹介状に不安を抱いただろうし、名前を間違えられた惣左衛門も、心から持てなしたいとは思わなかったのではなかろうか。低耳は気軽にたくさんの紹介状を書いてくれたが、それがすべて芭蕉たちにとって有難いものとは言えなかったことは、後になってからわかる。

この日は晴れていたが、温海に着く少し手前から小雨が降りだし、ついには大雨になって一晩中降り続いていた。この大雨が翌日の行程を大きく変えることになる。

〇廿七日　雨止《やむ》。温海立。翁は馬にて直《すぐ》に鼠ヶ関被趣《おもむかる》。予は湯本へ立寄《たちより》、見物して行《ゆく》。半道計《ばかり》の山の奥也。今日も折々小雨す。及暮《くれにおよび》中村に宿す。

六月二十七日（陽暦八月十二日）。一晩中降り続いていた大雨が止んだので、温海を出発。芭蕉は馬に乗ってすぐに鼠ヶ関に向った。曽良は歩いて湯本（現在の温海温泉）に向い、見物する。温海から湯本まで半道（一里の半分でおよそ二キロ）ほど山の方に入ると湯本である。普通は海岸にある温海は浜温海、温泉が湧きでている湯本は湯温海という。この日は大雨にこそならなかったが時折小雨が降った。暮れ頃に越後国中村に着いて泊まった。

よくわからない文章である。芭蕉はいったいどの道をたどったのだろうか。芭蕉が恙《つつが》なく旅できることを第一に心懸けていた曽良は、なぜ芭蕉を一人で発たせ、自分だけ湯本に向ったのだろう。芭蕉と曽良が別行動をとった理由は何で、二人はどこで落ち合ったのだろう。不可解なことが多い一日である。

『おくのほそ道』に「鼠の関を越ゆれば、越後の地に歩行《あゆみ》を改て」とあるので、鼠ヶ関を通って越後へ出た、というのが通説になっている。しかし地形や天候等を考え合わせると、芭蕉は鼠ヶ関を通過できなかった可能性が高い。

「曽良旅日記」には「鼠ヶ関被趣《おもむかる》」とあり（角川ソフィア文庫『新版おくのほそ道』は「被趣」に「こえらる」とルビをふっている）、「趣」は「向う所を定めて疾く行く」（諸橋轍次『大漢和辞典』）ことで、「越える・通過する」の意味はない。曽良は、芭蕉は鼠ヶ関へ急ぎ向った、と書いているだけで、鼠ヶ関を越えて行ったとは書いていないのだ。

はたして芭蕉は鼠ヶ関を越えることができたのだろうか。それを検証するには温海から越後へのルートを確定しなければならないが、そのルートは二つある。一つは鼠ヶ関まで行って東へ鼠ヶ関川をさかのぼって小名部に出るもの、もう一つは鼠ヶ関から南下してそのまま越後国に入るものである。

温海から鼠ヶ関へのルート

まず、温海から鼠ヶ関までの道を見てみよう。

浜温海を出るとすぐに温海川を渡り、釜谷坂を登ることになる（芭蕉の時代は浜の切通しはまだできていない）。この釜谷坂は難所として知られていた。また大岩川から小岩川に至る途中にも住吉坂の難所があった。ここを通ったある武士は、「路断《たちき》れ、巌を穿《うが》ち以て道を通」した難所と書いている。明治期に描かれた「庄内領郡中勝地旧蹟図絵」にも、断崖絶壁の岩の中腹を削り取ってつけられた狭い道が描かれている。眼下に小砂川村、はるか彼方に鼠ヶ関を臨むことができる景勝地だが、強風や豪雨の時は海へ落下するかもしれない難所。そして小岩川と早田《わさだ》の間にもタマツカ坂（たいこ坂とも）という難所があった。わずかの距離だが、難所だらけである（図16）。

天和二年（一六八二）、つまり芭蕉が行く七年前に、幕府から派遣された国目付の一行は、芭蕉とは反対方向に、鼠ヶ関から浜街道を北上して温海へ向っている。その時に書かれた「大泉庄内御巡見紀行」（『庄内史料集20』所収）には、「早田村・大岩川村、住吉坂・たいこ坂・釜谷坂、馬にのられぬ所其数をしらず。右は高山にして左は数千せう《(丈カ)》の海端なれば肝をひやし、胸を押て、嶮々たるそば《(岨)》伝ひ、猶行先も心細き切通し有。誠に北国筋のうき難所と申伝る如くなり」と記している。

芭蕉はこのような危険な道へ向ったことになる。そして鼠ヶ関に着くと、集落の入口に鶴岡藩の鼠ヶ関番所が設けられていた。鼠ヶ関番所は二重番所になっていないから、ここを通るには出判を納めなければならない。鼠ヶ関川河口付近の右岸にあったという古代の鼠ヶ関跡や、鼠がかじったような岩場、数珠のように並んだ海中の岩を飛び石伝いに行ったところにある弁天堂は、全部番所の門の向う側（南側）にあった。それらを間近に見るには番所を通らなければならない。おそらく芭蕉は鼠ヶ関番所の前まで来たとしても、この門はくぐらなかっただろう。

なぜなら、芭蕉がそのまま出判を納めて鼠ヶ関番所を通ってしまうと、あとから来た曽良が出国できなくなるからだ。

図16　住吉坂より鼠ヶ関弁天島を望む　　明治期に描かれたものだが，この時代になってさえ，断崖絶壁の細道が続いていた（鶴岡市郷土資料館蔵「庄内領郡中勝地旧蹟図絵」．『図録 庄内の歴史と文化』より転載）．

出判は通常、何人でもひと組として扱うので一枚しか発行されない。関所でも番所でも、手形（出判）に書かれた人数より多いと、不法な出国者が混じっているとして留め置かれ、厳しい取り調べを受けることになるが、少ない場合はそのまま通してくれる。もし咎められたら、連れは病気になって途中で養生しているとか、旅中に死亡したと言えば通ることができる。そんなことがままあったからだ。

出判を持参した芭蕉は通ることができるが、残された曽良が苦労することは目にみえている。出判を持っていないので、番所できつい尋問を受けるだろう。鶴岡か酒田まで出判を取りに行けと言われるかもしれないし、袖の下を要求されるかもしれない。尿前の番所で冷汗を流したあの日のことが頭に浮ぶ。番所では必ず二人一緒にいなければならないのだが、湯本を見物しに行った曽良は、馬に乗っていった芭蕉に追いつけただろうか。

芭蕉は馬に乗り、しかも「翁は馬にて直《すぐ》に鼠ヶ関被趣《おもむかる》」と、曽良より先に、急いで出発したようである。それを見送った曽良は、半里先の湯本に行き、見物し、また温海に戻って、芭蕉のあとを追いかける。温海から鼠ヶ関までは二里半。曽良は温海と湯本の往復で一里、それに見物の時間があるから、少なくても半時（およそ一時間）以上は費やしたはずだ。二里半の間に曽良が馬に乗った芭蕉に追いつくことは不可能に近い。第一、芭蕉に追いつくつもりなら、曽良は湯本を見物することなどしなかったはずだ。湯本に特別の用事があったとも思えないし、たとえ大事な用があったとしたら、芭蕉の方が曽良につき合って湯本へ行き、それから揃って鼠ヶ関に向っただろう。

曽良は芭蕉に追いつくことができず、そのうえ出判が一枚なのだから、芭蕉は鼠ヶ関を越えることはしなかった、と考えるのが自然である。

しかし通説のように（と言っても、鼠ヶ関から越後中村までのルートについては、全く触れないか、あいまいにぼかされている解説が多い）、曽良が鼠ヶ関で追いついて一緒に出国し、さまざま見物したと仮定すると、その先はどうなっただろうか。

鼠ヶ関から小名部へのルート

鼠ヶ関から鼠ヶ関川に沿って小国街道の小名部へ出るというのが一番の近道で、このルートを示している説もあるが、この道も大変な悪路だった。先の国目付巡見の一行は小名部から鼠ヶ関川に沿って来ているので、反対方向になるが、その様子を引き写してみよう。

> 折節大雨風しきりにて、氷降り、雷方々にてなり《（鳴）》、只今是へ落かゝるかとあやしむ内に、（中略）小鍋村より右へ川に下る。この川拾五瀬と云、川を拾五度渡る故なり。雷しきりになりて雨の降る事篠をつくがごとし。左右大山にして馬にのられず、駕籠乗物も不叶《かなはず》。歩行《あるき》にて細き縄手をゆく所有。されば三里の道を朝六ツ過に出て八ツ前に着く程の難所也。
>
> （「大泉庄内御巡見紀行」）

氷、つまり雹《ひょう》が降ったと書かれているが、この日は八月十三日（陽暦九月十四日）である。標高が高い土地でもないのに雹とはすさまじい。この道は鼠ヶ関川を十五度も徒渉しなければならない。天候がよければ馬や駕籠も通れるが、増水すれば川を渡ることはできない。小名部から鼠ヶ関までは三里。朝六ツ（午前六時）に出て、鼠ヶ関に着いたのは八ツ（午後二時前後）だから、時速およそ一・五キロ。いかに難渋したかがわかるだろう。

芭蕉が向った日も、前夜は大雨だった。川は増水していたにちがいない。巡見の一行は大勢で用意万端ととのえていたから事故もおこらなかったが、芭蕉はそういう訳にはいかないのだ。芭蕉はこのような道を通ることができるだろうか。

鼠ヶ関と小名部を結ぶこの道は、番所と番所の連絡に使われただろうし、国目付巡見のルートでもあるから人の通行はあっただろう。しかし、庄内を出国する旅人がここを通ったとすると、小国街道の小名部で奇妙なことが起る。小名部にも番所が設置されていたのだ。この番所は小国番所との二重番所で、出国の場合は小国番所で裏判をもらい、小名部番所に納めて通ることになる。旅人はすでに鼠ヶ関番所に出判を納めているので、小名部番所に出す出判が手元にないことになる。あるいは鼠ヶ関番所に申し出ればなにか方法があったのかもしれないが、一度出国した者が、再度また番所へ向かうのはどう考えても不自然である。おそらく芭蕉は鼠ヶ関川を遡る道は通らなかっただろう。この道をたどっている旅人がいるかと探してみたが、時代を下ってみても見つからなかった。旅人はまず通らない道と考えていい。

鼠ヶ関から中村

全体からすれば少数だが、旅人がたどっているのは鼠ヶ関からさらに南下する街道である。

「正保越後絵図」を見ると、鼠ヶ関からそのまま南下する道に、正規の街道であることを示す赤線が続き、一里塚も記してある。だから、このまま越後へ入った可能性もあるのだが、庄内領との国境には「村上町札之辻より原見村《はらみ》

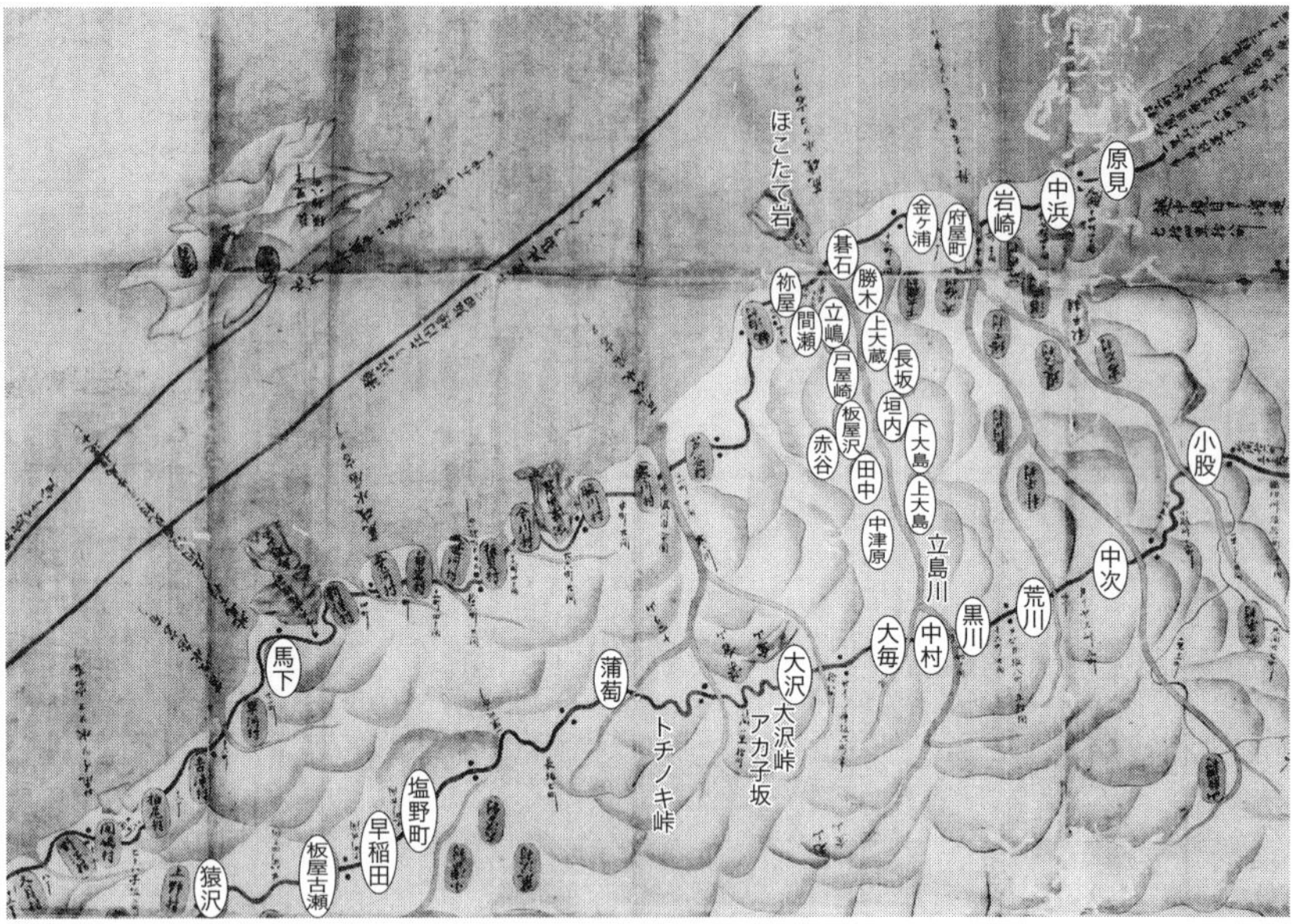

図 17 「正保越後絵図」（新潟県立図書館蔵を加工） 正保年間に幕府の命により作成された国絵図を，幕府の許しを得て元禄時代に模写，さらに大正 10 年に写したものだが，芭蕉が歩いた当時に一番近い地図である．関係地名のみをあげたが，この地図の範囲で「町」と付くのは「府屋町」と「塩野町」だけなので，他の地名の「村」の文字は省いた．

まで十一里七丁四十間（中略）馬下《まおろし》村より原見村まで牛馬往還なし」と記されている。義経一行もここまでは船に乗っている。陸路を行くことができなかったからだ。鼠ヶ関から村上まで海岸の道は街道となっているのだが、実際の地形は断崖絶壁続きで、人が通れるような道ではない。

しかし碁石《ごいし》まで行くと、街道を示す赤い線は描かれていないが、勝木《がつぎ》川（「正保越後絵図」には立島川となっている）沿いに集落が並んで中村まで続いている。集落が並んでいるのだから生活道はあったはずである。現在の国道七号で、今は二カ所にトンネルが掘られて難所があったとは信じられない快適な道路になっているが、昔はここも大変な悪路で、旅人の姿が見られるようになるのは文化年間（一八〇四〜一八）に道が改修されてからのことだという（図17）。

文政三年（一八二〇）頃に記録されたと考えられる『越後野志』（小田島充武《のぶたけ》著）には、「大川、府屋《ふや》駅を経て海に入る。急流にして歩越なり、洪水の日は往来断て不通」、「中村より田中へ一里十町、此間山谷渓水の岸を往来し、水を渡ること数度、行路甚だ艱難也、出水の日は往来を絶つ」とある。「山谷渓水」は勝木川《がつぎ》である。大川も勝木川も雨が降るとたちまち増水し、渡ることができなくなる。田中から中村の間は渓流を行く道で、川中の岩を足場に、右岸から左岸、また右岸にと飛び越えて行かなければならない。文化年間の道路改修後でも増水すれば往来不能になったし、渓谷の部分は細い橋が架かっていたが、増水していなくても緊張感を強いられた。

芭蕉より百六十八年後の安政四年(一八五七)に、鼠ヶ関から中村へ向った村上藩士の旅日記をあげてみよう。

暁に鼠ヶ関を発す。海岸の砂路を行くこと一里半、原見邑《はらみむら》・中浜邑・岩崎邑を経て大川(注・府屋)駅に至る。人家百余戸。駅を出、海岸の砂路を行くこと十町余。巌岬を昇降し、碁石邑《ごいしむら》を経て、勝木邑に至る。岩岬の海岸を彎ゆれば、峻厳屹立し、高さ五六丈。之を鉾立と謂ひ、状を以て名とするなり。是より東、峡中に入る。流れ有り。東崖に下大蔵・上大蔵・長阪の三邑有り。西崖に、立嶋・板屋沢・赤谷の三邑有り。共に吾が侯の封邑。而して特に赤谷の一邑は米沢侯の所管なり。流れを渉り、峡中を昇降し、大川駅を去る。二里半、田中駅に至る。人家二十戸。尚、山腰を昇降し一里半。大鳥邑・中津邑・北黒川邑を経て、中村駅に至る。北黒川邑・中村駅の中間に流れあり、一板橋を架して堺となす。長さ七八間余、水際を去る二丈許《ばかり》。此の日、大雨。僕某、乗馬し中道を過ぎ馬仆《たお》る。僕、馬と共に水中に墜《お》つ。衆、惶遽《こうきょ》(注・ひどく慌てて)之を救う。僕及び馬恙なし、其の墜ちてせいふんとならざるは、橋下の水深きを以てなり。

(「安政四年蝦夷紀行」)

大雨が降っていた。渓流の難所には長さ七、八間(一三・五メートル前後)の板橋が架かっていた。谷の深さはおよそ二丈(約六メートル)ほどでかなり深い。この橋から馬と下僕が落ちてしまった。大雨の中だったから滑ってしまったのだろう。大事には至らなかったが、これは水が深かったためだと書いている。

このように温海から南下する道は、雨後だとすべてひどい難所となり、大きな危険をともなったのである。

別行動の経緯

芭蕉と曽良に戻って、二人がなぜ別行動をとることになったのか、それを考えてみたい。

夜中に降り続いていた雨はようやく止んだが、それでも時折小雨がぱらついていた。曽良は当然、鼠ヶ関までの道路状況を土地の者に聞いただろう。雨後の釜谷坂と住吉坂は危険だと教えられ、そのような道をたどって鼠ヶ関に向うことに曽良は大反対したはずだ。

温海から湯本へ向えば、小国街道の温海川の宿場に通じている。小国街道なら雨が降っても風が吹いても大きな危険にさらされることはない。浜街道はここ温海で切り上げ、安全性の高い小国街道に向うべきだと曽良は考えたにちがいない。温海川から先には難所はほとんどない。雨後だと小国川があふれて木野俣と小国間で徒渉する可能性があるが、本道だから大事に至ることはまずないと考えていい。浜街道と小国街道の状況は酒田で十分に聞かせられ、天候が荒れたら小国街道に出るようにと言われてもいただろう。酒田の俳人も、芭蕉の安全を思えばそう忠告したにちがいない（図18）。

しかし芭蕉はどうしても鼠ヶ関が見たいと聞き入れない。曽良も強固に、すぐに小国街道に出ることを主張した。こうして師弟は対立したのではないだろうか。

そこで出した折衷案が、芭蕉は馬で行き、鼠ヶ関を見物して、また馬で戻ってくる、というものだったのかもしれない。国目付巡見の一行は、「馬にのられぬ所其数をしらず」と書いていた。これはひどい雷雨の中を歩いているからのことで、芭蕉が向った日は雨が止んだのだから、道の状況はこれほどではないにしても、釜谷坂も住吉峠も雨後で滑りやすくなっているはずだし、この空模様ではいつまた大雨になるかもしれない。しかし馬を雇えば地元の馬方がついてくる。馬方は道を熟知しているから、危険は回避される。こうして芭蕉は馬に乗って鼠ヶ関に向かい、曽良

図18　小国街道　難所といわれた坂野下の鬼坂峠から北方の鳥海山を望む．危険を感じるような街道ではない（鶴岡市郷土資料館蔵「庄内領郡中勝地旧蹟図絵」．『図録 庄内の歴史と文化』より転載）．

は芭蕉が戻るまで湯本で待つことになったのではないだろうか。

二人は湯本で落ち合い、小国街道に出る。小国番所で裏判をもらって、小名部番所に納めて鶴岡領を出国。それから越後小俣に出て中村に宿泊、という手はずだったのではないだろうか。こう考えないと、曽良が湯本に行った意味がわからなくなる。

危険な道だからこそ芭蕉に随行するべきなのに、曽良はなぜ芭蕉を一人で行かせたのだろう。千住を出発してから八十九日目。曽良も一人になって少し息抜きをしたかったこともあるだろう。湯本の開湯は古く、白鶴が浸かっているのを見て温泉を発見したと伝えているが、わざわざ足を運んで「見物」するような旧跡はない。「この所はなかなかよき所にして、温泉ありて家ごとに湯つぼをして、旅人を入るることなり。娼家数十軒、一家に三十人も四十人も売女のおることとなり」と書いたのは古川古松軒（『東遊雑記』）。温泉場はどこでも歌を唄ったり春をひさいだりする女性がいたが、湯本は曽良が行った当時から特にそうした女性が多いことで知られていた。真面目を絵に描いたような曽良だから、湯女《ゆな》見物と洒落こんだとは考えられない。曽良の体調が思わしくなかったのか、あるいは芭蕉の頑固さに曽良もつい腹をたててしまったのか。

芭蕉は馬に乗って鼠ヶ関に向ったが、「馬にのられぬ所其数をしらず。右は高山にして左は数千せう（丈カ）の海端なれば肝をひやし」（「大泉庄内御巡見紀行」）て、すぐに引き返さざるを得なかったのではないだろうか。

温海を出てすぐ、釜谷坂で大変な目に遇っただろう。それでも無理して先へ進んだとしても、せいぜい住吉坂までかもしれない。ここからは鼠ヶ関が遠望できる。鼠ヶ関まで行っても旧関にも弁天島にも近づけないのだから、ここで引き返すのが賢明である。

事実はどうだったのだろうか。温海から鼠ヶ関も、その先の鼠ヶ関・小名部間、鼠ヶ関・中村間も難所だらけである。そして曽良が湯本に立ち寄っていることを考えると、芭蕉が途中で引き返して湯本で曾良と落ち合うことが前提になっていたように思えてならない。

温海から温海川への道

芭蕉が途中で引き返して戻り、湯本で曽良と落ち合ったと仮定してみよう。道はどうなっていたのだろうか。浜街道と小国街道を結ぶ道は全部川に沿っている。温海から湯本、そして温海川（宿場名）までの道も温海川（河川名）に沿っている。徒渉箇所があるのはこの温海川も同じである。しかし他の脇道にくらべ、温海川沿いはかなりの人通りがあった。

湯本の開湯は千三百年前と伝え、鎌倉時代にはすでに湯治場になっていたという古い温泉である。遠近から百姓たちが病気療養に骨休めにとよく訪れていたが、ほとんどが小国街道を経てきている。

明和五年（一七六八）に庄内藩士の田中古助が宗門改めで各村を巡回した時の記録には、「温海川村より川に付て行《いか》ば一霞《ひとかすみ》村へ出候。此温海川より川へ付て一霞村へ出る事は町田川辺の者常に往来致候」（「出郷日記」）と、町田川（上田川）から一霞へは常に往来があることを記している。これは芭蕉が行く七十九年後の記録なので、芭蕉当時がどうだったかはわからない。しかし寛政三年（一七九一）八月には延べ二千三百九十二人の湯治客があったという記録がある。湯治客は庶民ばかりではなかった。鶴岡藩主や松山藩主も入湯していて（松山藩は鶴岡藩の支藩）、万治元年（一六五八）には御茶屋という藩主専用の建物まで建てられ、藩主及びその家族の入湯は五十数回に及んでいるという。

殿様がお成りになる道が悪いわけがない。徒渉箇所があっても心配するほどのものではなかったろう。芭蕉に危険を犯させたくない曽良が、温海からすぐに小国街道へ行こうと主張したとしても不思議ではない。

しかし、この推量にも難点がある。もし芭蕉が温海から鼠ヶ関を往復し、湯本で曽良と落ち合い、温海川に出て小国街道を通って越後国中村まで行ったとしたら、この日の距離は十五里七丁にもなるのだ。これではあまりにも長すぎる。

では、もっと近距離で中村へ行くことのできる道はなかったのだろうか。

大岩川は小国川の河口に開けた村だが、「庄内三郡絵図」には小国川に沿って小国街道の小国まで細い赤線が引いてある。大岩川から小国まで道があったということで、一里上流には槙代《まきのだい》という漆栽培を主としている集落もある。川を徒渉する回数は鼠ヶ関川にくらべると少ない。ここでも旅人が通ったという記録を見つけることはできなかったが、地元の馬方ならこの道を案内したかもしれない。そうすると芭蕉と曽良は小国で落ち合った可能性も出てくる。

芭蕉は温海から大岩川、住吉坂の上まで登って鼠ヶ関を遠望、大岩川に引き返し、小国川沿いの小道をたどって小国に出て曽良と落ち合い、中村に到着したとすると、距離はおよそ十里余。一方曽良は、温海、湯本、温海川を経由して小国へ、そこで芭蕉を待ち、共に中村へ至ったとすると九里二十五丁となる。

湯本から中村

曽良がこの日の距離を記したのは温海から湯本までの半里のみである。曽良が几帳面に距離を記録していたのは、道を間違わないよう、また次の宿場までどのくらいあるかを把握しておくためだった。宿場までの距離をあらかじめ聞いていたから、休息や宿泊の心づもりをすることができたのである。ところが迷いようがない一本道だったり、その土地を案内してくれる者がいると、距離を記す必要がなくなる。この日、曽良が湯本への距離だけを記したのは、それ以外は馬に乗ったからかもしれない。

曽良は湯本からの距離を記していないので、湯本から中村までの様子も記しておこう。

湯本から小国街道に出るまでにある一霞集落の特産は赤カブで、現在でも山形県の名産になっている。温海から一霞までは徒渉区間はないが、この先を何度か徒渉して行くと、温海川宿の南に出る。小国街道をおよそ一里行くと木野俣。これから先は今度は小国川を徒渉することになる。芭蕉より七年前にここを通った例の国目付巡見の一行は、

是（木野俣）より拾九瀬と申す川、壱筋を十九度越申し候。川の広さ二十間余、或十六七間程有。左右に高山谷合を行く故、あなたこなたと渡り申し候。山中にて夕立雨にあひ申候。それ故川の水増し候。今少し洪水ならば越る事なるまじき程の水也。

（「大泉庄内御巡見紀行」）


と書いている。川幅は二十間（約三六メートル）から十六間（約二九メートル）。谷間を流れる川は夕立程度でも見る見るうちに増水してしまうのだ。十九瀬を渡って真っ直ぐ行くと浜街道の大岩川に至り、左に曲ると小国である。小国の家並は百七十四間（三〇〇メートル強）続き、出口に番所が設けられていた。ここで芭蕉と落ち合い、裏判をもらって、一里十一丁で小名部。小名部番所に出判を提出して出国。番所から十四五丁登ったところが堀切峠で、ここが出羽と越後の国境となる。ここからは越後の山々が一望できる。

下って行くと小俣で、小名部からは一里。小俣には越後国村上藩が設けた番所があった。入判は不要である。この小俣番所は慶長三年（一五九八）の村上氏入部の際に、出羽に通じる道の原見《はらみ》・岩石《がんじき》・雷《いかずち》とともに設置されたもので、宝永六年（一七〇九）に村上藩が減封となると村上藩の北部分は幕府領となり、番所は廃止される。

小俣から山道が続き、一里十五丁で中継《なかつぎ》。さらにカリヤス峠を越えて一里で中村（現・村上市北中）となる。

この日は中村に泊った。おそらく旅籠屋だったろう。中村は小国街道（このあたりでは出羽街道という）と浜街道の

府屋からの道が合流する地点だから、旅籠屋もかなりあったと思われる。芭蕉が宿泊したと伝える家もあるが、元禄時代当時に営業していたかどうかは不明である。

この日は長時間の移動だった。曽良も「暮れに及び中村に宿す」と、疲れたように記している。

越後路

村上、そして新潟へのルート（六月二十八日〜七月二日）

○廿八日　朝晴。中村を立《たつ》。到蒲萄《ぶだうにいたる》〔名に立《たつ》程の無難所《なんしよでなし》〕。甚《はなはだ》雨降る。追付止《おつつけやむ》。申《さる》の上刻に村上に着《つく》。宿借《やどかり》て城中へ案内。喜兵・友兵来て逢《あふ》。彦左衛門を同道す。

六月二十八日（陽暦八月十三日）。朝から晴れた。中村を出発し、大毎《おおごと》、大沢へと進んだ。ここから登り坂になる。大沢から蒲萄までは、「正保越後絵図」（一五二頁図17）には大沢峠、アカ子坂、トチノ木峠の文字があるが、総称して蒲萄峠と言われることが多い。蒲萄峠はこの街道の一番の難所と畏れられたところである。峠そのものはきつくはないのだが、積雪がすごい。麓では積っていなくても、このあたりでは腰まで埋まるほど雪が多い。深い沢の上の急カーブが何箇所かあって、そこの雪庇《せっぴ》に踏み込んでしまうと谷底へ転落する危険があったから、案内人なしでは歩けない道である。十月から四月までは雪が深くて馬も出せない。積雪量が多いのは蒲萄峠だけではなく、小国と小名部の間にある小国峠も同様だったのだが、蒲萄峠だけが難所として名が高かったのは、時には追剝ぎがでたかららしい。蒲萄峠にある「座頭落し」は、盲人から金を奪って谷底へ蹴り落した場所と伝えている。

芭蕉と曽良が通ったのは陽暦の八月十三日。雪さえなければあっけないほど楽な峠である。今でも所々に石畳が残

図19　蒲萄峠の敷石

っているが、これは蒲萄鉱山から採掘された鉛を運ぶために敷かれたもので、人夫たちが休憩するときにこの敷石をはぎ取って簡略な竈を組んで火を焚いたので、敷石がだんだん少なくなっていったという。芭蕉が行った頃も盛んに採掘されていたから、鉱石を運ぶ人夫たちが行き交っていただろうし、また出羽三山や伊勢参りの往来もあったから、寂しい道とは思わなかっただろう。曽良も「名高い難所と聞いたが、難所らしい所ではなかった」と書いている（図19）。

一時激しい雨が降ったが間もなく止んだ。蒲萄峠を下ると塩野町、猿沢、鵜渡路《うとろ》と行き、川幅一丁二十間（一四五メートル）を舟で渡り、四日市、山辺里《さべり》、ここでまた川を渡って村上となる。当時の村上は榊原政邦十五万石の城下町であった。

村上に着いたのは 申の上刻（一五時三〇分頃）。小町にある旅籠屋大和屋久左衛門にわらじを脱いだ。大和屋は現在も井筒屋旅館として営業している。ひと息つく間もなく城中へ案内されているが、他国から来た旅人を城中へ入れることはないから特別な待遇である。

当時の村上には俳諧に興味をもつ者は少なかったようで、俳席は設けられていない。だから城中の案内は、芭蕉故の特別待遇ではなかったろう。そして村上藩士の「喜兵・友兵」がいそいそと来たりしたのも、何か別の理由があったはずである。村上滞在中はどうみても芭蕉より曽良の顔が利いている。「喜兵・友兵」は思いがけない旧知の来訪を心から喜んで接待したようである。

実は、曽良と村上は縁がないわけではなかった。曽良は信州上諏訪の生れだが、若い頃に伊勢国長島（紀伊国北牟妻郡にも長島があり、区別するために伊勢長島という。北牟妻郡の長島は紀伊長島と呼ぶ）の長島藩（一万石）に社人として数年間を過ごし、親しく付き合っていた藩士も少なくない。その頃の長島藩主は松平佐渡守康尚《やすひさ》（幼名は良尚）で、康尚の三男良兼《よしかね》は十六歳になった寛文十年（一六七〇）に、越後村上藩の筆頭家老榊原直久（二千四百石）の聟養子となった。この頃、曽良は伊勢長島にいたから、良兼が村上藩の家老と縁組みしたことを知っていただろう。この良兼の婚礼の使者として村上に派遣されたのが吉田久兵衛豊幸で、通称は七左衛門。曽良とも親しかった人物である。九月六日に伊勢長島で再会した折に、曽良は「七左」と通称で記している。

曽良が「喜兵・友兵」と親しみを込めて記しているのも、初対面ではなかったからだろう。曽良と村上の接点は伊勢長島だけである。良兼は伊勢長島から家政を任せられる者や下僕などを連れて来ていて、その者たちが曽良と顔見知りならば「喜兵・友兵」と呼ぶことは自然である。「榊原家分限帳」（『村上市史資料編2』所収）には家臣の身分石高だけでなく、父母や妻の出自の他に嫡子の名、高禄の者の場合は家士の名まで記されていて、良兼の嗣子で家老職を嗣いだ「榊原帯刀」の左下には、鈴木六右衛門・成瀬源左右衛門・斎藤喜兵衛の名が記されている。この三人のうちの斎藤喜兵衛は、帯刀の父良兼に従って来た者かもしれない。曽良が記した「喜兵」については、村上藩士で百五十石取りの菱田喜兵衛と言われてきたが、帯刀の直接の家臣斎藤喜兵衛と考えるのが自然であろう。曽良が長島藩にいた頃に知り合っていたからこそ、芭蕉と曽良は早速「城中へ案内」されたのだと思う。

「友兵」は「榊原家家譜」に類似の名前が出てこないので不詳。「彦左衛門」については黒田彦左衛門（三百六十石。鉄砲足軽物頭）がいるが、伊勢長島藩士だった者が何人も村上藩士に取り立てられることはなかっただろうから、強いて結びつけることもない。帯刀の家住みの家来だろう。

二年前の貞享四年八月二十九日に良兼は病没。享年三十三という若さだった。芭蕉と曽良は、偶然にもその祥月命日の前日に村上を訪れたことになる。曽良は良兼がいつ亡くなったのかを知らないはずだから、この偶然にびっくりしたのは喜兵衛たちの方だった。長島藩にゆかりある者が訪れたと聞きつけ、わざわざ尋ねてきたのである。

村上城は臥牛山《がぎゅうさん》という小高い丘の上にあって、城下を眼下に見下ろせる。ここに登るのは普通の旅人ができない体験で、曽良が面目をほどこした場面だった。

○廿九日　天気吉《よし》。〔帯刀公より百疋給《たまふ》〕。昼時、喜兵・友兵来て、光栄寺へ同道。一燈公の御墓拝《はいす》。道にて鈴木治部右衛門に逢《あふ》。帰《かへり》、冷麦持賞《もてなす》。未の下尅、宿久左衛門同道にて瀬波《せなみ》へ行《ゆく》。帰《かへり》、喜兵御隠居より被下物《くだされもの》、山野等より の奇物持参。又御隠居より重の内被下《くださる》。友右より瓜、喜兵内より干菓子等贈《おくる》。

六月二十九日（陽暦八月十四日）。この日は良兼の三回忌にあたっていた。故良兼の嗣子榊原帯刀直栄《なおひさ》は父の家老職を嗣いで二千四百石、屋敷は三の丸にあった。午前中にその屋敷に出向いて良兼の位牌に焼香をし、その時に百疋の金子を頂戴している。

「疋」は「匹」に同じで、貨幣がなかった時代に品物の価値を示すのに絹の量に置き換えた単位。鎌倉時代には百疋の絹は一貫文だったというが、儀礼的な贈答で使われることが多く、一疋がいくらにあたるのか一定していない。昭和中期まで皇室からの下賜金には「疋」が使われていたという。『国史大辞典』は「一疋は銭十文。（略）なお後世儀礼的に金一分を金百疋と呼ぶような用法があった」と説明している。一疋十文ならば曽良は帯刀から千文給ったことになり、また金一分が百疋としても、当時は一両四千文くらいだから、これも千文となる。普通の旅人は旅費を一日一朱を目安にしていたから、一分（百疋）は四日分の旅費に相当する。元禄十五年刊の『花見車』（轍士著）には「点者は今は出座金百疋とさだめ」とあり、江戸の点者の出座料も百疋だった。

帯刀の屋敷から戻って、午後は喜兵衛と友兵衛に案内されて光栄寺を訪れた。光栄寺には良兼の墓があった。良兼の法名は「大乗院殿法厳一燈居士」で、良兼の俳号「一燈」が入れられている。縁《ゆかり》の人の三回忌にこの地にやってきた偶然を、曽良は特別な思いで噛みしめたにちがいない。

帰り道に鈴木治部右衛門に出逢い、冷麦をご馳走になった。鈴木治部右衛門の名は「榊原家家譜」には見当たらない。すでに隠居した身なのだろう。

未の下刻（一四時四五分頃）旅籠屋大和屋の主人に誘われて瀬波まで行った。村上から瀬波まで二十一丁。三面川《みおもてがわ》河口の港町で、海が美しい。村上藩領の年貢米や蒲萄鉱山から採掘された鉛、酒、商品として生産されているものでは北限といわれるお茶も、芭蕉当時からこの港から運び出されていた。また、瀬波から南の砂丘に広がる赤松林は貞享元年（一六八四）に村上の大年寄が藩に願い出て、五千本の苗を植え付けたことからはじまるというから、芭蕉が見たのは防砂林の植え付けが行われている最中だったろう。現在の瀬波は温泉のイメージが強いが、これは明治三十六年に石油試掘の際に偶然温泉がわき出したもの。

大和屋に戻ると喜兵衛の隠居が顔を出し、山野で採れためずらしい物を持ってきてくれた。野生の果物か何かだろうか。またご馳走を詰めた重箱も持参している。喜兵衛の隠居も良兼に従ってきた人であろうから、昔住んだ長島を忘れずに墓参してくれたことをいたく喜んでのことだったようだ。友右衛門から瓜、喜兵衛の家からも干菓子等が届けられている。「榊原家家譜」には百五十石の鉄砲役で水谷友右衛門という者が記されているが、伊勢長島との関係は不明。

一　七月朔日《ついたち》　折々小雨降る。喜兵・太左衛門・彦左衛門・友右等尋《たづぬ》。喜兵・太左衛門は被見立《みたてらる》。朝の内、泰叟《たいそう》院《いん》へ参詣。巳《み》の尅《こく》、村上を立《たつ》。午《うま》の下尅《げこく》、乙《きのと》村に至る。次作を尋《たづぬ》。甚持賞《はなはだもてな》す。乙宝寺《おっぽうじ》へ同道。帰《かへり》てつゐ地村息次市良方へ状添遣《そへつかは》す。乙宝寺参詣前大雨す。則刻止《そっこくやむ》。申《さる》の上尅《じょうこく》、雨降出《ふりだす》。及暮《くれにおよび》、つゐ地村次市良へ着《つき》、宿《やどる》。甚《はなはだ》強雨す。朝、止《やみ》、曇《くもる》。

七月一日（陽暦八月十五日）。朝から小雨が降っていた。喜兵衛・太左衛門・彦左衛門・友右衛門等が見送ってくれた。「見立」は見送りの意。喜兵衛と太左衛門は少しの間同道して見送ってくれた。おそらくこの時に二人が泰叟院へ案内したのだろう。村上は村上家、堀家、本多家、松平（越前）家、榊原家、本多家、松平（大河内）家、間部家、内藤家と藩主がめまぐるしく替わっている。泰叟院は榊原家が村上にきてから菩提寺とした寺で、この当時は良兼が仕えた藩主榊原家初代政倫《まさみち》の墓があった。

こうして巳の刻（九時三〇分前後）に村上を発った。これから乙《きのと》へ行くのだが、「正保越後絵図」に描かれているのは、村上から昨日行った瀬波に出て海岸を南下する道である。羽州浜街道から続いている街道で、碁石の先の祢屋（寝屋）から南は断崖絶壁の難所があるので旅人はほとんど通らないが、瀬波以南は岩場もなく砂浜の道が続く。瀬波から砂丘の道をたどり岩舟へ、岩舟から一里で塩屋である。この先に荒川が流れていて、荒川ほとりの塩屋で出判を出さなければならない。

慶安三年（一六五〇）の「村上藩定」には「他国へ相越す女の儀、町奉行衆手形を以て、これを遣すべき事」（『神林村誌資料編下』）とあり、領内の女性が出国する場合だけが明記されているが、実際には旅人は男女を問わず出国する際に奉行所で出判をもらい、それを番所に差出すと番所に届けてある奉行の判鑑（印形）と照合して通した。

しかし江戸後期には、城下の手判問屋で簡単に出判を手に入れることができたようで、嘉永五年（一八五二）に越後出雲崎地蔵堂へ帰る者の旅日記には、以下のように記されている。

御高札脇問屋より御手判出る、壱人十文ヅヽ
（割判）地蔵堂の者九人御通可被下候《おとおしくださるべくそうろう》
八月朔日　　甚左衛門判
御番所
町出口左右に御番所有、出口に木を横にしてあれば休番故、木のなき方へ行。御手判奉願候と申上候得ば、問屋手続きを改、文七左手に判を九つ押て被下《くだされ》候。夫《それ》より行道《みちをゆく》。禁制札、領内の馬方、渡守、旅人へ対し不法申かけ

致し候はば、其所役人へ可訴出者也《うつたえでるべきものなり》との御書付あり。川、桃崎渡三十五文、渡守手判改《あらため》、渡す。

（『出雲崎町史資料編Ⅱ』）

これによると、出判は奉行に代って村上城下の高札場脇の出判問屋から出すようになっていた。出判の文面は、九人が行くから通すように、というごく簡単なものである。手判問屋は一人十文の手数料を取ったから、旅人はこの出判一枚を九十文で買ったことになる。

塩屋の出口に番所があったが、木を横に渡して通れないようにしてあったので休みかと思い、もう一つの出口へ行って「お手判願い奉り候」と申しあげると、出判問屋の出判の判鑑を照合して受け取り、出判を納めた証拠の印判を左手に九つ押してくれた。文字通りの手判である。それから一同そろって渡し場に向った。渡し場の禁制札に「領内の馬方や渡し守が、旅人へ不法なことを要求したら、役人に訴え出よ」と書かれていた。「不法」の主なものは法外な料金請求のことで、大きな川ではこのような制札がたてられていることがままある。質《たち》の悪い渡し守だと、川の真ん中あたりでわざと舟を揺らせ、「船玉様への御初穂」と称して割増金を強要したり、川越し人足も不安定な担ぎ方をして、岸に着いたら酒手をはずむことを客に約束させることがあったのだ。渡し舟賃は通常は三十五文だが、増水すると七十五文にもなった。荒川を渡ると、対岸は桃崎である。

しかし、村上城下で出判を取るのを忘れても、方法はあった。庶民の旅日記には、

塩谷渡し、村上から判取通所也。村末に御番所有、去りながら村上にて印取り候得ば一夜泊りに相なり候間、塩谷の庄屋へ行。岩船泊りとの言分《いひわけ》候得ば、随分通され候。川は海へ落口ゆへ六ヶ敷《むずかしき》川に有《あれ》ば、留風《とめかぜ》候得ば其儘《そのまま》留《とま》りに相成候。左候はば庄屋等に参らず候て村中左の方の細道行《をゆく》。八人にて三百五十文、内々にて相越申候。

（一八〇六年・羽州鶴岡からの旅人）

と記されている。村上で出判を取ると一晩泊らなくてはならないというのは、旅人が旅籠屋に頼んで手判を取ってもらうことが慣例になっていたからだろう。もちろん旅籠屋を通さなくても、旅人自身で取ることはできたし、出判を取らないまま塩屋に来ても、塩屋の庄屋に申し出れば出判を出してくれた。増水したときは荒川の上流の渡し舟を使うことになっていたのだが、この旅人は、塩屋の庄屋から出判をもらうのも面倒と思ったのか、増水していないのに上流から舟に乗っている。「内々にて相越申候」とあるから、正規の渡し場からではなく、百姓の舟を頼んだらしい。もちろん違法であるが、アルバイトで舟に乗せてくれる百姓はいくらでもいたのである。越後はだだっ広い平野だから、番所を迂回する道はいくらでもあった。こうした藩に設置された番所は十分に機能していたわけではなく、次第に判賃稼ぎの関門のようになってくる。

桃崎から海岸の浜辺を一里ほど行くと乙《きのと》。芭蕉と曽良は午の下刻（一二時三〇分頃）に着いた。村上城下からおよそ四里。この間を三時間で歩いている。

乙宝寺《おっぽうじ》を見物してから乙に泊るようにと、村上の者たちがすべて手配してくれていたので、言われたようにまず乙の次作を訪ねた。次作は喜んで迎え、食事を出したりして「甚だ持賞《もてな》」してくれ、乙宝寺へも案内してくれた。乙宝寺参詣前に大雨が降ったが、すぐに止んだ。

乙宝寺見物の時に、次作は「新潟へはどこを通って行くつもりか」と尋ねたのだろう。新潟へ行くには、乙から砂丘沿いの浜街道を八里余り行くと阿賀野川と信濃川が合流する河口に出る。ここを渡し舟で二十丁行くと新潟町で、これが正規の街道になっていた。芭蕉と曽良はおそらくこの砂丘の道をたどるつもりでいたのだろう。象潟へ行くときにたどった庄内砂丘ではたいへんな苦労をした。庄内砂丘は八里、これから向かう砂丘も新潟の入口信濃川の河口沼垂《ぬったり》までも八里。そこをまた苦労して歩くのかと思うと、もううんざりだったろう。

それならば、と次作が教えてくれたのが、塩津潟（のちの紫雲寺潟）から加治川を舟に乗って新潟に下るコースだった。「正保越後絵図」の塩津潟の部分には「新潟より之舟着《つく》」と記されている（図20）。新潟からの舟が着くのだから、当然新潟まで舟で行くことができる。加治川は砂丘の内側にある湖沼をつないで阿賀野川にそそいでいた。阿賀野川はそのすぐ下流で信濃川に合流しているから、舟で新潟町にあがることができる。加治川は、大坂送りの年貢米や新潟町への薪炭、その他諸々の物資の輸送に使われていた。だから新潟まで行くのに、わざわざ苦労して砂丘を歩くなどという発想は地元にはなかった。舟で行けばいいのだ。次作の息子の次市郎は塩津潟の近くの築地に住み、舟で日常的に新潟と行き来していたのだろう。こうして芭蕉と曽良は最初予定していたコースを変えて、次作の息子次市郎の川舟に乗って新潟を目指すことになった。

次作が、客人を舟で新潟まで送るように息子市次郎に手紙を書いてくれた。申の上刻（一五時三〇分頃）に雨が降り出し、築地の次市郎の家にたどり着いたのは日暮れ時であった。夜は強い雨が降り続いたが、朝になって止んだ。

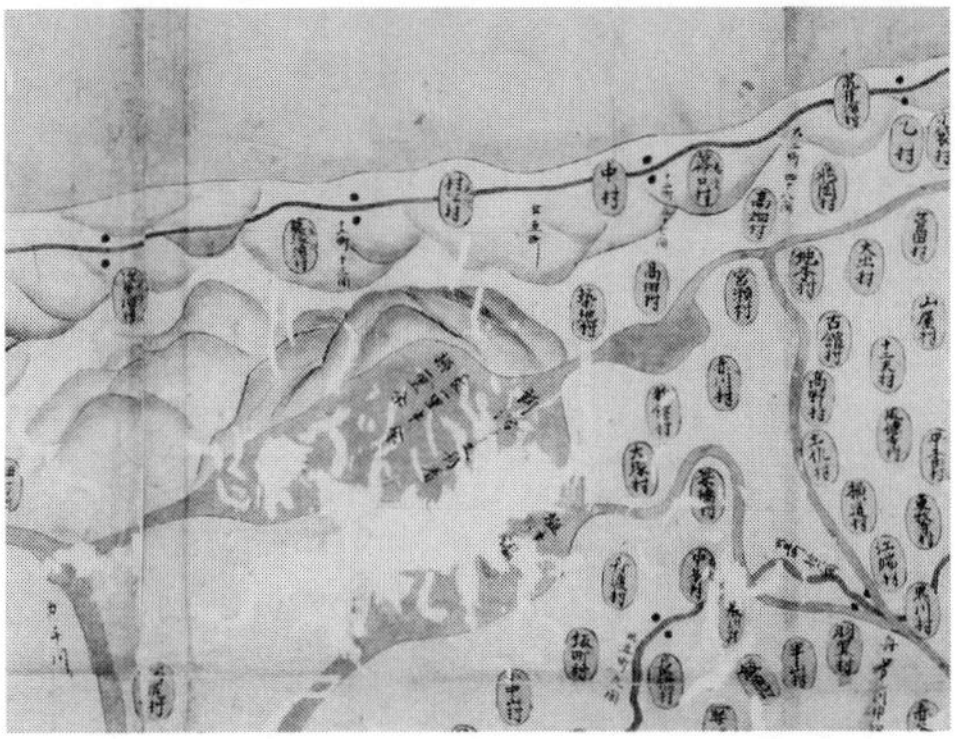

図20　塩津潟　後に紫雲寺潟と呼ばれる．「新潟より之舟着」と書かれている（新潟県立図書館蔵「正保越後絵図」より）．

越後の下越地方は、芭蕉が訪れた当時と現在とでは地形がまったくちがっている。現在は荒川から新潟までの間に六つの河川が海にそそいでいるが、芭蕉が来た当時は、荒川から信濃川まで海に注ぐ河川は一つもなく、海岸には高々とした砂丘がどこまでものびていた。山から流れてくる川水や雨水は、砂丘に堰き止められて潟湖となり、稲より芦や茅が目立つ荒蕪の地で、現在のように美田が広がる穀倉地帯とはまったく異なっていた。これらの湖沼が排水されて新田に生まれ変るようになるのは、芭蕉が訪れてから四十二年後の享保十六年以降からのことである。

芭蕉が見たであろう不毛の湖沼も、砂丘を掘り抜いて海へ排水できれば新田に変る。排水路を作ることは、このあたりに領地をもつ村上藩・新発田《しばた》藩の領民をあげての悲願であった。その試みは早くからなされていたが、掘っても掘っても砂丘は崩れて、ことごとく失敗に終っていた。

阿賀野川の水量が下がれば、加治川から排水ができると見込んだ新発田藩は、阿賀野川が信濃川にむかって西に急カーブする地点に堀割を設けて排水したいと願ったが、新潟港をもっている長岡藩は、港の水深が浅くなることを懸念して猛反対した。くり返された折衝の末、当時新田開発に力を入れていた幕府が仲介して、結局は一定の水しか流さない構造にすることを条件に掘削が許可された。こうして阿賀野川を海に直進させる位置に、ささやかな分水堀割が完成したのが享保十五年（一七三〇）。しかし翌年春の雪解け水による大洪水が蒲原平野を一変させることになる。大量の水流はこの小さな堀割をやすやすと突破して、阿賀野川の水が砂丘を破ってそのまま海に流れ出し、単独の河口を作ってしまったのである。この新しい水路は実をいうと往古の阿賀野川の流路跡で、徐々に拡大した砂丘によって河口がせき止められ、砂丘に沿って信濃川に合流していた。こうした歴史があったので、ほんのわずかな傷口のために大河の流れが元にもどってしまった。

阿賀野川が直進して海に流れ出したことにより、福島潟の湛水は見る見るうちに引き、水路がつながっている島見前潟の水位も下がっていった。また加治川も同時に大洪水となり、失敗続きの砂丘の堀割を突き進んで海へと流れ出し、塩津潟の水も引いていった。さらに藤塚浜の開削も、この時に成功して落堀川ができた。こうして新発田藩の新田開発は、阿賀野川が単独で河口に注ぐようになって容易になったのである。

おさまらないのは長岡藩である。元に戻せと抗議したが、当時の土木技術では勢いづいた水勢を制御することは不可能で、新発田藩は阿賀野川から分流して信濃川に流れる小阿賀野川を改修し、阿賀野川の水を送りこもうとしたが、その程度で信濃川の水量が増すわけもなく、阿賀野川を失った新潟港は次第に浅くなり、大型船は沖に停泊、荷物の積み出しにはしけを使わなければならなくなった。はしけでの積み卸しは賃金も時間もかかった。それだけでなく荷崩れをおこし、品物は傷んでしまう。外洋船で商売する者たちはこれでは利益がのぞめないと敬遠しはじめ、新潟港はしだいにさびれていくことになる。

二日　辰の刻立《たつ》。喜兵方より大庄や七良兵へ方への状は愚状に入《いれ》、返す。昼時分より晴、アイ風出《でる》。新潟へ申《さる》の上刻着《つく》。一宿《いっしゅく》と云《いひ》、追い込み宿《やど》の外《ほか》は不借《かさず》。大工源七母、情有《なさけあり》、借《かす》。甚持賞《はなはだもてな》す。

七月二日（陽暦八月十六日）。村上藩士の斎藤喜兵衛は乙の大庄屋七郎兵衛宅に泊まるよう紹介状を書いてくれていたらしい。それなのに築地の次市郎の家に泊まったので、この紹介状は不要になってしまった。その事情を手紙にしたため、もらった紹介状を添えて喜兵衛へ返してもらうことにした。

この日は曇っていた。辰の刻（七時三〇分前後）に築地を出発。川舟で新潟へ向かう。塩津潟を出てしばらくすると加治川と合流して川幅がやや広くなり、さらに進むと島見前潟の手前で新発田川も合流してくる。雨が降り続いていたから川舟は順調に進んでいったろう。

芭蕉が通ってから五十年後、このあたりをやはり川舟に乗って新潟へ向かったのが建部涼袋《たけべりょうたい》（綾足《あやたり》）である。すでに阿賀野川は信濃川と切り離されて湖沼の水が引き、新田開発が盛んに行われていた頃のことである。浜街道の砂丘を歩いて亀塚浜まで来ると、ここで街道は二手に分かれる。一本はこのまま浜街道を行くが、もう一本は内陸に入り、島見前潟を舟で渡って新発田へ行く道である。ここまで来たら新発田方面の道が近いと教えてくれる者がいて、涼袋は島見前潟へ向かった。

小さき藁屋押明《おしあ》けつゝ、老いたる舟長の「舟やるべし。のりたまへ」と云《いふ》。「いづこへ」と問へば「十里ばかりの道を一時にくだる川なり。早く新潟の湊には着く也。水は此まゝに浅けれど、舟かろければ足早し」などすすむ。「さる事なり」とてうつる。（中略）日は西の海にかたぶき落て、大きやかなる川の横たふる、是ぞ新潟の湊

なるよし、夜を待《ま》たで舟は着ぬ。新潟のみなとを出るに、あひにあふ女の旅姿して行。翁の吟をおもひ出《いで》つゝ、

夜にぬれた袖や若葉の萩と月 （『笈の若葉』）

芭蕉が行ってから五十年後、湖沼をつなぐ加治川の水深は浅くなっていたが、この頃でも小舟ならまだ十分に新潟まで人を運ぶことができたのである。

芭蕉と曽良に話を戻そう。島見前潟を過ぎると加治川は阿賀野川に入り、水勢は俄然強くなる。間もなく阿賀野川は信濃川と合流して、ここは海かと思われるほど川幅が広くなる。橘南谿は「海口近くの一里二里の所は川幅広き事一里二里ばかり、緲々《ひょうびょう》として湖のごとく、入り海のごとし。岸より岸まで水甚だ深く、浅瀬というものなし。千石二千石の大船といえどもいずくまでも自由に出入りす」（『東遊記』）と書いている。川幅が「一里二里」もあったわけではないが、そのように感じられたのだろう。芭蕉が行ってからおよそ百年後にして、このような印象をもつ者がいたのだから、阿賀野川と信濃川が合流していた頃はどんなだったのだろうか。

昼頃から晴れて、気分のいいアイ風も出てきた。新潟に着いたのは申の上刻（一五時三十分頃）であった。およそ八時間の川舟の旅はこうして終わった。浜街道を歩くと、乙→荒井浜→笹口→中村→村松→藤塚浜→次第浜→亀塚浜→島見浜→太夫浜→松ヶ崎→沼垂、ここから舟に乗って新潟へ。合わせて九里弱であった。

「大工源七」のこと（七月二日～四日）

新潟では旅人が泊まる旅籠屋は古町通二ノ町と三ノ町（現在の古町通四番町と五番町）にあった。船乗りたちが泊まるのは信濃川に沿った大川前の廻船宿、在郷から野菜売りなどで来た農民は在宿、魚を売りに来た漁師は助買《すけご》町に宿

泊するのが決まりだった。天保十三年（一八四二）に新潟町奉行になった川村修就《ながたか》は次のように記している。

旅籠町　是《これ》は古町通弐之町三之町に限る仕来《しきたり》に御座候、仲間一同宿引は出し申さず、押留《おしとめ》（強引に宿泊させること）等は致し申さず候、（略）往来一夜泊の分は年行司手先の者日々相廻り、泊人の国所・名前等承り帳面に記し置き申し候、二夜三夜までは同様に取りはからい、其の余逗留の者は用事の趣相認め、日数を限り逗留願書差し出させ候、外《ほか》に町に定宿これあり候者にても当所者へ懸かり、役場へ願い事等これあり候者はこの町内へ宿を取り、右宿差し添え願い出候仕来《しきたり》に御座候、宿を取りかね候者は会所へ参り願い候得ば、酉の刻（暮六ツ・日没時）後は行司方へ差し遣し申候、行司方にて取り計らい、一宿限り不時《ふじ》（臨時に）順番宿へ遣し候、路用貯《たくわえ》これなき者は町会所へ報謝宿を願い参り候へば、酉の刻後は一宿限り一宿屋に留遣し申候、

（「新潟市中風俗書」『川村修就文書Ⅷ』）

旅人は古町通二ノ町と三ノ町の旅籠屋に泊まることが義務づけられたことはすでに延宝五年（一六七七）の「覚」に記されている（『新潟市史通史編』）。また、会所の番頭が帳面を持って旅籠屋をまわり、旅人の国所・名前を記すこと、長逗留する者はどのような用事なのか、いつまで滞在するのかを書いた書面を提出すること、旅籠屋に泊まれなかった者が会所に願い出れば、日没前ならば指宿《さしやど》（旅人を泊める民家。順番が決めてある）を紹介すること、順礼など路銀のないものにも報謝宿を紹介することなどが書かれているが、芭蕉来新当時も同様の決りだったはずである。

芭蕉と曽良は旅籠屋に泊まろうと、古町通二ノ町あるいは三ノ町へ向かったろう。ところがどこの旅籠屋も混み合っていて、相部屋しかない。新潟のような大湊に低耳の知り合いがいないはずはないと思うのだが、紹介状はなかった。北前船の寄港地新潟には多くの商人がやって来ていたから、旅籠屋の数は十分あったはずである。それなのにこの日に限って旅籠屋が満杯だったのはなぜなのだろうか。

七月一日から七日までは新潟の湊祭で、家々は灯籠で飾り、多くの山車《だし》が出る。呼び物は各山車の上で演じられる芸能で、一番人気は遊女たちの山車だった。新潟の遊女は元和年中（一六一五〜二四）には存在していたし、貞享五年（一六八八）に出された「諸国色ざと案内」にも「にいがた、なるほどゆたかなるみなとにて、小うた・しゃみせんあり」と書かれて全国に知られていた。こうした湊祭の山車を見物するために、毎年近郷からの見物客が泊まりがけで大勢押しかけていた。湊祭は昨日から始まっている。旅籠屋が混み合っていたはこのせいだったろう。

この湊祭について、「湊繁昌策として享保年代の頃より住吉神の祭典を行ひたるものにて、その後御神体も転々として移り、萎微振はざりしが、安永年間にこの祭の再興後、一層殷賑を加へたり」（『新潟市史下巻』国書刊行会）と、享保時代から始まったように書かれているが、おそらくそれ以前から行われていただろう。河村瑞賢が北前船による西廻り航路を開いたのが寛文十二年（一六七二）。元禄期には一年に四十カ国から三千五百艘余の外洋船が新潟湊に入津している。こうして賑わっていた新潟港に航海の安全を祈る神が祭られていないはずがない。新潟湊は北前船が売買する物資に多額の税をかけて潤っていた。急速に財力を伸ばしてきた商人たちは派手なことを好んだから、祭も盛大に行われ、泊りがけで祭見物にやってくる者たちも多かったにちがいない。

芭蕉と曽良にもどる。

泊るところがなくて思案していたところに声をかけてくれたのが、大工源七の母親だった。それならば泊めてあげようということになり、この日は大工の家に泊めてもらう。

「大工」という屋号の旅籠屋だったという説もあるが、普通の旅籠屋ならこの日はどこも満員のはずで、ぞんざいに扱うことはあっても、「甚だ持賞《もてな》す」ことはなかったはずだ。普通の民家だったからこそ、祭のご馳走が並べられ、芭蕉と曽良がもてなされたのである。

芭蕉の句に「海に降る雨や恋しき浮身宿」という句がある。芭蕉自身の詞書がないのでどこで作られたものかはっきりしないが、『藻塩袋』（沾涼著・一七四三年刊）に「北国にて」と前書があり、注に「越前越後の海辺にて、布綿等の旅商人逗留の中、女をまうけ、衣の洗ひ濯ぎなどをさせてたゞ夫婦のごとし、一月《ひとつき》妻といふ類也。此家を浮身宿といふ也」とあり、また『芭蕉翁発句集』（蝶夢編・一七七四年刊）には「越後新潟にて」と前書がついている。芭蕉が北陸の海辺を旅したのは『おくのほそ道』の時だけであるし、湊町の娼婦「浮身」は越後の今町湊（直江津）にもいたが、『おくのほそ道』のルートで「浮身」がいる地の最初が新潟だから、この句は新潟で詠まれたと断定してもいいだろう。

新潟では、長逗留する商人や水夫たちを相手に、食事の世話や洗濯、繕い物、夜伽まで、まるで夫婦のように暮らしてくれる女性たちがいて、彼女たちは「浮身」と呼ばれていた。江戸後期になると「浮身」は「八百八後家」と言われるようになり、江戸川柳に「越後には八百信士あるかしら」と、後家とは称しているが寡婦だけではないことを茶化されるほど全国的に有名になる。夫に先立たれたので生活のためにやっているとはいっていたが、中には夫を持つ者も、未婚の女性もいたという。一番多かったのが飯盛女として故郷を離れて働き、年季があけて越後に戻って来た者である。そうした女性が新潟湊の周辺から集まってきて、一人一人が小さな家を借りて自営で売春をしていた。

芭蕉はおそらく新潟で浮身を見たか、そうした話を聞いて、「浮身」という言葉の響きに詩心を動かされたのだろう。『おくのほそ道』にこの句は載せられなかったが、これが後に市振の遊女のエピソードを書く基になったようだ。ちなみに同じように北前船が寄港していた酒田湊では、こうした女性を「おば」と称した。

〇三日　快晴。新潟を立《たつ》。馬高く、無用の由、源七指図にて歩行す。申《さる》の下刻、弥彦に着《ちやく》す。宿《やど》取て明神へ参詣。

七月三日（陽暦八月十七日）、快晴になった。新潟を出発。ここからの街道も砂丘を行くことになる。馬で行けば楽だが、源七が、馬は値段が高いし心配するほどの道ではない、と教えてくれたので歩くことにした。

砂丘は赤塚の手前まで続いている。それから街道は少し内陸側に向きを変え、海岸にそびえる角田《かくだ》山、弥彦山の麓を行く。弥彦に着いたのは申の下刻（一七時頃）であった。曽良が「歌枕覚書」に「伊夜彦」と書いているように歌枕である。

伊夜比古のおのれ神佐備《かみさび》青雲のたなびく日すら小雨そぼふる　万葉集

宿を決めてから弥彦神社に参詣。曽良はどこに泊ったかを記していないが、弥彦神社境内にある宝光院だったという伝承がある。「正保越後絵図」では新潟から弥彦までおよそ八里。

○四日　快晴。風、三日同風也。弥彦を立《たつ》。弘智法印像為拝《をがむため》、峠より右へ半道斗行《ばかりゆく》。谷の内、森有、堂有、像有。二、三町行《ゆき》て、最正寺と云《いふ》所を、ノズミと云《いふ》浜へ出て、十四五丁寺泊の方へ来《きた》りて、左の谷間を通りて、国上《くがみ》へ行《ゆく》道有。荒井と云《いふ》塩浜より壱里計《ばかり》有。寺泊の方よりは、ワタベと云《いふ》所へ出て行《ゆく》也。寺泊リの後《うしろ》也。壱里有。同晩、申《さる》の上刻、出雲崎《いづもざき》に着《つき》、宿す。夜中、雨強降《つよくふる》。

七月四日（陽暦八月十八日）。この日も晴れた。弥彦を出発。この三日間はアイの風が吹いていて、気持良い旅ができている。街道はこれから再び海側に出るのだが、街道は弥彦山の中腹につけられていた。猿ヶ馬場峠である。猿ヶ馬場峠の頂から下って行くと右に分岐する道があり、半里ほど行くと海雲山西生寺がある。曽良は「最正寺」と書いている。ここに安置されている弘智法印の即身仏は鎌倉時代後期のもので日本最古。江戸時代からかなり知られていたものである（図21）。

西生寺から海岸の野積《のづみ》へ。野積の浜では製塩をしていたから、塩田で働く者や塩焼く煙が間近に見えただろう。野積から寺泊へ。「左の谷間を通りて、国上《くがみ》へ行く道有」は寺泊の手前で分岐する道で、ここを行って信濃川まで出ると対岸は東本願寺の掛所がある三条。信濃川を舟でさかのぼれば長岡へも通じている。その道の最初にあるのが渡辺村（今は渡部と書く）。現在は野積と寺泊間に巨大な大河津分水路があるが、これは信濃川の洪水を防ぎ、また寺泊の背後に広がる円蔵寺潟の湛水を抜くために掘られたもので、掘削は天保十三年（一八四二）から試みられていたが、完成したのは八十年後の大正十一年であった。

　こうして海岸の街道をたどり、出雲崎に着いたのは申の上刻（一五時三〇分頃）。どこに泊ったかを曽良は記していないが、地元では大崎屋であったと伝え、大崎屋があった場所の斜め向いの芭蕉公園には芭蕉像と「銀河の序」を刻した石碑が建てられている。芭蕉当時の出雲崎は寺泊とともに佐渡への寄港地だから、廻船宿をはじめかなりの旅籠屋もあったはずである。

　夜中に激しい雨が降った。晴れていれば佐渡の島影と降るような星空が見えたが、豪雨では見えるはずがない。名吟「荒海や佐渡によこたふ天河」は芭蕉にとっても自信作だったらしく、多くの真蹟懐紙等が残っているし、また数々の撰集にもとられている。それらにはいずれも、「出雲崎にて」、「ゑちこの駅出雲崎といふ処にとまりて」、「ゑちこの駅出雲崎といふ処より佐渡がしまを見わたして」というように、「出雲崎」という詞書がつけられている。

　出雲崎では見えたはずのない天の川。晴れた夜でさえこの季節の天の川は佐渡に架かるようには見えないという。芭蕉はなぜ執拗に出雲崎にこだわったのだろう。それは出雲崎が佐渡への渡航の地だったからだ。もちろん新潟や寺泊、柏崎、今町（直江津）等からも佐渡へ渡ることができる。しかしそれは地元で知っていても、全国的に知られていたわけではない。やはりここでは、佐渡から掘り出され

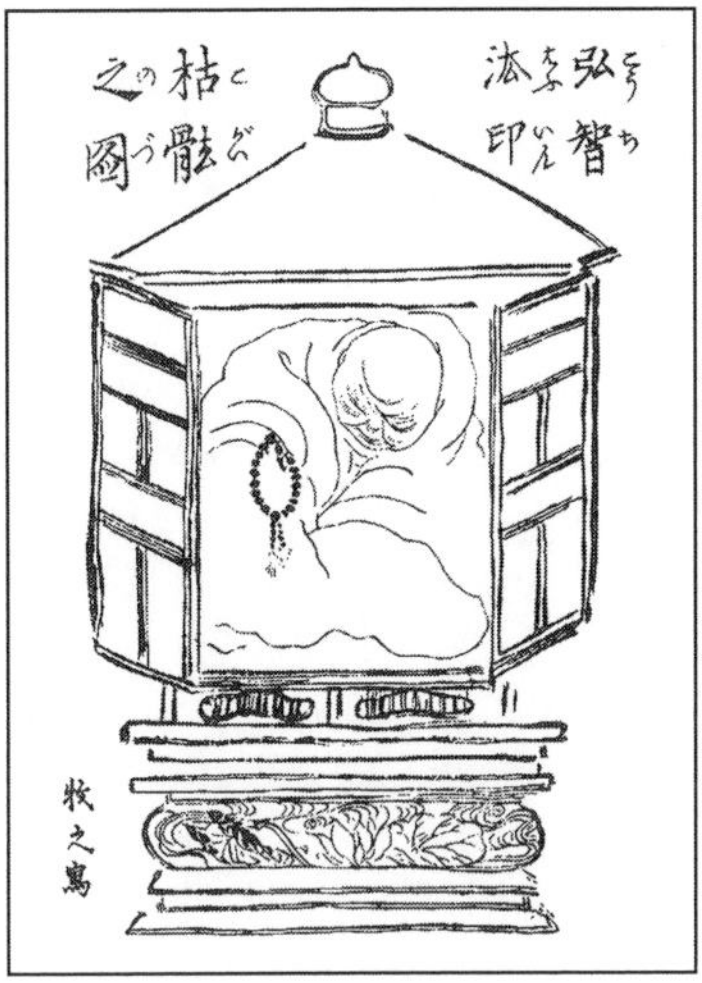

図21　弘智法印のミイラ　大淀三千風も詣でて，端座して前屈みになった即身仏の右手にさわり，生爪はまだしなやかだったと書いている（鈴木牧之『北越雪譜』より）.

た金が運ばれ、金山の鉱夫や流人と関わりの深い港として知られた出雲崎しかあり得ない。佐渡への流人も、順徳天皇をはじめ、日蓮、世阿弥、寺泊の遊女初君と歌を交した歌人京極為兼など、多士済々である。

出雲崎から佐渡へ船路十六里。人は海路で、星は天空で、出雲崎と佐渡がつながれているという共通イメージがあり、佐渡が見えるところならどの地でもいいというわけではなかった。「出雲崎」という地名が空を連想させ、天の川を詠むにふさわしかったからでもあろう。この句は七月七日に今町で披露されることになるが、七日も午後から雨が降り出している。七日以前の海辺の宿泊地の夜も、ほとんどが雨天で星空が見える日はなかったから、実景を詠んだわけではない。写生句を大きく飛び越えたことで、遠くに横たわる佐渡に流された多くの人々の運命が、天空の星々のきらめきと重なって、切々たるものが胸に迫ってくる。事実より真実。虚実のあわいにある「荒海や」の句にはそれがはっきり示されている。

芭蕉立腹す（七月五日〜七日）

○五日　朝迄雨降る。辰の上刻止《やむ》。出雲崎を立《たつ》。間もなく雨降る。至柏崎《かしはざきにいたり》天や弥惣兵衛へ弥三良状届《とどけ》、宿など云付《いひつく》るといへども、不快して出《い》づ。道迄両度、人走《はしらせ》て止《とどめ》、不止《とどまらず》して出《いでる》。小雨折々降る。申《さる》の下尅《げこく》、至鉢崎《はつさきにいたる》。宿、たわらや六良兵衛。

七月五日（陽暦八月十九日）、この日、腹立たしいことが起った。千住を出発して大垣から伊勢へ旅立つまでの『おくのほそ道』百五十六日間のうちで、芭蕉が怒り心頭に発したのはこの日だけである。何があったのか、詳しく見ていこう。

朝まで大雨が降り続いていたが、辰の上刻（六時三〇分頃）になってようやく止んだので、これ幸いと出雲崎を出発した。出雲崎と尼瀬は町続きで、合わせて長さは一里ほど。長い町である。海岸に点在する岩礁を右に見ながら一里行くと石地。雨が降り出したのはこの間だろうか。さらに二里で椎谷《しいや》。もう二里で宮川。この先の鯖石川《さばいしがわ》を渡し舟で渡る。鯖石川の河口は四季を通じて海風が強く吹きつけるところで、ここの悪田の渡しは難所のひとつに数えられていた。対岸が悪田《あくた》村で、少し行くと柏崎である。出雲崎から柏崎まで七里。

低耳が柏崎の天屋弥惣兵衛への紹介状を書いてくれていたので、それを持って天屋を訪ねたが、不快になって天屋を飛び出した。天屋では二度まで使用人を走らせて戻って泊ってくれと言ったが、芭蕉の怒りはおさまらなかった。

小雨が降る中、芭蕉と曽良はそのまま鯨波《くじらなみ》へ。ここは大小の奇岩が折り重なって景色のいいところだが、腹を立てている二人には風景を楽しむ余裕はなかったろう。鯨波では適当な旅籠屋がなかったのか、鉢崎《はつさき》まで足をのばしている。鯨波と鉢崎間には標高九九三メートルの米山がそびえている。街道は米山の海側中腹を通っているが、ここも海風が直接吹き付けるので、風雨が激しいときはひどい難所になる。こうして鉢崎に着いたのが申の下刻（一七時頃）のことであった。柏崎から鉢崎まで三里。宿はたわらや六郎兵衛。

柏崎は越後縮の集散地として当時から大いに栄えていたから、旅籠屋は沢山あった。天屋に断られたなら、他の旅籠屋を探しそうなものだが、それを考えられないほど芭蕉は怒っていた。海辺に切り立つ米山は柏崎から見ると実に大きい。旅人は米山峠が米山の中腹を通ることを知らないから、高くそびえるあの頂上を越えて行くのかと思ったかもしれない。そんな苦労をしてまで、一刻も早く柏崎から出たかったのである。いつも物静かな芭蕉が、怒りをこのようにあらわにしたのは生涯でもそうなかったはずである。

それほどの怒りの原因は何だったのだろう。

天屋弥惣兵衛はこの時三十五歳だったという。柏崎草分けの旧家の八代目で、本姓は市川、持高百二十七石余の大庄屋で富商、そして旅宿も営んでいたという（『柏崎市史中巻』）。家は柏崎のメイン通りである本町に位置していた（石井神社の隣で、現在は駐車場になっている）。天屋弥惣兵衛の俳号は笑也という。読み方は不明だが「しょうや」なら庄屋と掛けていて面白い。俳諧は北村季吟に学んだという。この当時の地方俳人の多くがそうだったように、手紙で季吟に評点を乞うたことがあるのだろう。芭蕉も季吟に学んだから、一応同門ということになる。俳諧を趣味にし、しかも同じ季吟門ならば喜んで迎えてくれるはずである。そうならなかったのは、低耳と弥惣兵衛はそれほど親しい間柄ではなかったのかもしれない。

柏崎には越後縮を扱う問屋が多く、荷を背負って江戸をはじめ諸国へと売り歩く者を統制するのは大庄屋の役目で、天屋もそうした大庄屋の一人だった。こうした販売人を通じて江戸の情報も入ってくる。おそらく天屋は江戸の俳壇にも通じていると自信満々だったろう。

天和二年（一六八二）には未達編『俳諧関相撲《せきずもう》』が刊行されている。京・大坂・江戸の三都で著名な宗匠を六人ずつ選び、同じ歌仙に加点させてその違いをあげつらおうという悪意が感じられる出版物である。江戸の宗匠の一人に桃青が入り、大坂では宗因と西鶴が名を連ねている。同じ年に出された如扶《じょふ》編『俳諧三ケ津《さんがのつ》』でも芭蕉は三都の宗匠三十六人の中に入り、風黒編『高名集《こうみょう》』にも全国六十六人の内に挙げられているという。

こうして見ると、芭蕉は天和二年にはすでに著名宗匠として名高かったことがわかるが、その高名さはひと捻《ひね》りしたものだった。次々と小難しいことを試みる異端な一派というとらえ方である。芭蕉が生み出す俳諧を信じて慕う門弟は少数だったから、現実は小結社を率いる宗匠に過ぎなかった。芭蕉の門弟たちは数々の撰集を出し、それらは時代の先端を行くものであったが、先端的であるがゆえに、戸惑って背を向ける者も多かった。だから芭蕉一派は主流にはほど遠く、相変わらず幅を利かせていたのは旧態依然の貞門派であった。

天屋弥惣兵衛は俳諧の正統は貞門派であると固く信じ、次々と新風を打ち立てている芭蕉を異端者扱いし、若さ故についトゲのある言葉を口にしたのかもしれない。そのような浅い理解しか示さない者に、一宿《いっしゅく》を願うのは耐えられないと芭蕉は感じたのだろう。二度まで引き留めたのに、芭蕉はそれを振り切って柏崎を去った。

当時の柏崎には長井似水《じすい》という俳人がいたはずである。似水は言水撰『東日記』（延宝九年・一六八一年刊）、三千風撰『松島眺望集』（天和二年・一六八二年）、清風撰『稲莚』（貞享二年・一六八五年刊）に入集していて、当時の柏崎では一番名の知られた俳人である。似水の句を初入集させた言水は芭蕉と親しい間柄だった。似水ならば、言水の友人として芭蕉を十分に歓待したはずだと思うが、不孝なことに低耳が紹介してくれたのは笑也（弥惣兵衛）だった。

芭蕉より六年早く北陸道を歩いていた三千風が柏崎に来たときに、妙行寺で俳席をともにしたのも、この長井似水だった。このときに三千風は洒落たことをやっている。

柏崎につく。宿の童に此所に俳師やありと尋ねて短冊す。行《ゆく》ほたる一樹に尻をすへさせよ。やがて長井氏似水をさきとして、五六輩とぶらひ、五月雨の折ふしとて妙行寺にして一会首尾し、（『日本行脚文集』）

三千風は「行くほたる一樹に尻をすへさせよ」という自句をしたためた短冊を宿の小僧に持たせて、俳人の家に行かせている。俳人がこの句を気に入らなければ黙って返せばいいし、興味をもって「是非」となれば、同好の士を誘って俳諧師の宿を訪ねてくるだろう。誰をも傷つけない方法である。まったく知らない土地で俳席を設けたいときには、他の俳人もこのような方法をとったのかもしれない。このときに柏崎の俳人はさっそく妙行寺に席を設けて、三千風を迎えている。五、六人来たというが、『日本行脚文集』に名が載っているのは長井似水と藤野重栄、それに関矢定久の三人である。笑也は来ていないし、その後の俳書にも笑也の名は見えない。笑也こと天屋弥惣兵衛はこの後間もない元禄十年（一六九七）十二月に病没している。

芭蕉と曽良が泊った鉢崎の入口には幕府の関所が設けられていた。小高い岬の坂を下ると自然と関所の中に入るようになっている。この鉢崎関所は高田藩が守っていた。男性も女性もかぶり物をとって会釈すれば通ることができる。しかし関所を出たところには「定」と大書した制札があり、ここから出る（新潟方面に向う）女性は高田藩領主が出した関所手形、地元の女性は名主が出した手形が必要であることが書かれていた。

関所からすぐに集落が続き、芭蕉が泊った俵屋はこの集落の中程左手にあった。「たわらや六良兵衛」の本姓は西村で、代々六郎左衛門を名乗って宿屋を営んでいたという。現在は絶家している。この日歩いた距離は十里。

○六日　雨晴《はれる》。鉢崎《はつさき》を昼時。黒井よりすぐに浜を通《とほり》て、今町《いままち》へ渡す。聴信寺へ弥三状届《とどくる》。忌中の由にて強《しひ》て不止《とどまらず》、出《いづ》。石井善次良聞《きき》て、人を走《はしら》す。不帰《かへらず》。及再三《さいさんにおよび》、折節雨降出る故、幸と帰る。宿《やど》、古川市左衛門方を云付《いひつく》る。夜に至て、各《おのおの》来る。発句有。

七月六日（陽暦八月二十日）。雨も晴れたので昼頃になって鉢崎を出発。雨といっても小雨だったろうから、出発が遅くなったのは昨日歩き過ぎて疲れていたからだろう。

鉢崎から黒井までの四里は犀の浜といって、特にひどい砂丘の悪路であった。橘南谿は『東遊記』に、「歩行するにも足首迄は常に砂に埋もれ、進めども只退くようにのみ思われ」と書いていたが、まさにその通りの道が続く。炎天下では砂が焼けて灼熱地獄となり、草鞋では熱い砂に足が埋れてしまう。曽良はこの道に苦労したことを何も記していないが、後世の旅人は口を揃えて愚痴っている。その様子を書き抜いてみよう。

此道沙浜《すな》にて、難所いふばかりなし。竹輿《たけかご》かつぐおのこども、歯のなきあしだをはきて歩行《あゆみゆく》。休むときハ杖をあしだのうへに立て肩をかふ。しかせざれバ、杖沙中に入て、ぬけがたきよし。余所に珍らしき沙浜なり。

（一七六二年『東海濟勝記』）

かきざきより二りゆきて、かたまちといふしゆくにつく、此あたりミなはまべのすなミちなり、それゆへこのへんのひと、は《（歯）》のなき下た《（駄）》をはきてあるく。（中略）かた町よりまた二りばかりゆきてくろゐのしゆくなり、此あたりのかごかきミなはのなき下たをはいている、いきづゑをするとき、そのはいているげたをちよいとぬぎて、その下たのうへゐいきづへをする、そのあんばいはなハだおもしろし。

（一八一八年『金草鞋《かねのわらじ》』）

初《(鉢)》崎より出し所二里の浜辺、名代の悪路と言《いふ》。砂深く山にて殊の外草臥《くたびれ》たる足故、一ト足も歩行事不叶《あゆみゆくことかなはず》。浜風厳しく皆人のいふに馬にて米山を乗るは馬鹿、初《(鉢)》崎浜を乗らぬは馬鹿といふ。（略）人足は一尺二、三寸有る細長き板へ鼻緒をすげて、砂道故これを履《はく》。夫故《それゆへ》砂へ踏込まずベタ〳〵いふ音して歩行《あゆみゆく》。

（一八三〇年『筆満可勢《まかせ》』）

炎暑にて浜ばた砂やける故、かご人足は浜下駄と云ふ物をはく也。さもなき時は足やけて火ぶくれのようになるとなり。

（一八五一年「釜子道中記」）

炎天下では浜下駄がないと、馴れた土地の者でさえ歩くことができなかった。「馬にて米山を乗るは馬鹿、鉢崎浜を乗らぬは馬鹿」と言われるように、ここは馬や駕籠に乗ったほうが利口である。駕籠や馬の値段はさほど高くはない。曽良は何も書いていないが、この道を草鞋のままで歩いたのだろうか。小雨が降ったあとだから少しは歩きやすかったろうが、陽が照りつけてくればたちまち足は熱い砂に埋れてしまう。

鉢崎から一里二十九丁で柿崎。ここの浄福寺には親鸞の九字の名号があり、浄土真宗の門徒ならば必ず立ち寄ったところである。そのいわれは、親鸞が柿崎に来たときに扇屋に一夜の宿を頼んだが、扇屋夫婦は親鸞に古莚をあたえて軒下に寝かせるという邪険な扱いをした。ところが、深夜に親鸞の唱える念仏を聞いて夫婦はたちまち帰依した。夫は出家して親鸞に従うことになり、残された妻の求めで親鸞は名号を与えたという。その名号が浄福寺に伝来している。江戸後期になると、親鸞が「柿崎にしぶしぶ宿をとりつるに主の心熟柿《じゅくし》なりける」と詠み、扇屋の主が「かけ通る法師に宿をかしけるにかきくれたりや九字の名号」と応えたという狂歌が流布しているが、おそらく浄福寺で出していた刷物に出ていたのだろう。かなりの旅人が柿崎という地名にかけたこの狂歌を旅日記に書きつけている。「南無不可思議光如来」の九字の名号は十人までを一組として百文で開帳していた。

柿崎から二里で潟町、さらに一里二十九丁で黒井。黒井を過ぎるとようやく砂丘も終る。黒井からまっすぐ浜の道を行って関川を渡ると直江津今町に至るが、本街道は春日新田を通ってU字形に高田を経由し、居多《こた》から再び浜の道へ続くようになっていた。このように不自然な道筋になったのは、慶長十九年（一六一四）に高田城が築城されたときに、城下を繁栄させるために直江津へ続く応化《おうげ》の橋（往下、応解、逢岐、大笥など表記はさまざまである）を落して、高田へ迂回させるためだった。安寿と厨子王丸、母親と乳母がだまされて人買い舟に乗せられたところが応化の橋である。

芭蕉と曽良は黒井からそのまま砂浜を歩き、関川を舟に乗って渡り、直接直江津今町へと入った。今町は中世から北陸道の要衝で、越後府中（高田）の外港として賑わっていた。

低耳が今町の聴信寺への紹介状を書いていてくれたので、それを持って訪ねたが、聴信寺は忌中だったので泊まるのをあきらめて寺を出た。門前に住む石井善次郎が慌てて使用人を走らせて戻るよう説得したが、芭蕉は断った。柏崎で不快な思いをしたことがよみがえったのだろう。使用人は戻り、その旨を主人石井善次郎に伝えると、善次郎は再度引き留めるように使用人を走らせた。曽良は「再三に及び」と書いているから、三度繰り返されたらしい。そのうちに雨が降り出してきた。曽良は雨の中を歩くのは気が進まなかったらしく、三度目にして芭蕉がようやく聞き入れたときに、「幸いと帰る」と安堵したように書いている。呼び戻した石井善次郎は自宅にではなく、古川市左衛門家に芭蕉を案内している。古川市左衛門は松屋という旅籠屋を営み、聴信寺からさほど離れていないところにあったという。夜になって地元の俳人たちが宿を訪れ、句会が開かれた。

この夜に作られた句を曽良が書留めている。

直江津にて

文月や六日も常の夜には似ず　　はせを

露をのせたる桐の一葉　石塚喜衛門　左栗《さりつ》
朝霧に食焼《めしやく》烟《けむり》立分て　曽良
蜑の小舟をハせ上る磯　聴信寺　眠鷗
鳥啼《なく》むかふに山を見ざりけり　石塚善四郎　此竹《しちく》
松の木間より続く供やり　同　源助　布嚢《ふのう》
夕嵐庭吹払ふ石の塵　佐藤元仙　右雪
たらい取巻賤が行水　筆
（「俳諧書留」以下略）

歌仙を巻こうとしたのだろうが、二十句までしか記されていない。この歌仙は曽良の遺稿集『雪満呂気《ゆきまろげ》』にも載っているが、当然のことながら「俳諧書留」と同じで途中までである。

この晩集まった連衆は以下の通り。

左栗　石塚喜衛門。身分は不明だが、この時代に俳諧をたしなんでいたのだから、豊かな町人だと思われる。雲鈴の『入日記』（元禄十六年＝一七〇三年成立）に「此地の左栗、竹風は先師漂泊の頭陀をとゞめて、左栗の二字を残し申さる」とあり、また支考が宝永三年（一七〇六）に越後を旅した折の記録『越の名残』にも「左栗老人はむかし我翁の行脚をとゝめて時に此二字を得たる人也」と書かれていることから、左栗という俳号は芭蕉が付けたとされる。しかし初対面の人物に、しかも歌仙がはじまる前に、俳号を与えたりすることがあるのだろうか。聴信寺の一件で芭蕉は上機嫌というわけでもなかったろうに、不思議でならない。

眠鷗　聴信寺の僧で、忌中を理由に芭蕉の宿泊を断った。

此竹　曽良の旅日記には「石井善次良」、「俳諧書留」には「石塚善四郎」とある者で、「石塚善四郎」が正しい。芭蕉を再三にわたって引き留めた人物。俳諧に遊んでいて、芭蕉の名前を知っていたらしい。此竹は左栗と兄弟で、左栗の三人の息子の一番末を養子に迎えている。

布嚢　「俳諧書留」に石塚源助とある。左栗（石塚喜衛門）・此竹（石塚善四郎）と同じ名字だから血縁かもしれない。

　直江津今町の人。

右雪　「俳諧書留」に佐藤元仙とある。直江津今町の人。

眠鷗について大星哲夫は、「（眠鷗は）聴信寺十代目の子であるけれど寺を継がず、風流に身を託して元禄七年に没している。昭和四十四年の六月、二十三代目住職居多凱師を訪ねて、過去帳などを見せていただいた。その時に『眠鷗は耳の遠い人で、芭蕉と筆談したと伝えられてい』ると聞き」、芭蕉を断ったのは聴信寺十一代で眠鷗の兄か弟だったらしい、と推定しておられる（『越後路の芭蕉』）。宿泊を断った者がその日の俳席に同席するのは不自然なので、芭蕉を断ったのは眠鷗の兄弟なのかもしれないが疑問が残る。

眠鷗は元禄七年没とされているが、元禄十三年（一七〇〇）に北国を旅した折にこの地を訪れた雲鈴は、「聴信寺に詣づ。文月や六日の夜泊り給ふは此の御寺とかや、住職は眠鷗といへり」（『入日記』）と書いていて、眠鷗は住職になっているし、また筆談しなければならない人が住職を務めるというのも不自然である。雲鈴に芭蕉が泊まったのは聴信寺であると説明したのはおそらく眠鷗であろう。雲鈴が来た当時は芭蕉に会った俳人たちが生きていたから、別の者に聞けば、芭蕉が泊ったのは古川市左衛門の家だったと答えたはずだ。以上の理由から、芭蕉の宿泊は聴信寺だと話すのは、聴信寺の外に考えられないのだが、あるいは雲鈴の聞き違いか。

『蕈人形』は元禄十七年刊で、この地の陸夜によって出された。陸夜は左栗の息子である。その中に、

　翁行脚の昔、或法師を聞及たりと尋給ひければ、亭（主）しはいてあ（会）はずして、桃青ならば物書てみせよとて硯を出したり、曽良大に口惜かれと書て出せり、軈《やが》て主《ある》じ驚て出合、頻《しきり》に請《しやう》じければ、暫《しば》し草鞋のまめを休め給へり。

とあり、住職は顔も見せずに「桃青ならば物書いて見せよ」と伝えたので、曽良が大いに憤慨して書いて出したところ、住職は態度を一変、招き入れて聴信寺に休んでもらった、とある。

また文政十年（一八二七）に高田の古学庵仏兮《ぶつけい》と幻窓湖中が出した芭蕉作品集『俳諧一葉集』には越中井波の浪化（一六七一～一七〇三。芭蕉晩年の門弟）の話として、以下のように載っている。

此寺（聴信寺）に知音の人の添書持ちたりとて宿を乞ひ給へるが、旅づかれの、笠は雨風に吹き破られて、見る影も浅ましかりしを、主の僧、物かげにうかゞひ見て、よしなくやおもひけん。宿はなりがたきよし申しければ、何となき風情にて、仏前に一礼して立ち給ひけるを、伴僧ども引きとゞめて、俳諧の上手なるよし、発句してたべと望みあへり。翁、安き事よと筆打ちしめして書き付け給へることあまたにおよべり。曽良、大に腹立て引き立てまゐらせ、曽良申しけるは「誠に時こそあれ、秋の日いとみじかく、山の端遠く暮れかゝるに、やどかすべくもなき処に、無用の挙動こそ」と腹立ちける時、翁は門前の石に腰かけながら、曽良を制して曰く、「左様の心体にては行脚の一筋も覚束なし。はじめ思ひたちぬる日より、いずれの木の下にも一夜を明かし、因縁にまかせて行脚すべき覚悟ならずや。斯《かか》る折にこそ仏説の高恩もたふとまれ、娑婆のあはれも我身にふれ、俳諧の大道に入るべき也。其の上宿せぬ主の心と、発句望まる僧達の心と、人も格別也。大節に望んでうばふべからず。造《ぞう》次《じ》にもよくし、顚沛《てんぱい》にもよくするとこそ見え侍れ」と、杖曳きながら立ち出給ふ折から、竹風と云ふものゝとゞめまゐらせ「茅屋にも休らひ給はんや」と云へりければ、翁曰く「御志は有がたく候へども、添状も有ける方を空しく過ぎて、外に一夜を明かさんも、いはれがましく覚え侍る。とてもなるべき筋ならば、はじめの主の軒のつまにても、立ち明かしたき」よし申けるを、竹風聞きて「いと安きこと也。幸ひ、我菩提所なれば、いかやうにも」といざなひける時、石鉢の水を手づから汲みかけて、足なんど洗ひ、仏前の側に安座し給へり。一間の次に、曽良がかしこまりたる有さま、尋常の人に見えざりしよし。文月や六日も常の夜には似ず、と云ふ句、此時なるべし。

これによると、聴信寺では物影から芭蕉の風体を見て乞食僧だと思ったのだろう、泊めることはできないと断った。断られた芭蕉は何事もなかったように仏前に一礼して去ろうとしたところ、寺にいた従僧たちがせがむので発句を書いて与えた。聴信寺を出たところに竹風という俳人が通りかかり、自分の家に泊るように勧めた。しかし芭蕉は、紹介状を書いてくれた人の厚意もあるので、紹介状の宛先になっている聴信寺に泊まるのが筋だからとやんわりと断り、もし聞き届けてもらえるのならば、軒先でも構わないので聴信寺に泊まりたいと言ったので、竹風が頼みこんで聴信寺に泊めたとある。この『俳諧一葉集』によれば、石塚善四郎は竹風ということになる。

『藁人形』は芭蕉が行ってから十五年後に出された地元の出版物だから、地元ではこのように伝えられていたのだろうが、『俳諧一葉集』は百三十八年もたってのものだから、どこまで信頼できるかは問題である。とはいうものの、かなりリアルに書かれているのは、聴信寺で不快な思いをしたことを曽良が浪化に漏したことがあったのかもしれない。そうでなければ『俳諧一葉集』のような話は伝えられなかったろう。

いずれも芭蕉に対して失礼な態度で接したが、芭蕉が泊まったのは聴信寺と書かれている。曽良の旅日記を読めば、明らかな誤伝であることがわかるのだが、こう伝えなければならなかったのには理由がある。

『おくのほそ道』の研究に長年没頭した蓑笠庵《さりゅうあん》梨一《りいち》（一七一四〜八三）は、その著『奥細道菅菰抄』に、「文月や六日も常の夜には似ず　此真蹟、今猶越後今町聴信寺に有」と書いている。梨一は実際に聴信寺で芭蕉の真蹟を見たようだ。

夏目成美（一七四九〜一八一六）も芭蕉にも傾倒した俳人で、その著書『随斎諧話』（一八一九年刊）に次のように書いている。

越後高田今町聴信寺〔一向宗〕に、芭蕉行脚の頃の胴服を蔵す。地は紬のやうにて鼠色、同く帯一筋・筆一本・墨・硯〔丸形〕等あり。自染のものはたんざく二葉、文月や・あら海や、又自画の像の上に、分別に花の鏡もくもりけり、の句あり。その後支考行脚の頃、此寺に至りて、ことぐ〵く審定《シンテイ》の書付をそへたり。彼像自画のよしなれども、或人のいひしは、画は外人の筆なりとぞ。

成美は伝聞を書いたのだが、梨一が書いたときと比べ、芭蕉が残したものが増えているのが滑稽である。衣類ひと揃いと筆や硯などみんな聴信寺に置いていったら、芭蕉は旅を続けることができなくなるはずだが、芭蕉所縁《ゆかり》の寺として喧伝するために、他所からそれらしいものをかき集めたのだろう。支考が本物であるとの墨付を書いたというが、支考は謝礼額によって、こうした求めに気軽に応じる人物だから信用はおけない。

このように本物と称する芭蕉の遺品があったので、芭蕉は聴信寺に泊まったということが信じられるようになったのだろう。もっともこれらの品々は後の大火で失われてしまったという。

この夜はこれらの俳人に囲まれて歌仙を巻いているが、「桃青ならは物書てみせよ」などと言われたのであれば、心から楽しむ心境ではなかっただろう。しかしそれを表には現さず、芭蕉は何事もなかったように俳席に臨んでいる。一方曽良はそのように達観できなかったらしい。黙って芭蕉に従ったが、後々までこの時の悔しさを忘れることができず、何かの機会に浪化に愚痴として漏してしまったようだ。

昨日といい今日といい、考えもしなかった扱いをされて、芭蕉も曽良も一刻も早くここを出て金沢に向いたいと思ったことだろう。

○七日　雨不止故《やまざるゆゑ》、見合中《みあはするうち》に、聴信寺へ被招《まねかる》。再三辞す。強《しひて》招にく《(ママ)》及暮《くれにおよぶ》。昼、少の内、雨止《やむ》。其夜、佐藤元仙へ招《まねかれ》て俳有て、宿《やどる》。夜中、風雨甚《はなはだし》。

七月七日（陽暦八月二十一日）。昨日の午後から降り出した雨は止むことがなかった。しかし海の彼方に少し明るさがある。もう少したてば雨は上がるかもしれない。芭蕉と曽良はそれを待っていた。

そんな時に聴信寺から招待の使いが来た。芭蕉は断ったが、使いの者はまたやってきて強引に「是非に」と繰りかえす。雨も降り続いていたので断り切れず、仕方なく聴信寺へ向った。聴信寺が招いたのは昨夜の非礼をわびるためだったのだろうか。もしそうであっても、このような強引さでは非礼の上塗りになるだけである。招かれながら芭蕉も曽良も快くは思わなかっただろう。聴信寺ではどんな話をしたのだろうか。「俳諧の上手なるよし、発句してたべ」と、ずうずうしく頼まれたのはこのときだったかもしれない。昼になって雨が止んだのを潮時に退散しようとしたが、また引き止められた。こうした強引さに芭蕉も曽良も辟易してあきらめざるを得なかったのだろう。

一時止んだ雨は、また本降りになって出発は不可能になった。そうしたところへ、今度は佐藤元仙に招かれた。元仙は今町の人で昨夜の俳席にも出席していた。俳号は右雪。二人は右雪宅へと移った。

右雪は三千風がきたときに同席していた。だから俳諧はかなり年期も入っていて、江戸からやってきた宗匠の遇し方も心得ていただろう。そして何より芭蕉と曽良を心から喜んで迎えたようである。今晩は七夕なのに、残念ながら土砂降りになってしまった。ここで行われた三吟が「俳諧書留」に載っている。

星今宵師に駒引いてとどめたし　右雪
　色香ばしき初苅りの米　曽良
瀑《さらし》水躍《おどり》に急ぐ布搗《つ》きて　芭蕉

（「俳諧書留」）

右雪に与えたこの三吟の芭蕉真蹟懐紙も残っていて、前書に「越の直江の浦に一夜とめられて、主より言ひ出せる句」とあり、「瀑水」が「さらし水」と分りやすくなっている。

この晩は右雪（佐藤元仙）宅に泊る。

貞享三年（一六八六）に大淀三千風が高田を訪れたときに、「細川棟雪」と並んで「同医師　玄仙」の句が『日本行脚文集』に載せられている。このことから、佐藤元仙（右雪）と高田の医師玄仙は同一人とする説があるが、疑問である。「同医師　玄仙」の「同」は細川と同じ姓という意味でつけられているから細川玄仙で、佐藤元仙とは別人である。

高　田（七月八日〜十一日）

○八日　雨止《や》み、欲立《たたんとほつす》。強《しひ》て止《とどめ》て、喜衛門饗《もてな》す。饗畢《もてなしおわり》、立《たつ》。未《ひつじ》の下尅《げこく》、至高田《たかだにいたる》。細川春庵より人遣《つかは》して迎《むかへ》、連《つれ》て来る。春庵へ不寄《よらず》して、先《まづ》、池田六左衛門を尋《たづぬ》。客有。寺をかり、休む。又、春庵より状来る。頓《やが》て尋《たづぬ》。発句有。俳初《はじめ》る。宿六左衛門、子甚左衛門を遣《つかは》す。謁《えつ》す。

七月八日（陽暦八月二十二日）。雨が止んで出発しようとしていたところに、石塚喜衛門（左栗）から招待をうけて立ち寄ったら、そこに此竹も待っていた。左栗宅では心のこもった持てなしを受け、餞別の句を贈られた。

餞　別

行月《ゆく》をとゞめかねたる兎哉　此竹
七夕を又も往還の水方深く　左栗

（「俳諧書留」）

ともに、雨にたたられてしまった七夕の月と、この地を去っていく芭蕉を重ねた別れの句である。

今町から高田までは二里半。未の下刻（一四時四五分頃）に高田に着いた。左栗が前もって俳諧仲間の細川春庵に連絡しておいてくれたようで、遣いの者が高田城下の入口で待っていた。春庵は芭蕉と曽良の宿泊を池田六左衛門宅に頼んでいたらしく、その者が池田六左衛門方へ案内してくれた。

高田城下は何度も大火に遭っているので資料となるものが少なく、池田六左衛門がどういう人物か不明だが、旅籠屋でなかったのは確かだ。なぜなら六左衛門宅へ行ったら来客中で、芭蕉と曽良は近くの寺を借りて休んでいるからだ。旅籠屋なら、来客中でもその家の別室で待たされるはずである。そうしていないのは民家だったからだろう。六左右衛門宅に急にさし障りができたのは、来客がよほどの多人数か、身分の高い者だったからだと思われる。細川春庵は芭蕉に気持ちよく過してもらうために、自宅ではなく高田でも指折りの大家に宿泊を頼んだのだと思われる。

池田六左衛門の家の準備がととのうまで、芭蕉と曽良は近くの寺を借りて休んだ。そのうちに春庵から書状が届いた。内容は、池田六左衛門宅は手間取っているので春庵宅に来て欲しいというもので、芭蕉と曽良はすぐに春庵宅へ向った。

細川春庵については、高田藩主稲葉正往《まさゆき》に仕えた藩医との説がある。その根拠は『高田市史』（大正三年刊）に、「稲葉藩医に元禄年間杉山東庵・細川昌庵」とあることと、明和年間（一七六四〜七二）の項に、「寄大工町に細川竹庵あり、御用医に擢《ぬき》んでられ十五人扶持を賜はる。その子春庵、父の職を継ぐ」とあることに依っている。しかし、これを論拠に、細川昌庵の子が長じて細川春庵になったとするには無理があろう。三千風が高田を訪れた貞享三年（一六八六）には、すでに医師名を春庵と名乗り、棟雪という俳号をもっていたからだ。もし藩医ならば、藩主が国替えになれば行動をともにするだろうが、それもしていない。稲葉正往が小田原から高田に来たのが貞享二年、元禄十四年（一七〇一）には下総佐倉の戸田忠真と国替えになっている。稲葉氏が高田を去ってから出された『藁人形』（一七〇四刊）に、「ふとるほど嘴《くちばし》ほそし雀の子　高田　棟雪」が載せられている。以上の理由から細川春庵は町医者と推測していいだろう。

三千風が高田にやって来たときに、花を生けて風流に迎えたのが医者の春庵だった。

細川氏は花逸人。余が為に床に立しを庭によせて即景を

貫鳶尾《ぬきしやが》の風流《いき》たる泉かな

梅の榕枝《こきえ》はおための涼風　細川春庵　棟雪

四ツ角《かど》衆中、何の先生亭にて、十一瓶立られし所望により、惣瓶の木草、一色に一句づゝ即席に七十余句して立花の記をかきしが、長編故に略す。（『日本行脚文集』）

春庵の俳号は棟雪で、雪深い高田の俳人に似合いの俳号である。三千風の「貫鳶尾の」の句は字足らずだが、春庵の立花《りっか》はなかなかセンスが良かったことがわかる。「四ツ角衆」はおそらく高田本町の中心街に住む富裕な町人をいうのであろう。頼まれて十一個もの花瓶に生け込んだりしているのは、町医者だからこその気軽さである。

宝永五年（一七〇八）に越後にやってきた各務支考は、直江津と高田で二カ月ほど病臥している。芭蕉の直弟子が病に伏せっているのだから、医師の春庵が一番先に治療にあたって当然と思われるが、春庵の名は出てこない（『越の名残』）。その時はもう没していたのだろうか。それとも高田を去って別な土地へ行ってしまったのだろうか。

芭蕉のことに戻る。

春庵亭に行くと、早速連句会が開かれた。

細川春庵にて

薬欄《やくらん》にいづれの花をくさ枕　翁
萩のすだれをあげかける月　棟雪
炉けぶりの夕《ゆふべ》を秋のいぶせくて　鈴木与兵へ　更也
馬乗ぬ(抜)けし高藪の下　曽良
（「俳諧書留」）

芭蕉の挨拶句は「薬欄にいづれの花を草枕」。棟雪（春庵）の屋敷には薬草園があって、生け垣の中にさまざまな花が咲き乱れていた。今夜はその花のどれを草枕に寝ようか、というのである。これに棟雪が「荻のすだれを上げかける月」と付け、更也と曽良が次いだ。

ここに出てくる更也は高田の鈴木与兵衛で、貞享三年（一六八六）三月末に三千風が再訪した折に、細川棟雪・細川玄仙らと同席していたし、宝永五年に支考が病に倒れて高田で養生しているときも見舞いに行っている。陸夜の『藁人形』（一七〇四年刊）に二句、『小太郎』（一七一五年刊）にも一句入集することになる。なお『小太郎』を編んだは柏崎の市川筌滉《せんこう》で、天屋の九代目。芭蕉を怒らせてしまった天屋弥惣兵衛の異母弟にあたるという。

そのうちに六左衛門の息子の甚左衛門が、用意ができたからと迎えに来て、芭蕉は甚左衛門に会っている。そうして芭蕉と曽良は池田六左衛門宅に泊ったのだろう。

○九日　折々小雨す。俳、歌仙終《をはる》。

七月九日（陽暦八月二十三日）。時々小雨が降った。棟雪亭には地元から更也が、直江津からは右雪もやってきた。そこで歌仙を巻くことになった。二日前の七日に右雪宅に泊って、「星今宵」の三吟があったが、その続きをやろうというのである。曽良は「歌仙終」と書いているから、三十六句が満尾したはずだが、それは記されていない。

しかし『雪満呂気《ゆきまろげ》』には、直江津での三吟の後に「此間十三句なし」とあり、二十句が載せられている。重複するが『雪満呂気』のその一部を引き写してみる。

同　所

星今宵師に駒牽《ひき》てとゞめたし　右雪
色香《かぐ》はしき初苅の稲　曽良
瀑《さらし》水踊《おどり》にいそぐ布つきて　芭蕉
此間十三句なし
種植て小枝に花の名を印《しるし》　也
雨のあがりの日は長閑《のどか》なり　良
糞《くそ》を引《ひく》雪車《そり》もおかしき雪の上　翁
一むら烏人馴《なれ》て飛《とぶ》　雪
金山《かなやま》や侘《わび》(テ)(小)干に砂を拾ふらん　右
科《とが》のむかしを嶋陰の庵　也
うきことの百首に魚の名を書て　翁
人いそがしき年の暮哉　良
松柏荒て嵐の音すなり　雪
子を射《いさ》せたる猪の床《とこ》　翁
(以下十句略)

「同所」は直江津の意味で、右雪宅での三吟。「此間十三句なし」の次にある「也」は更也、「良」は曽良、「翁」は芭蕉、「雪」は棟雪（春庵）、「右」は右雪（元仙）である。

満尾した歌仙は七日の続きだったのだから、当然「風雨甚《はなはだし》」かった七夕の夜のことが話題になっただろう。あの夜は七夕の句を作ることができなかった。更也と元仙は、海上に輝く天の川を見せられなかったことが残念だと嘆いただろう。そうした時に芭蕉が披露したのが「荒海や」の句だったのではなかろうか。

そしてそれを聞いた曽良も急いで「俳諧書留」に書きつけた。「俳諧書留」に記された「七夕　荒海や佐渡に横たふ天河」は、「薬欄に」からはじまる四吟の次に記されているので、こう考えると腑に落ちる。

○十日　折々小雨。中桐甚四良へ被招《まねかれ》、歌仙一折有。夜に入《いり》て帰《かへる》。夕方より晴。

七月十日（陽暦八月二十四日）。今日も小雨である。中桐甚四郎へ招かれた。中桐甚四郎が何者かは不明。当時高田に住んでいた有力な俳人は何人もいるが、誰であったかを確定する決め手はないいし、歌仙も伝わっていない。

夕方になってようやく雨が上がった。この日泊まったのも池田六左衛門宅であろう。

○十一日　快晴。暑甚《あつさはなはだ》し。巳の下尅、高田を立《たつ》。五智《ごち》・居多《こた》を拝《はいす》。名立《なだち》は状不届《とどけず》、直《すぐ》に能生《のう》へ通《とほり》、暮て着《つく》。玉や五良兵衛方に宿《やどる》。月晴。

七月十一日（陽暦八月二十五日）。朝から快晴で、気温は急上昇していた。巳の下刻（一〇時四五分頃）に高田を出発。中屋敷村を経て海辺にある五智へ。ここは聖武天皇の勅願で建立された国分寺のひとつで、越後に流された親鸞が滞在していたのが、境内の竹之内草庵である。創建時の国分寺の建物は海際にあったが、波で浸食されて海中に没した。

しかし上杉謙信の堂宇再興、江戸幕府の庇護で五智の寺々は隆盛を取りもどし、北国街道を通る旅人のほとんどが立ち寄っている。五智如来堂には、大日・釈迦・弥陀・宝生・薬師の如来像が祀られ、それぞれの高さは四尺五寸。座像なのでとてつもなく大きく見える。

五智からすぐ近いところにあるのが居多《こた》神社で、越後一宮はここだったと伝えられている。居多神社には親鸞ゆかりの片葉の芦が生い繁っている。

居多から虫生《むしょう》へ。ここからは海辺となり岩場の難所が続く。犬戻り、赤岩などと呼ばれるところで頭上にかぶさる岩の下を行くのだが、この辺の岩は崩落しやすく、上から石がころころと落ちてくることもある。秋から冬にかけては荒天の大波が打ちつけ、走り抜けることさえ出来ない日も多くなる。そうなると山の追立《おったて》と呼ばれる所へ迂回しなければならなかった。追立もただ波にさらわれる心配がないだけで、強風にあおられながら行く難所である。幸いこの日は快晴だったから、芭蕉と曽良は磯づたいに行っている。

そこを過ぎると長浜で、一変して砂道になる。

行きかへる雁の翅《はね》やすむてふこれや名におふ越の長浜　　読人知らず
黄昏に往来《ゆきき》の人の跡絶へて道はかどらぬ越の長浜　　読人知らず

これらの和歌が思い出されるところであるが、長浜の砂道は案外短い。越後の海岸線は三三〇キロ、そのうちの三分の一が砂丘で覆われているのだから、歌枕の越の長浜は越後の砂丘すべてをいうのだろう。

長浜から有間川を渡る。「正保越後絵図」では幅十五間で歩渡りとある。渡れば有間川（地名）、さらに進むと名立《なだち》である。高田から名立まで六里。まだ陽があるのでそのまま通りすぎた。

曽良は「名立は状不届《とどけず》」と書いている。名立に泊るように誰かが紹介状を書いてくれたが、それを使わなかったようだ。紹介状を書いたのはおそらく低耳であろう。もし直江津や高田の誰かの紹介状であったならば、曽良は築地から村上へ紹介状を戻したように、事情を説明した手紙を添えて紹介状を戻しただろうから、「不届《とどけず》」とは書かないだろう。低耳が紹介した柏崎の天屋、直江津今町の聴信寺では不快な思いをした。芭蕉と曽良は低耳の紹介状をもう信用しなくなっていたのかもしれない。

名立から三里で能生《のう》。夕日がきれいに見えたにちがいない。暮れてから能生に着き、玉屋五郎兵衛に泊る。この日の歩行距離は九里。夜はきれいな月が見えた。

市振の遊女（七月十二日）

○十二日　天気快晴。能生を立《たつ》。早川にて翁つまづかれて衣類濡《ぬれ》、川原に暫《しばらく》干す。午《うま》の剋《こく》、糸魚川に着《つく》。荒や町、左五左衛門に休む。大聖寺ソセツ師伝言有。母義、無事に下着《げちやく》、此地平安の由。申《さる》の中剋《ちゆうこく》、市振《いちぶり》に着《つき》、宿《やどる》。

七月十二日（陽暦八月二十六日）、昨日に続いて快晴である。能生を出るとすぐに能生川が流れていて橋が架かっていた。この先に鬼舞《きぶ》、鬼伏《おにぶし》という恐ろしげな名の村がある。このあたりから山が迫り、海辺の細道を行く。「正保越後絵図」には鬼伏を出たところに番所が描かれているが、まさに番所を置くにぴったりな場所である。しかし番所は、高田藩領から幕府領になった天和元年（一六八一）に廃止されていた。

鬼伏から山が迫った道を一里ほど歩くと浦木で、そこを抜けると早川が流れている。その名の通りに流れは速く、山がすぐ近くなので、川中に大きな岩がごろごろしている。渡し舟は船底を岩にこすって危険だし、舟を渡すことができる水量がいつもあるわけではない。洪水になればたちまち川幅が広がるから橋も架けられない。だから早川は歩行《かち》渡りだった。安全な浅瀬を渡るために、近在の者を荷持ち兼ガイドとして雇ったり、肩車をしてもらって渡ることもできる。

芭蕉と曽良は大丈夫と思い、案内を雇わずそのまま川の中に入ったのだろう。ところが芭蕉はつまづいて転び、全身びしょ濡れになってしまった。そこで濡れた衣を脱ぎ捨て、河原に広げて乾くのを待った。冗談のひとつも言わないと間が持てない時間だ。炎天下で裸のまま情けなさそうに待っている芭蕉にはいつもの厳粛な雰囲気はなく、曽良は強い親しみを感じたことだろう。芭蕉のこんな姿は、古くからの門弟である其角や杉風も見たことはないはずだ。旅にあればこそのハプニングだった。

早川を渡ると半里強で大和川が流れ、ここも歩行《かち》渡りである。慎重にならざるを得なかった。押上から糸魚川へ。

糸魚川には午の刻（一二時前後）に着いた。「荒や町、左五左衛門に休む」とあるが、「荒や町」は新屋町で北国道に面している。そこの左五左衛門の所で昼食をとった。

その時に主の左五左衛門から、大聖寺にいる僧ソセツへの伝言を頼まれた。左五左衛門の母親が大聖寺に行ったときにソセツに世話になったらしく、「母親は無事に家に戻った。こちらも穏やかに暮しているので安心してほしい」というものだった。芭蕉と左五左衛門とはもちろん初対面である。知らない者に手紙や伝言を頼む、頼まれた者は多少の回り道であっても届けてやる、これが江戸時代の常識であった。酒田に滞在していたとき、寺島彦助に江戸への手紙を運んでもらったことがある（六月十七日）。それと同じことを今度は芭蕉と曽良がやるのだ。曽良は忘れないよう左五左衛門の伝言を旅日記にメモした。

糸魚川から寺嶋。ここで姫川を渡る。名前は優しくみやびだが、大変な暴れ川で、宝永三年（一七〇六）にここを通った各務支考は、前日の雨で上流の山が崩れ、「杉・桧は枝葉のまゝに海にながれ行、牛・馬・犬は家に有ながら此筋におぼれ死たりと、まことに東西百余町の田畑をくだきて、草木は野分のあしたを見るにしのびず」とその惨状を目にしている（『越の名残』）。川幅二十七間で舟渡しであるが、何しろ「急流にて疾事《はやきこと》矢を発するが如し、富士川も不足比《くらべたらず》、天下第一の急流と云ても可なるべし」（『越後野志』）という川で、両川岸の柵からのびる綱に舟をつな

図22　能生から親知らずへ（金沢市立玉川図書館近世史料館蔵「従加州金沢至武州江戸下通山川駅路之絵図」より）

ぎ、片方が引けば片方がゆるめ、船頭は棹さす手も忙しく渡るという方法であった。しかしその渡船も夏の渇水期にはつかえず徒歩渡りとなる。芭蕉と曽良も徒歩渡りをしたのであろう。

姫川からおよそ一里で青海《おうみ》。青海川が流れている。ここも徒歩渡りである。

青海川を越えるとすぐに北陸道最大の難所である親知らず・子知らずがはじまる。山が迫った海辺をたどると落水と付けられた地点に出るが、ここは崖になっていて川が滝となって落ちてくる。この先は長走りとつけられていて、波が押しよせてくる前に退避できる崖の窪みまで走らなければならなかった所。そしてすぐに岬の山を登るようになる。断崖につけられた道はかなり危ういところもあったようで、比丘尼ころがし、合子投《ごうしなげ》（食器まで捨てなければ通ることができないほど険難な道に付けられる地名）といった。そして歌《うた》に近づくころに現れるのが駒返しの難所だった（図22）。

宝永元年（一七〇四）に姫路から村上へ移封された本多忠孝の家臣磯一峰は、「険しき山路を通りぬ。下部《しもべ》も登るに堪《たへ》がたく、駒を牽《ひき》なづみて、馬に負はせし荷物は卸《おろ》して人担ぎ、馬は跡《（後）》に返しぬ。此故に此坂を駒返りとなん云よし」（『こし地紀行』）と書いているので、芭蕉当時も岩場の急坂を登っていったのだろう。駒返りの地名の由来は、都を攻めるためにここを通った木曽義仲も馬を下りなければならなかった、あるいは馬を返したからと伝えている。

しかし百年もたつと道は海岸に付けられ、悪天候で大波が打ち寄せるときだけ上の旧道を通るようになる。

駒反、青海へ一リ余、大いなる岩崩出たる処、この岩の間を伝ひ行。大波には往来不成《ならず》。少の時は通る。荷付馬は常も通らず。（中略）比丘尼ころがし、合子投《ごうしなげ》なども、此辺のよし。長走り、こま帰の下の方は波打《うて》る時は波を見て走り通る処と云。　（「江戸往来記」）

其村（歌村）を過ぎ又波打際を行けば、駒返と云う難所あり。此所は波風無き時といへども、常に山の根へ波打ちかけ、通路なりがたきゆゑに、絶壁の中半《なかば》に岩を穿《うが》ちて細き道を付け、旅人通行す。其間わずかの所なれども、馬上なりがたき故に、駒返と名付く。　（『東遊記』）

などと書かれるようになる。一番分りやすいのが十返舎一九の『金草鞋《かねのわらじ》』で、

うたの宿少し手前に駒返へしといふ難所あり、山崩れて、波打際へ大岩重なり、落ちたるその上を行く道なり。荷物を駄《つ》けたる馬は荷を下ろし運びて、から（空）馬にて通るほどの危なき道なり。転倒《ころび》なば将棋だふし（倒）になりやせん、

駒返《こまがえし》とて岩つたふ道

「正保越後絵図」には歌寄りの岩場に「此所ヲ駒帰ト云五十六間　大波ノ時は往還不成」と書き入れがある。ひどい難所の駒帰は五十六間（約一〇〇メートル）ほどだったが、これ以外も決して安穏な道ではなかったことを、安永四年（一七七五）に市振から来てここを通った高山彦九郎が次のように記している。

岩やま（山）さし出、石落る斗《ばかり》に見ゆ。石上を行、こゝも難所なり。白き大石の上を行、浪石へあたるときはおそろしき勢也。石上五丁斗《ばかり》行、浜の砂原に窟《いはや》の如きあり。是を長はりか（注・長走りの誤記）といふ。此所迄波打入る

が故に号すとなり。

（『乙未の春旅』）

（七月）　202

青海と歌の間は一里強。これが子知らずの難所である。岩に取りついて登る駒返りは、象潟へ向う折にあった三崎峠を思い出させたことだろう。花崗岩と石灰岩で形成されていた駒返りは、花崗岩が良質なために切り出されて現在は昔の面影はなくなっているが、駒返《こまがえし》トンネルにその名が残っている。

こうしてたどり着いた歌でひと息つけるが、これから十一丁先の外波《となみ》までは、今度は海中の岩を見ながら絶壁の下を行く。特徴的な岩があったようで、義経が太刀で割ったのが割岩、海の大小の岩は、大きな方は義経が投げた礫《つぶて》、小さな方は鬼の礫、義経と鬼が力比べをしたときに、義経が投げたのが投げ岩、負けた鬼が足で蹴ったものが鬼クリ岩といい、今もその岩が残っている。

外波から半里強で風羽見《かざはみ》（現在の風波）。ここには民家が四軒ほどあって海賊・山賊を働いていたが、旅人と思って殺したのが自分の娘だったと知り、深く悔いて西国巡礼に旅立ち、そのまま行方不明になったという伝説がある。現在は無住になっている。

親知らずは外波から市振までの一里半をいうが、最大の難所となっていたのが風羽見から市振への二十二丁（約二・四キロ）の部分である。切り立つ断崖の波打際を行くのだが、なぜ「親知らず・子知らず」の名がついたかはどれも同じように説明されるので、ここでは『奥細道菅菰抄』を引いておこう。

一方は険山にて、其下の波打ぎはを往来す。故に、浪の来る時は、岩の陰にかくれ、引ときは出て走る。されば波のひく間、わづかのうちを走るゆへに、親をもかへり見ず、子をも思はず、と云《いふ》心にて、此名あり。

風羽見から市振の間の断崖の下には大小の凹《くぼ》みがあり、それぞれが退避場所となっていた。

いよいよこれから親知らずがはじまるという所に出茶屋があって、岩からしたたる水を弁慶の力水といって旅人に供していた。

すぐに海に突出した岩があり、断崖の上を見ると波除観音がはめ込まれている。赤子が波にさらわれたときに一心に観音に祈ったら打ち返す波に乗って戻ってきたので、御礼に祀ったものという。

波除観音を回り込んだ大きな凹みの直前がヒゲソリ岩。凹みの奥までたどり着けず、夢中で岩にしがみついてこらえたが、だんだん下へずり落ちて頬の髭がすり切れたからという。

次にあるのが大懐《おおふところ》でかなり大きな凹みがある。

大懐から小懐へ。ここは狭いが奥行がある。明治十六年に断崖の上に国道が開かれることになるが、これを記念して国道の上に彫られた「如砥如矢《とのごとくやのごとし》」の碑は大懐と小懐の間にある。

小懐を出ると長走りで、大穴までは凹みがなく、親は子を、子は親を返り見ることも出来なかったという最大の難所。大穴までたどりついた旅人が、天候急変で進むことも戻ることもならず、一週間も閉じこめられたことがあるという。

大穴の次に小穴があり、ここを過ぎると断崖が少し後退してくる。ここまで来ればいざとなっても走って避難できるというので、走り込みと名付けられている。

走り込みを過ぎると崖の上に波除不動が祀られていて、浄土と名付けられている。身の縮む思いをしながらやってきた東からの旅人は、まさに浄土を実感した場所である。そして眼前の集落が市振となる。

「親知らず・子知らず」の説明はどれも難所であることを強調しているので、一里半全部を走り抜けなければならないようにイメージしてしまうが、実際にはこのように自然に出来た岩の凹みがいくつかあり、そこでひと息つぐことができた。また砂浜（実際は小砂利だった）はかなりの広さがあって、「風無く波静なる日は、旅人通行する道幅七、八間或は十間ばかりあり。又、所によりて半丁一丁もある所あり」（『東遊記』）とあるように、干潮であれば小砂利の浜が一丁（一〇九メートル）もあらわれる所さえあったのである。波さえおだやかならば穴に駆け込む必要はない。芭蕉と曽良が通った日は快晴だったから難なく通ることができたはずで、曽良はここの難所については何も記していない。

しかし、八、九月から二月までは大荒れが続いて通行不能になることが多く、先を急ぐ者は上路越《あげろごえ》を迂回した。青海《おうみ》を出て青海川を遡り、清水倉で青海川を渡る。そのまま山を分け入ると上路に出、下って加賀藩境の堺川に出るのが上路越である。上路は能「山姥」の舞台になった村で、古代の北陸道は親しらず・子知らずを避けて、この山道を通っていたらしい。上路越は下道を行くより一里ほど遠まわりで、しかも屏風を立てたような険しい山道。霧が深く、苔に滑りながら四つん這いになってよじ登る箇所もある。馬は通れないので、自力で行くしかない。人足を雇えば荷物を運んで道案内までしてくれたが、この人足代は割増しであった。

また糸魚川から越中魚津まで、舟に乗っている旅人もいる。糸魚川から魚津の間には越後・加賀の境に幕府が設置した市振関所（高田藩主が守る）、金沢藩が設置した境番所（金沢藩では御関所と称していた）があり、手形が必要だった。海上を航行するときと同じように船の手形（切手）が必要だし、乗船する旅人も手形を取らなければならない。しかし旅人は街道を歩くのが原則だから、船に乗る手形をとるには面倒なことがつきまとった。だからほとんどが手形を取る代りに賄賂を払って船に乗せてもらっている。市振関所にも境番所にも遠見番所があって、そこでは航行する船を遠眼鏡で昼夜見張っていた。見つかれば重罪になるから、小型船で夜分にこっそり航行することになる。小船で深夜の大海を隠れて渡るのは危険きわまりなかったが、「糸魚川より船にのり、魚津迄行くに、駒返し、犬戻し、歌村、外波、つぶて岩、親しらず子知らずを通り、市振にしばらく船を留め」て、魚津に行った者もいる（「一宮順詣記」一六九六年）。

『おくのほそ道』には「越後の地に歩行《あゆみ》を改《あらため》て、越中の国一ぶりの関に到る」とあり、芭蕉は市振は越後国ではなく、越中国だと思っていた。芭蕉でなくても、親しらず・子しらずの難所を国境と勘違いし、越後国から出たと思った者は多かったことだろう。

こうして芭蕉と曽良は天候に助けられ、およそ一五キロある親しらず・子しらずの難所を抜けて、申の中刻（一六時一五分頃）に市振に着いて泊まった。曽良はどこに泊ったのかを書いていない。

市振は難所を目の前にした宿場だから、小規模ながら本陣・脇本陣があった。本陣は菊池忠右衛門が勤め（菊屋といった）、名主の桔梗屋仁左衛門が脇本陣となっていた。本陣・脇本陣といってもここを通る大名は加賀藩と富山藩の二藩だけだから、普段は一般の旅人を泊めていた。元禄期に加賀藩の家老今枝民部は江戸屋敷に行くときに何度も市振の本陣菊屋に泊っているし（「甲戌旅日記」他）、元禄期に加賀藩士が記した「道の記」にも「桔梗ヤ仁左衛門」の名が出ている。また高山彦九郎も桔梗屋に泊っている（『乙未の春旅』）。

宝暦十一年（一八六二）の市振の家数は百四十六軒。狭い地形だから家数の増減はなく、元禄二年当時もこのくらいの家数だったろう。「市振と云所に来ぬ。人に心いぎたなく、むくつけく家居いぶせくて、猶此次の駅《むまや》まで行かむと思へど、遣るべき人も馬もなきよし言罵れば、日も未だ高けれど、すべき様なくして泊りぬ」と書いたのは、姫路から村上へ向った磯一峰（「こし地紀行」一七〇四年）。むさ苦しい家が目につく海浜の小村である。できるだけ清潔そうな旅籠屋に泊ろうとしたら、菊屋か桔梗屋になる。曽良は何も記していないので、どこに泊ったかは確定はできないが、能登輪島の俳人中江晩籟《ばんらい》（一七八八〜一八五五）は『草仙』の中で、「市振の桔梗屋に宿る。むかし芭翁、この宿に一泊の時、遊女も寝たるの旧地なり。寝さめして何やらゆかし宿のはな」と記しているので、桔梗屋に泊ったという伝承があったのだろう。

『おくのほそ道』には市振での一夜が印象深く記されている。

今日《けふ》は親しらず・子しらず・犬もどり・駒返しなど云北国一《いふほっこくいち》の難所を越《こえ》て、つかれ侍《はべ》れば、枕引《ひき》よせて寝《いね》たるに、一間隔《ひとまへだて》て面《おもて》の方《かた》に、若き女の声二人計《ばかり》ときこゆ。年老《おい》たるお《(を)》のこの声も交《まじり》て物語するをきけば、越後の国新潟と云《いふ》所の遊女成《なり》し。伊勢参宮するとて、此関《このせき》までお《(を)》のこの送りて、あすは古郷《ふるさと》にかへす文《ふみ》したゝめて、はかなき言伝《ことづて》などしやる也。白浪《しらなみ》のよする汀《みぎわ》に身をはふらかし、あまのこの世をあさましう下《くだ》りて、定めなき契《ちぎり》、日々の業因《ごふいん》、いかにつたなしと、物云《ものいふ》をきく〱寝入《ねいり》て、あした旅立《たびだつ》に、我〱にむかひて、「行衛《ゆくゑ》しらぬ旅路《たびぢ》のうさ、あまり覚束《おぼつか》なう悲しく侍れば、見えがくれにも御跡《おんあと》をしたひ侍《はべら》ん。衣《ころも》の上の御情《おんなさけ》に大慈《だいじ》のめぐみをたれて結縁《けちえん》せさせ給へ」と、泪《なみだ》を落《おと》す。不便《ふびん》の事には侍れども、「我〱は所々《ところどころ》にてとゞまる方《かた》おほし。只《ただ》人の行《ゆく》にまかせて行《ゆく》べし。神明《しんめい》の加護、かならず恙《つつが》なかるべし」と、云捨《いひすて》て出《いで》つゝ、哀《あはれ》さしばらくやまざりけらし。

一家《ひとつや》に遊女もねたり萩と月

曽良にかたれば、書《かき》とゞめ侍る。

「犬戻り」は居多から海岸に出たところにあったが、駒返しと歌村の間にもあったことは先の「一宮順詣記」にも記されている。馬はもちろん、犬さえも先に進めないで戻ったという難所である。実際の位置は駒返し、犬戻り、子しらず、親しらずの順になるが、芭蕉はちょうど逆に書いている。

ここに書かれた遊女のエピソードは事実なのだろうか。遊女は本来は官許の場所（江戸の吉原、京都の島原、大坂の新町等二五カ所）だけに許されたものだから、それ以外では遊女とはいえないのだが、芸が出来るか否かを問わず春をひさぐ女性を遊女といっていたし、芭蕉もそのようなイメージで書いているので、ここでもそれに従う。

市振で新潟の遊女に同道を頼まれたが、それを断ったという事実はなかったと考えて間違いないだろう。そう考える第一の理由は、多くの先人が指摘していることであるが、『おくのほそ道』には「曽良にかたれば、書《かき》とゞめ侍る」とあるにもかかわらず、「曽良旅日記」にはそれらしいことは記されていないことである。人一倍芭蕉に忠実だった曽良である。芭蕉が命じたことを書き漏すはずがない。遊女と会ったのは事実で、芭蕉が特にこれを記せと命じなかったので記さなかったとしても、後に曽良が『おくのほそ道』の草稿を書写したときに気づき、何かのかたちで記録を残したはずである。それが一切ない。「俳諧書留」には「一家に遊女もねたり萩と月」の句さえ記されていないのである。遊女と会わなかったから曽良は後になっても何も記さなかったのだ。

第二の理由は、遊女が長旅をすることができるだろうかという点である。

遊女のほとんどが親の借金のために身売りさせられた娘で、年季の期間中は自由に旅などできないのが普通である。新潟町には遊郭という囲いの場所はなく、遊女たちは町の中に点在する遊女屋に抱えられて、一般市民と同じように暮していた。客が望めば新発田《しばた》や長岡まで供をして行くこともあったが、こうした遠出は抱え主が許可した場合のみで、無許可の遠出は逃亡として捕えられてしまう。新潟町の遊女は他の土地より自由に行動できたようだが、それでも制限があったのである。

年季が明けたのであれば遊女とは書かないはずだから、芭蕉が書いた遊女二人もまだ年季が残っていたはずだ。その遊女が伊勢参りに行くという。抱え主は彼女たちが逃亡するかもしれないとは考えなかったのだろうか。故郷への手紙を書いているから、大身の客の相手もできる教養ある遊女らしい。ただの売春婦ならば文字を書けなかったろう。若いとあるから今が稼ぎ時であろうに、長旅を許したこの雇い主は希有な例といわなければならない。新潟町から伊勢神宮までは、最短距離を行っても百四十三里。成人男子の足で片道十四泊十五日の道程である。どこへも立ちよらずそのまま戻ったとしても一カ月はかかる。女の足ではもっとかかるし、怪我や病気になれば故郷に戻れない可能性も高い。そんなリスクのある長期間の旅を許すだろうか。

新潟町には芸や教養のある遊女の他に、浮身という者がいたことは前述した。浮身は素人の自営であるから、年季に縛られることはないし、厭な客を無理強いされることもない。どこへ行こうと勝手である。だから市振で会ったのが浮身だった可能性も考えられるが、浮身は「定めなき契《ちぎり》、日々の業因《ごふいん》、いかにつたなし」と我身を嘆くことなどなかったように思う。芭蕉も「海に降る雨や恋しき浮身宿」の句を作っている。雨が降って海が時化《しけ》れば馴染の船頭が

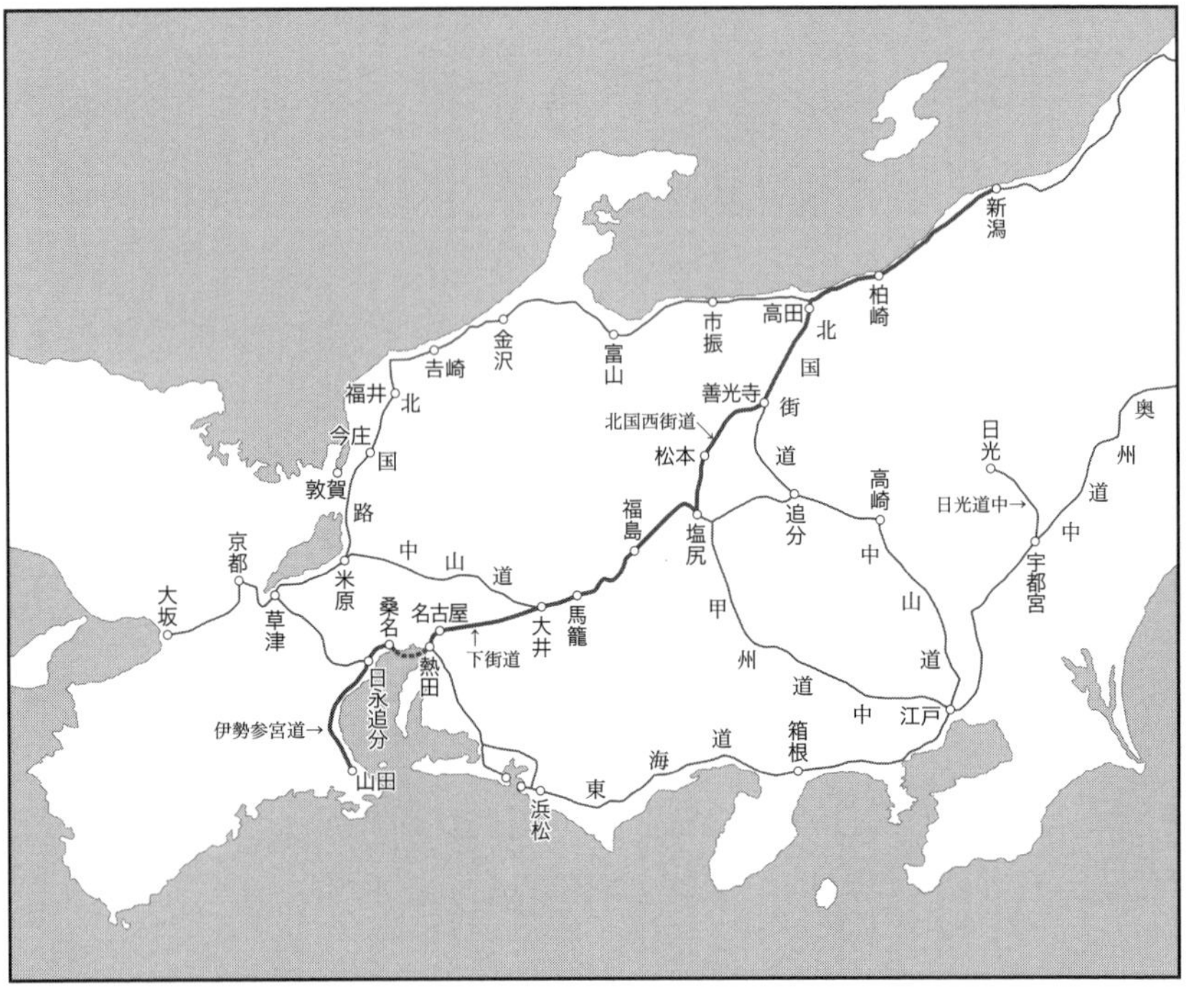

図23　新潟から伊勢参宮する者のルート　新潟から伊勢へは最短距離をとるのが普通．市振を通って伊勢へという例はほとんどないといってよい．

湊に戻り、また会うことが出来る。浮身の切ない恋心を詠んだ句と私は解釈しているのだが、芭蕉が新潟で見聞きしたのも、馴染の船頭を待つ現地妻としての浮身だったのではないだろうか。

しかし、こうした浮身は「若い」というわけではなかった。亭主に死なれて生活に困った寡婦や、旅籠屋で旅人に春をひさぐ年季を終えて戻った女たちが浮身になった。江戸川柳に「二十七思へば嘘もつきをさめ」とあるように、春をひさぐ女たちは二十七歳で年季が明ける。借金がたまってそれ以上勤める者もいるが、二十七歳以上になると客足が遠のいてしまう。だから浮身になるのは年季明け後の二十七歳以上が多かった。江戸後期になると浮身は後家と呼ばれるようになり、「八百八後家」として全国に名を馳せ、中には未婚の娘も後家稼ぎをするようになるのだが、それは後世のことになる。

そして最も大きな理由が、新潟町から伊勢

参りをする者は市振を通らない、ということである。伊勢参りのルートは決っていて、羽州や奥羽からの旅人も含めて、新潟町を通って伊勢参宮をする者は、高田から北国街道・北国西街道を経て中山道を上り、大井で名古屋に出る下街道に出て東海道を四日市まで行き、日永追分から伊勢参宮道を行っている。これが伊勢神宮までの最短距離だし、伊勢参宮を目指した旅人のほとんどがこのルートを通っている。つまり伊勢参宮をするのだとしたら、市振まで行くと行き過ぎになってしまうのである（図23）。

越後国は浄土真宗の勢力が強い。幾度かお蔭参りの熱狂的ブームが起ったときも、越後では冷やかだった。伊勢へ行くよりも、京都の本願寺参りに熱を入れたのが越後人である。市振のある北陸道を行けば京都に出るし、途中の吉崎には蓮如が開いた吉崎御坊がある。市振で新潟の遊女二人と会ったことが事実ならば、彼女たちは京都へ向っていたのだろう。

芭蕉は新潟湊で一泊したときに「浮身」の存在を知っていた。浮身は直江津にも大勢いたが、最初に聞いたのは新潟湊である。『おくのほそ道』の草稿を書き上げてから、艶やかでしかも人生の哀歓がにじむような部分がないことに気づき、この遊女の逸話が新しく付け加えられたと推測される。

越中路

歌枕を通って（七月十三日～十四日）

○十三日　市振立《たつ》。虹立。玉木《たまのき》村、市振より十四五丁有。中・後の堺、川有。渡て越中の方、堺村と云。加賀の番所有。出手形入《いる》の由。泊に至て、越中の名所少々覚《おぼゆる》者有。入善に至て馬なし。人雇《やとひ》て荷を持せ、黒部川を越《こす》。雨つゞく時は山の方へ廻《まはる》べし。橋有。壱里半の廻り坂有。昼過、雨為降《ふらんとして》晴。申《さる》の下尅《げこく》、滑河《なめりかは》に着《つき》、宿《やどる》。暑気甚《はなはだ》し。

七月十三日（陽暦八月二十七日）、市振を出発。一時雨が降り、そのあとに虹が出た。村を出るところに関所があったが、男性なので何事もなく通過。市振から十四、五丁（五〇〇メートルほど）で玉野木村、ここまでが越後国。すぐに二十三間（四〇メートル強）の境川が流れていて、これが越後と越中の境界になる。「正保越後絵図」には「此川幅廿三間歩渡」と書き入れがあるが、時代により季節により、川幅も水深も変る。渡船が出ていたことも多い。

越中富山藩は寛永十六年（一六三九）に加賀藩（金沢藩とも）から新川郡と婦負《ねい》郡の一部を分地されて十万石として成立した。領地は越中を流れる神通川を中心に細長い三角形を形作っているから、東西は加賀藩で、従って越後・越中の国境を過ぎるとすぐに加賀藩となり、番所が置かれていた（次頁図23）。

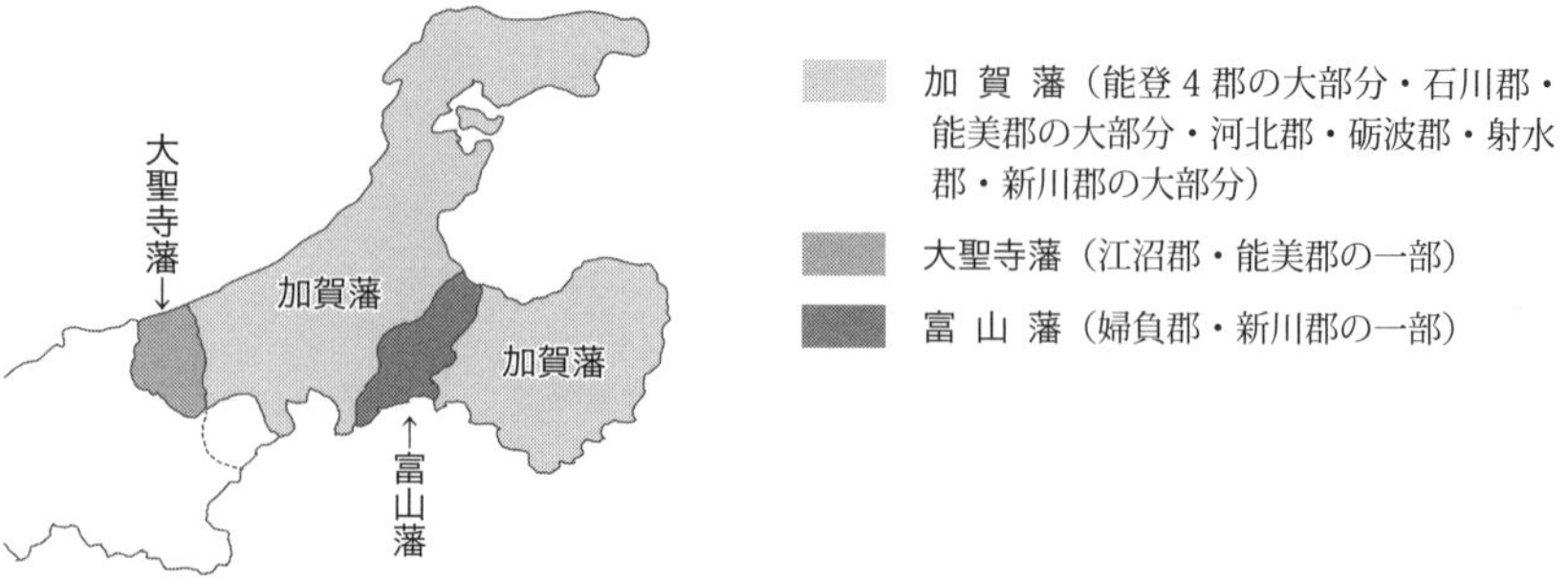

図24　越中の領地構成（『図説福井県史』所載の図をもとに作成）

加賀藩境番所の厳めしさは、市振関所とは比べものにならないものだった。市振関所は軽関所で、高田藩士と足軽を合わせて十一人が守り、威厳を保つために捕縛用の武器を目立つ場所に置いた程度だったが、加賀藩境番所では五千石から千五百石の高禄の家臣が奉行として詰め、与力三名・足軽二十名・小者五名の二十九名、鉄砲と槍が各七十本、その他多種の具足を常備して警固していた。幕府の関所で一番厳しかったといわれる箱根関所は、小田原藩士の番士四名・定番人三名、百姓の足軽十一名・中間二名の二十名。仙台藩も重要視された五カ所の番所では百石以上の藩士が詰めていた程度だったから、境番所は諸国の関所・番所の中で最大級の規模である。そしてそれを誇示するように、加賀藩はこの番所を堂々と「御関所」と称していたのである。

しかし、境番所を入るには、住所・氏名・男女の別・身分が尋ねられ、それに答えれば通ることができた。建物の規模や番士の多さに曽良も緊張気味だったようで、この加賀藩を出るときには出判が必要であることを書きとめている（実際には加賀藩の支藩である大聖寺藩から出ることになる）。出判は出国までに用意するのだが、それはまだ先のことだ。

境番所から一里十一丁四十間で泊《とまり》。「泊に至て、越中の名所少々覚《おぼゆる》者有」とあるから、ここで越中の歌枕に詳しい者を訪ねたのかもしれない。泊で和歌・俳諧に通じた人物というと、十村《とむら》（加賀藩と富山藩は十カ村程度を束ねる大庄屋を置き、この者を十村と称した）であろう。当時の泊には岡与三右衛門という十村がいたことが知られているが、この日の歩行距離は十里十三丁だから（宝暦十年＝

図25　親不知から滑川（金沢市立玉川図書館近世史料館蔵「従加州金沢至武州江戸下通山川駅路之絵図」より）

一七六〇年に加賀藩が作製した「下通山川駅路分間之図」による）、ゆっくりと聞いている時間はなかっただろう。

泊の先に流れている黒部川は、「昔より四拾八ヶ瀬と云へり。大河也。奥三十里も有。木曽より出ると云。渡り瀬日々に替る。瀬不知。一里の間川なり」（元禄期に書かれた加賀藩士の記録「江戸から金沢まで道の記」）といわれるように、山間部から扇状地に出るといきなり幾筋にも分れ、一里ばかりの間は川また川となる。その川は上流に雨が降れば急流となって流れを変えるし、徒渉可能な浅瀬の場所も一変させてしまう。「四拾八ヶ瀬」は本流の黒部川下流にある浅瀬が日々変るという意味だけではなく、黒部川から分岐して海に流れ出る川を四十八回も渡らなければならないということを含めてのことである。もちろん四十八は正確な回数ではなく、数が多いという意味。

黒部川がこんな状態だったから、増水すると危険きわまりなかった。特に数カ月も前に宿泊を決めておく参勤交代の際は、ここで足止めをくらうと最後まで旅程が狂ってしまう。加賀藩は二千人を引き連れての参勤交代だから、一日でも遅れるわけにはいかず、五代藩主前田綱紀は寛文二年（一六六二）に黒部川の上流の相本《あいもと》（愛本とも）に橋を架けさせて、これを本街道とした。海辺を通る旧北陸道にくらべ一里半の遠まわりになるが、増水時でも通行可能だし、甲州の猿橋と同じように橋桁のない造りが珍しいというので、こちらを通る旅人が多い。

幸い昨日も今日も好天気なので、黒部川は減水していたはずである。芭蕉と曽良は海辺の旧北陸道を行くことにした。

図26　滑川から今石動（金沢市立玉川図書館近世史料館蔵「従加州金沢至武州江戸下通山川駅路之絵図」より）

「江戸から金沢まで道の記」に従うと、泊から大屋の小橋を渡り草野、赤川（現在の小川）の橋を渡って、びよう川（現在の入川）と記されている。これは小さな川だけれども黒部川の支流である。春日を過ぎると横山との間に横山川があり、これも黒部川の支流。橋を渡って八幡《やはた》、そして入善となる（前頁図25）。

入善から黒部川の本格的な支流が続く。さすがに今までの小川とは川幅も水勢も様子がちがっていて、ここは馬で渡ろうとしたが、馬がないというので川越《かわごし》人足を頼んで荷物を運ばせ、浅瀬を案内してもらって徒渉した。

黒部川の分流は入善から沓掛まであり、三日市の辻徳法寺には親鸞の十字の名号が伝わっている。三日市から中ノ道、荒町、布施川と片貝川、鬼江川を渡って魚津。片貝川は越中守であった大伴家持が数々の和歌を作っていて歌枕であるが、大洪水となると布施川と片貝川は増水してひとつとなり、その川幅はまるで海かと思われるほどになった。魚津から角川を渡り、大岩がごろごろしている早月川を徒渉し、しばらく行くと滑川（図26）。

滑川に着いたのは申の下刻（一七時頃）で、ここに泊る。本日の行程は十里十三丁。

この街道は、泊と滑川七里半の間に川を十八カ所以上も横切らなければならない。橋が架けられている小川もあったが、徒渉しなければならないところも多い。炎天に加え、黒部川や布施川・片貝川・早月川の大河では緊張を強いられ、疲れ果ててしまったことだろう。

この日通過した歌枕の主な古歌。

布施の海の沖つ白波あり通ひいや年のはに見つつ偲ばむ　大伴家持
片貝の川の瀬清く行く水の絶ゆることなくあり通ひ見む　大伴家持

滑川での芭蕉の宿泊は不明であるが、天和三年（一六八三）に三千風が泊ったのは桐沢蛙子《けいし》の家だった。『滑川の俳諧』（柚木武夫著）によると、桐沢家は大町にあった間口二十五間の大家で、本陣を勤めていたという。三千風がやって来る三年前に出された『白根草』（金沢の友琴編、一六八〇年刊）に蓮蛙という俳号で入集していたのが蛙子である。三千風がやってきたときは二十歳というから、若い俳人である。

こうした者を相手に、芭蕉も俳席を設けようと思えばできたはずであるが、疲労困憊で初対面の俳人と交流する体力・気力もなく、旅籠屋に宿ったのだろう。

○十四日　快晴。暑甚《あつさはなはだ》し。富山かゝらずして（滑川一里程来、渡てトヤマへ別）、三里、東石瀬野。渡し有、大川。四里半、ハウ生子。渡有、甚大川也。半里計《ばかり》。氷見《ひみ》へ欲行《ゆかんとほつして》、不往《ゆかず》。高岡へ出る。二里也。ナゴ・二上山・イハセノ等を見る。高岡に申の上刻着て宿《やどる》。翁気色不勝《すぐれず》。暑極《あつさきはめ》て甚《はなはだし》。不快同然。

七月十四日（陽暦八月二十八日）。快晴。今日も一日暑さに苦しめられそうである。

滑川を出発。一里ほどで東水橋。東水橋で常願寺川を船で渡ると西水橋。東水橋から西水橋まで七丁十二間。西水橋で道を左に取ると四里で富山城下、右は旧北陸道。旧北陸道の東岩瀬へ向う。

東岩瀬から神通川を渡るが中州に草島という村ができているほどの大河で、対岸は西岩瀬。ここから海岸に沿って放生津に向う。曽良が書いた「四里半」は富山と分岐する西水橋から放生津までの距離のようである。西水橋から西岩瀬までおよそ二里。「越中道記」には「西岩瀬より打出村迄二十四町、道幅一間四尺。打出村より練合村迄二十四町、道幅二間（道幅は以下同じ）。練合村より海老江村迄二十一町。海老江村より放生津町迄三十町」とあり、西岩瀬から放生津まで二里二七丁。合わせて四里二十七丁になる。「越中国絵図」には西岩瀬から海岸にそって赤い線で街道が記されているだけで、一里塚は記入されていないし、集落の書き入れもない。芭蕉と曽良は人気のない海岸づたいをひたすらたどって、放生津に着いたらしい。二人にとって長くつらい四里半だったことだろう。なお、現在の富山新港は放生津潟を掘削してできたものである。

なぜこのような苦しい思いをしてまで放生津へ行ったかというと、この先に歌枕があったからだ。

くろべ四十八が瀬とかや、数しらぬ川をわたりて、那古《なご》と云浦《いふうら》に出《いず》。担篭《たこ》の藤浪は、春ならずとも、初秋の哀《あはれ》とふ（訪）べきものをと、人に尋《たづぬ》れば、「是より五里、いそ伝ひして、むかふの山陰《やまかげ》にいり、蜑《あま》の苫《とま》ぶきかすかなれば、蘆《あし》の一夜《ひとよ》の宿かすものあるまじ」といひを（お）どされて、かゞの国に入《いる》。

わせの香や分入《わけいる》右は有磯海《ありそうみ》

（『おくのほそ道』）

芭蕉が書いた「那古と云浦」が放生津である。那古（奈呉）は歌枕。那古の浦（放生津）から六度寺《ろくどじ》へ。六度寺の渡しがあり、船で渡る。現在は庄川と小矢部川は別流になっているが、昔は吉久あたりで合流していたから「甚大川《はなはだ》」であった。曽良は川幅が「半里計」（およそ二キロ）もあると記している。六度寺から川を渡った対岸が伏木で、かつて国府や国分寺があったところ。越中守だった大伴家持（七一七?～七八五）はこの地に五年間滞在し多くの名歌を残した。

伏木から氷見にある担篭《たこ》まで足をのばそうと思ったが、海辺を五里ほど行かなくてはならないし、泊るところもないと言われて断念した。担篭を目指そうとしたのは、ここの藤が立派で歌枕だったからだ。

多胡のうらの底さえ匂ふ藤なみをかざして行《ゆか》ん見ぬ人のため　　人丸

伏木にある気多《けた》神社は越中の一宮で、旧国府を見おろす高台にある。気多神社の別当寺慶高寺（一時荒廃していたが元禄二年頃に中興された。現在は廃寺）は歌人・俳人がよく訪れたところで、元禄十三年に訪れた蕉門の一人句空《くくう》も、

一の宮慶高寺は絶景の地也。養老年中行基菩薩の草創とかや。まへに六度寺のわたり、放生津八幡宮の林、岩瀬の森もかすみわたりて、遠くは越後の山もつゞきたり。惣じて此うらを有磯海とよめり。奈呉の入江は一の宮の辺をいふと聞へたり。義経奥州下りに、なごの林をさしてあゆみたまふと侍れどしれず。如意の渡りは六度寺也とぞ。此舟ぢん《陣》に弁慶かしこまりて、御前の袴をぬかせ奉りてわたしたり。それを所の八幡といはひたる、といひつたへたれどさだかならず。

（『大岩山紀行』）

と記している。曽良は「歌枕覚書」に「二上山　高岡の西、気多大明神の上の山を云」と書いているので、あるいは伏木の気多明神まで足をのばしたのかもしれない。

句空はこのあたりから見える海岸全体が有磯海、奈古の浦は一宮がある伏木海岸であると聞いている。有磯海はどこあたりをいうのか諸説あるが、広義には富山湾全体を指し、狭義には岩礁が印象深い雨晴海岸付近をイメージしたらしい。奈古浦は放生津潟から旧国府のある伏木あたりまでをいう。

これから内陸の高岡へと向う。六度寺から川に沿って吉久へ。このあたりで庄川と小矢部川が合流している。庄川を渡って能町、高岡へと道が付いている。六度寺から高岡まで二里（「越中道記」では一里二十丁四十間。芭蕉と曽良が伏木まで行って六度寺に戻ったなら二里になる）。高岡には申の上刻（一五時三〇分頃）に着いた。ここに泊る。行程は

九里半。

曽良は出発時に「暑甚《あつさはなはだ》し」と書き、宿に着いてからも再度「暑極《あつさきはめ》て甚《はなはだし》」と書いている。暑さがこたえた一日で、芭蕉は体調を崩してしまった。最後の「不快同然」は『新版おくのほそ道』(潁原退蔵・尾形仂訳注、角川ソフィア文庫)からとったが、岩波文庫『芭蕉　おくのほそ道』(萩原恭男校注)では「小□同然」、『詳考奥の細道』(阿部喜三男著)では「少口同然」とあり、二字がほとんど読めない。いずれにせよ芭蕉は疲労のために倒れる寸前になっていた。曽良も同じように歩いていたのだから、疲労の極致にあったにちがいないのだが、曽良は自分のことは記さなかった。

この日通過、あるいは遠望した歌枕のうち、家持の古歌をあげておこう。

石瀬野《いはせの》に秋萩しのぎ馬並《な》めて初鳥猟《はつとがり》だにせずや別れむ
東《あゆ》の風いたく吹くらし奈呉の海人《あま》の釣する小舟漕ぎかくる見ゆ
藤浪の蔭なる海の底清みしづく石をも玉とぞ吾が見る
玉くしげ二上山《ふたがみやま》に鳴く鳥の声の恋しき時は来にけり

金沢の俳人たち(七月十五日〜二十三日)

一　十五日　快晴。高岡を立《たつ》。埴生《はにふ》八幡を拝す。源氏山、卯ノ花山也。クリカラを見て、未《ひつじ》の中刻、金沢に着《つく》。京や吉兵衛に宿かり、竹雀《ちくじやく》・一笑へ通ず。艮刻《そつこく》、竹雀・牧童同道して来て談《だんず》。一笑、去十二月六日死去の由。

七月十五日(陽暦八月二十九日)。またもや快晴である。ここ高岡から金沢までおよそ十二里。途中には倶利伽羅《くりから》峠がある。さほど高い峠ではないが平地を歩くようなわけにはいかない。金沢に到着したのが未《ひつじ》の中刻(一四時頃)といつもより早めだから、体力が限界に来ていた二人が、峠もある十二里もの距離を歩いたとは考えにくい。高岡から今石動《いまいするぎ》までは小矢部川を舟で行くことができたし、このあたりは馬も駕籠も安いので、歩くことはなかっただろう。

高岡から立野を通って今石動へ。この間四里。今石動からそろそろ山路にさしかかるが、その前に埴生八幡に参拝した。埴生八幡は寿永二年（一一八三）に木曽義仲が平家追討の願書を奉納した神社。

坂を登り、木曽義仲が数百頭の牛の角に松明《たいまつ》をつけて放ち、攻め落としたという隘路《あいろ》を過ぎると倶利伽羅峠の頂上で、ここが越中と加賀の境になる。頂上の平地は猿が馬場といって倶利伽羅不動の祠が建っている。谷を隔てて歌枕の卯の花山と源氏が峰が見えたという。卯の花山は「日かげさすうのはな山の小忌衣《こいみぎぬ》たれぬぎかけて神まつるらん　小侍従」他の古歌があって歌枕。源氏が峰は木曽義仲が陣をはった所という。竹橋《たけのはし》までは下り坂で、今石動から竹橋まで二里二十二丁十二間。竹橋からは平地となり、津幡《つばた》まで三十一丁二十間。津幡から金沢まで三里半である。

金沢に着いたのは未の中刻（一四時頃）。京屋吉兵衛に宿を取り、さっそく竹雀（宮竹屋喜左衛門）と一笑（小杉新七）に金沢到着を知らせた。芭蕉が宿にした京屋吉兵衛の家は浅野川の手前右岸にあったという。街道は大樋村から浅野川大橋を通るから、その手前の東山三丁目あたりだったようだ。その手前の森山町にもかなりの旅籠屋があった。この時点で芭蕉も曽良も金沢の情報に通じていないから、京屋は目についた旅籠屋か、馬士が推薦してくれた旅籠屋であろう。

酒田を発ったときから、芭蕉の気持ちは金沢に飛んでいる。金沢まで行けばかねてから「翁行脚の程、お宿申さん」と言っていた小杉一笑をはじめ、若くて優秀な俳人たちが待っていてくれる、そう思えばこそ炎天も砂丘の熱さも、風雅を解しない者からの邪険な扱いにも我慢ができたのだ。心待ちにしていた俳人たちとの邂逅だったが、急いでやって来たのは竹雀と牧童（立花彦三郎）で、一笑の姿はなかった。そして芭蕉はこの二人から、一笑は昨年の十二月六日に死去したことを知らされたのである。一笑（一六五三〜八八）は父親の十三回忌の回向に十三巻の歌仙を志したが、五巻ができあがったところで病に倒れ、残りの八巻に執心したまま息を引き取ったという。享年三十六。

前途を期待していた俳人の死に、芭蕉の落胆はいかばかりだったろう。
この日は京屋に泊る。

一　十六日　快晴。巳の刻、駕籠を遣《つかは》して竹雀より迎《むかへ》、川原町宮竹や喜左衛門方へ移る。段々各《おのおの》来る。謁《えつ》す。

七月十六日（陽暦八月三十日）。巳の刻（九時三〇分前後）に竹雀が迎えの駕籠をつかわしてきた。これから芭蕉は竹雀の家の宮竹屋で八泊することになる。宮竹屋の向いに亡くなった一笑の家があった。

宮竹屋は大店が並ぶ川原町（現在の片町。犀川大橋近く）にあり、本陣も勤めていたという。本陣を勤めるほど裕福な家は、旅籠屋以外にもかならず別の商売をしている。旅籠屋は飯盛女を置かなければ儲かる商売ではなかったし、大名や公家が宿泊しても茶代程度しか置かなかったから、本陣は名誉職と考えなければやっていけなかった。宮竹屋も何か商売をしていたはずだが、はっきりわからない。文化年間（一八〇四〜一三）に描かれた「金沢城下図屏風」（石川県立歴史博物館蔵）には、宮竹屋は広大な間口をもつ造り酒屋として描かれ、同じころに出された金沢の富商番付にも東前頭八枚目に名を連ねているから、芭蕉が訪れたころも金沢を代表する大店の一つだったのだろう。同じ番付に分家で軒を並べていた薬種商の亀田伊右衛門も西前頭十一枚目に載っている。

宮竹屋に落ち着くと、金沢の俳人たちが聞きつけて次々と訪ねて来、芭蕉は一人ひとりに面会している。初対面にもかかわらず芭蕉が暖かく真摯に迎えられていることを見届けると、曽良の今まで張り詰めていたものが切れてしまい、どっと疲れが出てしまったのだろう。いつもの曽良ならば誰が来たかその名を記したであろうが、それがない。

当時、金沢ではどのような俳人たちがいたのだろうか。

寛文七年（一六六七）十月に京都から『続山井《やまのい》』（北村湖春編）が出された。湖春は北村季吟の長子で、父季吟と同じく貞門の正統派である。収録された作者は九百六十七人を数える全国的な大撰集で、金沢からは高橋因元・早川吉重、大橋可理・村塚全無・藤井吉勝・成田頼元ら二十六人が入集している。ちなみに「伊賀上野松尾宗房」は二十八句入集。芭蕉二十四歳である。

それから五年後の寛文十二年（一六七二）三月に、作者五百四十人を数える大部『時勢粧《いまようすがた》』（松江維舟《いしゅう》編）が出された。編者の維舟の前号は重頼で、貞門派と敵対していた俳人である。ここには金沢から二十二人が入集したが、『続山井』から引き続き名を連ねているのは、因元・全無・頼元で、新しく神戸友琴・宇野一煙（一烟）らが入集している。

延宝八年（一六八〇）五月、地元金沢の神戸友琴（一六三三〜一七〇六）によって加賀ではじめての俳書『白根草』が出された。友琴は京都に生まれ、若い頃から金沢に来て餅菓子商を営みながら点者となった人で、識趣斎とも号した。俳諧の師は北村季吟。『白根草』の巻頭には師の季吟をはじめ、松江維舟・山本西武《さいむ》・高瀬梅盛《ばいせい》・安原貞室・宮尾似船《じせん》・田中常矩《つねのり》から句が寄せられている。季吟・維舟・西武・梅盛・貞室は「貞門七俳仙」のメンバーだから、地方俳書としては仰天するほど豪華な顔ぶれだった。また大坂の談林派の頭目西山宗因と西鶴も句を寄せている。西鶴が大坂生玉社で四千句の大矢数を興行したのがこの年で、勢いに乗っている談林派のスターである。こうした京・大坂の大物俳人の他に、少数ながら播州・伊勢・尾張・江戸・奥州・羽州にも入集者が及んでいて、友琴の交友範囲の広さがうかがわれる。

もちろん一番多いのは加賀の俳人たちで、巻末につけられた俳人たちの発句数集計から目立つ俳人を拾ってみると（付句は除いた）、『続山井』に入集していた高橋因元は四十三句、成田頼元十九句、宇野一煙五十三句と三人とも衰えをみせていない。しかし、はじめて顔を出す市中軒三好可静が六十三句入集。ほかに立花松葉三十七句、沢井枯竹二十二句、土井北枝《ほくし》十句、日野一意二句入集で、彼らは友琴の門弟と見なしていいだろう。編者の友琴が三十一句と意外に少ないのは、点者として立っていたからだ。なお松葉は立花牧童の前号。北枝は立花姓ではなく土井姓を名乗っているのが注目される。

金沢以外でも実力のある俳人がいて、『白根草』はそうした俳人も入集させている。金沢から一里半の湊町宮腰《みやのこし》(現・金沢市金石《かないわ》)の杉野閏之《じゅんし》は『時勢粧』にも入集していた実力者で、『白根草』に十八句入集。同じく宮腰の久津見一平も七句入集。他に小松の堤歓生四句、藤間子我酔も二句の入集を果している。

翌年の延宝九年(元和元年)にはまた新しい動きがあった。京の有名宗匠田中常矩が『俳諧雑巾』を開板したのだ。常矩は季吟門だが、のちに貞門派に反発して談林派に傾いた俳人で、京都の俳人は一時みな常矩の談林風に傾いたといわれている。

『俳諧雑巾』には地方俳人を多く入集させているのが特徴だが、その中から加賀国内の俳人を拾ってみると、『白根草』ではたった四句だった小松の堤歓生が二十四句と大幅に句数を増やしている。『俳諧雑巾』の全体を見ても歓生の二十四句は群を抜いているから、歓生は常矩の門弟だったのかもしれない。芭蕉はのちにこの歓生と会うことになるが、それはまた小松で触れることにする。『白根草』では十八句だった宮腰の杉野閏之は二十四句に、久津見一平は七句から六句に、杉野波之は四句から三句にと、閏之の句が多く取られている。

一方、金沢では『白根草』と『俳諧雑巾』では入集者が大きく入れ替った。可静・一烟・因元・松葉・友琴・枯竹・頼元らの名前がなく、残ったのは小杉一笑だけ(二句)。新たに高田貞之が七句、大西宗硯が二句、関戸理方一句が加わっている。

宮腰の津久見一平は、貞門系の『白根草』にも談林系の『俳諧雑巾』にも異論があり、特に『白根草』への対抗意識は相当なものがあったようだ。杉野閏之の協力を得て、加賀の俳人だけの撰集『加賀染』を出したのは、『白根草』が出された次の年の天和元年(一六八一)だった。

『加賀染』を編んだ宮腰の一平がどのような人物であったかは不明だが、『加賀染』は地方撰集にしては大部のもので、開板にはかなりの出版費用がかかったはずだから、編者の一平は廻船関係の富裕商かもしれない。その一平に大きく力を貸した闉之は御船手足軽だったというから、加賀藩御用の水主《かこ》の一員である。軽い身分にもかかわらず、俳諧に遊ぶだけの教養をどのようにして身につけたのだろうか。このとき闉之は六十二歳。加賀俳壇では長老である。『加賀染』では『白根草』で入集していなかった俳人の句を多く取りあげたり、『白根草』では堂々たる句数を誇っていた者の入集を少なくしたりと、かなりの移動が見られる。大部ということもあって『加賀染』は多くの新俳人を発掘した。この功績は大きく、加賀全体に俳諧という新しい文芸を楽しむ層を大きく拡大し、さらに世代交代をうながした感がある。

そして天和三年（一六八三）、大淀三千風がやって来た。対面したのは井筒一正、神戸友琴、泉和徳であった。三千風は友琴を「当所の宗匠」と書いて、「君が名や松の調て千里の律」と、友琴の「琴」に「千里の律」を掛けて句を詠み、それに対して友琴は「兎玉飛ぶ三千風景一耳たり」と返し、お互いに歯の根が浮くような贈答をしている。今までのものを正統として守っていくか、正統は古いものとして捨て新風になびくか、騒がしい時代だった。友琴は柔軟な考えをもっていたが、根は貞門派で保守的だった。しかし、宮腰の闉之は諸国の廻船がやってくる湊町に住んでいるから新しいものに敏感で、どちらかというと談林系である。はたしてどちらに付くべきなのか、「此道にさぐりあしゝて、新古ふた道にふみまよ」っていたのは、金沢でも同じだったといえよう。

芭蕉が訪れたとき、金沢の俳壇をリードしていたのは友琴と闉之で、熱心に句作をしていたのは牧童・北枝兄弟を筆頭に、李東、四睡、一泉、秋之坊、流志、漁舟、万子《まんし》、紅爾《こうじ》といった面々で、彼らの中でも北枝は一番の古参で、熱心だった。

曽良は「段々各《おのおの》来る。謁《えっ》す」としか記さなかったが、おそらく以上のような者がやってきたのだろう。

一　十七日　快晴。翁、源意庵へ遊《あそぶ》。予、病気故不随《したがはず》。今夜、丑の比《ころ》より雨強降《つよくふり》て、暁止《あかつきにやむ》。

七月十七日（陽暦八月三十一日）。快晴。芭蕉は源意庵へ向かった。昨日芭蕉に面会した俳人たちによって句会が開かれるのである。曽良は体調不良のため欠席し、宮竹屋で臥せっていた。そのためこの日に作られた句等は「俳諧書留」にも記されていない。

しかし、文化年間の『俳諧秋扇録《しゅうせんろく》』（豊島由誓の筆録）に以下の句が載っているという。

　立意庵において秋の納涼
赤々と日はつれなくも秋の風　　芭蕉
入相や盆の過ぎたるかねのおと　　小春《しょうしゅん》
白鷺やねぐら曇らず秋の照　　此道《しどう》
川音やすごきにのかぬ残暑かな　　雲口《うんこう》
雲たちのけふもかはらぬ残暑かな　　一水
橋見れば少し残暑のさゝへたり　　北枝
　巳文月十七日
人々の涼ミにのこるあつさかな　　曽良

芭蕉は『おくのほそ道』にも「赤々と日はつれなくも秋の風」を載せているが、「途中吟」となっていて、どこで作られた句かはっきりしない。しかし、曽良の旅日記を振り返ってみると、実際に夕陽が見えたのは七月十一日の能生にたどり着いた日くらいなものである。その日は「暑甚し《あつさはなはだ》」く灼熱に悩まされたが、できた句は秋のものになっている。

参会した俳人たちを紹介しておこう。

二句目の「入相や」の句を作った小春は宮竹屋の三男で竹雀の弟。名は亀田勝豊。元文五年（一七四〇）七十四歳まで生きたというから、元禄二年当時二十三歳。この年に出された荷兮編・芭蕉序の『阿羅野』に七句入集。ちなみに『阿羅野』は発句七百三十五句、連句十巻、作者百七十九人の大部で、売値は五匁五分（当時のレートで三百七十文ほど。かなり高価なものであった）。芭蕉はここではじめて小春から『阿羅野』を見せられたかもしれない。宮竹屋の長男勝則は本家宮竹屋の隣りに別家・伊右衛門家をたてて薬種商を営んでいたが、勝則は元禄七年に没。その後に小春が伊右衛門家を継ぐことになる。

「白鷺や」の此道《しどう》は伝不詳。

「川音や」の雲口《うんこう》は宮腰へ行く街道筋にある安江木町の町人で、材木商か酒屋を営んでいたという。これまで撰集に入集したことはないが、このときに芭蕉に入門。其角撰『いつを昔』（元禄三年刊）に一句、北枝編『卯辰集』（元禄四年刊）に二句入集することになる。

「雲たちの」の一水も不詳。

「橋見れば」の北枝は芭蕉が金沢に着いたとき、京屋に駆けつけた牧童の弟で、本名立花次郎右衛門、通称研屋《とぎや》源四郎。もと小松の住人だったが、一家で金沢に移り住み、兄の牧童とともに加賀藩の研刀師を勤めた。芭蕉に会う前にすでに松葉という俳号で『白根草』、『加賀染』をはじめ、尾花沢の清風撰『稲莚』、尚白撰『孤松』（貞享四年刊）にも入集している。加賀を代表する俳人の一人である。

この北枝の家が「源意庵」で、当時は観音町（現東山一丁目）にあったという（蜜田靖夫『芭蕉　北陸道を行く』）。観音町は卯辰山の麓・東茶屋街の近くにあたり、昨日芭蕉と曽良が泊まった京屋とは街道をはさんで反対側になる。芭蕉が訪れた北枝亭は、曽良は「源意庵」と記したが、『俳諧秋扇録』には「立意庵」とあり、地元で書かれたこちらが正しいのかもしれない。

ここの俳席で芭蕉が披露したのは「赤々と日はつれなくも秋の山」であったのを、北枝の意見を取り入れて「秋の風」としたことが、涼袋の『芭蕉翁頭陀物語』（一七五一年刊）や大江丸の『俳諧袋』（一八〇一年刊）等に紹介されている。この源意庵（立意庵）は翌年の元禄三年（一六九〇）三月十七日・十八日の大火で焼失。北枝は「焼けにけりされども桜は散りすまし」（毎年見事に咲いていた桜も焼けてしまいましたが、桜が散ってしまった後だったので花見だけはできました）と芭蕉に報告の手紙を送ったことで、芭蕉は北枝を風流人だと賞することになる。この大火の後に北枝は尾張町の久保市乙剣宮の隣りに引越すが、その家も宝永三年（一七〇六年）の大火で焼失することになる。北枝は酒が大好きで、生活はいたって貧乏だったことが『俳諧世説《せせつ》』（天明五年・一七八五年刊、蘭更編）に載っている。中風を病んで享保三年（一七一八）五月没。

宮竹屋で臥していた曽良は、「人々の涼ミにのこるあつさかな」の句を源意庵に届けてもらっている。曽良は「丑の比《ころ》より雨強降《つよくふり》て、暁止《あかつきにやむ》」と記している。「丑の比《ころ》」は夜中の一時半前後。疲れていたのに眠れなかったのは、腹痛がかなりひどかったのだろう。曽良は痛みこらえ、夜明けまで降り続いた雨の音を聞いていた。

一　十八日　快晴。　一　十九日　快晴。各《おのおの》来る。

十八日と十九日は二十日に付けたようだ。曽良は二日間とも体調不良で日記を付けることもできなかったらしい。十九日に「各来る」とあるが誰が来たのか不明。二十日に集る者たちが中心だったろう。そして早速一泉亭での俳諧興行が決められたのである。

一　廿日　快晴。庵にて一泉饗《もてなす》。俳、一折《ひとおり》有て、夕方、野畑に遊。帰て、夜食出て散ず。子《ね》の刻に成《なる》。

快晴。曽良もようやく回復したようで、一泉亭での歌仙興行に参加している。

『おくのほそ道』に

ある草庵にいざなはれて
秋涼し手毎にむけや瓜茄子《なすび》

とあるのが一泉亭での芭蕉の句。曽良は日記に「一折有て」と書いているから、十八句までの半歌仙だった。このときの作品は「俳諧書留」には記されていないが、宝暦三年（一七六三）芭蕉七十回忌に蘭更が編集した『花の古事《ふるごと》』に掲載されている。

〔半歌仙・残暑暫〕

少玄庵にて

残暑暫《しば》シ手毎にれうれ瓜茄子　はせを
　みじかさまたで秋の日の影　一泉
月よりも行野の末に馬次て　左任
　透間きびしき村の生垣　丿松《べっしょう》
鍬鍛冶の門をならべて槌の音　竹意
　小桶の清水むすぶ明くれ　語子
七ツより成長しも姨《おば》(西)のおん　雲口
　とり放チやるにしの栗原　乙州
読ミ習ふ歌に道ある心地して　如柳

ともし消れば雲に出る月　北枝
肌寒咳《しはぶ》きしたる渡し守　曽良
おのが立チ木にほし残る稲　流志
ふたつ屋はわりなき中と縁組て　一泉
さゞめ聞ゆる国の境目　芭蕉
糸かりて寝間に我ぬふ恋ごろも　北枝
あしたふむべき遠山の雲　雲口
草の戸の花にもうつす野老《ところ》にて　浪生
はたうつ事も知らで幾はる　曽良

少玄庵は松玄庵。松幻庵と書かれているものもある。正客の発句の脇句を付けるのはその亭の主であるから、これが一泉亭で行われた半歌仙であることが判明する。参会者は芭蕉を含めて十三人。松玄庵では採ったばかりの瓜や茄子が供せられた。

なごやかな雰囲気で芭蕉の発句から始まっている。初案の「残暑暫シ手毎にれうれ瓜茄子」の「れうれ」は料理しようの意。『おくのほそ道』では「秋涼し手毎にむけや瓜茄子」と推敲されている。

一泉の姓は高山氏（『稲莚』では斎藤氏）。松玄庵は犀川のほとりに建てられていたという。一泉はすでに清風の『稲莚』に入集していて、この後も嵐雪撰『其袋《そのふくろ》』（一六九〇年刊）、知足撰『千鳥掛』（一七一二年）にも入集することになる。

左任は不詳。

ノ松は故一笑の兄で、享保二一年（一七三六）四月十日に没した。生年その他は不明。俳諧にはそれほどの欲がなかったのか、弟一笑の追善集『西の雲』に句がみられる程度である。

竹意も不詳。後日芭蕉と小松まで同道し、旅籠屋を紹介しているから小松の出身かもしれない。

雲口は十七日の北枝亭にも参加していた。この後、其角撰『いつを昔』（元禄三年刊）に一句、北枝編『卯辰集』（元禄四年）に二句載ることになる。

乙州《おとくに》（一六五七？〜一七二〇）は近江大津の人。金沢の俳人を世に広めたのは彼の功績である。姉の智月が大津の問屋《とい や》川井（河合とも）又七（佐左衛門）の妻となり、乙州はその養子となって義父の跡を継いで加賀藩の伝馬役（通送）を勤めていた。加賀藩主御用でたびたび金沢に足を運んでいたし、伯母（義父佐左衛門の姉）の夫である原田寅直が金沢の名士で俳諧にも遊んでいたから、その縁で金沢の俳人とは親交が深かった。原田寅直は衣魚斎と称して、のちに友琴撰『色杉原』（元禄四年刊）や一笑追善集『西の雲』（元禄四年刊）の序文を書くことになる。乙州は自宅近くの大津柴屋町に住む尚白とも親しく、尚白が『孤松』を編むときに金沢の俳人たちを紹介したらしい。一笑が『孤松』に百九十五句入集し、乙州も百七句の入集を果していたことは前述した通りである。乙州は一笑の追善集『西の雲』や『卯辰集』、『色杉原』、『鶴来酒』等、金沢で作られた俳書に多くの句を寄せ、まるで金沢の俳人の一員のようであった。他に『ひさご』、『猿蓑』、『千鳥掛』等の全国区の俳書も取りあげられ、広い範囲で活躍を見せることになる。芭蕉の貞享四年の旅を記した『笈の小文』を上梓するのは乙州である（宝永六年・一七〇九年刊）。富裕な商人だった乙州は路通や惟然への援助を惜しまなかったという。

如柳は春日町の酒造業館屋長右衛門で、松裏庵と号した。『誹諧世説』に、後年北枝が如柳の隣りに移り住み、タダ酒を呑んでいた話が載っている。如柳は北枝の庇護者であった。宝暦七年没。

北枝も先に紹介済み。

流志は『孤松』に多く入集し、また『稲莚』にも一句入集していた。元禄五年板の句空撰『北の山』には「亡人」とあるから、間もなく没したらしい。

浪生も不詳。

手だれが多かったせいか、順調に進んで、夕方から一同で野畑（野田山）まで遊びに行った。一泉亭からほど近く、小高い丘の上には藩主前田家の歴代の墓がある。北枝に「野田の山もとを伴ひありきて」と前書のある句「翁にぞ蚊帳つり草を習ひける」があるが、これはこの時に作ったもの。なごやかに散策している様子が感じられる。なお、須賀川の等躬に「茨《ふき》やうをまた習ひけりかつみ草」（『俳諧葱摺《しのぶずり》』元禄二年成）があり、これも芭蕉を迎えた時の句である。

再び一泉亭に戻って歓談した後、出された夜食を食べて、散会。宮竹屋に戻ったのは子の刻（深夜〇時前後）だった。

一　廿一日　快晴。高徹に逢《あひ》、薬を乞《こふ》。翁は北枝・一水同道にて寺に遊《あそぶ》。□□十徳二ツ。十六四。

七月二十一日（陽暦九月四日）。北枝と一水が芭蕉を迎えに来た。昨日無理をしたせいか曽良の体調は思わしくなく、高徹に会って薬をもらった。高徹は北枝が懇意にしていた町医者らしい。芭蕉は二人と一緒に出かけたが、曽良は宮竹屋にとどまったので、芭蕉が行った先はただ「寺」としか記されていない。

その寺は句空が住んでいた卯辰山《うたつやま》の柳陰庵《りゅういんあん》だったろうといわれている。句空は金沢の町人の出で、鶴屋といった。何の故があったのか、京都の浄土宗総本山知恩院で出家を果たし、金沢卯辰山麓の金剛寺の境内に柳陰庵を結んでいた。『布ゆかた』に正徳二年（一七一二）六十五歳とあるそうだから（『芭蕉辞典』による）、これによれば元禄二年当時四十三歳。自著『草庵集』（元禄十三年刊）の序にも「十とせあまりのむかし、知恩教院にてかしらをおろし侍りて」と書いていて、元禄二年当時は僧体となっていたことがわかる。宝暦十三年（一七六三）に金沢の高桑蘭更（一七二六〜九八）が出した『花の故事《ふること》』には、句空宛の芭蕉書翰（元禄三年春と推定）が載せられており、そこには「柳陰庵のかり寝に北枝・秋之坊風流のあらそひなどおもひ出し、しきりに御ゆかしく」とあり、芭蕉が訪れたのは句空の柳陰庵ということになるのだが、しかし『花の故事』の芭蕉書簡は蘭更の偽作か一部改作があると疑っている研究者もいる。この書簡が信頼のおけないものであれば、柳陰庵を訪れたと断定することはできない。

この当時卯辰山の麓には秋之坊も隠棲していた。秋之坊は元金沢藩士、といっても軽輩だったようだ。志を得ず僧体となり、卯辰山麓の蓮昌寺に庵を構えていた。芭蕉を迎えたのは秋之坊だった可能性もある。秋之坊が貧しい生活の中で俳諧仲間と楽しんでいた様子は、これも蘭更の著『俳諧世説』にいくつもの逸話が載っている。

句空も秋之坊もこの時に芭蕉に入門、以後芭蕉の信奉者となって、この後芭蕉に会うために句空は無名庵を、秋之坊は幻住庵を訪ねている。

芭蕉を迎えに来た北枝が住んでいたのも卯辰山の麓である。一緒に来た一水については不詳だが、彼も卯辰山周辺の住人だったのではなかろうか。

この日、「◫十徳二ツ。十六四」とあるが、この記号がなにを意味するのか不明。十徳は医師や僧、学者、茶人、俳人など、剃髪した者が着た道行羽織のようなものである。旅行用のものだから芭蕉と曽良の分で、これを買ったのか貰ったのかは不明。「十六四」は十六匹の描き損じとみる説もあるが、一匹（疋）は十文だから、これだと百六十文にしかならず、十徳の値段とは考えられない。この当時金沢には三十六という俳人と四睡という俳人がいた。ともに北枝の仲間である。十徳を持ってきたのが三十六と四睡で、曽良は名前の一部を思い出せずに「十六四」と書いたとも考えられるが、どうだろうか。

一　廿二日　快晴。高徹見廻《みまう》。亦、薬請《うく》。此日、一笑追善会、於（空白）寺興行。各《おのおの》朝飯後より集《あつまる》。予、病気故、未の刻より行《ゆき》、暮過《くれすぎ》、各《おのおの》に先達《さきだち》て帰《かへる》。亭主ノ松《べっしょう》。

七月二十二日（陽暦九月五日）。快晴。曽良の体調はまだおもわしくなく、医者の高徹が見舞いに来た際に薬を置いていってくれた。この日は朝食後から一日かけて一笑の追善句会が興行されることになっていて、芭蕉は小春と出かけていった。曽良は未の刻（一四時前後）に行き、暮れ過ぎに皆より一足先に戻った。追善会が行われた寺の名を曽良は失念して空白になっているが、野町にある願念寺である。追善会の主催者は一笑の兄ノ松。「俳諧書留」には、

　　一笑追善

塚もうごけ我泣声《わがなく》は秋の風　　　翁

玉よそふ墓のかざしや竹露《たけのつゆ》　　　曽良

とあるだけだが、この日の追善句は、元禄四年にノ松が編んだ『西の雲』上巻に収録されている。それによればこの追善会に集ったのは、芭蕉・曽良・句空・秋之坊・流志・北枝・友琴・大坂何処《かしょ》・三十六・牧童・一風・小春・魚素・雲口・李東・今石動宇白・遠里・一泉・一志・一好・又笑・遅桜・一知・ノ松嫡子松水・徳子・ノ松の二十八人。ここに会した者を中心として、これからの金沢俳壇は活発な活動をみせることになる。

友琴は『白根草』を編んだ金沢俳壇のリーダーで、芭蕉より十一歳年上。かつては友琴に俳諧の手ほどきをうけた者が、今は熱狂して芭蕉を迎えている。友琴の気持ちは複雑であったろう。友琴はこれ以後蕉風になびく金沢の俳人たちと歩みを一《いつ》にするようになる。

たまたま大坂から訪れていた何処《かしょ》も加わっている。何処は大坂道修町《どしょうまち》の薬種商で、これまでもたびたび金沢を訪れていた。宮竹屋の並びの新宅（のちに小春が後を継ぐ）は薬種商だったから、商売上のつき合いもあったことが推測される。

一　廿三日　快晴。翁は雲口主《あるじ》にて宮ノ越に遊《あそぶ》。予、病気故不行《ゆかず》。江戸への状認《したたむ》。鯉市・田平・川源等へ也。徹より薬請《うく》。以上六貼《てふ》也。今宵、牧童・紅爾《こうじ》等願滞留《たいりふをねがふ》。

七月二十三日（陽暦九月六日）。芭蕉は宮ノ腰（宮腰）へ。室町時代の連歌師宗祇が宮腰の大野湊神社で和歌を詠んでいる。ここは加賀藩が誇る良港で、金沢から一里半。大野川・河北潟・浅野川の舟運を利用して金沢城下へ大量の物資を供給していたのが宮腰だ。天保期の廻漕業銭屋五兵衛はここを舞台に巨大な財をなしている。当時宮腰にいたのが『加賀染』で大いに息巻いていた杉野閏之で、ここへ雲口が案内している。

宮腰の閏之亭で表六句が作られたといい、それが『金襴集』（元は万子の書留。一八〇六年に蒼虬《そうきゅう》が出版）に出ているという。

西浜にて

小鯛さす柳すゞしや海士が妻　翁
北にかたよる沖の夕立　名なし
三日月のまだ落つかぬ秋の来て　小春
いそげと菊の下葉摘ぬる　雲江
ぬぎ置し羽織にのぼる草の露　北枝
末の四方をめぐる遠山　牧童

（『詳考奥の細道』より）

二句目には名前がないが、閏之だろう。雲江は雲口。宮腰へは小春・北枝・牧童も同道しているのがわかる。

芭蕉の「小鯛さす」の句は、曽良の「俳諧書留」に「七夕　荒海や佐渡に横たふ天河」と「かゞ入　早稲の香やわけ入右は有磯海」の間に記されているから、越後で作った句と考えられる。そうであれば「西浜」は犀浜で、直江津の新潟寄り砂丘一帯である可能性が高い。このあたりは鯛がよく捕れるところで、今も犀潟という地名が残っている。以前に作っておいた句をここで披露したらしい。

一方、宮竹屋に残った曽良は、江戸の「鯉市・田平・川源」に手紙を書いた。藩士の誰かが江戸に行くことになり、手紙を預けたのであろう。酒田から散々な思いをして金沢に着いたこと、芭蕉は元気にしているが曽良自身の体調がおもわしくないこと、明日は出立して山中温泉に向うこと等が書かれていたにちがいない。「鯉市」は鯉屋市兵衛で杉風、「田平」は田中式如《のりゆき》だろう。金沢藩の国学者田中宗得の養子で、通称は平之丞。当時江戸で神道家吉川惟足《これたる》に学んでいて、曽良とは神道の勉学仲間。「川源」は不明だが、長島藩士に川合源右衛門がいて、彼は江戸詰めであったという。

曽良は出発にそなえて高徹から薬を六貼もらっている。「貼」は薬の包みを数える単位（『漢語林』）。晩になって牧童をはじめ紅爾たちが、もう少し金沢に滞留して指導してほしいと訴えてきた。紅爾は北枝編の『卯辰集』（元禄四年刊）に多く取られているから、北枝に師事していたのだろう。それを断って明日金沢を出発することになった。

いつ手続きをしたかは不明だが、金沢滞在中に出国するための出判を準備していたはずである。金沢には町奉行の代行として出判を発行する手判問屋があり、旅人は判賃を払って、生国や男女別、人数、目的地を書いた出判をもらい、出国するときに番所に提出しなければならない。手判問屋は、片町では大浦屋、石浦町では砺屋《とぎや》・北川屋・白山屋・平野屋、尾張町では住吉屋、博労町では森長が扱っていた。これらの手判問屋の中には旅籠屋を兼ねているところもある。判賃は江戸後期になると一人三十五文、ここも何人でもひと組扱いで、一枚の出判しか渡されないのが普通であった。

小松にて（七月二十四日〜二十七日）

一　廿四日　快晴。金沢を立《たつ》。小春・牧童・乙州、町はずれ迄送る。雲口・一泉・徳子等、野々市迄送る。餅・酒等持参。申の上尅、小松に着。竹意同道故、近江やと云に宿す。北枝随之《これにしたがふ》。夜中、雨降る。

七月二十四日（陽暦九月七日）快晴。金沢を出発。小春・牧童・乙州が町外れまで来て見送ってくれ、雲口・一泉・徳子らはさらに一里先の野々市まで来てくれた。餅や酒を持参したのは、野々市で別れの盃を酌み交すためだ。野々市から松任、柏野、水島、粟生、寺井、小松と宿場が続き、それぞれの宿場間は一里。金沢から七里ある小松に着いたのは申の上刻（一五時三〇分頃）だった。

再び芭蕉と曾良の二人旅がはじまるかと思ったら、北枝と竹意も同道している。北枝も最初は野々市までのつもりだったが別れがたくなり、もう少しもう少しと言っているうちに小松まで来てしまったようだ。竹意はどうだったのか。地元俳書にもあまり見かけない俳号だから、小松に用があったついでに同道しただけかもしれない。

小松は北枝の出身地である。懇意にしているところもあっただろうが、ここは竹意の顔を立てて、近江屋という旅籠屋にわらじを脱いだ。

一　廿五日　快晴。欲小松立《こまつをたたんとほつす》。所衆聞て以北枝留《ほくしをもつてとどむ》。立松寺へ移る。多田八幡へ詣でて、真（実）盛が甲冑・木曽願書を拝《はいす》。終《をはつ》て山王神主藤井伊豆宅へ行。有会《くわいあり》。終《おはり》てここに宿《やどる》。申の刻より雨降り、夕方止《やむ》。夜中、折々降る。

七月二十五日（陽暦九月八日）。この日も快晴。出発しようとしていたら、芭蕉が来ていることを聞きつけた小松の俳人たちが、北枝を通じて逗留してもらいたいと言ってきた。それを聞き入れて立松寺へ移動。

小松に立松寺という寺はないので、龍昌寺か建聖寺だろうといわれている。龍昌寺も建聖寺も、この時代に月次会《つきなみ》の興行に使われることがあった寺である。

時代が少し下るが宇中編『夜話くるひ』（元禄十六年刊）には東花坊（支考）が龍昌寺で興行した句が載っている（龍昌寺はこの後金沢へ移転して現在はない）。

芭蕉が訪れた当時の小松で、連歌と俳諧で著名だったのが堤歓生である。死後にまとめられた歓生の句集『新梅の雫』には、「建聖寺にて」や「建聖寺月波」と記された句が載っており、歓生は建聖寺で月次会を興行していた時期があったようである。この時期がいつなのか特定できないが、芭蕉を引き止めた「所の衆」は、歓生の月次会の仲間であっただろうし、そうであれば建聖寺へ案内するのがふさわしいようにも思われる。

では曽良はなぜ「建聖寺」を「立松寺」などと書いたのだろう。落ちつき先はケンショウジといわれ、どんな字を書くのか聞いたのだろう。相手はケンは「たつ」という字だと教えたので、曽良は「立」と書いてしまった。ショウは「松」も「聖」もショウと発音するからこれも当字。何となくつじつまはあいそうである。

現在建聖寺には「しほらしき名や小松吹萩薄」と彫った石碑と、北枝作の芭蕉木造座像が残っていて、門前には「ばせを留杖ノ地」と彫った石柱が建てられている。庭内にある「しほらしき」の句碑は、宝暦年間（一七五一〜六三）に住職だった既白《きはく》が建立したもの。既白は俳僧で行脚もよくした。北枝作の芭蕉像は明治初年に金沢で買い求めた者がいて、建聖寺に奉納したものという。

「立松寺」に移ってから、多田（多太）八幡へ見学にでかけた。多太八幡は寿永二年の合戦の時に、木曽義仲がここに詣でて戦勝を祈願した寺。その願状や斎藤実盛《さねもり》の兜、鎧《よろい》などが収蔵されている。小松の人々の自慢の寺だった。多太八幡で実盛の兜や錦の切れ等を見て芭蕉は深い感銘を受け、『おくのほそ道』に多くの字数を費やして記すことになる。

この間に歌仙興行の準備がととのい、山王神主藤村伊豆宅へ。曽良は「藤井」と記したが藤村が正しい。本折町にある日吉神社の神主藤村伊豆は俳号を鼓蟾《こせん》といった。蟾はヒキガエルのことだから、藤井伊豆は自分の体型をヒキガエルの腹鼓と洒落たのだろうか。

七月廿五日小松山王会
しほらしき名や小松吹《ふく》萩薄
翁

「俳諧書留」にはこれだけしか記されていないが、『金欄集』に全句が載っている。それによると芭蕉の発句は「しほらしき名や小松吹《ふく》萩薄」で（『おくのほそ道』は萩）、参会したのは芭蕉・鼓蟾・北枝・斧卜《ふぼく》・塵生《じんせい》・志格《しかく》・夕市《せきし》・致益《ちかく》（致画の誤）・歓生・曽良の十人で、三十六句の歌仙ではなく、四十四句の世吉《よよし》連句である。全員が手練だったらしく、渋滞することなく進んでいる。

申の刻（一六時前後）から雨が降り出して、夕方にいったん止み、夜中になってまた時々降った。句会は何時頃に終ったのだろうか。

一　廿六日　朝止《やみ》て巳《み》の刻より風雨甚《はなはだ》し。今日は歓生へ（ママ）方へ被招《まねかる》。申の刻より晴。夜に入て、俳、五十句。終て帰る。庚申《こうしん》也。

七月二十六日（陽暦九月九日）。雨は朝には止んだが、巳の刻（九時三〇分前後）から風雨が大分激しくなって、出発を見合わせたところ、歓生が招いてくれて句会となった。

堤歓生は小松泥町（現・大川町）に住んでいた越前屋宗右衛門で、越前屋は寛永十六年（一六三九）に加賀藩三代の利常が小松城に隠居したときに付いてきた商人というから、富商と考えていいだろう。三代藩主利常は明暦三年（一六五七）に小松天満宮を創建、そのときに京都北野天満宮の連歌師能順《のうじゅん》（一六二八〜一七〇六）を招いている。その能順がいる天満宮は桟《かけはし》川をはさんで越前屋の近くにあり、歓生は能順の従順な高弟でもあった。連歌にすぐれている一方で俳諧にも遊び、談林の有力俳人である京都の田中常矩門である。すでに『白根草』、『加賀染』にも入集していたから、小松出身の北枝とは既知だった可能性は高い。

廿六日同（小松）歓水亭会　雨中也

ぬれて行や人もおかしき雨の萩　　翁

（『俳諧書留』）

この時の「ぬれて行や」の巻は湫喧編『しるしの棹』（寛永二年刊）には、芭蕉・享子（享子。歓生のこと）・曽良・北枝・鼓蟾・志格・斧卜・塵生・季邑《きゆう》・視三《しさん》・夕市の十一人で巻いた二十二句のみ載り、仏兮《ぶっけい》、湖中編『一葉集』（文政十年刊）では芭蕉・曽良・北枝・歓生の四人で吟じた二十八句が追加されて五十句になっている。これらによって推察すると、歓生亭に参会した連衆は二十二句までで帰り、残った芭蕉・曽良・北枝、それに歓生によって満尾したようだ。

申の刻（一六時前後）になってようやく晴れた。二十二句で散会したのはこの頃か。それから四人で残りを付け、満尾したのは夜になってからであった。芭蕉はこのときに歓生に乞われて次の懐紙を与えている。

加州に入　　はせを

わせのかやわけ入右はありそ海
おなし処小松にて

しほらしき名や小松ふく萩薄

　　歓生亭にて

ぬれて行や人もおかしきあめの萩　　　　（現在今治市河野美術館蔵）

「俳諧書留」には「ぬれて行や」の次に

心せよ下駄のひゞきも萩露《はぎのつゆ》　　　　ソラ

かまきりや引こぼしたる萩露　　　　北枝

が記されているが、この二句もこのときのものだろう。その後に「立松寺」へ戻った。

曽良は庚申の夜だったことをわざわざ書いている。六十日で巡ってくる庚申日。尾花沢に滞在していたとき庚申待ちに招かれたことがあった。その日から六十日も過ぎたと思うと、この旅の長さを実感したことだろう。

一　廿七日　快晴。所の諏訪宮祭の由聞て詣《まうづ》。巳の上刻立《たつ》。斧ト・志格等来て留といへども立《たつ》。伊豆　尽　甚《はなはだつくして》　持賞《もてな》す。八幡への奉納の句有。真《(実)》盛が句也。予・北枝　随《これにしたがふ》之。

一　同晩　山中に申の下尅着。泉屋久米之助方に宿す。山の方、南の方より夕立通る。

七月二十七日（陽暦九月十日）。近くの諏訪神社（菟橋神社）の祭だと聞いて見物がてら参拝。昨日参会したメンバーの斧ト・志格らが来て、もっと滞在してほしいと言ってきたが断った。道すがらなので日吉神社にも寄ったら、神主の鼓蟾がたいそうもてなしてくれた。日吉神社から多太八幡までは、これも道すがらで近いので立ち寄った。おそらく見送りに来た俳人たちも同道していただろう。大切な客人を見送るのに、「立松寺」の前で別れたとは考えにくいからだ。

多太八幡で芭蕉が詠んだのが「あなむざんや甲《かぶと》の下のきり〴〵す」。曽良は「予・北枝これに従う」と書いているから、ふたりともここで句を詠んでいるはずだが「俳諧書留」には記されていない。しかし、その句は『卯辰集』に収録されている。

多田の神社にまふでゝ木曽義仲の願書并実盛がよろひかぶとを拝す。三句

あなむざんや甲のしたのきり〴〵す　翁
幾秋か甲にきへぬ鬚《ひげ》の霜　曽良
くさずりのうら珍しや秋の風　北枝

曽良は二十七日の旅日記に「八幡への奉納の句有。真盛(実)が句也」と書いているが、「奉納」という文字をどのようなイメージで記したのだろうか。撰集に入れるときに「多太八幡に奉納の句」という前書をつけることなのか、懐紙にサラサラと書いて神前に供えることなのか。「奉納」と書くからには、芭蕉揮毫の俳額を神前に掛けるということを意味しているのだろう。おそらく地元の有力者が多太八幡に同道していてこの句を知り、「いい句なので、多太神社に是非奉納を」という申し出があったと想像される。

奉納するには多太神社との交渉が必要だし、奉納時にはセレモニーも予定されたにちがいない。新しい俳額も作製しなければならないから準備に時間がかかる。芭蕉は八月二日に山中温泉から小松の塵生に手紙を出していて、その中に「入湯仕舞候はばそこ元へ立ち寄り申す筈に御座候間」と、再び小松を訪れることを書いている。湯治の一回りは七日が標準だったから、その頃に再度小松を訪れることを約束して山中温泉へ向ったのだろう。

小松から目指す山中温泉までは六里。快晴だったから白山が神々しい姿を見せていたかもしれない。『おくのほそ道』ではこの途中に那谷《なた》寺に立ち寄ったように書かれているが、「曽良旅日記」では後日の八月五日のことになるので、ここでは「曽良旅日記」にしたがって進めていく。

山中温泉——芭蕉との別れ（七月二十七日〜八月五日）

山中温泉に着いたのは申の下刻（一六時四五分頃）だった。泉屋久米之助に宿を取る。山中温泉は行基が発見したと伝える古来からの名湯で、総湯（共同浴場。現在の「菊の湯」がその場所）を中心に旅籠屋が建ちならんでいた。泉屋は温泉草創の頃より居住していたといわれる十二家のうちの一軒で、総湯のすぐそばに位置していた。

この泉屋について、芭蕉は『おくのほそ道』で字数を費やして述べている。

あるじとする物《（者）》は、久米之助《くめのすけ》とて、いまだ小童《せうどう》也。かれが父俳諧を好み、洛《らく》の貞室《ていしつ》、若輩《じやくはい》のむかし、爰《ここ》に来《きた》りし比《ころ》、風雅に辱《はづか》しめられて、洛に帰《かへり》て貞徳《ていとく》の門人となつて世にしらる。功名の後、比《この》一村判詞《はんじ》の料《れう》を請《うけ》ずと云《いふ》。今更《いまさら》むかし語《がたり》とはなりぬ。

芭蕉が行った当時、主人の久米之助は十四歳。父は又兵衛といって俳諧に遊び、俳号を豊連といったが、久米之助が四歳の時に没している。若い頃の安原貞室（一六一〇〜七三）がここに滞在し、俳諧のことで豊連にやりこめられてから京都の貞徳の門人となり、ついに貞門七俳人の一人となって世に知られるまでになった。貞室はその事を忘れず、有名になってからも山中村の者からは点料を取らなかった、というのだ。

貞室が松永貞徳のもとで俳諧を学びはじめたのは十八歳の頃というから、山中温泉でのことは一六二八年頃と考えられる。そうすると六十年も前のことになるから、貞室をやっつけたのは久米之助の父ではなく祖父であった可能性が高い。

曽良は「俳諧書留」に祖父だとして、次のように書きつけている。

> 貞室若くして彦左衛門の時、加州山中の湯へ入り宿《やどす》。泉や又兵衛に被進《すすめられ》、俳諧す。甚《はなはだ》恥悔《はじくやみ》、京に帰て始習《ならひはじめ》て、一両年過て、名人となる。来て俳もよほすに、所の者、布《すべ》て習之《これをならふ》。以後山中の俳、点領（料）なしに致遣《いたしつかは》す。又兵へは、今の久米之助祖父也。

おそらくこちらが正しいのだろう。

温泉場には風雅に遊ぶ人々も長逗留するから、又兵衛のように俳席に同座して湯治客の無聊を慰めることができれば常連客もついた。貞室が来て無料で教えたことから、山中では宿屋の主人たちがみな俳諧をするようになったとあるように、他の地とくらべて山中は多くの俳人を出している。そして多くの俳諧師たちもここに足を運んでいる。元禄十三年には雲鈴が泉屋に泊っているし（『入日記』）、元禄十六年には伊勢の涼菟・乙由・里臼の三人が来ている（『山中集』）。女性俳人でありながら長途の旅をした菊舎（一七五三〜一八二六）も訪れている。名湯で、しかも芭蕉が長逗留したとなれば、俳人は足を向けたくなる。それに加え、宿屋の主人に俳諧のたしなみがあれば逗留は充実したものになると思われただろう。

こうしたいわれがある宿屋だったので、泉屋が薦められたのだろう。そしてまだ十四歳の泉屋の主人久米之助を後見していたのが伯父の自笑であった。自笑は俳人でもあったから久米之助に俳諧の手ほどきもしていただろう。自笑は宝永六年（一七〇九）一月に没するまで精力的な句作活動をして、加賀俳壇でも知られた存在になる。

一　廿八日　快晴。夕方、薬師堂其外町辺を見る。夜に入、雨降る。

七月二十八日（陽暦九月十一日）。山中温泉での滞留は曽良の病気療養のためでもあったから、ゆっくりと温泉に入って、その後、医王寺の薬師堂まで散策し、温泉街を見物している。夜になって雨が降った。

一　廿九日　快晴。道明淵、予、往《ゆ》かず。

七月二十九日（陽暦九月十二日）。芭蕉と北枝は温泉の奥を流れる大聖寺川の渓谷へ遊びに行ったが、曽良は泉屋にとどまった。現在は鶴仙渓と呼ばれている渓谷へは、自笑が案内したらしい。「此川くろ谷橋は絶景の地也。ばせを翁の平岩に座して手をうちたゝき、行脚のたのしび爰にありと、一ふしうたはれしもと、自笑がかたりける」と句空が記している（『草庵集』）。医王寺には芭蕉が道明ヶ淵で月見をしたときに持っていったという大瓢箪も伝わっていて、芭蕉はなかなか楽しそうである。

しかし、芭蕉は何もせずにただ楽しんでいたわけではない。この日、大垣の如行に宛てた手紙を書いている。おそらく大垣に行く者がいて、その者に届けてもらうために急ぎ記したらしく、文章は簡潔で短い。

みちのくいで候て、つゝがなく北国のあら磯日数をつくし、いまほどかゞの山中の湯にあそび候。中秋四日五日比爰元《ごろここもと》立申候。つるがのあたり見めぐりて、名月、湖水か若《もしくは》みの《(美濃)》にや入らむ。何《いづ》れ其《その》前後其元《そこもと》へ立越可申《たちこへまうすべく》候。
嗒山《たふざん》丈・此筋子《しきんし》・晴香《せいこう》丈御伝え下さるべく候。以上

七月廿九日

はせを

如行様

今は加賀の山中温泉に滞在しているが、「中秋四日五日比」、つまり八月四日か五日頃には山中温泉を出発し、その後は敦賀に寄るつもりなので、十五日は琵琶湖あたりか、ひょっとして美濃大垣まで行くことができるかもしれない、どちらにしてもその前後にお伺いするので、嗒山・此筋・晴香の諸氏に宜しくお伝えください、というものである。

手紙の宛先の如行は元大垣藩士、今は辞して大垣の町人である。木因の門下だったが、芭蕉にも師事するようになり、以来大垣蕉門の中心的人物になっていた。

文末に記された嗒山も大垣の町人で、芭蕉が巻頭を飾った『武蔵曲《むさしぶり》』（千春編・一六八二年刊）に入集していた。芭蕉とのつき合いがこの直後だとすると、嗒山は大垣の連衆の中で最初に芭蕉に近づいた者となる。

此筋は大垣藩士で百石の扶持をもらっていた宮崎太左衛門（俳号荊口《けいこう》）の長男である。

芭蕉がこの行脚に出発する前の元禄二年一月に、路通・暗香・芭蕉・此筋・千川と五吟歌仙を巻き、さらに二月七日には嗒山が泊っている旅宿で、芭蕉の「かげろふのわが肩に立つ紙子哉」を発句とする七吟歌仙を巻いたことがあった。この時の連衆は芭蕉・曽良・嗒山・此筋・嵐蘭・北鯤《ほっこん》・嵐竹。

嵐蘭・北鯤・嵐竹の三人は蕉門の存在を知らしめた『桃青門弟独吟二十歌仙』（延宝八年刊）のメンバーである。嵐蘭（一六四七～九三）の姓は松倉。板倉家の家臣で三百石を扶持していたが、元禄四年に致仕して浪人になる。北鯤は江戸住の幕臣で、元禄三年九月の曲翠宛芭蕉書簡には「この者門弟厚志の者にて、五、三人のたしかものにて御座候」と、門弟の中でも五本の指、ひょっとして三本の指に入るほど俳諧熱心だとある。嵐竹は嵐蘭の弟で元禄六年没。芭蕉は嗒山の泊っている所まで出向いて歌仙を巻いているほどだから、嗒山をよほど評価していたのだろう。このときに芭蕉は嵐蘭に、出勤日を替えて是非出席してくれるように頼んでいるほどである。晴香は不明だが、一月に同座した暗香を勘違いして書いたのかもしれない。八月十五日に曽良が大垣に残した手紙の宛先は「暗香」となっている。

この手紙には出発前に同座した者たちへの気遣いがあふれていて、孤高の俳人芭蕉をイメージしていると意外な感じを受ける。いくら志を高くもっていても、生活の最低線は門弟によって支えられているのだから、この程度の配慮をするのは宗匠であれば当然であった。

如行宛書翰には、敦賀へ行くことは記されているが、小松に戻って多太八幡に発句を奉納することは記されていない。芭蕉は小松に戻る気はなかったのだろうか。

山中温泉から敦賀に立ち寄り、大垣まではおよそ六十里。『おくのほそ道』の移動日の平均距離は一日七里半だから、この速度で行くと大垣まで八日かかる。色浜で一日費やすとして、九日の道程である（曽良はこれから山中温泉、敦賀、色浜、大垣へと足を運び、実際に九日間かかっている。このとき曽良も一日平均七里半歩いている）。九日間に加えて小松で句を奉納して大聖寺までが二日かかるとして、合計十一日。芭蕉が八月四日に山中温泉を発つと、八月十五日には大垣に到着する。湯治の一回りは七日といわれていたから、八月四日は湯治が終る日である。このように、小松に戻ることは書かれていないが、小松往復のことも計算に入っている。大垣の連中は仲秋の名月を芭蕉と共に見られるかもしれない、遅くなっても十六夜の月はと、大いに期待したことだろう。

一　晦日　快晴。道明が淵。

一　八月朔日　快晴。黒谷橋へ行。

七月三十日・八月一日（陽暦九月十三日・十四日）。曽良の記述が少ないので、三人はのんびり過しているようにみえるが、温泉三昧だけだったわけでもない。特に北枝は忙しかった。曽良が臥せっていたので芭蕉と二人になる機会が多く、そうしたときは貪欲に芭蕉から教えを乞うて、それを丹念に記録していた。「山中問答」、「付方自他伝」、芭蕉が三吟歌仙をどのように添削したかを記録したものを含む「山中集」がそれらである。

「山中問答」には北枝が芭蕉から聞いた数々の言葉、たとえば、「万物山川草木人倫の本情を忘れず、飛花落葉に遊ぶべし。其姿に遊ぶ時は、道古今に通じ、不易の理を失はずして、流行の変に渡る」、「蕉翁は、正風の虚実の志深き人を、我が門の高弟也と誉《ほめ》玉ひき」、「虚に実あるを文章といひ、礼智といふ。虚に実あるものは世に稀にして、又多かるべし。此人をさして正風伝授の人とするとて、翁笑ひ玉ひき」、「俳諧の姿は、俗談平話ながら、俗にして俗にあらず。平話にして平話にあらず。其境を知るべし。此境は初心に及ばずとぞ」、「句文に風雅と言《いふ》事を忘るべからず。

さび　しほり　ほそみ　しほらしきといふは風雅なり」等々が記されている。

羽黒山で呂丸に語ったとき、芭蕉は「天地流行の俳諧あり、風俗流行の俳諧あり」と「流行」を説いたが、「不易」の文字はなかった。しかし、この「山中問答」には不易と流行、虚と実、さび・しおり・ほそみなど、全体はごく短いものだが、芭蕉俳諧の核心に触れるものばかりである。芭蕉の一言一言に、北枝は目から鱗を引きはがされるような思いで書きつけたのだろう。「付方自他伝」は連句の付句についての北枝の考えで、芭蕉に目を通してもらったもの。

北枝が座右に置いていたこの稿本は、のちに金沢の某の手に渡り、それを阿波徳島の鷗里が北陸行脚の折に目にして、埋もれてしまうのを残念に思い『三四考』に収録して刊行したのが、天保九年（一八三八）。実に百四十九年後のことだった。

一　二日　快晴。　〇三日　雨折々降。及暮《くれにおよび》、晴。山中《さんちゅう》故、月不得見《みることをえず》。夜中、降る。

八月二日・三日（陽暦九月十五日・十六日）。この二日間はまとめて一行に続けて書かれている。

二日はただ快晴としか書かれていないが、小松の塵生から干しうどん二箱に添えられて手紙が届いた。塵生の手紙は現存しないが、それに対する芭蕉の返書が残っている。

御飛札《ひさつ》、殊に珍しき乾《ほし》うどん二箱贈り下され、浅からざる御志の儀と忝《かたじけ》なく存じ候事に候。仰せの如くこの度は御意を得、珍重に存じ候。この地へ急ぎ申し候故、御暇請《いとまごひ》も申さず残念に候。然《しかれ》ば天神奉納発句の儀、その意を得候。別儀御座なく候。入湯仕舞候はばそこ元へ立ち寄り申す筈に御座候間、その節の儀になさるべく候。猶その節御礼申し伸ぶべく候条、詳《つまびら》かなる能《あた》はず候。不宣《ふせん》。

八月二日　　芭蕉

塵生雅丈　廻酬《かいしゅう》

尚々遠方御志の段、浅からず忝く存ぜしめ候。貴面御礼申し上ぐべく候。以上

飛札は急ぎの手紙。不宣は書簡の末尾に添える語で不一に同じ。廻酬は返事のこと。

この芭蕉の返事から、多太八幡とは別に、新しく小松天神にも発句を奉納する話が持ちあがったことがわかる。芭蕉も「小松天神に発句を奉納するというお考えは承知いたしました。当方もそれでさしつかえはございません。温泉療治が一巡したらそちらへ立ち寄ることになっておりますので、相談はその節に致しましょう」と返事をしている。小松天神への奉納は、新しく歌仙を巻いてそれを奉納するということなのであろう。

おそらくこの時の塵生の手紙に、生駒万子も小松に来るので連句興行をしたいということが書かれていたのだと思う。五日の「曽良旅日記」に「於小松《こまつにおいて》に、生駒万子為出会《しゅっくわいのため》也」とある。生駒万子は千石を給される加賀藩士。芭蕉が金沢にやってきた元禄二年七月十六日に茶臼山が崩落し、その改修工事の指揮を執るのに忙殺され、芭蕉に会うことができなかったという（『加能俳諧史』）。

俳諧奉納を了承する旨の返事を塵生に書いたが、問題があった。大垣に十五日かその前後に着くと手紙を出したばかりだが、万子らと歌仙を巻き、それを小松天神へ奉納するとなると一日で終るはずがない。仲秋の名月を大垣の門弟たちと見ることは不可能になり、このことを大垣の連中に知らせる必要があった。そしてまた、曽良の今の体調で

は小松まで戻って歌仙の席に同座させることも心配だった。そこで曽良は小松へは行かず、先行して大垣の連中に遅くなることを伝え、その後は曽良が青春時代を過した伊勢長島で養生する、芭蕉が大垣に着いたら曽良と連絡のとりやすい伊勢長島の大智院に知らせ、大垣で再会するという相談がなされたらしい。

芭蕉を一人で歩かせるわけにはいかないから、曽良に代って北枝が随行することも決まった。北枝は大喜びだったろう。北枝は加賀藩を出るための出判を取っていなかったから、芭蕉が小松に滞在している間に金沢に戻り、出判をとって小松で合流する、また芭蕉と曽良も一枚の出判しかないから、これは曽良に渡し、北枝は金沢で芭蕉の出判も取ってくる、ということになったのだろうと思う。

芭蕉がどの道を行くか、どこに立ち寄るか、ここで綿密な計画が立てられ、曽良に伝えられた。曽良はこれから街道から外れた汐越の松まで行き、敦賀では芭蕉が泊まる宿を訪ね、そして普通の旅人なら行くことはない色浜まで足をのばしているのだから、そう考えないとつじつまがあわない。

こうしたことを思わせる記述が、「曽良旅日記」の一番最後（九十八ウ～見返し）にある。それをそっくり写してみよう（『天理図書館善本叢書第十巻　芭蕉紀行文集』。解読は岩波文庫『芭蕉　おくのほそ道』杉浦正一郎校注を参考にした）。

垂井　石黒左兵へ　本龍寺
福嶋郷ノ目村　神尾庄衛門
同入江野村　中村岡衛門
○小藪　服部藤次　尺山
大坂立売堀北がわ三丁目
河内や市兵衛〔三池名字〕霜月住　正二月同
○高須、秋江村　渡部玄節　松因―大井弥平次

遊行六・七世　○高須、大坂や長右衛門
かく迄は誰かおもはんきさかたの汐干満月《や》
のながを(を脱)　所から旅寝もよしや
、、、、のあまのとまやまばらなれども
名取川にてつぎうた
吾ひとり今日のいくさに名取川　頼朝
吾もろともにかちわたりせん　梶原
みちのくのせいはみかたにつくも橋わたしてかけんやすひらがくび　梶原
居待の月、門井居て
天の戸や夜半にほと〳〵時鳥《ほととぎす》
白川関　○柏原　父新兵へ　暮山
（南部七良兵へ　江水
吉村左平次
白河の関やを月のもる影は人の心をとむる也けり　西行
集不知　白河の関路のさくら咲にけり東より来る人のまれなる　同
名所三百首之内　、、のせきの、守いさむともしぐるゝ秋の色はとまりし　家隆
集不知　雪の色はまだ、、の、の戸にあけぼのしるく鶯の声　同
名所三百首之内　、、の、のしら地のからにしき月に吹しく夜半の凩　定家
全昌寺
湛澄師　白印　湛照　江戸白泉寺・了山　大津舛や丁　江左三益・尚白

膳所魚や丁　いせや孫右衛門　家中椿原　鳥居金衛門
同所中ノ庄　寺西不閑にて　珍夕・林甫甥也
つるがとうじが橋
弥左衛門町、甚衛門─用左衛門
万や半兵へ　出雲や弥市良
吉崎、胆煮　かゞ、野ゝ市や五右衛門
小四良

この部分には、これからの曽良の行程と関係ある地名・人名がでてくる。

垂井は中仙道の宿場で、ここで美濃路が合流している。美濃路をとると垂井から大垣までは二里半。垂井の本龍寺住職は玄潭《げんたん》といい、俳号は規外《きがい》。大垣の木因や如行と交流があった。

「福嶋郷ノ目村　神尾庄衛門」は五月一日に立ち寄ったが、「三月廿九日、江戸へ参られる由にて」会えなかったことが「曽良旅日記」に記されていた。「同入江野村　中村岡衛門」も神尾氏と同じ大きさの字で並べて記されているので、この二人が垂井の「石黒左兵へ」に滞在していて、石黒左兵衛の家は本龍寺の近くにあるという意味らしい。

「小藪」は現在の岐阜県羽島郡笠松町門前町の旧地名。芭蕉は元禄元年八月に、岐阜の妙照寺に滞在してから信州更科の月を見に旅立ったことがある。笠松町は岐阜から南へおよそ二里ほどだから、この時に小藪の服部藤次がやってきて、芭蕉と会ったのかもしれない。曽良が大垣に行ったついでに会おうと思えば会える距離である。曽良の書き方では古藪の服部藤次と尺山は同一人物のようだ。なお松永貞徳の子孫で尺山《せきざん》という俳人がいるが、こちらは京都の住人である。

高須は岐阜県海津市の地名で、現在の海津市役所のあたり。当時は高須藩二万二千七百石の城下町だった。秋江村も海津市の地名で、長良川の東海大橋西詰付近になる。秋江村の渡部玄節と松因（大井弥平次か）、大坂屋長右衛門も芭蕉が岐阜に行ったときに知り、曽良に教えたのだろう。

見知らぬ土地を旅するとき、いざとなれば頼れる者の名を知っていることは心強かった。

「天の戸や夜半にほと〳〵時鳥《ほととぎす》」の句の次にある「柏原」（滋賀県米原市）は中山道の宿場で、ここも大垣に行くときに通る。柏原に「暮山」と「江水」という俳人がいたことも記されている。江水は元禄四年（一六九一）成の『元禄百人一句』の撰者その人であろう。

和歌に関する覚書は省略。

全昌寺は大聖寺にある寺。前田家が大聖寺を統治するまでは山口宗永が領主で、全昌寺はその山口宗永の菩提寺というから格式は高い。それに泉屋の菩提寺でもあるので、旅籠屋に泊るより待遇は良いからと、泉屋が紹介してくれたと考えるのが自然であろう。湛澄師は全昌寺の住持の名かもしれない（芭蕉が行った当時は三世白湛和尚であるという説もある）。了山は江戸の白泉寺から来た修行僧。全昌寺は曹洞宗で、各地から修行僧が集っていたから、白印・湛照も泉屋の自笑が懇意にしている修行僧だろう。

尚白は大津桝屋町に住んでいた俳人。姓は江左、字は三益といった。貞享二年（一六八五）に芭蕉に入門。『孤松』を出したのが貞享四年。尚白の名は知っていたが曽良はまだ対面したことがない。

珍夕《ちんせき》は膳所の医師で俳人。後に珍碩《ちんせき》、洒堂《しゃどう》と改号する。この時は蕉門の尚白に教えを受けていたが、伯父の林甫が其角の父東順と同郷の縁で蕉門となっていた。東順は、膳所藩本多氏のお抱え医師である。芭蕉もまだ珍夕に会ったことはないが、噂は聞いていたのだろう。もし大津に立ち寄ることがあれば、尚白を訪ね、珍夕にも会えるかもしれない。

「つるがとうじが橋」は敦賀の唐人ヶ橋。泊まるのはここでと推薦されたのが、甚衛門と万屋半兵衛、それに出雲屋弥市良(郎)だった。結局は出雲屋が良かろうというので、出雲屋から線がのびていて、「つるがとうじが橋」とつながっている。この後、曽良は敦賀に足をのばして出雲屋を訪ね、芭蕉への金子一両を預けているし（八月十日）、芭蕉も出雲屋に泊まることになる。敦賀に行くこと、出雲屋に泊まることはこの時点で決定していたのである。

曽良は「出雲屋弥市良」と書いたが、天和二年（一六八二）に敦賀商人を書きとめた「遠眼鏡」には、「出雲屋弥一郎」という「加賀筋宿」を務めていた者が挙げられている。「加賀筋宿」は単に加賀の者を泊めるのではなく、加賀商人の蔵宿をつとめていて、加賀商人が取引きで長期滞在する家でもある。加賀商人と取引きのある出雲屋を、金沢の北枝か山中温泉の自笑が知っていてもおかしくないし、温泉場には各地の情報が集まるから、泊り客の誰かが教えてくれた可能性もある。ちなみに「遠眼鏡」には「壺屋甚右衛門」と「幸光甚右衛門」も載せられているので、両人の内の一人が曽良の記した「甚衛門」かもしれない。壺屋甚右衛門は彦根藩の御用木を扱う七人の材木売問屋の内の一人で、塩問屋、越前筋の宿も営み、小船を七艘持っている。幸光甚右衛門も船を二艘持っている。出雲屋にしろ壺屋（あるいは幸光甚右衛門）にしろ、諸国と取引きをする富商である。俳諧に興味をもち、芭蕉を喜んで迎えるだろう。「吉崎、胆煮」は「吉崎の肝煎」のつもりだろう。吉崎から汐越の松を見るには、北潟湖を舟で渡らなければならない。そのときに肝煎が便宜をはかってくれるから野々市屋五右衛門を訪ねるように、という意味で知らされたようである。

一　四日　朝、雨止《やむ》。巳の刻、又降て止。夜に入、降る。

八月四日（陽暦九月十七日）。曽良は「巳の刻（九時三〇分前後）、又降て止」と天候のことしか記していないが、三吟歌仙が巻かれたのはこの時であろう。曽良との別れの歌仙である。

馬借りて燕追行《おひゆく》別れかな　　北枝

花野に高き岩のまがりめ　　曽良
　みだるゝ山と直し玉ふ
月はるゝ角力に袴踏ぬぎて　　翁
　月よしと案事かへ玉ふ
鞘ばしりしを友のとめけり　　枝
　ともの字おもしとてやがてと直る
青淵に獺《うそ》の飛こむ水の音　　良
　二三疋と直し玉ひ暫ありてもとの青淵しかるべしと有し
柴かりこかす峯のさゝ道　　翁
　たどるともかよふとも案事玉ひしが、こかすにきはまる
（以下略）

「曽良餞　翁直しの一巻」、または「燕歌仙」と呼ばれる歌仙の冒頭で、芭蕉が一句の言葉をどのように選び、推敲したかがわかる貴重な資料となっている。

歌仙はこの夜か翌日の午前中まで続いたと思われる。曽良の二十句目までで時間切れとなり、残りは北枝と芭蕉で満尾させることになる。

一　五日　朝曇。昼時分、翁・北枝、那谷《なた》へ趣《おもむく》。明日、於小松《こまつにおいて》、生駒万子為出会《しゅつくわいのため》也。□□□□□して帰て、艮刻立《そっこくたつ》。大正侍《だいしょうじ》に趣《おもむく》。全昌寺へ申刻着《さるのこくにつき》、宿《やどる》。夜中、雨降る。

八月五日（陽暦九月十八日）。江戸を出発してから百二十六日目。山中温泉まで三百九十七里。曽良の『おくのほそ道』随行はここで終った。これからは芭蕉と曽良は別行動となる。

曽良は腹を病《やみ》て、伊勢の国長島《ながしま》と云《いふ》所にゆかりあれば、先立《さきだち》て行《ゆく》に、

　行《ゆき》〳〵てたふれ伏《ふす》とも萩《はぎ》の原　曽良

と書置《かきおき》たり。行《ゆく》ものゝ悲しみ、残《のこる》ものゝうらみ、隻鳧《せきふ》のわかれて雲にまよふがごとし。予も又、

　今日《けふ》よりや書付《かきつけ》消さん笠《かさ》の露

（『おくのほそ道』）

別れに際して、さまざまな思いが二人の胸をよぎったことだろう。特に曽良は使命を全うできずに申し訳ない気持と、師に同行できない無念さでいっぱいだったにちがいない。

曽良は「行《ゆき》〳〵てたふれ伏《ふす》とも萩《はぎ》の原」（旅立った先で倒れてしまっても、そこは萩の花が咲いている野原でしょう。それはそれで風流なことですから、ご心配には及びません）と気丈に別れの句を詠んだとあるが、しかしこの句はこのときに作られたものではないかもしれない。

「俳諧書留」の最後の方（九十ウ～九十一オ）に、この句を含めた曽良の句が記されている。それらの句と作られたと思われる時期も示すと、

○大峯やよし野ゝ奥の花果《はなのはて》　（元禄四年四月一日・奈良行脚の折）
○春の夜は誰か初瀬の堂籠り　（元禄四年三月二十八日・奈良行脚の折）
○むつかしき拍子も見えず里神楽　（不明）
○海風に巴を崩す村千鳥　（不明）
○いづくにかたふれ伏共萩の原　（元禄二年八月五日・山中温泉で芭蕉との別離の時か）

○なつかしやならの隣の時雨哉　（元禄二年十月七日・伊賀上野への道中で）
○終夜《よもすがら》秋風聞や裏の山　（元禄二年八月六日・全昌寺滞留）
○破垣やわざと鹿子のかよひ道　（元禄四年四月十八日・落柿舎にて）
○涼しさや此庵をさへ住捨し　（元禄四年三月二十四日に無名庵を訪ねた日のことを五月三日に作句）
○松嶋　（元禄二年五月八日、松島にて。松嶋や鶴に身をかれほとゝぎす）
○向のよき　（不明。向《むき》の能《よ》き宿も月見る契かな）

これらの句は作られた順がバラバラなので、それまでに作った句をあるときに同時に記したものであることがわかる。山中温泉で芭蕉と別れるときに「いづくにかたふれ伏共萩の原」を作っていたならば、「俳諧書留」のこの位置に記されるはずがない。

ではいつ記されたものなのだろうか。

曽良は芭蕉と別れてからいったん江戸へ戻るが、元禄四年に芭蕉を迎えに大津から京都までやって来ることになる。山中温泉を先発した後の曽良の動向を、曽良の旅日記からざっと拾ってみよう。

元禄二年　八月　十五日　伊勢長島に着き、以後養生する。
　　　　　九月　三日　伊勢長島から大垣へ。芭蕉は八月二十一日には大垣に到着していた。
　　　　　九月　六日　芭蕉らとともに大垣を出発し、伊勢へ向う。
　　　　　九月　十三日　伊勢神宮内宮を参拝。十四日に外宮参拝。ここまで芭蕉と同道。
　　　　　十一月　十三日　曽良のみ江戸深川に帰着。
元禄三年　　　動向不明。
元禄四年　三月　四日　芭蕉を迎えに江戸を出発。
　　　　　三月二十四日　膳所義仲寺の無名庵を訪ねるが芭蕉は不在。

三月二十五日　京都へ行き加生（凡兆）を訪ね、芭蕉のことを聞く。
三月二十八日　奈良脇戸町で芭蕉を捜すが会えず、近畿巡覧をすることにする。泊瀬《はせ》（初瀬）まで足をのばし、慈恩寺に泊る。
三月二十九日　橘寺、岡寺を見物、多武峰から吉野へ。吉野泊。
四月　一日　吉野の奥の院は花盛りだった（句あり）。以後、熊野本宮、和歌浦から大坂、さらに姫路の書写山までめぐる。
四月　十八日　芭蕉、嵯峨の落柿舎に着く（句あり）。
五月　二日　曽良、落柿舎で芭蕉と会う。去来も居合せ、三人で大井川の舟下りを楽しんだが、途中から雨に降られて落柿舎に戻る。
五月　三日　雨止まず、未の刻（一四時前後）去来帰る。曽良、幻住庵の句と落柿舎の句を披露。
五月　四日　午後二時前後に曽良は落柿舎を辞す。
五月　五日　芭蕉も洛中小川椹木《さわらぎ》町上ルの凡兆の家に移り、しばらくここに滞在することになる。

こうしてみると、曽良が先の九句を芭蕉に披露したのは、元禄四年五月二日か三日のことだったことがわかる。この頃、芭蕉は去来・凡兆撰の『猿蓑』の監修にあたって苦慮していたときである。このときに芭蕉は曽良に別離以後に作った句があるかと尋ね、曽良は自作を披露。おそらくもっと多くの句があったと思われるが、芭蕉の眼鏡にかなったのは九句。これらはみな『猿蓑』におさめられている。新たに入集することになった九句を、曽良は「俳諧書留」に書きとめて○を付けたのだ。

しかし、全句がこのまま入集したわけではない。次の二句は推敲されてから『猿蓑』には載せられた。

海風に巴を崩す村千鳥　→　浦風や巴をくづすむら鵆《ちどり》

なつかしやならの隣の時雨哉　↓　なつかしや奈良の隣の一時雨《ひとしぐれ》

「いづくにかたふれ伏共萩の原」も『おくのほそ道』では「行《ゆき》〳〵てたふれ伏《ふす》とも萩《はぎ》の原」となっている。おそらくこれは芭蕉が長い道程を意識して推敲したのだろう。

曽良は山中温泉での別れの現場では句は詠まなかった。芭蕉と別れた後に作ったから、元禄四年に作った句と一緒に記されたのだ。だから芭蕉も曽良との別れの現場で、「今日《けふ》よりや書付《かきつけ》消さん笠《かさ》の露」とは詠まなかったはずである。気持ちはまさに「行《ゆく》もの〻悲しみ、残《のこる》もの〻うらみ、隻鳧《せきふ》のわかれて雲にまよふがごとし」であったろうが、実際はもっとドライなものだったかもしれない。

曽良が落柿舎を訪ねて来なければ、芭蕉は「いづくにかたふれ伏共萩の原」の句を知らずにいただろう。『猿蓑』編纂の最中に再会というまたとない機会に披露できたから、芭蕉は「いづくにかたふれ伏共萩の原」を『猿蓑』に入集させ、さらに「行《ゆき》〳〵てたふれ伏《ふす》とも萩《はぎ》の原」と推敲して、新たに作った「今日《けふ》よりや書付《かきつけ》消さん笠《かさ》の露」の句を添えて『おくのほそ道』の別離の名場面を書くことができたのである。

曽良の旅日記に戻る。

芭蕉と北枝は昼頃に那谷寺へ向って出発した。「白根が嶽跡にみなしてあゆむ」と書かれた通り、白根が嶽を後方にしながら進む。

曽良は二人を見送ってから山中温泉をあとにした。文中の「□□日」は不明だが、おそらく金銭に関することだと思う。

「して帰て」の前の二文字も不明。岩波文庫（萩原恭男校注）は「□談じて」、角川ソフィア文庫（潁原退蔵・尾形仂訳注）は「剛従して」で「順従の誤記か」としている。『詳考奥の細道』（阿部喜三男著）は「則請じて」となっている。

曽良は何かをするために一度泉屋を出て、戻ってすぐに出立したのだろう。向かう先は大聖寺である。山中温泉から大聖寺まで三里。大聖寺の全昌寺に着いたのは申の刻（一六時前後）で、ここに泊めてもらう（図27）。

大聖寺は前田利明七万石の城下町である。寛永十六年（一六三九）に富山藩十万石と同じように加賀藩から分知された支藩で、城はなく陣屋が置かれていた。曽良が「大正侍」と書いているように、江戸時代はこの文字を使うのが普通である。そこの全昌寺は各寺院を統括して寺社奉行の命令を受ける触頭《ふれがしら》をつとめ、格式は高い。全昌寺は泉屋の菩提寺であることは前述したが（墓は医王寺にある）、檀家たちが収めた五百羅漢の中に「施主山中村泉屋」のものが二体あるから、泉屋は有力檀家であった。泊るなら全昌寺へと紹介したのは泉屋の後見人自笑だったろう。こうした檀家の紹介だから、曽良の待遇はよかったにちがいない。夜中に雨が降り、曽良はその音を聞いていた。「終夜《よもすがら》秋風聞や裏の山」はこの時の句。

図27　全昌寺　芭蕉たちが泊ったという部屋で，新しくなったが間取りは昔のまま．窓の外は裏山で竹藪になっている．

一方、芭蕉と北枝は山中温泉から三里歩いて那谷寺へ。ここで芭蕉は「石山の石より白し秋の風」と詠んだ。那谷寺の奇岩は今ではあまり白く見えない。前日に雨でも降ればただの普通の石の色にしか見えないが、雨にあたらない部分を見ると、なるほど白っぽい。芭蕉が見たころは今より白かったのだろうが、前夜に雨が降っていたから、やはり白というわけにはいかなかったろう。白秋というように五行説では秋は白だから、風が主眼の句か。那谷から小松へ。この間も三里である。昼頃に出発して合計六里歩き、那谷寺見物もしているから、小松へ着いたのは午後六時頃か。この日の日没は五時五十七分。暗くなりかけた頃の小松到着だったろう。普通の旅人はできるだけ早めに旅籠屋に到着するようにした。遅く着けば良い部屋へは案内されず、風呂は汚く、扱いもぞんざいにされるからだ。芭蕉と曽良も今まではたいてい申の刻（日没の二時間前）には宿に着いていた。芭蕉と北枝が時間の余裕があったのに日没近くになって小松に着いたのは、すでに泊る家が決っていたからにちがいない。旅籠屋を予約することなどないから、それは民家であったはずである。

芭蕉は小松のどこに泊ったのだろう。可能性が高いのは歓生宅である。先に述べたように歓生は小松を代表する俳人で、七月二十五日、二十六日の両日に参会。特に二十六日は歓生亭での興行で、芭蕉・曽良・北枝・歓生の四人で五十韻を満尾させ、芭蕉は歓生に自筆懐紙を与えていた。そして芭蕉は翌日に生駒万子と会うことになっていて、万子と歓生がかねてよりの知合いだったことを考えると、芭蕉と曽良は泥町の歓生宅に泊ったとするのが自然だろう。北枝もこの日は歓生宅に泊めてもらう。

小松で何があったのか（八月六日〜八日）

一　六日　雨降《ふる》。滞留。未の刻、止《やむ》。菅生《すごう》石天神（敷地と云う）拝《をはいす》。将監・湛照、了山。

八月六日（陽暦九月十九日）、雨降る。滞留しなければならないほどの雨であった。それも未の刻（一三時四五分前後）に止んだので、敷地にある菅生石部神社まで行って参拝。曽良は「菅生石天神」と書いている。全昌寺では、山中温泉であらかじめ聞いていた湛照と了山とも会った。将監は不明だが、同宿した武士かもしれない。この日も全昌寺に再泊。

小松では、早朝に北枝が金沢に向けて旅立った。雨が降っていたかもしれないが、予定があるから滞留はできない。小松・金沢間は七里。家に戻って旅仕度を調え、俳友たちにも芭蕉に随行することを知らせただろう。

北枝と入れ替りに金沢から万子が小松にやって来て、歓生宅で芭蕉と再会。小松天神に句を奉納するとなると、能順に挨拶するのが筋である。能順は芭蕉より十六歳年長で、この時六十二歳。京都北野天満宮の著名連歌師である。歓生も能順を師と仰いでいたし、能順は金沢に住む生駒万子とも懇意であった。万子は芭蕉を伴って小松天神の梅林院にいる連歌師能順に挨拶に出向いた。

小松天神梅林院で対面したものの、どういうわけか小松天神に歌仙が奉納されることはなかった。なぜそのようなことになったのか。この場に居合せた人物たちはもちろん、蕉門もまるでこの日のことが禁忌であるかのように口をつぐんでいる。

能順と芭蕉の会見の経緯を説明できる確かな資料はないのだが、能順家にはこの時のエピソードが伝えられていて、建部《たてべ》綾足《あやたり》（涼袋）が能順の孫から直接聞いた話として、『とはじぐさ』の中の「切字てふ事助語の事　并能順芭蕉の対話」にその日のことを書いている。少々長いので、概略を記しておこう。

それによると能順宅を訪れたのは芭蕉と万子で、いろいろ語り合ううち、芭蕉が能順の「秋風にすゝきうち散るゆふべかな」の句を「涙落して愛奉《メデ》りき」と褒め讃えたところ、能順は「さおぼへ給へるか。今一わたりとなへ《（唱）》て、聞えたまへ」と言った。芭蕉がもう一度くり返すと、能順は「そこは聞しにも似ず、言葉にくらき人にておはせり。こはよしもなき事に、いとまを費《ツヒヤ》しぬる事よ」と不機嫌に部屋から出て行ってしまった。芭蕉も万子も、能順が何に腹を立てたのかさっぱりわからない。そこに持者《じしゃ》（雑用係の弟子）が来たので、何で機嫌を損ねたのかと尋ねると、能順は独り言で、「ばせをは事をわいだめ《（弁別）》しものよと聞て、いとまを費《ツヒヤ》してまみえし。おのれがよみつるをば『秋風に』と覚て、此哥を涙を落すばかりめでけるといひしは何事ぞや。『秋風は』とあらざれば、ことばのつゞきも其とまりよからず。さるをしか覚えをりて、人にも是まで語つらぬ事の浅ましさよと」と言っていたという。

芭蕉が能順の句を間違えて覚えていたことに、能順は腹をたてたのだ。はをにと間違えただけといっても、わずか十七音のうちだからその差は大きい。これが事実ならば芭蕉は大失態したことになり、能順が腹を立てたのも無理はない。

綾足は延享二年（一七四五）に金沢の希因の元に身を寄せていて芭蕉のことを耳にする機会があったから、能順の孫から直接聞いたことは確かだろう。しかし芭蕉が来てから五十六年後に聞いた話であるし、能順側の身びいきもあるだろう。それに綾足は才にまかせて書くことがあるのを考慮に入れなければならないが、似たようなことがあったと推測される。芭蕉は能順の機嫌をそこねてしまったのだ。能順は、連歌は公家や身分の高い武家のやるもの、俳諧は庶民どもの遊びと考えていて、最初から俳諧師芭蕉をあなどる気持がなくはなかったろうし、また門弟たちがこぞって芭蕉を持ちあげるのも不快だったのだろう。

小松天神への奉納はこうして沙汰止みになってしまった。芭蕉と歌仙を巻くことを念願していた万子だが、すっかり消沈してその気をなくし、歓生も自分に責任があるように芭蕉に謝ったことだろう。芭蕉は……それはわからない。

この一件が影響したらしく、この後、歓生の句は撰集に見られなくなる。能順に義理を立て、公に句を発表することを控えたようである。能順の死後に出された能順の発句集『聯玉集《れんぎょくしゅう》』の序文は歓生が書いているし、歓生自身の発句集『新梅の雫』の冒頭には、「加州梅林院元祖観明軒能順師門葉歓生之発句集」と記されている。この『新梅の雫』には「能順七廻忌千句第十」、「順師悼独吟百韵」、「順師忌日会」、「順師十三廻忌千句第十」、「順師十七廻忌千句第十」、「順師忌中」の句が収められ、能順への従順さは痛々しいほどである。町人でありながら、このような気骨をもっていたのが歓生だった。

一　八月七日　快晴。辰の中刻全昌寺を立《たつ》。立花十町程過て茶や有。はずれより〔右へ〕吉崎へ半道計《ばかり》。一村分《いっそんわけ》て、加賀・越前領有。カゞの方より舟は不出《いでず》。越前領にて舟かり、向へ渡る。水五、六丁向、越前也。〔海辺二里斗《ばかり》に三国見ゆる〕。下りには手形なくては吉崎へ不越《こせず》。これより塩越、半道斗《ばかり》。又、此村はずれ迄帰《かへり》て、北潟と云所へ出《でる》。壱里斗《ばかり》也。北潟より渡し越て壱里余、金津に至る。三国へ二里余。申の下刻、森岡に着。六良兵衛と云者に宿す。

八月七日（陽暦九月二十日）。快晴。曽良は辰の中刻（七時四五分頃）に全昌寺を出発した。大聖寺の西橋に番所が設けられていて、ここに出判を納める。曽良が大聖寺番所に出した出判には「行脚僧二人」と書いてあったはずだが、呼び止められることはない。呼び止められて調べられるのは、出判に書かれている人数より多かったときと、男なのに女のように見えたとき、刀傷を隠して通ろうとするときくらいなものである。

大聖寺から一里で立花。曽良が記した立花の茶屋は、吉崎御坊にいた蓮如が休息したというので知られていた。茶屋を過ぎると半里で吉崎。ここから越前国となるが国境は吉崎の町中にあった。曽良も「一村分けて、加賀・越前領有」と記している。文明三年（一四七一）に蓮如は浄土真宗布教の根拠地として越前吉崎に御坊を建立。全国から門徒が集り門前町を形成したが、次第に家数が増えて加賀国にまで広がり、国境が町中になってしまったのだ。形ばかりの番所があったが、調べらしいことはやっていない。

汐越の松へは、わずかな距離であるが北潟湖を舟で渡らなければならない。舟を出してもらおうと思い、山中温泉で聞いた「加賀の肝煎　野々市屋五右衛門」を訪ねた。しかし、汐越の松があるところは越前領なので、加賀領からは舟を出すことができないと断られてしまう。それで越前領の吉崎に行って舟を借り、対岸に渡してもらった。大聖寺川の河口に出ると海上二里ばかりのところに三国港が見えると、船頭が教えてくれた。

浜坂で舟を降りて半里ほど行くと汐越の松があった。今はゴルフ場に汐越の松のなごりが一本横たわっているだけだが、当時は一面の松林になっていて、強い潮風でさまざまな形にひしゃげて、それが風情をかもし出していた。街道からはずれたここまでわざわざやって来たのは、西行が汐越の松を詠んでいて、芭蕉もここを訪れると知っていたからである（図28）。

汐越の松林を見て浜坂に戻り、そのまま北潟湖に沿って一里ほど行くと北潟。北潟から舟を頼んで対岸に渡り、金津に至った、と曽良は淡々と書いているが、実はこの道は江戸後期には女性たちが番所抜けをするために通った隠れ道である。近在の女性たちは吉崎御坊参詣にわざわざ細呂木番所を通ることなどせず、脇道を行ったり、北潟湖の小舟に乗ったりした。女性連れの旅人も同じで、三国湊に陸揚げされた荷物を安く大量に運ぶために北潟湖を行き来していた舟や、農作業用の小舟を雇って、番所抜けをすることが多かった。

福井藩は北潟湖東側を通る北陸道の細呂木に番所を設けていた。場所は観音川の橋のたもとだったという。吉崎から福井へ向う旅人は細呂木番所を通るのが本筋だが、曽良は吉崎に戻らずに北潟湖を舟で渡り、番所を過ぎた地点で下船してそのまま金津に至っている。「歌枕覚書」の加賀の部の下に蓮浦《はすがうら》とメモされているから、あるいは蓮浦あたりに出たのかもしれない。蓮浦は船着場になっており、吉崎や浜坂から物資を積んだ舟が行き来し、ついでに旅人も運んでいたようである。細呂木番所では入りには調べらしいことはしないから（出るのが厳しい）、吉崎に戻って北陸道をそのまま行っても問題はなかったはずだが、隠れ道を行ったのは、番所はもうこりごりという気持ちがあり、またかなりの交通量があって、隠れ道という感じがしなかったからかもしれない。

図28　汐越の松　たった一本残った当時の松も倒れ，むざんな姿をさらしている．

金津から三国へは二里余。これは地元で聞いた話。そのまま北陸道を行き森岡（森田の間違い。近くの丸岡とごっちゃになったようだ）に着いたのは申の下刻（一六時三〇分頃）で、六郎兵衛という家に泊った。福井藩の宿場は、細呂木、金津、長崎、舟橋、福井と続いている。曽良が泊った森田は長崎の手前にあり、宿場ではないので原則として旅籠屋は置かれていない。六郎兵衛は民家だった可能性が高い。

同じ日、北枝は金沢の手判問屋に行って出判をとった。北枝自身の分と芭蕉の分である。生国、身分、人数を申請すれば、出判は本人でなくても取ることができた。そして急いで芭蕉がいる小松へ向った。小松まで七里。

小松天神への奉納は中止になったが、多太八幡の件は実現したのだろうか。おそらく能順の傘下にいる小松の俳人たちは、能順に遠慮してこれも沙汰止みになったのだろう。多太八幡を見物している後の旅人の日記からも、芭蕉の奉納額を見たという記録を見つけることができなかった。

万子が金沢へ戻ったのはおそらくこの日の朝だったろう。昨日出発したとすると夜駆けになる。万子は芭蕉と連句を巻くのを楽しみにしていたのだから、休みをとってやって来たはずで、夜駆けをする必要はなかった。この日も芭蕉と一緒にいることはできただろうが、万子は金沢へ戻った。昨日の一件でいたたまれなかったのかもしれない。

芭蕉は小松で用がなくなったわけだが、北枝を待たなければならなかった。時間はある。そこで鼓蟾を呼んで、「あなむざん」を立句に三吟歌仙を興行することになった。

あなむざん甲の下のきり〴〵す　翁
　ちからも枯し霜の秋草　亨子
渡し守綱よる丘の月かげに　鼓蟾
　しばし住べき屋しきを見立る　翁
酒肴片手に雪の傘さして　子
　ひそかにひらく大年の梅　蟾

遣水や二日ながるゝ煤のいろ　　翁

（後略）

亨子は歓生の俳号。

夕方遅くか夜に北枝が歓生宅に合流した。

一　八日　快晴。森岡を日の出に立《たち》て、舟橋を渡て、右の方廿丁計《ばかり》に道明寺村有。少《すこし》南に三国海道有。それを福井の方へ十丁程往《ゆき》て、新田《にった》塚、左の方に有。これより黒丸見わたして、十三四丁西也。新田塚より福井、廿丁計《ばかり》有。巳の刻前に福井へ出《い》づ。符中《ふちゆう》に至るとき、未《ひつじ》の上刻、小雨す。艮《すなはち》、止《やむ》。申《さる》の下刻、今庄に着《つき》、宿《やどる》。

八月八日（陽暦九月二十一日）。曽良は森岡（森田）を日の出とともに出発している。この日の福井の日の出は五時四十二分。日の出とともに出発するのは、この旅ではじめてのことである。

急いで出発したのは何のためだったのだろうか。民家では旅籠屋のようにゆっくりしていられず早立ちしたとも考えられるが、新田塚をじっくり見たかったのだろう。

森田からすぐに九頭竜川で、ここには橋が架かっていた。四十八艘の舟を鉄の鎖でつないだ舟橋である。対岸の地名も舟橋で、ここから右（西）へ二十丁（二〇〇〇メートル強）ほど行くと道明寺（灯明寺）村。そこから福井へ向って十丁行くと、左側に新田塚がある。

このあたりは建武五年（延元三年・一三三八）に新田義貞と越前守護である斯波高経が戦ったところである。わずか五十騎の軍勢を率いて黒丸城へ出撃した新田義貞は、途中で三百騎の敵軍に遭遇、眉間を射られてあっけない最期を遂げた。『太平記』で広く知られた話である。北陸道からほんの少しの距離で行けるところなので、曽良は興味を

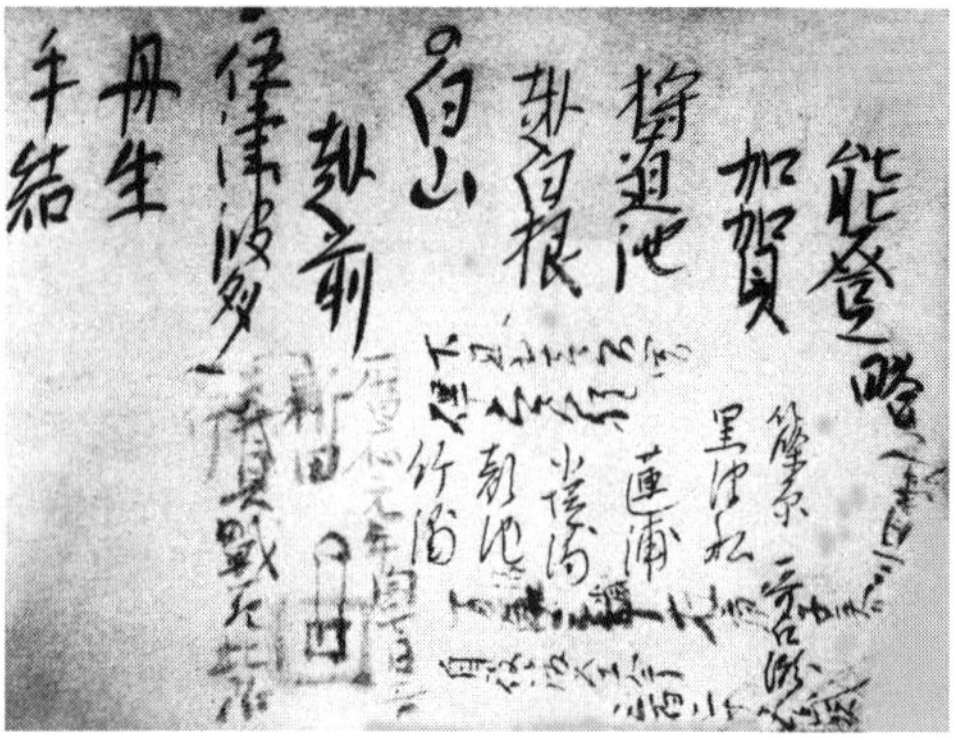

図29　新田塚のスケッチ（曽良の「歌枕覚書」より）.

もって見に行ったらしい。社人は概して尊王的だから関心も当然である。

新田義貞が命を落した地点に新田塚が築かれていた。それを曽良は「歌枕覚書」の越前の部の空白にスケッチし、「新田義貞戦死此所」「暦応元年閏七月二日」「万治三歳在庚子二月建之　自没斯至于今年三百二十五歳」と銘文を書き取っている（図29）。黒丸城はすでになかったが、そのあたりを見渡して、福井へ向った。

森田から福井までの距離を見てみよう。森田から舟橋までの距離は記されていないが、九頭竜川の川幅は百五間（一丁四十五間）であったから、森田・舟橋間は四丁ほどであろう。舟橋から灯明寺まで二十丁。灯明寺から新田塚まで十丁、新田塚から福井まで二十丁だから、合計五十四丁。つまり一里半（約六キロ）である。さらに時間も記されていて、日の出（五時四二分）に宿所を出て、巳の刻前に「福井へ出づ」とある。この日の福井の巳の刻は、計算上では現在の八時四五分から一〇時四七分の間。「巳の刻前」とあるから八時半前後であろうか。曽良が約六キロの距離に三時間弱をかけているのは、新田塚でだいぶ時間を取ったからのようだ。それから福井へ行き、出判をもらう。奉行所は一〇時頃に開いただろうから、福井を出たのは一〇時三〇分頃か。

出判をもらって福井城下を出る。すぐに足羽《あすわ》川に架かる九十九《つくも》橋を渡るが、これは半分が石製、半分は木製になっていて、旅人にはめずらしいものであった。

府中（武生）に着いたのが未の上刻（一三時一五分頃）であった。福井から府中までは五里三十丁（約二三キロ）。福井を一〇時三〇分に出たとすると、この距離を三時間弱かかっているから時速は八キロ弱となり、大変な速歩である。空模様が怪しくなり、急いだのだろう。

府中から小雨が降り出したがすぐに止んだ。福井から先の宿場にはあまりいい旅籠屋がなく、今庄まで来てようやく旅籠屋らしい旅籠屋が建ち並んでいた。湯尾《ゆのお》峠を越えるとすぐに今庄。申の下刻（一六時三〇分頃）に今庄に着いて泊った。府中から今庄まで三里二十七丁（約一五キロ）で時速五キロ。この日曽良が歩いたのは十里十五丁（表2）。

芭蕉と北枝は小松を発って、大聖寺の全昌寺へ向った。大聖寺まで五里。全昌寺に泊る。全昌寺では泉屋から芭蕉が泊ることは知らされていただろうし、また先に泊った曽良もその旨を伝えていたから、歓待したことだろう。

大聖持《だいしやうじ》の城外、全昌寺《ぜんしやうじ》といふ寺にとまる。猶《なお》加賀の地也。曽良も前の夜、此《この》寺に泊《とまり》て、

終宵《よもすがら》秋風聞《きく》やうらの山

と残す。一夜《いちや》の隔《へだて》千里に同じ。（『おくのほそ道』）

全昌寺には芭蕉が泊ったという部屋が残されている。新しくなったが間取りは昔のままだ。窓の外の裏山は竹藪になっていて、風が吹けばサワサワと音がしそうで「終宵《よもすがら》」の句が実感できる。『おくのほそ道』には、曽良はこの句を短冊に書いて寺に残しておいたとあるが、「俳諧書留」に記された位置から考えると、芭蕉の創作の可能性が高いことは前述した通りである。

表2　越前の北陸道宿駅間里程

加賀国境 → 細呂木	23丁32間
細呂木 → 金津	1里24丁23間
金津 → 長崎	2里 2丁36間
長崎 → 舟橋	1里19丁11間
舟橋 → 福井	1里17丁25間
福井 → 浅水	1里27丁52間
浅水 → 水落鯖江	1里18丁22間
水落鯖江 → 上鯖江	28丁22間
上鯖江 → 府中	1里 3丁44間
府中 → 今宿	1里 3丁40間
今宿 → 脇本	20丁39間
脇本 → 鯖波	29丁40間
鯖波 → 湯尾	23丁 8間
湯尾 → 今庄	22丁23間
今庄 → 板取	1里 0丁41間
板取 → 木の芽峠	32丁 4間

（『三州地理志稿』による）

越前から美濃へ

敦賀へ——もう一つの可能性（八月九日〜十六日）

一　九日　快晴。日の出過《すぎ》に立《たつ》。今庄の宿はずれ、板橋のつめより右へ切て、木ノメ峠に趣《おもむき》、谷間に入也《はいるなり》。右は火ウチガ城、十丁程行て、左、カヘル山有。下の村、カヘルと云。未《ひつじ》の刻、ツルガに着。先《まづ》、気比《けい》へ参詣して宿かる。唐人が橋大和や久兵へ。食《めし》過て金ヶ崎へ至る。山上迄廿四五丁。夕に帰《かへる》。カウノ《（河野）》への船かりて、色浜《いろのはま》へ趣《おもむく》。海上四里。戌刻《いぬのこく》、出船。夜半に色へ《（ママ）》着。〔くが《（陸）》は難所〕。塩焼男導《みちびき》て本隆寺へ行て宿《やどる》。

八月九日（陽暦九月二十二日）、快晴。この日も曽良の出発は早く、日の出（五時四三分）過ぎに歩きはじめている。今庄から街道はすぐに二手に分れる。真っ直ぐ行けば栃ノ木峠を越えて近江国彦根藩、右に道を取ると木ノ芽峠を越えて敦賀藩（鞠山藩とも）。右へ行く。木ノ芽峠のこの街道は西近江路とも呼ばれ、旧北陸道（東近江路）の脇道として天長七年（八三〇）に開かれたものである。

分岐するところの右側に、寿永二年に木曽義仲の軍が陣地にした燧《ひうち》ヶ城の跡がある。十丁（一キロ強）行くと左に帰《かえる》山があり、麓の村を帰村という。そこから登りとなり二ツ屋へ。二ツ屋に福井藩の番所があり、福井で取った出判を納めて通過。二ツ屋から半里で木ノ芽峠。ここが福井藩と敦賀藩との藩境になる。今庄から木ノ芽峠まで一里半。

敦賀藩に入って半里で新保《しんぼ》、さらに半里行き葉原《はばら》、一里で樫曲《かしまがり》、さらに一里で敦賀。敦賀に着いたのは未の刻（一四時前後）であった。四里半に八時間弱もかかっているのは、峠道で難渋したのだろうか。

敦賀に着くとまずはともあれ越前国の一宮である気比神宮へ参拝した。その後に宿を借りるために唐人ヶ橋（現・相生町）の出雲屋を訪ねたのだろう。芭蕉と相談した敦賀の宿は出雲屋であった。ところが出雲屋は何か事情があって曽良を泊めることができなかったらしく、隣りの大和屋という旅籠屋に行き、荷物を置いて食事をし、それから金ヶ崎宮を訪れた。小高い丘の上にあって、敦賀湾が一望できる。ここは新田義貞が後醍醐天皇の皇子を守って籠ったところ。足利軍に敗れて敗走するときに陣鐘を海に沈めたが、海が荒れるとその鐘の音が海底から鳴り響くという。鐘は神功皇后が新羅征伐の時に持ち帰ったものとか、常宮《じょうぐう》神社の鐘と同一なものとか、さまざまに言われている。

金ヶ崎で時間を潰し、夕方に大和屋に戻った。おそらく出雲屋か大和屋から、今晩、色浜へ行く舟があることを聞いたのだろう。色浜は芭蕉の目的地の一つであるが、途中に難所があって陸からは行くことができない。そこでその舟に乗せてもらえるように便宜をはかってもらったようだ。その舟は最終的には河野へ向うのだが、色浜にも立ち寄る。こうして舟に便乗させてもらって船出をしたときは、すでに戌の刻（二〇時前後）になっていて、色浜へ着いたのは夜中になっていた。塩焼きの男が待っていて案内してくれ、本隆寺へ行って宿る。敦賀から色浜まで直接向う船路は二里半余である（「敦賀郷方覚書」）。

このことから曽良は漠然と色浜へ行ったわけではないことがわかる。本隆寺へはすでに連絡がされており、案内の男が迎えに出ている。

色浜は敦賀湾に面した小さな集落で、享保十二年（一七二七）の資料では家数十七軒、人口は百十四人。十七軒の内、寺が二軒、自分の土地を持たない家が六軒もある。村高はわずか四十四石だが、塩高が七十七俵で、製塩をさかんにやっていた。曽良が書いた「塩焼男」は色浜ではごく普通の百姓であった。こうした村では俳諧師を接待できる知識人というと、寺の住職しかいない。客人を泊める余裕のある家屋となると、これもやっぱり寺になるだろう。おそらく出雲屋がいろいろ考えて本隆寺を手配してくれたのだろう。

大聖寺の全昌寺に泊っていた芭蕉と北枝だが、一宿を願った者の礼儀として、朝の参禅に参加、食事も修行僧たちと一緒に取った。

草鞋を履いてこれから出発というときに、修行僧たちが紙や硯を手にして本堂の階段まで追ってきて、芭蕉に染筆を乞うたことが『おくのほそ道』に書かれている。

大聖寺城下のはずれに大聖寺藩の番所があり、出判を納めて通過。町はずれに来ると左手に分岐する道があり、旧北陸道に合流する。合流するあたりが熊坂で、義経に殺された大盗賊熊坂長範が生まれたところと伝えている。そう聞いて作ったのが「熊坂がゆかりやいつの玉まつり」。これは『笈日記』に「加賀の国を過て」、『卯辰集』に「くま坂ざかと云所にて」と前書があるように、このときに作った句である。

芭蕉と北枝は汐越の松を見るためにこのまま大聖寺川に沿って吉崎へ。汐越へ渡ろうと市野々屋を訪ねたが、加賀領からは舟を出せないといわれ、ついでに曽良が訪ねてきたことも知らされたことだろう。

越前の境、吉崎の入江を舟に棹《さをさ》して、汐越の松を尋《たづ》ぬ。

終宵《よもすがら》嵐に波をはこばせて月をたれたる汐越の松　西行

此一首にて数景尽《すけいつき》たり。もし一弁を加《くはふ》るものは、無用の指を立《たつ》るがごとし。

（『おくのほそ道』）

この歌に汐越の松の景色のすべてが詠み尽されていると言い切った芭蕉だが、実はこの歌は西行のものではなく、蓮如のものという。しかし当時は西行の歌として流布していた。

汐越の松林を見てから吉崎に戻り、また北陸道を行く。細呂木番所から福井藩に入国。

この日、二人が泊った所は不明だが、『おくのほそ道』の移動日の平均距離は七里半であることを考えると、長崎か船橋であろう。大聖寺から長崎まで六里、船橋までなら七里十四丁である。全昌寺では修行僧たちが願った染筆に応じているから、大聖寺出発はそれほど早い時間ではなかったろう。それを考慮に入れると、長崎で泊ったかと考えられる。

天竜寺に寄ることがあらかじめ予定されていたならば、曽良も行っているはずだが、行っていない。ということは、この日に松岡の天竜寺に大夢和尚がいることを聞き、急に立ち寄ることになったのだと思われる。天竜寺は永平寺の末寺で曹洞宗の名刹だが、住持が誰であるかなどは檀家か近くの住人でないとわからないものだ。そうしたことが話題になるとしたら、旅籠屋であろう。『おくのほそ道』は「丸岡天竜寺の長老、古き因《ちなみ》あれば尋《たづ》ぬ」と、松岡を丸岡と間違えている。丸岡城をすぐ近くに見たから丸岡が頭にこびりついてしまったとすると、泊ったのはやはり船橋より丸岡に近い長崎の方が可能性が高いように思う。

〔十日　快晴〕朝、浜出《はまにで》、詠《なが》む。日連の御影堂《みえいだう》を見る。巳刻《みのこく》、便船有て、上宮《じようぐうへ》　趣《おもむく》。二里。これよりツルガへも二里。なん所。帰《かへり》に西福寺へ寄《より》、見る。申の中刻、ツルガへ帰る。夜前、出船前、出雲や弥市良へ尋《たづぬ》。隣也。金子壱両、翁へ可渡之旨申《わたすべきのむねたのみまうし》　頼、預置也《あづけおくなり》。夕方より小雨す。頓《やが》て止《やむ》。

八月十日（陽暦九月二十三日）。曽良は昨日の日記にすぐに続けて「朝、浜出、詠む。日連の御影堂を見る」と記し、「十日　快晴」はあとから脇書きしているので、九日の日記は十日に一緒に付けられていることがわかる。夜中に本隆寺に着いたので、日記を付けている時間がなかったのだ。

朝起きて、浜に出た。歌枕だといわれなければ、変哲のない寒村である。朝から晴れ渡っていたから、敦賀湾は青く澄んですがすがしかったろう。西行が、そして寂連が色浜の歌を詠んでいて、芭蕉も是非訪れたいと言っていた場所である。本隆寺のすぐ近くに開山堂があるが、これが「日連の御影堂」である。

色浜は他に通じる道がないので、帰りも舟を使うしかない。巳の刻（九時四五分前後）に折よく上宮（常宮《じょうぐう》）へ向かう舟があったので、便乗させてもらった。色浜から常宮まで海路で二里。常宮から敦賀へも二里で、この部分は陸路を行くことができるが難所である。敦賀に行く途中に西福寺があったので立ち寄って見物した。西福寺は浄土宗で応安元年（一三六八）に後光厳天皇の勅願によって開基されたという古刹。数々の貴重な什物を蔵している。

敦賀の大和屋に着いたのは申の中刻（一五時四五分頃）だった。出雲屋弥市郎宅へ行き、芭蕉が来たら渡してくれるように金子一両を預けた。曽良はこれから大垣へ寄ってから伊勢長島へ行くだけだから、今後の旅費はしれている。芭蕉が少しでも待遇を良くしてもらえるようにと、曽良の心遣いだった。

同日、芭蕉と北枝はこれから松岡の天竜寺へ向うことになる。どの道を通ったかは不明だが、鳴鹿山鹿村《なるかさんが》に出て鳴鹿の渡しで九頭竜川を渡り、東古市村に行くのが当時の交通路である。東古市村からまもなく松岡。距離はおよそ二里ほど。

『おくのほそ道』には「丸岡天竜寺の長老、古き因《ちなみ》あれば尋《たづ》ぬ」とある。当時の天竜寺の住持は大夢といって、江戸の寺にも在住したことがあるという。延宝八年（一六八〇）冬、芭蕉は深川に移ってまもなく仏頂和尚のもとで参禅しているから、おそらく仏頂和尚を通じての知友なのだろう。

同じく禅を学んだ同志だから、大夢和尚は喜んで芭蕉を迎えたにちがいない。さまざまなことを話しているうちに、福井の俳人等栽のことが話題にのぼったのだろう。等栽は十年以上前に深川の芭蕉庵に訪ねてきたことがあり、芭蕉も知っている俳人である。その等栽が福井に住んでいる。松岡と福井はわずか三里しか離れていない。知識人の常で大夢も俳諧に遊んでいただろうから、等栽のことを知っていたはずだ。俳人同士は互いの消息をびっくりするほど知っているものだ。それでは福井へ行ったら等栽に会おう、等栽を誘って敦賀へ行こうということになったのだと思われる。大夢は遠来の客に、知らない土地で人を捜させるようなことはしなかったにちがいない。天竜寺には修行僧が何人もいたはずだから、その者に案内させようとしただろう。以上は推測に過ぎないが、おそらく似たような展開になったのだと思う。

アレッと思ったのは北枝だっただろう。北枝は大垣まで送ろうとしていた。曽良が体調を崩して先発してしまった今、芭蕉をフォローできるのは北枝しかいない。曽良が安心して先に旅立ったのは、北枝がいたからである。敦賀まで行けば大垣から迎えが来る手はずだが、それもはっきりしていない。だから北枝は大垣まで芭蕉に随行する心づもりでいた。

これまでの旅でも芭蕉には門弟の誰かがつき従うのが常だった。芭蕉が偉ぶっていたからではない。俳諧師は旅先で連句会を開くことが多く、そうした場合に執筆《しゅひつ》という連句の式目に詳しい書記が欠かせない。現地に執筆をつとめられる俳人がいればいいが、いないことも多い。門弟を連れて行けば、執筆をつとめさせることができた。それに芭蕉は持病を抱えているから、一人旅だとそれも心配だった。

北枝は張りきって芭蕉に従っていたのに、そして別れはまだまだ先だと思っていたのに、急にここで風向きが変ってしまった。福井までは天竜寺から案内人を出す、敦賀までは等栽と一緒ということであれば、北枝の影は薄くなってしまう。北枝の生年も享年も不明だが、おそらく元文元年（一六六一）頃の生まれではないかと推測されている。とするとこの年北枝は二十九歳ほど。芭蕉のお供には格好のはずなのだが、芭蕉は北枝に、一緒に行かないかとは言わなかった。言われない以上、北枝の出番はもうない。北枝はここで金沢へ戻ることになった。

> 金沢の北枝《ほくし》といふもの、かりそめに見送りて此処《このところ》までしたひ来る。所々の風景過《すぐ》さず思ひつゞけて、折節あはれなる作意《さくい》など聞《きこ》ゆ。今既別《すでにわかれ》に望(臨)みて、
> 物書《かき》て扇《あふぎ》引さく余波《なごり》哉
>
> （『おくのほそ道』）

『おくのほそ道』を読むと、北枝は芭蕉を天竜寺まで送るとすぐに金沢へと引き返したようにもとれる。しかし、それは翌朝のこと。等栽の話が出るまでには、天竜寺到着からかなり時間がかかったにちがいない。互いに無沙汰の挨拶からはじまり、近作の句、俳壇の動向、仏頂和尚の話に禅の話等々。そうした話題が一段落ついてから、そういえば等栽が、という話になったのではないだろうか。その頃にはすでに夕闇が迫っていたかもしれない。そんな時刻になって、北枝に、あなたはもう用がなくなったからお帰りなさい、などと誰が言えるだろう。

芭蕉は北枝の熱い思いを知りながら、なぜ同行させなかったのだろう。北枝がいても不都合はなかったはずである。『おくのほそ道』には「いかに老さらぼひて有にや」とあるから、等栽はかなりの年齢だったようだ。芭蕉も四十六歳。今でこそ壮年だが、人生五十年といわれた時代である。芭蕉は三十七歳ですでに「翁」と呼ばれていた。尊敬をこめての呼び方だが、芭蕉は実年齢よりかなり老けて見えたから違和感はなかったらしい。北枝は老人二人のボディガードとして十分に役立つはずである。それに北枝も福井へ行かなければならない用があった。福井藩を出るための出判は福井の奉行所で出していたからである。普通なら、福井まで同道ということになりそうだが、それさえもしていない。

正直言って、芭蕉は北枝の意欲に辟易していたのかもしれない。北枝は「所々の風景過《すぐ》さず思ひつゞけて、折節あはれなる作意《さくい》など聞《きこ》ゆ」と、これまで通ってきた風景を詠むのにたえず努力を続け、時には並々でない着想を聞かせてくれたりした、とある。芭蕉は大人らしく上手に書いたが、北枝はたえずしゃべり続け、問い続けていたのだろう。限られた時間で多くを吸収しようと思えばそうなってしまう。北枝は俳諧一筋で、栄利聞達《えいりぶんたつ》を求めることもなく、生活は少々浮世離れしたところがあった。「元日やたゝみのうへにこめ俵」は正月に万子から米俵をもらって詠んだ句。正月なのに米もないほど貧乏だったが酒が好きで、飲み過ぎて中風で亡くなったといわれている。一途で、時々才走ったことを言う北枝は、曽良とは正反対の性格だった。曽良は無口で、必要なこと以外はあまりしゃべらなかった、と思う。だから芭蕉も黙々と歩きながら考え事をすることができた。ところが北枝が随行するようになってからうるさくて、内心うんざりしていたのかもしれない。

この晩は北枝も天竜寺に泊る。

一　十一日　快晴。天や五良右衛門尋《をたづね》て、翁へ手紙認《したため》、預置《あづけおく》。五良右衛門には不逢《あはず》。巳の上刻、ツルガ立《をたつ》。午《うま》の刻より曇《くもり》、涼し。申《さる》の中刻、木ノ本へ着《つく》。

八月十一日（陽暦九月二四日）。快晴。曽良は天屋五郎右衛門宅を訪ねて芭蕉への手紙を預ってもらい、五郎右衛門には逢わないまま敦賀を発った。

天屋五郎右衛門の名前は山中温泉で相談したときには出てこなかったので、敦賀に来てから知った名である。曽良が天屋を訪ねたのは、何のためだったのだろう。手紙を預ってもらうためなら、芭蕉が敦賀に着いてまず訪ねるのは出雲屋のはずだから、出雲屋の方が確実である。それなのに打ち合せには出てこなかった天屋に手紙を預けているのは、芭蕉が天屋に必ず会うことを知っていたからである。芭蕉が敦賀に来る目的の一つが色浜へ渡ることで、その船を調達してくれるのが天屋五郎右衛門に決まったからだと思う。

山中温泉で話し合ったのは、船は壺屋甚右衛門（あるいは幸光甚右衛門）に頼もうということだった。しかし壺屋も幸光も都合がつかず、考えた挙句に出雲屋が天屋五郎右衛門を紹介してくれたのだろう。天屋五郎右衛門は金持ちだから船を調達するのは簡単だった。おまけに玄流という俳号をもって俳諧に遊んでいたから、江戸の宗匠を鄭重に迎えてくれるはずである。曽良が芭蕉に書いた手紙にはこうした事情をしたためてあったのだろう。

敦賀を出発したのは巳の上刻（九時頃）。申の中刻（一五時四五分頃）には木之本に着いているが、どの道を通ったのかは記されていない。道口《みちのくち》、疋田《ひきだ》、麻生口まで行ったことは確かだ。敦賀港に荷揚げされた物資を京や大坂に運ぶには、馬借を使って琵琶湖を舟で渡すのが一番早かったから、麻生口までの交通量は多い。古代の三関の一つ・愛《あら》発《ち》関があったのは疋田というのが有力な説。有乳・荒血・荒道・荒茅・阿良知などとも記される。関所があったくらいだから、ここは古代から都と日本海側の物資と人が往来した道だった。

表３　敦賀から木之本への距離

敦賀 → 道ノ口の下	1 里	敦賀 → 道ノ口の下	1 里
道ノ口の下 → 疋田	1 里	道ノ口の下 → 疋田	1 里
疋田 → 曽々木村	18 丁	疋田 → 刀根	1 里 18 丁
曽々木村 → 麻生口	8 丁	刀根 →久々坂峠境目	1 里
麻生口 → 新道村	28 丁	久々坂峠境目 → 柳ヶ瀬	18 丁
新道村 → 茶屋	10 丁	柳ヶ瀬 → 木之本*	1 里 33 丁
茶屋 → 江州境目	2 丁		
江州境目 → 江州沓掛村	1 里		
江州沓掛村→鹿ヶ瀬	18 丁		
鹿ヶ瀬 → 中村	18 丁		
中村 → 塩津	18 丁		
塩津から陸路か舟で木之本へ			

（『敦賀市史資料編 5』所収「指掌録」による．ただし，*のみは「江戸往来記」によった）

敦賀に来たときの道を戻り、木ノ芽峠を通ったと考えることもできるが、敦賀〔三里〕木ノ芽峠〔二里〕今庄〔一里〕板取〔二里〕中河内〔三里〕椿井〔二里〕柳ヶ瀬〔一里三十三丁〕木之本で、合計十三里三十三丁。峠越えの長丁場でこの日のうちに木之本に至るには無理がある。

疋田から麻生口へ、この先は刀根《とね》を通り彦根藩の柳ヶ瀬へと向って北陸街道へ出て木之本へ行くか、麻生口から南下し、新道野、塩津に出て木之本に至ったかであろう。「指掌録」によると、刀根越えは敦賀から木之本まで四里十五丁、新道野越えは敦賀から塩津まで六里十二丁で、そこからさらに陸路か舟で木之本へということになるから、刀根越えを選ぶのが自然だろう（表3）。

この日は申の中刻（一五時四五分頃）に木之本に着いて泊まる。木之本は北国街道と北国脇往還が分岐する宿場町で、眼病平癒で信仰を集めていた木之本地蔵が有名だった。

この日の朝、北枝は松岡の天竜寺を去っただろう。芭蕉は別れにのぞんで北枝に扇子を与えている。北枝編『卯辰集』（元禄四

年）に、

　松岡にて翁と別侍《わかれはべり》し時、あふぎに書て給る、
もの書て扇子《あふぎ》へぎ分る別哉《わかれかな》　翁
　笑ふて霧《きり》にきほひ出《いで》ばや　北枝
　となく《（泣）》〳〵申侍《まうしはべ》る

と載っている。

涼袋（綾足）著『芭蕉翁頭陀物語』（一七五一年刊）には、「北枝はしばらく伴ひゆきて送別の涙を落せば、翁もてる扇を出し、留別の吟を与ふ。よく人のしれる事也。〔扇は京骨に萩を画《かけ》り、北枝死後希因が手に有〕」と書いている。『芭蕉翁頭陀物語』は虚実織りまぜですべてに信が置けるものではないが、涼袋は希因の元に身を寄せていたから、実際に扇を見たらしい。芭蕉は萩を描いたその扇を実際に破いて二つにしたわけではなく、北枝がもらったのは破かれていない扇だった。扇を受取ると、感極まって北枝はボロボロと泣いてしまった。「と、なく《（泣）》〳〵申侍る」と自ら書き添えるところがいかにも北枝らしい。曽良だったら書かなかったろう。

北枝は福井へ行き、奉行所で出判を取って金沢へ向かう。

天竜寺で北枝を見送った芭蕉は、この日に永平寺まで足をのばしている。

　五十丁山に入《いり》て、永平寺《えいへいじ》を礼《らい》す。道元禅師《だうげんぜんじ》の御寺《みてら》也。邦機《（畿）》千里を避《さけ》て、かゝる山陰《やまかげ》に跡をのこし給ふも、貴きゆへ《（ゑ）》有《あり》とかや。
（『おくのほそ道』）

芭蕉は一人で行ったような書き方をしているが、大夢和尚が遠来の大事な客を一人で行かせるはずがない。前述したように、修行僧に案内させ、永平寺でも一般の旅人とは違った扱いで見物させてくれただろう。天竜寺から永平寺まで片道五十丁（約五・五キロ）。ゆっくり見物して戻ってくると夕方近くなる。

福井は三里計《ばかり》なれば、夕飯《ゆふげ》したゝめて出《いづ》るに、たそかれの路《みち》たど〳〵し。爰《ここ》に等栽《とうさい》と云《いふ》古き隠士《いんし》有《あり》。いづれの年にか、江戸に来《きた》りて予を尋《たづぬ》。遙《はるか》十《と》とせ余り也。いかに老《おい》さらぼひて有《ある》にや、将死《はたしに》けるにやと人に尋侍《たづねはべ》れば、いまだ存命して、そこ〳〵と教ゆ《(ふ)》。市中ひそかに引入《ひきいり》て、あやしの小家《こいへ》に、夕貌《ゆふがほ》・へちまのはえか《(へ)》ゝりて、鶏頭《けいとう》・はゝ木ゞ《(帚木)》に戸ぼそをかくす。

（『おくのほそ道』）

天竜寺に戻り、夕食を終えてから福井へ向った。松岡から福井まで三里。『おくのほそ道』を読んでいると、芭蕉が一人とぼとぼと黄昏の道を歩いている姿が目に浮ぶが、実際はそうではなかったはずだ。

夕食を食べてから三里歩くのだから、福井に着いた時は夜が更けている。旅人が適当な家の戸を叩いて訪ねる人の家を聞こうとしても、何者かと怪しまれて親切に教えてもらえることはないし、最初に訪ねた家の者が等栽のことを知っているとも思えないから、何軒もの家の戸を叩かなければならない。そんなことを大夢和尚がさせるだろうか。大夢和尚が等栽の家を知っていて、寺の僧に案内させたにちがいない。永平寺への往復も、福井へも、大夢和尚は天竜寺の僧を案内につけたはずである。

季吟編『続山井』（寛文七年・一六六七年刊）をひらくと、言慰、雲宵、四朋、嘉卿、松声、古玄、神戸可卿、意計等、福井の貞門俳人たちが句を寄せている。この撰集には「伊賀上野宗房」も数多く入集していた。福井の俳人たちの中にはすでに没した者もいただろうが、生存していた者もいたはずである。こうした著名俳人にではなく、十数年前に会ったことがある無名に近い俳人に会おうとするのが、いかにも芭蕉らしい。

芭蕉は「等栽」と書いているが、洞哉が本名であることは、大垣の荊口が写しとった芭蕉の「月一夜十五句」の冒頭に「福井、洞哉子を誘ふ」とあり、また色浜本隆寺でしたためた懐紙に、「越前ふくゐ　洞哉書」と自署していることでも明白である。

『奥細道菅菰抄』は「等載《(ママ)》は、もと連歌師。福井の桜井元輔と云もの丶弟子にて、等載は連歌の名。俳名は茄景《かけい》と云けるとぞ」としているのは、何を根拠にしたのか不明。『奥細道菅菰抄』を書いた蓑笠庵梨一は明和初年から越前丸岡に住んで、『おくのほそ道』の注釈を書くために半生を捧げた俳人であるが、現在では等栽＝茄景説は支持されていない。

「越前国名蹟考」は「芭蕉翁細道に福井にて等栽を尋し事有り（略）此等栽家は祐海町に在りし由」としている。祐海町は現在の左内町で、福井城下の外になる。九十九橋を渡ると足羽山、北国街道はその麓を通り、左手が左内町。街道から一筋奥まったところに洞哉の家があったという。現在の左内町公園の一角にあたり、そこには「芭蕉宿泊地　洞哉宅跡」という石碑が建てられている。芭蕉が行った当時はいかにも「市中ひそかに引入《ひきいり》て」という感じだったと思われる。

洞哉の生没年は不詳。まったくの無名俳人でもなかったようで、『元禄百人一句』（江水撰・元禄四年刊）に「越前
洞哉　虫ひとつある甲斐もなき今宵哉」が入集している。

洞哉はいかにも芭蕉好みの人物だったようだ。その人となりを知ることができる逸話が残っている。以下は芭蕉百回忌（寛政四年・一七九二年）に出た『道の恩』の序文に書かれているものである。著者は福井の祐阿という俳人で、福井本町の商人大阪屋仁右衛門。

そも予が草庵に安置し奉る祖翁の真像は、そのかみ奥の細道をたどり給ふついで、当国この福城下へも曳杖ま

しく、隠士等栽を尋ね給ふ。この隠士可卿《かけい》、風雅は安原貞室老人の高弟にて、悉く蘊奥《うんのう》を極めし門人也。赤貧にして夜のものさへ心に任せず、枕ひとつだに貯へねば、折からあたり近き寺院に番神堂建立の有りける作事小屋に往て、ころよき木の端をもとめ、翁の臥具にまゐらす。此侘しき風情芳慮にやかなひけん。一夜ふた夜の仮寝を安くし給ふとなん。（後略）

寛政四年壬子十月十二日　　時雨庵祐阿謹書

（『詳考奥の細道』より引用）

ここでは等栽（洞哉）を貞室の高弟可卿《かけい》としている。『菅菰抄』でも「笳景《かけい》」としていた。『奥細道菅菰抄』が出されたのは安永七年（一七七八）だから、この頃は芭蕉を泊めたのは「カケイ」という俳人と伝えられていたのだろう。「可卿《かけい》」の事を除けば、祐阿が書いたことはほぼ実話だと信じたくなる。作事場からひょいと拾ってきた材木の切れっ端を枕にする、これだけで洞哉という人物が目に浮ぶようである。日光鉢石《はついし》で泊めてくれた仏五左衛門と共通するもの、それは自分の身辺を広げず、愚直に飄々と生きているところであろう。芭蕉もそう生きたかったのかもしれない。しかし俳諧の深淵が芭蕉を引き離さなかった。洞哉宅跡のすぐそばの顕本寺には「番神堂」碑があり、この祐阿の逸話が簡単に記されている。

この日、芭蕉が歩いたのは永平寺往復と松岡・福井間で合計五里二十八丁。

一　十二日　少曇。木《き》ノ《の》（本）下を立《たつ》。午《うま》の尅《こく》、長浜に至る。便船して、彦根に至る。城下を過て平田に行。禅桃留主《るす》故、鳥本（居脱）に趣《おもむき》て宿す。宿（貸）かしかねし。夜に入、雨降《ふる》。

八月十二日（陽暦九月二十五日）。空は少し曇っていた。昨日の午後から少し涼しくなって、連日の暑さも去りつつある。曽良の足取りも快調だった、と言いたいところだが、体調はかんばしくなかったようだ。大垣に向うのだから、普通は木之本から北国脇往還を行くはずだが、曽良はそうしなかった。木之本から長浜へ向ったのである。この間の距離が不明だが、「三里半」と書いている旅人がいるのでそれに従っておく。正午前後に長浜から舟で琵琶湖を渡り、彦根へ。ここも三里である。さほど距離があるわけでもないのに舟に乗っているのは、体調がすぐれなかったせいかと思われる。下船して彦根の城下南半里にある平田に向った。平田村月沢には明照寺《めんしょうじ》があり、住職の河野李由《りゆう》（一六六二〜一七〇五）は俳人である。おそらく曽良は李由の名を知っていて、そこで休ませてもらおうと思ったのだろう。

李由が蕉門に入った時期ははっきりしないが、元禄四年五月に落柿舎滞在中の芭蕉と対面しているので、この時が正式入門であろうという。蕉門に加わったとされるより先に、曽良はなぜ李由を知ることができたのだろう。

貞享元年（一六八四）二月に、其角は江戸を出発、美濃路から伊勢を経て京へ行き、六月五日には難波住吉社で興行された西鶴の一昼夜二万三千五百句の矢数俳諧に後見人の一人として参加したことがある。李由の俳書初登場は元禄三年四月刊の其角編『いつを昔』で、入集句は「いつの時人に落けん白牡丹」。其角はこの貞享元年の旅で李由を知り、曽良は『おくのほそ道』出発前に、其角から李由が平田にいることを聞いていたのかもしれない。

李由は不在だった。そこで仕方なく中山道の宿場鳥居本まで足をのばした。彦根城下から鳥居本まで一里。鳥居本には隣の宿場高宮にある多賀大社の一の鳥居があり、それが地名の由来になっていた。江戸後期に鳥居本には三十五軒の旅籠屋があったと記されている。このあたりの宿場では旅籠屋の数が一番多いのだが、「宿かし《（貸）》かねし」と曽良は書いている。旅籠屋がすんなりと泊めてくれなかったのだ。一人旅は一部屋を一人で占有するし、どんちゃん騒ぎもしないから、旅籠屋にとって儲かる相手ではなかったし、犯罪者や隠密ではないかと警戒もした。曽良の墨染の衣は長旅でだいぶくたびれ、曽良自身も病でやつれていただろう。病気の者を泊めて長逗留ということになれば、旅籠代を払ってもらえない可能性が高い。曽良の姿を見て喜んで泊めてくれる旅籠屋などないことがわかっていたから、明照寺に泊めてもらおうとしたのだ。鳥居本で泊めてくれる旅籠屋があったのは、全くの幸運であった。

この日、曽良の移動距離は七里半。

　芭蕉は等栽宅に滞留。

一　十三日　雨降る。多賀へ参詣。鳥本（居脱）より弐里戻る。帰《かへり》て、摺針《すりはり》を越《こへ》、関ヶ原に至《いたり》て宿《やどる》。夕方、雨止《やむ》。

八月十三日（陽暦九月二十六日）。雨が降っていた。ここまで来たのだからと、曽良は高宮の多賀大社まで行き、参拝した。鳥居本から多賀大社まで二里。参拝後また鳥居本に戻ったとしたら東に道をとって中山道を行くことになる。鳥居本からすぐに摺針峠《すりはりとうげ》にかかる。眼下に琵琶湖が広がり、竹生島を眼前に臨んで景色がよい。距離は鳥居本〔一里半〕多賀大社〔一里半〕鳥居本〔一里一丁〕番場〔一里〕醒ヶ井〔一里半〕柏原〔一里半〕今須〔一里〕関ヶ原で、この日の移動距離は九里一丁。

　その家に二夜《ふたよ》とまりて、名月はつるがのみなとにとたび立《だつ》。等栽も共に送らんと、裾おかしうからげて、路《みち》の枝《し》折《おり》とうかれ立《たつ》。
（『おくのほそ道』）

　芭蕉は十一日と十二日に洞哉宅に泊めてもらい、仲秋の名月は敦賀で見ようと、十三日の朝に洞哉と連れだって旅立った。尻はしょりして「越前のことなら任せなさい、歌枕だっていろいろ案内しますよ」と、芭蕉よりはしゃいで勇みたつ洞哉の姿はまことに好ましく心強い。越前は古代から歌人との所縁《ゆかり》が深く、福井から敦賀までには数々の歌枕がある。それらを見ながらの旅はどんなに楽しかったことだろう。

漸白根《やうやうしらね》が嶽《だけ》かくれて、比那《ひな》が嵩《だけ》あらはる。あさむづの橋をわたりて、玉江《たまえ》の蘆《あし》は穂に出《いで》にけり。鶯《うぐひす》の関《せき》を過《すぎ》て、湯尾峠《ゆのをたうげ》を越《こゆ》れば、燧《ひうち》が城《じやう》、かへるやまに初鴈《はつかり》を聞《きき》て、十四日の夕ぐれ、つるがの津に宿《やど》をもとむ。

（『おくのほそ道』）

ここに出てくる「あさむづの橋」「玉江《たまえ》の蘆《あし》」「鶯《うぐひす》の関《せき》」「かへるやま」は歌枕である。歌枕にはそれぞれ固有のイメージがあるから、和歌に堪能な者はこれだけの文章でさまざまな風景や季節、別れ等を感じることができるし、歌枕をたたみかけて場面がどんどん変っていくので、あたかも絵巻を広げて見ているような絢爛さがある。歌枕を知らない者が読んでも、このテンポの良さ、なめらかな音の続きは魅力的である。

芭蕉はこれから敦賀まで、歌枕に月を詠みこんで句を作りながら進むことになる。これを敦賀で路通が写しとり、それをさらに大垣の如行が句帖に転写したものが残っていて、この芭蕉の一連の句は「月一夜十五句」と題されている。以下がその全文である。

元禄己巳中秋廿一
大垣庄株（杭）瀬川辺　　路通敬序

福井、洞栽子を誘ふ
名月の見所《みどころ》問《とは》ん旅寝せむ

阿曽武津《あそむづ》の橋
あさむつを月見の旅の明離《あけばなれ》

玉　江
月見せよ玉江の蘆をからぬ先

ひなが嶽
あすの月雨占なハんひなが嶽
木の目峠　いもの神やど札有
月に名をつゝみ兼てやいもの神
燧が城
義仲の寝覚の山か月かなし
越の中山
中山や越路も月ハまた命
気比の海
国々の八景更に気比の月
同　明神
月清し遊行のもてる砂の上
種の浜
衣着て小貝拾ハんいろの月
金か崎雨
月いつく鐘ハ沈める海の底
は　ま
月のミか雨に相撲もなかりけり
みなと
ふるき名の角鹿や恋し秋の月

う　み

名月や北国日和定めなき
　いま一句、きれて見えず

荊口が路通から見せてもらったときは「いま一句、切れて見えず」、全部で十四句しか伝わっていない。その冒頭が、

　福井、洞哉子を誘ふ
名月の見所問《みどころとは》ん旅寝せむ　（「月一夜十五句」）

老人ふたりの風雅の旅に、芭蕉は洞哉に負けないくらいうかれ立っている。
洞哉の家を出、足羽山の麓をかすめて北陸道を南下する。すぐに見えてくるのが花堂《はなんどう》の玉江橋である。玉江は歌枕。日野川から分流してくる水がたまり、以前は沼地になって芦が生い茂っていた。

夏かりの玉江の芦をふみしだきむれ居る鳥のたつ空ぞなき
玉江こぐ蘆刈り小舟さし分けてたれをたれとかわれは定めむ

　玉　江
月見せよ玉江の蘆をからぬ先　（「月一夜十五句」）

しばらく行くと浅水《あそうず》町で、浅水川に架かるのが「あさむつの橋」。変哲もない小さな橋だが、『枕草子』に「橋はあ

さむつの橋」と出てくる。あそうずとあさむつの音が似ているので「朝六ツの橋」。朝六ツは夜明けの時である。

朝むづの橋はしのびて渡れどもとどろ〳〵となるぞわびしき

たれぞこの寝覚めて聞かばあさむつの黒戸《くろど》の橋を踏みとどろかす

ともに女の家に忍んで通った男が明け方にこの橋を渡って帰るとき、橋の踏み音が朝のしじまにとどろくというもの。

芭蕉はこれらの歌を踏まえて一句作った。

阿曽武津《あそむづ》の橋

あさむつを月見の旅の明離《あけぼなれ》　　（「月一夜十五句」）

朝六ツの旅立ちであることが言いたいので、この句を前にもってきている。

浅水の東の眼前に日野山が聳えている。越前富士とも呼ばれるように、その山容は優雅でひときわ目立つ。日野山は雛が嶽・日永嶽とも書き（『奥細道菅菰抄』）、西行が「越に来て富士とやいわん角原《つのはら》の文殊がたけの雪のあけぼの」と詠んだ「文殊がたけ」も日野山である。

ひなが嶽

あすの月雨占なハんひなが嶽　　（「月一夜十五句」）

この日、多賀大社へ参詣して関ヶ原に向っていた曽良は「雨降る……夕方、雨止《やむ》」と書いている。山を隔てた越前でも空が暗くなっていたのだろう。明日十四日は敦賀で名月を見る予定なので、芭蕉は天候を心配している。

北国街道は浅水、水落、上鯖江と行き、白鬼女《しらきじょ》の渡しで日野川を渡り、府中（現・武生）へと歩を進める。府中は小綺麗な旅籠屋が建ち並んでいたが、福井からまだ五里四丁の距離しか来ていないので、もう少し足をのばそうということになった。

宿場は府中、今宿、脇本と続く。脇本の先の日野川に突き出た個所を関の鼻といった。

うぐひすの啼《なき》つる声にさそはれてゆきもやられぬ関の原かな
わが思ふ心も尽きぬ行く春を越さでもとめよ鶯の関

これらの歌によってここを鶯の関というようになった。

鶯の関を過ぎて鯖波《さばなみ》、湯尾《ゆのお》と行く。湯尾の先は湯尾峠が待ちかまえている。といっても低い峠で標高八〇メートル。雨が降れば滑って歩きにくいが、降らなければ何の苦労もない峠である。

木の目峠　いもの神やど札有
月に名をつゝみ兼てやいもの神
（「月一夜十五句」）

「いも」は疱瘡でできたあばたのこと。芭蕉の顔にもかすかに「いも」の痕《あと》があったという。疱瘡除けの「いもの神宿札」を売っていたのは湯尾峠の茶店である。「湯尾峠東茶屋御孫嫡子　疱瘡神御宿」という守札で、疱瘡神と陰陽師の安倍晴明がこの峠で行き逢って云々という縁起が残っている。全国的に有名だったことは、近松門左衛門の

『傾城反魂香』にも、「去年《こぞ》の緑に帰山、山の頂き青々と、雪に映ろう月代《さかやき》の、湯尾峠の孫杓子、盛りこぼしたる花重ね、重ねかさねし旅籠屋が、情けも厚き燻鍋《かんなべ》の、敦賀の浜にぞ着き給ふ」とあることでも知られる。湯尾峠の疱瘡除けの札はかくも有名だったのに、芭蕉は木ノ芽峠と書いている。単なる勘違いだろう。

湯尾峠を下ると今庄。

府中を過ぎてから二十数丁ごとに宿場が並んでいた。わずかな距離を隔てただけで宿場が並ぶと宿場の規模は小さくなり、旅籠屋は農家が兼業するところが多くなる。後世の旅人も府中・今庄間の宿場は、「泊家無し」、「相《あい》の宿《しゅく》なり」、「旅籠屋三、木賃宿二」、「旅人を泊める様なる宿はなし」などと記している。少しはましな旅籠屋に泊ろうと思うと、湯尾峠を下った今庄まで行かなければならなかった。

今庄は木ノ芽峠を越えて敦賀から琵琶湖に出る西近江路と、栃ノ木峠を越えて彦根に至る北国路（東近江路）が合流して、交通の要衝となっていた。宝永元年（一七〇四）にここを通った磯一峰は、「賑《にぎは》ひ豊なる事鄙《ひな》には珍《めづら》かなり。きみども数多《あまた》街《ちまた》に歌ひ行交《ゆきか》ふ」（『こし地紀行』）と書いている。「きみ」は飯盛女のこと。飯盛女たちは昼間から街道に出て、自分の宿に泊るよう旅人の袖を引いていたのだ。これは芭蕉が通ってから十五年後の光景だから、芭蕉と洞哉が通ったときも同様の賑やかさだったろう。

府中を過ぎると泊れそうな宿場はなかったから、この日は今庄に泊ったと思われる。福井から今庄まで八里二十九丁。曽良も八日に今庄に泊っていた。

一　十四日　快晴。関ヶ原を立《たつ》。野上《のがみ》の宿《しゅく》過て、右の方へ切て、南宮に至て拝す。不破修理《しゅり》を尋て別龍霊社へ詣《まうづ》。修理、汚穢《けがれ》有て別居の由にて不逢《あはず》。弟、斎藤右京同道。それよりすぐ道を経て、大垣に至る。弐里半程。如行を尋《たづぬ》。留主《るす》。息《そく》、止て宿す。夜に入、月見してありく。竹戸《ちくこ》出逢《であふ》。清明。

八月十四日（陽暦九月二十七日）。昨日の夕方に雨は止んで、また快晴になった。曽良は関ヶ原を出発し、まっすぐ垂井へ。関ヶ原から垂井まで一里。垂井に入ると右手に南宮大社の参道を示す大鳥居が見えてくるが、その手前左に本龍寺がある。芭蕉と別れるときに、曽良は「垂井、石黒左兵へ、本龍寺」と記していたのだが、石黒左兵衛宅を訪ねたのだろうか。

南宮大社の参道は長く、鳥居脇の道標には「南宮社へ八丁」とある。南宮大社は美濃国の一宮で、祭神が金山彦命《かなやまひこのみこと》なので全国の鉱業関係者や鍛冶職などの崇敬を集めている。また神宮寺である阿弥陀寺では、文明八年（一四七六）に三日間にわたり連歌師飯尾宗祇が連句会を催している。

曽良は不破修理を訪ねたが、彼は穢れがあるということで外に出ることができず、会えないまま別龍霊社だけを詣でた。不破修理は吉川神道を学んでいた一人であろう。吉川従長《よりなが》（父は吉川神道の創立者吉川惟足《これたる》。曽良は江戸で惟足に吉川神道を学んでいた）の高弟に「不破民部少輔惟益・美濃国中山金山彦神社祠官」が記されている（平重道著『吉川神道の基礎的研究』）。不破修理と曽良は吉川神道の学友なのかもしれない。修理の弟の斎藤右京が同道して大垣までの近道を教えてくれた。南宮大社の裏から大垣へ通じる道であろう。この道を行けば垂井から大垣まで一里半。この日の距離は二里半である。

大垣に着いて、早速如行を訪ねた。如行は竹島町に住む近藤源太夫で、すでに前句付の点者として立っていた。七月二十九日付の芭蕉の手紙には八月十五日前後に大垣に着くかもしれないと書いたが、その予定より遅くなることを伝えなければならなかった。如行は外出していたので、息子にその旨を伝えて辞そうとしたら、泊ってくれというので一泊することにした。

いい月夜だった。月を見るために外を出歩いていたら、ばったりと竹戸《ちくこ》に出逢った。竹戸は如行の門弟で鍛冶職人、生没年不詳。如行宅と同じ竹島町に住んでいたらしい。何の鍛冶をやっていたのか伝わっていないが、俳諧に遊ぶ教養があったのだから、農民相手の鍛冶工とは思えない。武士か富裕商人相手の物を作っていたのではないだろうか。

さて、芭蕉と洞哉であるが、『おくのほそ道』には「鶯《うぐひす》の関《せき》を過《すぎ》て、湯尾峠《ゆのをたうげ》を越《こゆ》れば、燧《ひうち》が城《じやう》、かへるやまに初鴈《はつかり》を聞《きき》て、十四日の夕ぐれ、つるがの津に宿《やど》をもとむ」とあるので、この日の夕暮に敦賀に着いていなければならない。先発した曽良は今庄を出発して木ノ芽峠を通り、未の刻（一四時前後）に敦賀に着いていた。芭蕉も曽良と同じ道をたどったのだろうか。

『おくのほそ道』の文章からはルートを確定することはできないが、解説書のほとんどが芭蕉は木ノ芽峠を経て敦賀に至ったとしている。しかし、今庄から敦賀への道は木ノ芽峠越だけではなかった。鹿蒜道《かひるみち》（帰山路《かえるやまみち》とも）も敦賀に通じていた。鹿蒜道や帰山路の名称は一般的ではなく、今庄側からは若狭道とか敦賀道、若狭湾の村々からは帰道とか今庄道など、向かう方向の地名を適当に用いていて、正式名称はないようである。ここでは便宜上、鹿蒜道を使って話を進めていくことにする。

今庄から鹿蒜川をさかのぼり、支流の二ツ屋川に添って谷を進むのが木ノ芽峠越え。鹿蒜川をさらにさかのぼって、新道、大桐、山中から元比田に出るのが鹿蒜道で、この道も敦賀に至る。古代からあったのが鹿蒜道で、その後に開かれたのが木ノ芽峠越えである。といっても歴史は古く、木ノ芽峠のルートが開かれたのは平安初期の天長七年（八三〇）以前だという。

芭蕉と洞哉はどちらをとったのだろうか。この二つのルートを比べてみよう。

今庄から敦賀まで、木ノ芽峠越えは四里半。木ノ芽峠の標高は六二八メートル。道は険しく、視界も峠付近で少し開けるだけなので、景色は望めない。しかし旅人のほとんどがこの道を使ったから、人通りはかなりある。

福井藩の番所は、「関所」として「二ツ屋宿の西端に在、出女を改る事板

表4　今庄から敦賀への鹿蒜道距離

今庄 → 大比田	3 里
大比田 → 横浜	7 丁
横浜→杉津	4 丁
杉津 → 阿曽	18 丁
阿曽 → 挙野	23 丁
挙野 → 五幡	4 丁
五幡 → 江良	5 丁
江良 → 赤崎	29 丁
赤崎 → 敦賀町	1 里

（「指掌録」より作製）

取に同じ、番人加川瀬一郎、結城以来家筋の者にて代々相勤、外に両人は一代限交替也」（『新訂越前国名蹟考』）とかなりものものしい（表4・図30）。

一方、鹿蒜道を行くと敦賀まで六里半。山中峠の標高は三八九メートル。木ノ芽峠よりは穏やかな道である。しかし地元民が行き来する程度で、旅人の姿はない。大比田まで下ると眺望が開け、いたる所で若狭湾を臨みながら進むことができる。このルートにも藩境に大桐中山番所が設けられていたが、ここは「口留番所」として「山中村より敦賀郡大比田浦へ一里。福井敦賀の領境は山中より八丁程過てあり。橋二ヵ所あり」（前掲書）と記され、番人がいたかどうかは書かれていない。二ツ屋番所は「関所」、大桐中山番所は「口留番所」という記述の違いからも、鹿蒜道の番所はほとんど調べらしいことはやっていなかったことがわかる。何度も言うが、

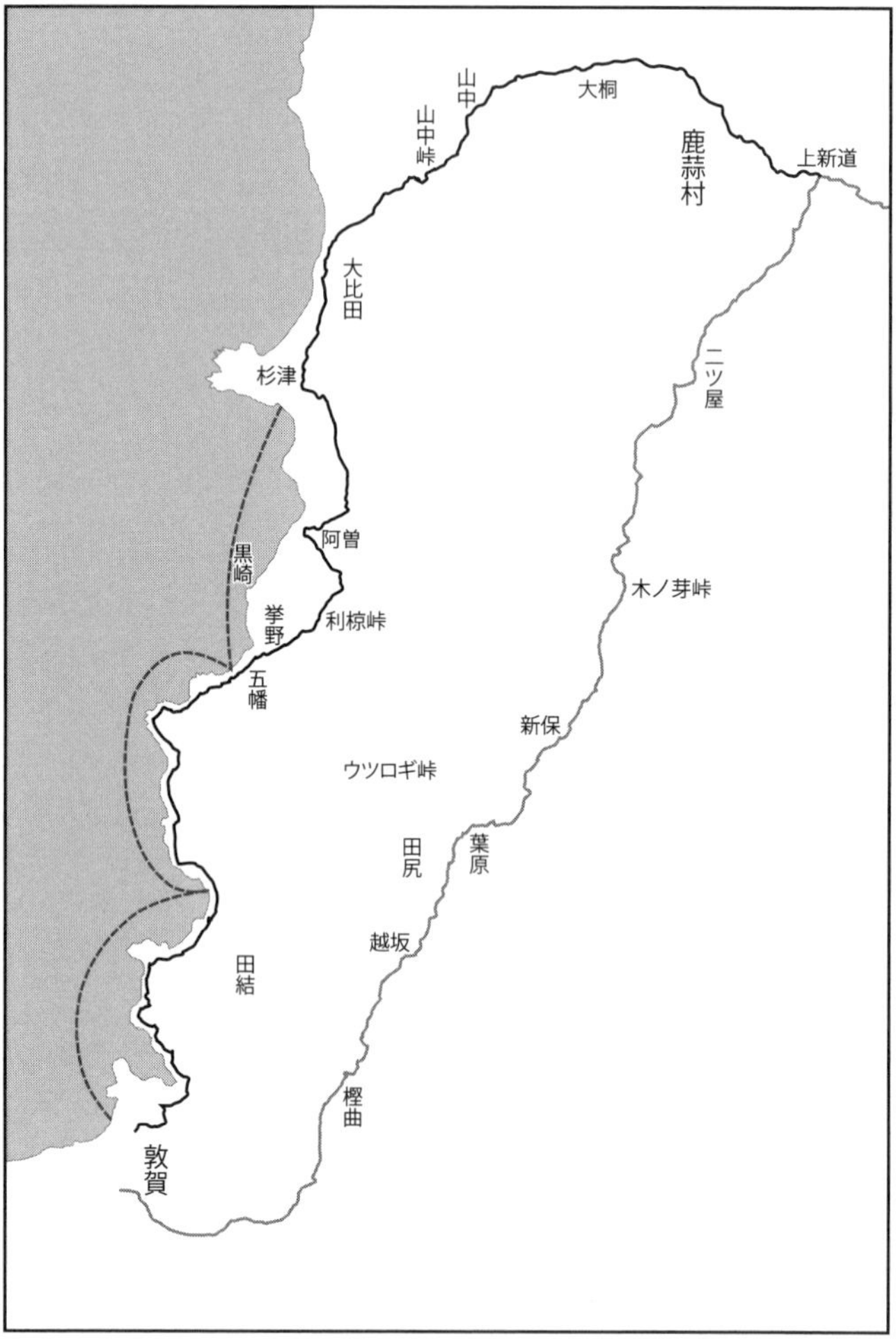

図30　木ノ芽峠越と鹿蒜道今庄から敦賀への道

旅人にとって番所ほどいやなものはないのだ。

洞哉が芭蕉を案内するとしたら、どちらの道を選んだだろうか。二里の距離差があるが、洞哉は標高差の少ない道を通り、美しい若狭湾の景色を芭蕉に見せたいと思ったのではなかろうか。洞哉は「路の枝折《しおり》」になろうと案内を買って出た。地元だから鹿蒜道があることは知っていただろう。俳諧にも年期が入っているから、当然歌枕にも詳しい。鹿蒜道を行けば歌枕がある。歌枕を案内できるから「路の枝折」と自負したのだろう。木ノ芽峠越えならば「路の枝折」と洒落るまでもなかったはずである。

曽良の「歌枕覚書」の越前の部に、「伊津波多、丹生、手結、鹿角浜〔類　敦賀〕、八田野、飼飯、越ノ海、有乳山、安治麻野、塩津山、帰山・玉江」と、歌枕があげられていた。ただし地名だけで歌は添えられていない。鹿蒜道には、歌枕伊津波多（五幡《いつはた》）と手結《たい》がある。風雅に遊ぶ二人にとって歌枕を訪れることは魅力だったろう。鹿蒜道を行った可能性は木ノ芽峠越えをした可能性より高いだろう。

芭蕉と洞哉は今庄を出発。「燧《ひうち》が城《じやう》、かへるやまに初鴈《はつかり》を聞《きき》て」の燧ヶ城はすぐ右手にある。寿永二年に義仲がたてこもって破れたところ。

燧が城

義仲の寝覚の山か月かなし　（「月一夜十五句」）

鹿蒜川を少しさかのぼったあたりが帰村《かえるむら》で、古代北陸道の宿場鹿蒜駅《かひるえき》が置かれたという。歌枕帰山の位置は確定できないが、このあたり全体と考えてもさしつかえなさそうである。

かへる身の道行かむ日は伊津波多《いつはた》の坂に袖振れ我をしおもはゞ
君をのみいつはたと思ふ越なれば往来《ゆきゝ》の路は遙けからじを
行きめぐり誰も都へ帰山《かへるやま》いつはたときくほどのはるけさ
忘れなん世にも越路の帰る山いつはた人に逢はんとすらん
帰る山いつはた秋と思ひこし雲井の雁も今やあひ見む
かへる山ありとはきけど春霞たち別れなば恋しかるべし
たちわたる霞へだてゝ帰る山来てもとまらぬ春のかりがね
我をのみ思ひつるがの越ならば帰るの山はまどはざらまし

ランダムに挙げてみたが、帰山から「帰る」をイメージし、それは何時《いつ》のことかと「いつはた」が想起されて五幡を詠みこんでいる歌が多い。帰村を通ったとき、芭蕉は五幡への期待に胸を躍らせただろう。

上新道で木ノ芽峠越えが分岐するが、そのまま進んでいく。大桐、山中と続き、大桐の村高は五十五石、山中の村高は二十九石で（いずれも「元禄郷帳」による）、田を開くことができない山間の集落にしてはかなりの村高があるが、これは周辺の山から伐り出す木材を若狭湾の塩田に売り、また焼灰を肥料として商っていたことによる。大桐と山中は、若狭湾の村落と密接なつながりがあった。

山中村のはずれが山中峠で、ここが敦賀領との境になる。

越の中山

中山や越路も月ハまた命

（「月一夜十五句」）

芭蕉がこの句をどのあたりでイメージしたのかはわからないが、山中峠を越えるときのものではなかろうか。「中山」と「山中」は紛らわしく、混同しがちである。西行の「年たけて又こゆべしと思ひきや命なりけりさ夜の中山」は人口に膾炙された歌だが、それも思い起させる句である。

山中峠を下ると大比田で、ここから敦賀湾の湊河野《こうの》や、あるいは古代北陸道を通って府中へ行くことができる。大比田から杉津《すいづ》、阿曽へ。この先の黒崎には岩場の難所があるから山の中腹を通って挙野《あげの》へ。わずか四丁で五幡で、ここが数々の和歌に詠まれたことは帰山であげたとおりである。五幡から海岸を通って行くと赤崎で、ここからの入江は田結浦と呼ばれ、製塩が盛んだった。塩を焼く薪は鹿蒜道を通って送られたのだが、塩田を営む者たちの盗伐も多く、山中の住民たちとの紛争が絶えなかったという。

越の海の角鹿《つぬが》の浜ゆ、大舟《おほぶね》に真楫貫《まかぢぬき》おろし、勇魚取海路《いさなとりうみぢ》に出でゝ、あへぎつゝ我こぎ行けば、丈夫《ますらを》の手結《たゆひ》の浦に、
あまをとめ塩焼煙《しほやくけむり》、草枕旅にしあれば、独《ひとり》して見る知るなしの、綿津海《わたつみ》の手にまきしたる、珠手次《たまたすき》かけて忍びつ、
日本《やまと》島根を

これは天平の初め頃に笠金村《かさのかなむら》が敦賀湊から船に乗って田結を見ながら作った歌。田結の製塩の歴史はかくのごとく古い。

しばらく行くと金崎宮の近くに出る。

以上は「指掌録」に載っている行程でたどったが、古代の北陸道は大比田から五幡までは同じだが、五幡からはウツロギ峠を越えて田尻に出、越坂《おつさか》、樫曲《かしまがり》、敦賀という順路で、上り下りの勾配がかなりきついという。芭蕉が通ったころは海岸の道もかなり整備されていたから、苦労してまで古代の北陸道を通ることはなかっただろう。山中峠を下って若狭湾沿いに歩く道に、芭蕉は十分な満足を覚えたのではないだろうか。

気比の海

国々の八景更に気比の月

（「月一夜十五句」）

敦賀に着いて唐人橋町の出雲屋を訪ねた。十日に曽良が出雲屋を訪れ、芭蕉が来ることを伝えている。先達が来てわざわざ来訪を伝えるなどあまり例がないから、出雲屋もたいそう有名な宗匠だと思ったことだろう。それに曽良が一両を預けている。芭蕉の旅費にというよりは、信用代として威力を発揮したにちがいない。

その夜、月殊晴《ことにはれ》たり。「あすの夜もかくあるべきにや」といへば、「越路《こしぢ》の習ひ、猶《なお》明夜の陰晴《いんせい》はかりがたし」と、あるじに酒すゝめられて、けいの明神に夜参《やさん》す。仲哀天皇の御廟《ごべう》也。社頭神さびて、松の木の間《こま》に月のもり入《いり》たる、おまへの白砂《はくさ》霜《しけ》を敷るがごとし。

（『おくのほそ道』）

この夜の月は銀色に輝いていた。明日の仲秋の名月はどうだろうかと出雲屋の主人に聞くと、天気が変りやすい土地なので、晴れるかどうかはわからないという返事。すすめられた酒を呑み、気比神宮に参拝。月光をあびた本殿の白砂は霜が降りたように光っていた。

同　明神

月清し遊行のもてる砂の上

（「月一夜十五句」）

同じ句が『おくのほそ道』にも載せられている。遊行上人二世他阿《たあ》上人が気比神宮前の湿地に苦労している参拝者のため、自ら砂を運んで参道を整備した故事にちなみ、代々の遊行上人は一度は気比神宮に来て「お砂持ち」の神事をおこなうことになっている。そうした尊い上人が運んだ砂だと知れば、清々しさもひとしおだったろう。

この日の行程六里半。

神道家河合惣五郎（八月十五日）

一　十五日　曇。辰の中尅、出船。嗒山《たふざん》・此筋《しきん》・千川《せんせん》・暗香《あんこう》への状残《じようをのこす》。翁へも残す。如行へ発句す。竹戸、脇す。未の尅、雨降り出す。申の下尅、大智院に着。院主、西川の神事にて留主《るす》。夜に入て、小寺氏へ行、道にて逢て、其夜、宿。

八月十五日（陽暦九月二十八日）。曽良は、嗒山、此筋、千川、暗香、そして芭蕉にもそれぞれ手紙を書いて如行に預け、舟に乗って下ることにした。水門川《すいもん》から揖斐川《いび》に出て流れに任せれば、桑名まで十里。大智院は桑名の手前の伊勢長島にある。舟賃が安いのでここは舟で下るのが普通だった。出発前に竹戸も来て、如行と二人で送別の句を作って送ってくれた。

船に乗ったのは辰の中刻（七時四五分頃）。未の刻（一三時四五分前後）から雨が降り出した。申の下刻（一五時四五分頃）に長島の西側の大智院（長島町西外面《にしども》）に着いたが、住職は西川の神事に行って留守だった。西川の永教寺は大智院住職が兼務し、永教寺境内には村の氏神の八幡宮があったから、そこでの神事だろう。大智院に泊めてもらおうと思っていたのだが、暗くなっても住職が戻って来なかったので、小寺氏へ行こうと大智院を出たら、途中で小寺氏とばったり出会い、その夜は小寺氏宅に泊めてもらった。

曽良が最初に訪ねた大智院であるが、曽良と大智院とのつながりは、大智院に残る文書に、以下のように記されている（カタカナは平仮名に直した）。

元禄二巳年の秋也。尤奥羽より三越路を経回《へめぐり》、夫《それ》より濃州・勢州、其秋両宮御遷宮参詣申され候迄の旅日記を奥の細道と申す。俳書あり。其行脚同行二人と笠の書付もあり。其壱人は曽良と申し候。俗名惣五郎と申し候。右惣五郎殿には其時の大智院住持は伯父也。

これによると、曽良の俗名は惣五郎で、大智院の住職は、曽良の「伯父」であるという。「曽良は腹を病て、伊勢国長島と云所にゆかりあれば」（『おくのほそ道』）という記述や、これから曽良が長島藩士たちと親しく付き合っている様子がみられることから、曽良が若い頃に伊勢長島にいたことは確かだろうが、大智院の住職である「伯父」を頼って長島藩に「仕官」した、とまで言い切れるだろうか。

ここで曽良の略歴を振り返ってみよう。

曽良は慶安二年（一六四九）に信州上諏訪の下桑原村（現・諏訪市諏訪二）の高野七兵衛の長男として生まれた。幼名は与左右衛門。高野家の長男でありながら、どういった事情があったのか、幼いときに母の生家の河西家に引き取られ、まもなく今度は伯母の嫁ぎ先の岩波家の養子となった。曽良は岩波家で庄右衛門正字《まさたか》と名乗っている。正字は名乗で、名乗は武家の男子が通称以外につける実名だから、商家を営む以前の岩波家は武士の家系だったのかもしれない。それを裏付けるように、高野家も岩波家も武田の残党という言い伝えがあるという。

ところが万治三年（一六六〇）一月に養父没。同年六月には養母が後を追うように急死してしまう。このとき曽良はわずか十二歳であった。

曽良の経歴がたどれるのはここまでで、次に曽良が姿を見せるのは延宝四年（一六七六）。「袂から春は出たり松葉

銭　曽良」という歳旦の吟で、これが「曽良」という俳号の初見であるという。前書きに雪国で新年を迎えることが書かれているが、信州諏訪の故郷で詠んだのか、伊勢長島で故郷を思っての句なのか、どっちともとれる書き方をしていて、二十八歳の曽良が俳諧を嗜んでいたことがわかるばかりである。

十二歳から二十八歳まで、曽良はどこで何をしていたのだろうか。養子に出されたときから、生家は弟の五左右衛門が継ぐことに決まっていたから、生家には戻れない。曽良が自立するにはどのような道が残されていたのだろう。そして、信州諏訪出身者が、どういった縁で伊勢長島とつながったのだろうか。

寛文五年（一六六五）というから曽良が十七歳の時、幕府から「諸社禰宜神主法度」が出されている。法度の内容は、社家は神祇道を学び、その神を敬して神事祭礼を勤めること、もし怠慢があれば神職を取り上げる、神領の売買・質入れの禁止、神社が少しでも破損したらすぐに修理する等で、ごく当たり前の五条目なのだが、これによって大きく揺れた神社もあった。

当時はどこにでも、何を祀っているのかわからない小祠がたくさんあったし、村の神官として祭祀をしている者も、前身をたどると放浪の末に神社に住み着いた得体の知れない山伏や陰陽師だったりして、祭祀方法はその者の勝手次第ということころも多かった。こうした者は神祇道など学んでいなかったから、神職は取り上げられることになる。

祭式行事に関しては、花山天皇の血をひく白川家が平安末から一手に引き受けていたのだが、室町中期以降からは白川家を補佐してきた吉田家が実力をのばし、今や「神祇道」を定めて、社格の決定や祭服の着用許可、儀式作法を伝授して神官の資格を与えるのも、吉田家の権限になっていた。正式な神主になるには、京都の吉田家へ行って修行をしなければならないことを幕府が認めたのである。もぐりが明るみになる前に逃げ出す神主もいたことだろう。

日本古来の神々を正しく理解し、清浄に祀らなければ国は安らかに治まらないと唱えたのは、吉川惟足《よしかわこれたる》（一六一六〜九四）である。惟足は古歌を研究しているうちに、古代の神々を知らなければ古歌に精通することが出来ないと考え、京都の吉田神道家に入門したという経歴をもっている。明暦二年（一六五六）に秘伝を伝授されて、吉田神道家の正統後継者になったが、吉田神道をそのまま受け継いだわけではない。日本の神々は八百万神というごとく、自然崇拝が基になっている。他の宗教を否定することがなかったし、仏教が、神は仮の姿で本来は仏であると本地垂迹説を唱えても、異議申し立てもしなかった。だから長い間に仏教をはじめ、道教、陰陽道、儒教等の要素が加わり、神々の元の姿が見えにくくなっていた。日本の神々からこうしたものをぬぐい去らなければ、本当のことは見えてこない。

こうして惟足は神道から仏教色をそぎ落とし、神話に登場する神々の本来の姿や行動に深い意味を見つけ、またそこに朱子学・儒学的な考えを融合させて、清浄・誠意・正直といった人倫の道を説いた。これが惟足没後に吉川神道といわれるようになる。

朱子学は幕府が採用した思想だったから、吉川惟足に共鳴した大名・武士は数知れない。紀伊（和歌山）藩主徳川頼宣、水戸藩主徳川光圀、会津藩主保科正之、岡山藩主池田光政など、名君といわれた為政者たちの多くが、身を修めることが天下を治める行法であるとする吉川神道の教えに従って仁政をしいている。そして日本特有の文化や精神を明らかにしようとした国学者にも、仏教色を排除した吉川神道は広く受け入れられ、賀茂真淵の『万葉集』研究や本居宣長の『古事記』研究につながっていくのである。

「諸社禰宜神主法度」が出されて、多くの無許可神主が姿を消し、正式の祭祀方法を学んだ者が神社を任される機会が格段に多くなるはずである。国学や和歌・俳諧を好む者にとっても、古代の精神を学ぶ神道家への道は魅力的なものと映ったはずだ。

江戸時代の神への奉仕者は、神主・社人《しゃにん》・神職（神道者）に分かれていたという。『日本神道史』によると、「神主は、専属の奉仕神社を持ち、主体となって祭神への奉仕や神社の運営に関与する人々。社人は、専属の奉仕神社は持つが、神主に従属的な位置に有り、補助的な仕事に携わる人々。神職は、専属の神社を持たず、しかし神祇に奉仕することで活計を立てている人々」という。

曽良の旅を好む性質が生来のものであったなら、「諸社禰宜神主法度」が出されなくても、神職を目指したかもしれない。社家の生まれでもない曽良が、吉田家で修行して神社を預かる神官を目指したとは考えにくいし、この修行にはかなりの大金がかかるのだ。村の社の権威をあげるため、村で費用を出して無位の神職を吉田家に送り込み、神主の位をもらったという話もある。神職なら位は低いが、神社に縛られることなく、さまざまな土地で祭祀を手伝いながら生活することができるし、勉強次第で神道家として学問で立つことも可能である。こうして曽良は神職として自立する道を選んだのではなかろうか。これを裏付ける確かな資料はないが、可能性としてあり得たことと思う。のちのことになるが、元禄四年七月十五日には、伊勢国磯部の伊雑宮の神官を前に「中臣祓《なかとみのはらい》」を講義するほどの学識を備えることになる。

大智院の文書では、大智院の住職は曽良の「伯父」とあり、多くの研究書がこの伯父を頼って伊勢長島へ行くことになったとしている。では、曽良が伊勢長島に行ったのは、いつ頃のことなのだろうか。

伊勢長島は天正二年（一五七四）に一向宗徒による大一揆が発生し、信長によって二万人が殺戮された地である。徳川の世になっても警戒怠りなく、慶長六年（一六〇一）には譜代の菅沼氏が二万石で入封し、長島藩が立てられた。長良川・木曽川・揖斐川の河口にある長島は洪水が日常化しているデルタ地帯であり、台風の被害も受けやすい土地であったが、菅沼氏は果敢に城下の建設や新田開発を行った。しかし、元和七年（一六二一）に近江国膳所《ぜぜ》へ転封。長島藩は一時廃藩となってしまう。

大名の菩提寺は転封されるごとに移されるから、菅沼氏の菩提寺も膳所に引っ越した。その跡に小庵が建てられて大智院と号したのが寛永十二年（一六三五）。大智院の過去帳によると、初代住職には宥遍（明暦四年＝一六五八年寂）が就任、二世宥意（万治三年＝一六六〇年寂）、三世良尊（寛文三年＝一六六三年寂）、四世良成（元禄十五年＝一七〇二年隠居、享保六年＝一七二一年寂）、第五世良照（享保十六年寂）と続く（谷沢尚一『曽良日記』伊勢長島関係資料」による）。

松平康尚が下野那須野から一万石で入部して、再び長島藩が成ったのが慶安二年(一六四九)で、これは曽良が生まれた年でもある。歴代住職の没年から計算すると、二世宥意が歿したのは曽良が十二歳の時、三世良尊は十五歳の時、四世良成は曽良七十三歳の時になる。三世良尊が引き取ったとすると、曽良が養父母と死別して間もない頃で、これだと曽良には祭祀を学ぶ期間がなく、良尊の手伝いどころか足手まといになるだけだったろう。四世良成は三世良尊の弟子で、生年は不明だが、良成が仮に九十歳まで生きたとすると寛永九年(一六三二)生まれとなり、曽良より十七歳年上、三世から大智院を引き継いだのが三十二歳という計算になる。

大智院は二世宥遍のときに長島藩主の祈願所となったが、三世良尊の頃にさびれ、四世良成の時に客殿や庫裡を修復したり、仏像・神像を新しく購入したりして、藩主の祈願所にふさわしいものに再興したというから、良成は十分にやり手であった。当時の常で神仏習合だから大智院は神社を兼帯していて、良成は多忙だったにちがいない。何も知らない小僧を引き取ったとは考えられないから、曽良が大智院に来たのは良成を助けるためで、神社祭祀にはかなり詳しくなっていた頃と推測される。曽良という俳号の初見は延宝四年(一六七六)。この珍しい俳号は木曽川と長良川からとったものだろう。もしそうならば、曽良は二十八歳のときにはすでに長島にいたことになる。

では曽良は神社祭祀の方法をどこで学んだのだろうか。

曽良の故郷諏訪には一宮である諏訪神社がある。ここに神職として雇われ、祭式の手伝いをしながら学ぶことは可能だったろう。諏訪神社の祭神は建御名方神《たけみなかたのかみ》と八坂刀売神《やさかとめのかみ》で、軍神として名高かったが、タケミナカタという神名から水の神としての性格を帯び、新しく開発された新田村へ勧請されることが多かった。建御名方神は全国に七千余もの分社をもっているという(『神道大辞典』)。前述したように、木曽三川に囲まれた伊勢長島は、たえず洪水や台風の被害にさらされていた。さまざまの災難除けの祈願をするのは神官の役割だったし、当時は新田開発が進んでいたから、新しく産土神も勧請され、その祭祀をするのも神官に任せられた。神官を必要とする場面はたくさんあったのである。大智院が兼帯する神社は格式の高いものではなかったから、正式な神主でなくても、無位の神職でも事足りたはずである。推測を重ねることになるが、曽良は故郷の諏訪神社で神事祭礼を学んで神職となっていたのではなかろうか。そして手の足りない大智院に呼ばれることになる。ただし、良成が曽良の縁者であること、つまり「伯父」であることは確かめられなかった。諏訪で調査にあたっておられる方々も、曽良の縁者で僧籍に入った者は見つけることができないという。

これまでの研究書の多くが「長島藩に仕官」や「長島藩を致仕」としているので、あたかも曽良が武士として仕えたような印象をもってしまうが、曽良が武士だったという確証はない。信州上諏訪出身で、しかも商家の養子であった曽良が、伊勢長島で藩士という身分を手に入れるには相当強力な伝手《つて》が必要だったと考えられ、江戸詰の長島藩士川合源右衛門長征が候補者としてあげられることがあるが、確証があることではない。

曽良は武士ではなく神職だったはずだ。身分は軽いが、曽良には十分な知識があり、神道家として扱われていたのだろう。だからこそ長島藩士と対等のつきあいができたのだ。また曽良はあっさりと伊勢長島を去っていた。責任の重い神主なら神社に縛られて、このような行動はできなかったはずである。

曽良の旅日記に戻る。

大智院住職の良成は、いうなれば昔の上司である。昔のよしみで泊めてもらおうとしたが、良成が不在だったので、遠慮して小寺宅に向かった。もし良成が「伯父」ならば、このような遠慮はしなかったはずだ。

小寺氏は五郎左衛門で西川八幡宮の神主(小笠原恭子「曽良とその周辺」による。以下の長島関係者の名や身分も同論文によるところが多い)。生没年不明だが、のちに伊勢長島の歴史と寺社の由来を記した「長嶋記」(元禄十四年成)を書くことになる人物である。曽良とは神道を通じて親しく付きあった仲らしく、「長嶋記」の調査をともにしたのでは、と想像したくもなる。

延宝八年(一六八〇)に長島藩主松平康尚《やすひさ》は、西外面八幡社を嗣子忠充の守り神とするために、羽車(御霊《みたま》を運ぶための腰輿《ようよ》）を寄進し、当時まだ鎌倉に隠棲していた吉川惟足に縁起等を書いてもらったことがあった。康尚も吉川神道に共鳴・心酔した大名の一人だった。このときに吉川惟足の教えに直接触れて、曽良はこの人こそが自分の生涯の師と考えたのではないだろうか。曽良三十二歳である。

惟足は曽良と似たような生い立ちをもっていた。惟足の祖父は小田原城攻めの時に徳川家康のために戦って戦死。父は仕官を望んで江戸に出てきたが、志半ばで病死し、母は堺にある生家に戻った。惟足が九歳のときである。それから日本橋の商家の養子となったが、その養父にも十九歳で死別してしまう。和歌を好んだ惟足の性格は商売には向かず、三十六歳で相州鎌倉に隠棲して歌道に精進。歌道から古典の研究に入り、やがて神代巻、中臣祓の神典にも目を通すようになって、ついには吉田神道家に入門し、秘伝を伝授されて、のちに吉川神道の一派を立てた（平重道著『吉川神道の基礎的研究』）。曽良が吉川神道に惹かれたのは、その学理もさることながら、惟足の境遇に自分を重ねたからではあるまいか。

長島藩を去った曽良が江戸に出て深川五間堀に住んだのは、近くの本所に吉川惟足の屋敷があり（惟足は天和二年・一六八二年に幕府の神道方となり、広大な屋敷を拝領していた）、ここに通ってさらに吉川神道を深めようという志があったからにちがいない。深川五間堀からほど近いところにあったのが芭蕉庵だったというわけである。

神道家の曽良は俳諧に多くを求めていたわけではない。芭蕉の人間性に惹かれて「深川の翁に断金の交りあつく、あるときは釆薪の労を助け」（『乞食嚢』）たのだろう。『おくのほそ道』の途次に長島で小寺五郎左衛門と再会したときの曽良は、すでに吉川惟足の門弟であり、本格的な神道家になっていて、俳人曽良はあくまで余技で、真の顔は神道家河合惣五郎である。

この日、美濃で未の刻（午後一時四十五分前後）から降りはじめた雨は、敦賀でも降っていた。

十五日、亭主の詞《ことば》にたがはず雨降《ふる》。

名月や北国日和定《ほくこくびよりさだめ》なき

（『おくのほそ道』）

雨だからといって芭蕉は出雲屋でじっとしていたわけではない。金崎宮に行き、敦賀港へも行って見ている。

金か崎雨

月いつく鐘ハ沈める海の底

は　ま

月のミか雨に相撲もなかりけり

みなと

ふるき名の角鹿や恋し秋の月

う　み

名月や北国日和定めなき

（「月一夜十五句」）

そして最後の句だけが『おくのほそ道』に載せられた。

〇十六日　快晴。森氏、折節入来《じゅらい》、病体談《をだんず》。七ツ過、平右へ寄。夜に入、小芝母義・彦助入来。道より帰《かへり》て逢て、玄忠へ行《ゆき》、及戌刻《いぬのこくにおよぶ》。其夜より薬用。

八月十六日（陽暦九月二十九日）、曽良が逗留している長島は快晴となった。藩医の森恕庵がたまたま来たので病気のことを相談してみた。恕庵は医名で、俳名は玄忠という。玄忠は曽良の俳諧仲間でもあったろう。

七ツ（一六時前後）まで小寺の家（西川八幡宮）で心置きなく休み、それから平右の家に寄ってみた。平右衛門というのだろうが未詳。社人である可能性もある。夜になって、曽良が来たことを聞きつけた小芝母義と彦助も、平右の家に顔を出した。小芝は、九月二十三日に「小芝杢左衛門」と記されている人物で、おそらく社人であろう。曽良はこれからたびたび小芝の家に泊めてもらうことになるのだが、藩士ならば他国者を気軽に泊めるようなことはしないはずである。

「母義」は名前かどうかはっきりしないが、曽良は七月十二日、糸魚川で大聖寺への伝言を頼まれたときに「母義、無事に下着」と記しているし、元禄三年九月二十六日付芭蕉宛書簡にも、芭蕉庵のその後を伝えて「平右より夕菊母義へゆづり」と記している。どちらも母親のことを指しているので、「小柴母義」も小柴杢左衛門の母親であろう。不在の杢左衛門の代わりに母親が顔を出しているのは、曽良と家族ぐるみの付き合いだったからだろう。彦助は不詳。いずれも長島にいたころの曽良と親しかった者たちだ。曽良が長島を去って江戸へ出た時期については諸説あるが、天和二〜三年（一六八二〜八三）頃とするのが妥当のようである。あれから七、八年の月日が流れている。変ったこと、変らなかったこと、互いに話すことは多かったにちがいない。

それから再び医者の恕庵の家へ行き、頼んでおいた薬をもらった。ここで「玄忠」と俳号を記しているのは、俳諧の話がはずんだからだろうか。玄忠の家で戌の刻（二〇時前後）頃まで話し込んだ。

種の浜へ――天屋について（八月十六日）

十六日、空霽《はれ》たれば、ますほの小貝ひろはんと、種《いろ》の浜に舟を走《は》す。海上《かいしやう》七里あり。天屋《てんや》何某《なにがし》と云《いふ》もの、破《わり》籠《ご》・小竹筒《ささえ》などこまやかにしたゝめさせ、僕《しもべ》あまた舟にとりのせて、追風《おひかぜ》、時のまに吹着《ふきつき》ぬ。浜はわづかなる

表5　敦賀商人抄出

天屋弥三右衛門	越後長岡（1万石）蔵宿16人の内、最上山形（100石）蔵宿3人の内、由利本庄（3000石）蔵宿2人の内、庄内筋宿、秋田筋宿、勢州筋宿、船4艘持
天屋五郎右衛門	羽州亀田（3000石）蔵宿3人の内、羽州秋田（1万石）蔵宿4人の内、銅問屋、越後筋宿、秋田筋宿、利銀指
天屋重右衛門	利銀指、酒屋
天屋弥惣右衛門	利銀指
壺屋甚右衛門	江州彦根用木宿7人の内、材木売問屋、塩問屋、越前筋宿、小船7艘持
幸光甚右衛門	船2艘持
出雲屋弥市郎	加賀筋宿

（「遠眼鏡」『敦賀市史史料編第5巻』所収より作製）

海士《あま》の小家《こいへ》にて、侘《わび》しき法花寺《ほっけでら》あり。爰《ここ》に茶を飲《のみ》、酒をあたゝめて、夕ぐれのさびしさ、感に堪《たへ》たり。

寂しさや須磨《すま》にかちたる浜の秋
浪《なみ》の間《ま》や小貝にまじる萩《はぎ》の塵《ちり》

其日《そのひ》のあらまし、等栽に筆をとらせて寺に残す。

（『おくのほそ道』）

伊勢長島も快晴だったが、敦賀も快晴になった。そこで色浜へ行くことになった。連れて行ってくれた「天《てん》屋《や》何某《なにがし》」は、曽良が十一日に訪ねて会えなかった天屋五郎右衛門である。当時の敦賀には天屋の屋号をもつ者が何人かいた。天和二年（一六八二）に記された「遠眼鏡」には、天屋五郎右衛門が記されている（表5）。五郎右衛門は、北前船で送られてくる羽州亀田藩の城米三千石を一時保管して蔵敷料をとる蔵宿三人の内の一人、また羽州秋田藩の一万石を扱う蔵宿四人の内の一人でもある。羽州から来る銅の問屋もやっていて、越後・秋田からの商人を泊める宿も兼ねている。また利銀指（金貸し）もやっていた富商である。

天和三年（一六八三）に大淀三千風が敦賀を訪れたときに句を交したのは、「敦賀点屋　水魚」であった。音が同じなら適当な漢字をつかってすませるのは当時のやり方だし、三千風にはとくにそうした傾向が強いので、「点屋」は天屋の可能性もある。

折ふし敦賀祭の頃にてとゞめられし。金崎遠望。気比宮、当り宮の縁起等略。当津十景の記をかき十句し侍し。

一葉江に杖の檣《ほばしら》やすめたり　敦賀点屋　水魚

三千筆の露の水揚

松も月もうつ（写）さばなどか所望集　同

嵐はじめて濃色の濱

（後略）

（『日本行脚文集』）

三千風の名を織りこんで「三千本の筆からしたたる露のように多くの句が出来ますでしょう」と、点屋水魚は巧みに三千風を持ちあげているが、少々あざとすぎると私は感じてしまう。

これは芭蕉が来る六年前のことなので、芭蕉を色浜に案内したのもこの「点屋水魚」であろうと推測されることが多い。確かに三千風を迎えた俳人が芭蕉をも迎えている例がある。三千風は天和三年に酒田の伊東不玉、越後高田の細川棟雪・更也、金沢の友琴と句を交し、貞享二年には伊勢の島崎又玄《ゆうげん》、貞享三年には美濃大垣の木因、羽州大石田の一栄・鈴木似林、須賀川の相楽等躬と会っていた。

しかし、三千風と対面したが、芭蕉とは会わなかったという俳人の方が圧倒的に多い。その地方で俳名が高かった俳人がいるにもかかわらず、芭蕉は強いてそれを避けたのではないかと思われる場合さえある。三千風が尋ねたほどの俳人ならば芭蕉を色浜へ連れて行って歓待したはずだと、重ね合わせる必要はないだろう。三千風と句を交した「点屋水魚」は、芭蕉を迎えた「天屋何某」とは別人かもしれない。

「遠眼鏡」に載っている「天屋」は五郎右衛門の他に、弥三右衛門、重右衛門、弥惣右衛門がいる。敦賀は本勝寺住職日能（?～一六五二）が貞徳の直弟子だったし、また安原貞室（一六一〇～七三）の後を継いで貞門三代目となったといわれる犬井（乾）貞恕（?～一七〇二）も敦賀の出身である。敦賀の富裕商たちにとっては、俳諧は身近な遊びだった。点屋水魚でなくとも、三千風と句を交せる天屋は何人もいたのである。

「曽良旅日記」がまだ明らかにされていない時代、芭蕉を案内した「天屋何某」についてさまざまな考察がなされた。丸岡に住んでいた蓑笠庵梨一（一七一四〜八三）は『菅菰抄』で「天屋の屋号は、今も敦賀の町に多し。其中に今俳名大翅といふものゝ祖父、種《いろ》がはまへ翁を伴ひたりと云《いひ》伝ふ」と記している。梨一と同時代に敦賀にいた大翅の祖父が「天屋何某」であるという説である。大翅は十飛叟と号し、姓は室《むろ》、天屋五郎右衛門を襲名している。梨一は大翅から直接聞いた可能性が高い。

また白崎琴路（一七一六〜九〇）は「月いづこ鐘は沈るうみのそこ」が『おくのほそ道』に収録されなかったことを残念に思い、宝暦十一年（一七六一）に金ヶ崎金前寺境内に芭蕉の「月いづこ」の句碑（鐘塚）を建立。あわせて刊行した記念句集『白烏集』に、門弟十飛叟大翅の「鐘塚供養辞」を収録している。

むかし元禄二とせの秋、芭蕉の翁奥の細道をたどり〳〵て此津にしばらく錫《しやく》をとゞめたまひしを、予が祖父にて有りけるもの、いさゝか羇旅《きりよ》の労をいたはりまゐらせしが、一日一樽の微志をもうけて、いざたまへ秋のにしきならでも、色の浜見せ申さんと、みづから扁舟《へんしう》の艫先《へさき》にたちて案内申せしに、小萩がもとの露うれしくおぼしけん、ますほの小貝小盃などうち興じたまひしは、まさにその時の吟なるべし。

（「鐘塚供養辞」『福井俳諧史誌』より）

「天屋何某」についてはもう一つ、天明六年（一七八六）に書かれた記録もある。これも白崎琴路が書いた「蕉翁宿句帳」の中にある次の記述である。

等栽は翁の跡をしたひて此津に来り、ともに富士屋といへるものゝもとを旅やどりとす。その夜はまづ宵の月さやけく、気比の社の神祭なればと、あるじがすゝめに夜参ありて、月清しの吟筆跡今百練舎に蔵す。翌の日は北国日和の句ありて、了佐是をつたへ持て家珍とす。雨中のつれ〴〵俳諧する人やあると問ひたまへば、天屋何某こそ風雅に富る人也と答ふ。さはとてその家をたづねたまへば、玄流雀踊（ママ）して風談におよび、金が崎色の浜にいざなひまいらせ、須磨にかちたるの吟、浪の間やの詠、二章は等栽に筆をとらせ、爰の寺にのこして什宝となせり。天屋へは花の雲幷に犬もすぐるゝかの二句を短尺にものして、此ほどの介抱を謝し給ふ。路通もこゝにむかへまいらせ、杖を湖東に曳て別れ出たまひぬ。（後略）

芭蕉が泊った出雲屋は没落し、親類筋の富士屋が買いとって旅籠屋として営業を続けたという。琴路はその富士屋が芭蕉宿泊の宿であることを証明するために書いたので、出雲屋の文字は出てこない。

この琴路の文章によると、十五日は雨が降っていたのですることもなく、芭蕉が富士屋（実は出雲屋）の主人に「当地に俳人はいるか」と尋ね、出雲屋はすぐさま天屋何某を紹介。芭蕉が天屋へ行くと、玄流は雀躍して風談に及び、翌日は金ヶ崎・色浜へと案内した、とあり、芭蕉を接待したのは天屋玄流ということになる。

白崎琴路の本名は白崎瀬兵衛。問屋、醸造業を営んでいたというから、敦賀の富商の一人である。白鳥山人とも称し、一時『おくのほそ道』素龍清書本を所持していた宗匠である。門下には室大翅、富士屋の主人笠杖が名を連ね、丸岡の蓑笠庵梨一との交流も深かった。

琴路の情熱で「天屋何某」は大翅の先祖の天屋五郎右衛門・俳号玄流ということが明らかになったのだが、曽良は天屋に直接会っていなかった。天屋の帰宅を待って、確約をとって出発したかっただろうが、大垣には十四日に着かなければ行く用をなさなくなる。責任感の強い曽良には心残りがする敦賀出発だっただろう。

天屋の案内で色浜へ向う場面は、『おくのほそ道』の中でも壮快感に溢れている。しかし、「破籠《わりご》・小竹筒《ささえ》など」を用意し、「僕《しもべ》あまた舟にとりのせて」「海上《かいしやう》七里」を漕がせて「種《いろ》の浜に舟を走《は》す」のは、今までの芭蕉の旅からすると異例の贅沢で、「やつしやつして薦《こも》かぶるべき心がけにて御坐候」（猿雖宛書翰）という決心にそぐわない感じがするのは芭蕉も同じだっただろう。しかしせっかく船を準備し、水主《かこ》を集めて待っていたのを無碍《むげ》に断るのも風流心に欠ける。豪華さがもてなしと心得ている相手には、ありがたく謝意を示すのが旅の俳諧師の心得でもある。

天屋が用意した船はかなり大きかったらしく、水主が大勢乗ってかけ声も勇ましく色浜を目指して漕ぎ出した。実は大勢の水主を揃えて色浜を目指して漕ぎ渡る船は、芭蕉を接待するためにわざわざしつらえたというわけでもなかったようである。敦賀湾にはいたる所に塩浜があった。焼かれた塩は藩に現物納の年貢として収められるのだが、毎年春土用（立夏の前十八日）の内に奉行一人、大目付と代官二人ずつが船二艘に乗船して、西浦の塩浜の視察に行くことになっていた。そのときに色浜の庄屋の家で朝飯をとるのが習いになっていて、「酒は銘々勝手次第持参」だったという（「指掌録」）。大勢の水主に漕がせ、酒を持参で船を走らせるのは、毎年くり返されていた年中行事だったのだ。

色浜まで「七里」とあるが、実際には片道二里半余。芭蕉自身はこの豪華な船旅が十分気に入ったようで、『おくのほそ道』の文章からもおおらかに楽しんでいる様子が伝わってくる。船は追風もあってたちまち色浜へ着岸した。

色浜は小さな村だった。寂然法師の「山おろしに紅葉ちりしく色の浜冬はこしぢのとまり寂しな」がしみじみと思い出されたことだろう。「侘しき法花寺」は、曽良が泊った本隆寺。創建は明応五年（一四九六）。日蓮宗で、京都本能寺の末寺という。本隆寺に上がって茶を飲み、天屋が用意した酒を燗して飲み、それから浜におりて色浜を満喫した。芭蕉は「寂しさや須磨《すま》にかちたる浜の秋」「浪《なみ》の間《ま》や小貝にまじる萩《はぎ》の塵《ちり》」の二句をつくり、記念にこの日のことを洞哉に書き記させた。

　気比の海のけしきにめで、いろの浜の色に移りてますほの小貝とよミ侍しは西上人の形見成けらし、されば所の小ハら（童）ハまでその名を伝へて、汐のまをあさり風雅の人の心をなぐさむ、下官年比《やつがれとしごろ》思ひ渡りしに此たび武江芭蕉桃青巡国の序《ついで》、この浜にまうで侍る、同じ舟にさそはれて小貝を拾ひ、袂につゝミ、盃にうち入なんどして彼《かの》上人のむかしをもてはやす事になむ

越前ふくゐ　洞哉書

小萩ちれますほの小貝小盃　桃青

元禄二年仲秋

そもそも非常な苦労をして色浜までやって来たのは、洞哉の書いているように「いろの浜の色に移りてますほの小貝とよミ侍しは西上人」であったからである。西行の「潮染むるますほの小貝拾ふとて色の浜とは言ふにやあるらん」がその和歌。芭蕉がこの歌のどこに感動したのか私には不可解だが、芭蕉は拾った小貝を盃に入れて酒を呑んだりして西行を偲んでいる。「ますほの小貝」のますほは「真蘇枋《ますおう》」で黒っぽい赤色。ますほの小貝は小指の爪より小さく、天候の具合によるが、今も色浜の砂浜で見つけることができる。ここで拾った小貝は大垣の荊口に分け与えられ、荊口は芭蕉の百ヶ日会行に、

先年越より拾ひきて分おかれし、手もとのしたはしく

梅が香にさがす真蘇枋の小貝哉　（『後の旅』如行編・元禄八年刊）

を作ることになる。

種の浜

衣着て小貝拾ハんいろの月　（「月一夜十五句」）

この日は敦賀に戻ったのだと思う。色浜・敦賀間は近いし、色浜には芭蕉と洞哉、そして豪商天屋が泊るようなところはなかった。芭蕉と洞哉はどんなあばら家でも文句はなかったが、天屋はそういうわけにはいかなかったろう。それに連れてきた水主たちを民家に分宿させるとなると、色浜の人々にとっては負担になるだけである。というわけで、また敦賀湾を漕ぎ渡り、敦賀に戻った。芭蕉と洞哉は出雲屋に泊る。

大垣の蕉門（八月十七日〜九月六日）

○十七日快晴。○十八日雨降る。○十九日天気吉《よし》。○廿日同。○廿一日同。○廿二日・廿三日快晴。廿四日晴。廿五日巳下刻《みのげこく》より降る。○廿六日晴。廿七八九日晴。
九月朔日《ついたち》晴。二日晴。大垣為行（以下略）

八月十七日（陽暦九月三十日）から九月一日（陽暦十月十三日）まで、曽良は伊勢長島で静かに休んでいる日が続いたようで、毎日天気だけが記されている。曽良が大垣へ出発するのは九月二日なので、それまで芭蕉が誰と会い、何をしていたかを見てみよう。

十六日に色浜に行った以後の芭蕉の動静は不明である。天屋玄流が自邸に招いてくれたりしただろうが、芭蕉好みの簡素な接待だったとも思えない。俳諧に遊ぶ地元の富商たちも訪れたと思われるが、連句が巻かれた様子もなく、金持ちとの交際は芭蕉にとっては気が重いばかりだったろう。酒田を去るとき芭蕉の心は金沢に飛んでいた。それと同じように敦賀では大垣に心が飛んでいたのではないだろうか。大垣にはいち早く蕉門に加わった者たちがいる。そこでなら「蘇生《そせい》のものにあふがごとく」(『おくのほそ道』) 生き返ったようにゆっくりと体を休めることができる。

一方、大垣では曽良から手紙を受け取っていたので、芭蕉が敦賀の出雲屋に滞在していることを知っていた。そこには適当な時期に芭蕉を迎えに行ってほしいと書いてあっただろう。曽良は芭蕉を一人で旅させることが不安でならないのだ。適当な時期とは芭蕉が色浜へ行った後ということで、それが何日になるのか曽良は知ることができなかったから、芭蕉がそれを大垣へ伝えることになっていたのだろう。

敦賀・大垣間は久々坂峠から柳ヶ瀬に出て北国脇往還を行くと十五里十五丁で、二日の行程である。「大垣到着は八月二十一日」が定説になっているのでそれに従うと、十六日の朝に芭蕉は大垣へ迎えを頼む旨の使いを出す、使いの者は十七日に大垣到着。十八日に迎えの者が大垣を出発、十九日敦賀到着、二十日に芭蕉は敦賀を出発、二十一日大垣着となる。これが二十一日大垣着にぎりぎり間に合う日程であるから、芭蕉は十六日に色浜見物の船に乗る前に使いを出したことになる。色浜見物をしたらすぐに敦賀を去りたかったらしい。芭蕉はじりじりしながら大垣からの迎えを待っていたのだろう。

十七日に芭蕉からの使いが大垣に到着した。翌日、勇んで芭蕉を迎えに敦賀に向ったのは、意外なことに路通であった。

路通(一六四九~一七八三)の姓は斎部《いんべ》(忌部《いんべ》)とも八十村《やそむら》ともいう。生国は美濃とも筑紫ともいうが、斎部・忌部は神社関係者の姓であるから、親は祠官であったかもしれない。路通は貞享二年(一六八五)三月頃、近江膳所《ぜぜ》の松本で『野ざらし紀行』(『甲子吟行』とも)途中の芭蕉と面識を得て入門。このとき路通は三十七歳、『徒然草』の辻講釈をしていたらしい。当時は『徒然草』や『太平記』の講釈が大流行していて、小屋がけなどせずに辻立ちで面白おかしく講釈をする者も多かった。路通はそんな大道芸人の一人だったのだが、芭蕉を感心させる句を作るのだから、ただの風来坊ではない。放浪生活をする前は三井寺にいたようで、学問や和歌の素養などはその頃に身につけたのだろうという。

路通が芭蕉を訪ねて江戸にやって来たのは貞享五年（九月三〇日に元禄と改元）の春。芭蕉とはじめて会ってから三年の月日が流れていた。芭蕉が『笈の小文』の旅で不在だったので、路通はそのまま江戸に滞在して芭蕉を待つことになる。

八月二十日過ぎ、芭蕉は越人《えつじん》を伴って江戸に戻り、路通と再会。芭蕉は路通の才能を高く評価し、「路通　此作者は松もとにてつれ〴〵よみたる狂隠者、今我隣庵に有。俳作妙を得たり」（元禄元年一二月五日、尚白宛書簡）、「路通が妙作、驚鬼計《おにをおどろかすばかり》に候」（同日、其角宛書簡）とまで言ってかわいがっていたが、以前からの門人たちは、路通の講釈口調の軽薄な話し方や、江戸で著名な俳人と同席しても屁とも思わない態度を不快に思い、不審な目を向けるようになる。

芭蕉は『おくのほそ道』の旅に「道の風雅の乞食」の路通を随行させようと考えていたが、門弟たちに大反対され、急遽、誠実を絵に描いたような曽良も同行させることになった。ところが路通は出発直前に突然姿を消してしまい、曽良だけが随行することになった。こういういわくつきの人物である。

路通は芭蕉と会ってから江戸を去るまでのことを俳文「返店の文」に書いている（『本朝文選』に所収）。これを読むと厚顔不遜、不誠実となじられた裏に、常識人には計り知れない寂しさを抱えていたことがひしひしと伝わってくる。「肌のよき石にねむらん花のやま」「去《い》ね去《い》ねと人にいはれつ年の暮」などは路通にしか作れなかった句だ。

『おくのほそ道』行脚を前にして突然出奔した路通は、その後伊豆の蛭ヶ小島にもいたようだが、なぜか大垣に姿を現している。菅沼曲水（?～一七一七。元禄六年以前に「曲翠」と改号）が「路通つるがへおもひ立ける餞別に」と前書のある「剃立《そりたて》のつむり哀れや秋の風」（『花摘』元禄三年）を作っているので、大垣に来る前に近江膳所《ぜぜ》の曲水宅に立ち寄ったらしい。路通は曲水から芭蕉が大垣に来ることを聞いたのだろう。こうして大垣に到着していた路通が芭蕉を迎えに行くことになった。路通の性格を考えると、それ以前に出発し、芭蕉直門としてちゃっかりと天屋等の歓待を受けていたかもしれない。二十一日大垣着は、路通が書いた「月一夜十五句」に「元禄己巳中秋廿一　大垣庄株《(ママ)》瀬川辺　路通敬序」とあることから推し測ったもので、二十一日以前だった可能性もあるが、一応芭蕉と路通は二十日に敦賀出発、二十一日大垣着としておこう。

露《ろ》通《つう》も此《この》みなとまで出《いで》むかひて、みの丶国へと伴《ともな》ふ。駒《こま》にたすけられて大垣《おほがき》の庄《しやう》に入《いれ》ば、曽良も伊勢より来《きた》り合《あひ》、越人《えつじん》も馬をとばせて、如行《じよかう》が家に入集《いりあつま》る。前川子《ぜんせんし》、荊口《けいこう》父子、其外《そのほか》したしき人々日夜とぶらひて、蘇生《そせい》のものにあふがごとく、且悦《かつよろこ》び、且《かつ》いたはる。

（『おくのほそ道』）

八月二十一日（陽暦十月四日）。敦賀から馬に乗って大垣に着いた芭蕉は、竹島町の如行宅にわらじを脱いだ。

如行は生年享年未詳、没したのは宝永五年（一七〇八）。支考は、如行について「本《もと》より如行は美濃の産にして、その姓は近藤なりとか、武名を辞して漂流せしより爰に発端の詞《ことば》を知るへし」（『本朝文鑑《ほんちようぶんかん》』享保三年刊）と書き、仙台藩士で俳人の臼人《あつじん》も「美濃産、近藤武士なり」（『蕉門諸生全伝』文政年中成）としている。貞享二年の四月上旬に芭蕉は熱田の桐葉宅で八吟歌仙を興行しているが、ここに如行も同席している。藩士だと自由に他藩へ行くことは出来ないから、貞享二年には如行はすでに浪人となっていたらしい。元禄二年には付句の点者として独立（「元禄二年美濃前句付興行資料」『俳諧史の曙』母利司朗著による）。元禄三年四月の如行宛芭蕉書簡に、「歳旦の引付京板のよし、一段御手柄にて御座候。尋候へ共、しか〴〵見《み》不申《まうさず》候間、重《かさね》て帳一冊、可被掛御意候《ぎよいにかけらるべくそうろう》」とあり、元禄三年に如行が京都から歳旦を出していることからもわかる。歳旦は自分と門弟たちの句を集めて正月に出す刷物で、これを出していることは宗匠になっていることを意味する。芭蕉は門弟が点者になることを嫌っていたが、如行には「一段御手柄にて御座候」とずいぶん甘い。これは如行が点者商売だけに走らず、誹諧作者としても精進を怠らなかったからだろう。

加点に手を染めると、連句などに短い批評と点をつけるだけで点料が入るので、実作がおろそかになってしまうのが常である。如行にはそうした心配がなかったことは、『春の日』『阿羅野』『猿蓑』『炭俵』等に入集していることでも納得できる。

当時の如行の家は大垣城下の町人街竹島町にあった。元禄五年九月四日に大垣は大火に見舞われ、如行の家も焼けてしまったと聞いて、芭蕉は見舞いの書簡を出している。

其元《そこもと》大火、御家財焼失の由相聞へ候て、笑止千万に存候。（中略）竹戸《ちくこ》・梅丸子《ばいぐわんし》など、相ともに類火の由、いづれも〳〵御難儀、難申尽候《まうしつくしがたく》

（元禄五年十月十三日付如行宛書簡）

この大火で焼失したのは出火元の馬場町をはじめ、船町・俵町・竹島町・新町など大垣城の南から南東の美濃街道に沿った町人街で、焼失した町家は千百軒。竹島町の南側に立ち並ぶ下級武士の家にも飛火したが、武家方の焼失は三十二軒にとどまった。ともに罹災した竹戸は鍛冶工、梅丸は水谷十太夫で屋号を楠屋という町人である。失火元の馬場町は木因の住む船町のすぐ近くで、船町も類焼しているが、木因の家は焼け残ったのだろうか。また嗒山も船問屋で船町か竹島町に住んでいたと思われ、ここも焼失していた。

余談になるが、如行は元禄九年に名古屋に移住。俳諧師を遊女に見立てて品定めした『花見車』（轍士著・元禄十五年刊）に、如行は尾張の点者として載っている。そこには「松尾屋の内ばかり似せていさんすればよいに、柴やまちにて名にたつ」とあり、松尾芭蕉に指導を受けていたときは佳句を作っていたが、今は大津の柴屋町にいる尚白に近づいている、というもので、暗に佳句が少なくなったことを言っている。芭蕉の死後に佳句が少なくなるのは如行だけでなく、多くの門人がそんな道をたどることになる。芭蕉の指導の力がいかに大きかったかがわかる。

芭蕉は貞享元年（一六八四）の九月末から一カ月余を大垣に滞在したことがあった。その折には木因、如行、嗒山

の家に泊めてもらっていた。如行はそうとう貧しい生活をしていたようで、芭蕉をはじめて泊めた日の句は次のようなものであった。

霜寒き旅寝に蚊帳をきせ申し
　翁をはじめて宿しける夜、ふと申出《まうしいで》ければ
古人かやうのよる(夜)の木がらし
　かく有て興じ給ひぬ。
（『後の旅』）

冬に来た客人、しかも師と仰ぐ人に出す蒲団もない貧乏暮し。それで如行は蚊帳を蒲団がわりにさし出した。蚊帳で寒さが防げるはずもないが、芭蕉は、昔の歌人が旅をしたときもこんなものだったよと、かえって面白がったという。

夜《よ》るの日や不破の小家《こいへ》の煤はらひ
（『阿羅野』）
　壬申の秋類火に逢て
枯果《かれはて》て庵《あん》むすぶべき草もなし
（『彼此集』）
ほたるほどな火を鳴《なき》けすやきり〳〵す
（『三河小町』）

以上も如行の句である。貧を気に病むでもなく、訪ねてくる俳士がいれば泊め、また旅も数度重ねて俳諧に遊んでいる姿勢は、芭蕉には好ましく思えたことだろう。

如行の他に、大垣では藩士たちも多数門下に加わっていた。藩士の家ならば如行の家よりましだったはずだが、武家が他国者を泊めることは憚られるので、芭蕉の逗留は浪人如行の小家となった。
如行は元禄八年に芭蕉百ヶ日追善の『後の旅』を編み、この時の大垣でのことを記している。

元禄二年のはじめの夏、深川のいほり《(庵)》も人にやりて、なす野ゝ原に郭公《ほとゝぎす》をまち、蓬葎《よもぎむぐら》の敷寝の下にきり〴〵すを聞て、千百余里の険難、終《つひ》にかうべをしろふして、みのゝ《(美濃)》国わがさとにうつり給《たまふ》。句どもあまた有。此事はおくのしほりにのこし《(残)》給へば、大形《おほかた》はもらしつ。

胡蝶にもならで秋ふる《(経)》菜むし《(虫)》哉

たねは淋しき茄子《なすび》一もと

かくからびたる吟声ありて、我下《われしも》の句を次《つぐ》。

戸を開けば西に山あり、伊吹《いぶき》といふ。花にもよらず雪にもよらず、只これ孤山の徳あり。

そのまゝよ月もたのまじ伊吹やま

斜嶺《しやれい》硯をとりむかへば、此句をとゞめらる。

恕《(ママ)》水子別墅《べつしよ》にて即興

こもり居て木《こ》の実艸《くさ》のみひろはゞや

耕雪子別墅則時《べつしよそくじ》

凩《こがらし》に匂ひやつけし帰花《かへりばな》

此筋《しきん》にのぞまれて茅屋《ばうをく》の絵讃有《えさんあり》。

むぐらさへ若葉はやさし破レ家

「衾の記」といふ有。是は翁、みちのく出羽行脚の時、最上のなにがしが作り得させし紙のふすま《(衾)》なり。北海の浦〲、野店山橋に、よる《(夜)》は敷《しき》昼は負《おひ》て、我やどに入て、竹戸と云おのこにうちくれられし衾の記なり。

（『後の旅』）

（八月）　320

最初の句の前書に「深川の庵も人にやりて」とあるのは、芭蕉庵は無料で人に提供され、売られたのではないと如行は理解していたことを示している。芭蕉庵を売って旅費に充てたなどとは、考えなかったのである。

「おくのしほり」は『おくのほそ道』のこと。

「胡蝶にもならで秋ふる菜むし哉」は、如行宅に着いたときの芭蕉の挨拶句。蝶にもならずに秋を迎えてしまった青虫のような私だが、これからあなたの大事な食料の菜っ葉をいただいて厄介になりますよ、と芭蕉。種をとるための茄子が干からびて一個淋しくころがっているだけですがどうぞご遠慮なく、茄子を食べていただければ種が蒔かれてこの地にも俳諧が育つでしょう、と如行。

このゆかしい応酬がいつなされたのかはわからないが、芭蕉が疲れていることを察すれば、如行は到着後すぐに挨拶句は求めず、後日にまわしたかもしれない。如行はそうした心遣いのできる人物だった。

芭蕉は斜嶺邸を訪れ、「そのまゝよ月もたのまじ伊吹やま」の句を作っているが、これも何日のことだったのかは不明。斜嶺（一六五三〜一七〇二）は高岡三郎兵衛。当時三十七歳。大垣藩士で二百石。家は大垣城の西南竹橋門のすぐ近くにあった。この後、元禄四年十月にも芭蕉は斜嶺邸を訪れて十吟歌仙を巻くことになる。その時の連衆は、斜嶺・如行・芭蕉・荊口・文鳥・此筋・左柳・怒風・残香・千川。この中の怒風は大垣藩士高宮重吉で、斜嶺の弟である。

「恕水子別墅《べつしょ》にて即興」の句が載っているが、これは九月四日のことなので、四日の項で述べる。

「耕雪子別墅則時《べつしよそくじ》」と前書のある「凩に匂ひやつけし帰花《かへりばな》」は、「凩」が冬の季語なのでこの時のものではなく、元禄四年十月に訪れたときのものだろう。耕雪は不詳。

「此筋にのぞまれて茅屋《ばうをく》の絵」のために作った「むぐらさへ若葉はやさし破レ家」も春の句で季節が合わないが、絵が茅屋の春景色を描いたものだったので、春の季語を使ったと推測される。賛を頼んだ此筋（一六七三〜一七三五）は荊口の長男で、幼名は虎之助。この時に芭蕉に入門。十七歳である。正徳二年（一七一二）に父荊口が致仕すると、太左衛門を襲名することになる。

父の荊口の生年享年は不詳。享保十年（一七二五）に没している。大垣藩士で御広間番を勤め、百石を扶持されている。家は大垣城西側の鷹匠町で、現在の二三七号線に面していた。天和二年（一六八二）三月の木因宛芭蕉書簡には「荊口丈御作などは如何共可成《いかがともなるべき》御器量に相見え候」とあり、芭蕉に有望視されていた。木因を通じて蕉門に加わった大垣蕉門の中では、嗒山とともに古株で、木因と嗒山がだんだん疎遠になっていく中で、大垣蕉門の中心人物となる。荊口の二男の千川（岡田治左衛門。?〜一七〇六）、三男文鳥（秋山景右衛門。?〜一七四三）も大垣藩士で蕉門である。此筋を含めたこの三兄弟は優秀で、傲岸に同門を滅多切りにした毒舌家の許六《きよりく》はめずらしく、「三人共に器《うつわ》すぐれたり。中にも千川勝《すぐ》れり。発句の方には此筋に秀逸見ゆれ共、これは先へ生れたる一徳か。千川がとりはやし、遺経の法をよく聞込《ききこみ》たる故に、殊の外《ほか》あたらし。文鳥は三男たるに依《より》て、風雅も又かくのごとし。上手の兄に随《したが》ひて、行く末執心次第、名人上手にもいたるべし」と誉めて書いている（『誹諧問答』）。連句にすぐれ、新しいと評された二男千川は三十歳代で父に先だって没し、俳諧から離れなければ名人上手になるだろうと嘱望された文鳥は、次第に俳諧に興味を失っていったようで、その期待に応えることはできなかった。

「衾の記」のことはおそらく九月三日のことであろうから、その日に後述する。

如行の『後の旅』からも、大垣での芭蕉の動向を知り得る情報はわずかしかない。九月三日からは俄然忙しくなって行動があらかた判明するが、八月二十二日から九月二日までの十日間は何をしていたのかは不明である。元禄二年は大垣藩主の交代の年で、濁子のような定府を除いた藩士たちは大垣にいたのだが、それぞれの仕事が忙しかったらしい。そして芭蕉も、疲れをとるために休んでいることが多かったのだろう。門弟藩士たちの仕事が一段落し、芭蕉も体調が回復し、そうしてようやく斜嶺宅で歌仙を指導し、此筋の家で讃を書いたりしたらしい。今までの滞在地でそうだったように、毎日のように訪問者があったことだけは想像できる。そうした対応で、日が過ぎていったのかもしれない。

大垣の俳人の中で如行と並んでの重鎮は谷木因《ぼくいん》（一六四六〜一七二五）だった。木因は代々の船問屋で本名は谷九太夫。家は杭瀬川のほとりの船町にあり、江戸船二隻、川船七隻を保有していたという。二歳で母を、三歳で父を亡くし、十五歳で家督を相続した苦労人である。誹諧は北村季吟に学んだから、芭蕉とは同門。大坂の宗因や西鶴に近づいたが、まもなく江戸の芭蕉に注目し、延宝八年（一六八〇）には鳴海の知足主宰の百韻に、荊口らとともに加わって芭蕉の批点を受けた。これが縁となり、翌年の九月には早速芭蕉庵を訪れ、急速に接近して蕉門の一人となった。如行や嗒山をはじめ大垣藩士たちが蕉門に加わったのも木因の手引きによるもので、木因はいわば大垣蕉門の生みの親である。貞享元年（一六八四）の『野ざらし紀行』の途次、芭蕉は木因亭に九月末から十一月上旬頃まで四十日前後も逗留し、その後は伊勢へも同道している。貞享三年三月に三千風が大垣を訪れたときに迎えたのは木因であった。

元禄二年のこの頃に木因は隠居し、宗匠として活躍。『花見車』（轍士著・元禄十五年刊）には諸国点者の一人として挙げられている。最初の俳号は木端、後に木因のほか白桜下《はくおうか》・観水軒・呂音堂、杭川翁・杭瀬川翁《くいせがわのおきな》と称するようになる。俳諧師を遊女に見立てた『花見車』には、「うつろふよはい（齢）なれど、さのみ白髪も見ゑず、年より若きは、かもじをたんと入れさんすゆへなるべし」とあり、年齢を重ねても旺盛に活動していたことが知られる。木因は八十歳まで生きた。

『後の旅』には記されていないが、『漆島』（白川撰、宝永三年成）には「赤坂の虚空蔵にて　八月二十八日　奥の院」と前書のある芭蕉の「鳩の声身に入《しみ》わたる岩戸哉」が載せられているという（『諸説一覧　奥の細道』麻生磯次編、明治書院）。この句もこの年の作である。大垣から美濃路を垂井に出て中山道を行くと赤坂だが、これだと距離は三里三十丁にもなる。赤坂から大垣へ杭瀬川が水量豊かに流れていて、舟運も盛んであったから舟で行ったのだろう。赤坂には木巴《もくは》という木因の門弟がいた。木巴の本名は矢橋藤太郎で、貞享五年に芭蕉を泊めたことがある。虚空蔵は赤坂の北十丁余の小山の山頂にある金生山明星輪寺宝光院《きんしょうざんみょうじょうりんじ》。この寺の尭遍《ぎょうへん》法印は誹諧をたしなみ、彼も木因の門弟である。延宝九年（一六八一）七月、木因が江戸に下った時に素堂と付合をし、芭蕉が第三句を付けた。それを芭蕉が清書して木因に贈ったが、尭遍に所望されて木因から尭遍の手に渡っていた。そして支考の『笈日記』に載せられている「木因亭」と前書のある芭蕉の「かくれ家や菊と月とに田三反」も元禄二年のこの時の作だという。

これらを総合して考えると、八月二十八日、芭蕉は木因の舟に乗り、杭瀬川をさかのぼって赤坂へ。赤坂で木巴を紹介され、奇岩が重なる虚空蔵に登って明星輪寺の尭遍を紹介され、眼下を一望できる景色を堪能。その後舟に乗って大垣に帰り、木因宅で休らっていたときに芭蕉は「かくれ家や菊と月とに田三反」と、風雅に遊ぶ木因をうらやましがる一句作る。こんな一日ではなかったかと思う。

二日、晴。大垣為行《にゆくため》、今《きよう》、申の尅より長禅寺へ行きて宿。海蔵寺に出会《しゆつかい》す。

九月二日（陽暦十月十四日）。芭蕉は八月二十一日には大垣に到着していた。曽良が腰をあげたのは、それから十日後の九月二日である。大垣にいる芭蕉はこれから伊勢神宮に寄って伊賀上野の生家まで行くのだが、その随行を曽良にさせるつもりだった。伊勢や伊賀上野への道中は芭蕉がかつて何度も歩いたところで、人通りも多い。病み上がりの曽良をわざわざ随行させるまでもなく、大垣には路通がいたのだから路通に命じれば済みそうなものだが、芭蕉は曽良を呼んだ。芭蕉にとって曽良ほど安心できる随行者はいなかったのだろう。

曽良は申の刻（一五時三〇分前後）になって長善寺に着いて宿を頼み、海蔵寺で俳席があるというのでそれに参加している。連衆の名や句は不明。

ところで長禅寺と海蔵寺はどこにあったのだろう。岩波文庫は「共に長島町内」、角川ソフィア文庫は長禅寺は「長島町内」、海蔵寺は「桑名市内の曹洞宗の寺院か」としている。現在の地図をみると、桑名市尾野山南に長禅寺が、桑名市北寺町に海蔵寺があり、桑名駅を挟んで南西と東に位置している。『長島町誌上巻』によると、長禅寺は「明治二十七年の木曽三川分流河川工事により、寺地を失って、桑名市東方へ転退」したもので、元禄二年当時は杉江にあった。曽良が九月六日に芭蕉をともなって長島に着いたときに、「杉江へ着。予、長禅寺へ上《あがり》て」と記した寺である。海蔵寺については記述されていないが、この当時は長禅寺に近いところにあったらしい。

三日　辰の尅立《にたつ》。乍行《ゆきながら》春（養）老へ寄《よる》。及夕《ゆふべにおよび》、大垣に着《つく》。天気吉《よし》。此夜、木因に会《あふ》。息弥兵へを呼《よび》に遣《つかは》せ共不行《どもゆかず》。
予に先達《さきだち》て越人着故《えつじんがつくゆへ》、これは行《ゆく》。

九月三日（陽暦十月十五日）。辰の刻（八時前後）に長島を出発。途中で養老に立ち寄って、暮れ方に大垣に着いた。養老の滝を見ていることから、曽良は陸路を行ったことがわかるが、病後にもかかわらず曽良は舟を使わなかったのだろうか。長島から大垣までの十里は舟路が便利だったから、途中まで舟を使ったのだろう。全行程を陸路で行くならば、長島の大島から渡し舟に乗って桑名に出たはずである。それなのに前夜に大島からは遠い杉江で泊まっているのは、杉江の船着き場から大垣への舟に乗る都合があったからだ。ちなみに川舟の料金は、上りは引き子を雇わなければならないので下りの二倍というのが相場である。

大垣に着くと木因宅に寄った。「こちらに来てくれ」と弥兵衛が親の使いで来たが行かなかった。また誰かが「越人が到着した」と知らせてくれたので、越人が着いた家に行った。そこは如行の家だったろう。

曾良が養老の滝を見物していた頃、おそらく午後からであろうか、芭蕉は不知の「野あらしに鳩吹立る行脚哉」を発句とする八吟半歌仙に一座していた（『金蘭集』に「元禄三《（ママ）》年九月三日落着の夜」、『一葉集』に「九月三日落着の夜」とあることによる）。連衆は不知、荊口、芭蕉、如行、左柳、残香、斜嶺、怒風の八人。

野あらしに鳩吹立る行脚かな　不知
　山の別るゝ日を萩の露　荊口
初月や先《まづ》西窓をはづすらん　芭蕉
　波の音すく人もありけり　如行
木を引て枕の種と心ざし　左柳
　酒の肴に出《いだ》す干瓜　残香
おのづから隣の松をながむらん　斜嶺
　過なきあせにしづむ武士《もののふ》　怒風
（以下略）

発句の「野あらしに鳩吹立る行脚かな」は、二十八日に芭蕉が赤坂虚空蔵で作った「鳩の声身に入《しみ》わたる岩戸哉」を踏まえたもの。作者の不知が何者かは不明だが、名を隠すために「不知」したのかもしれない。不知は九句目となった恋の座で「いとおしき人の文さへ引さきて」、十六句目も「上臈《じやうらふ》たちも旅のさがなき」と船に乗り合せた旅の上臈（この場合は下賤な遊女をイメージしている）がうるさく話している様子を詠んでいる。皆が作りたいと思っている恋の座を譲っているのは、連衆より位が上の藩士か、あるいは女性なのかもしれない。脇を付けたのは荊口だから、これは荊口邸で興行されたもの。

連衆の左柳（生没年不詳）は浅井源兵衛で大垣藩士である。禄高は百五十石。

残香（生没年不詳）も大垣藩士で深田市右衛門。後の『炭俵』や『続猿蓑』に入集している。

怒風《どふう》（一六六三〜一七四三）は高宮吉重で、斜嶺の十歳下の弟。この時二十七歳。怒風は貞享四年にすでに入門していた。この後、元禄十二年八月に長崎に住んでいたときに去来や野坡《やば》と会っていたり、藩を辞してからは京に住んだりしている。

この興行に路通が参加していないのは、藩士邸での興行なので遠慮したのかと想像されるが、しかし俳席では身分の違いなど問わないから、堅苦しいのを嫌った路通の気まぐれだろう。

木因宅にいた曽良を呼びに来たのは、誰だったのだろう。荊口の息子の一人が呼びに来たなら歌仙興行の招待になるが、曽良は気が進まず断っている。

その後に越人が到着したと聞いてその家まで行った。『おくのほそ道』には「越人《えつじん》も馬をとばせて、如行《じょかう》が家に入《いり》集《あつま》る」とあり、馬に鞭打って駆けつけたイメージをもつが、武士でもない者が馬を走らせるのはあまり有り得ることではないから、馬方の引く馬に乗ってやってきたのだろう。

越人（一六五六〜？）は越智《おち》十蔵（重蔵とも）という。没年は不詳だが八十四歳頃までは生存が確かめられる。北越の生れというだけで、それ以上のことはわからない。「熊本の士なりしが、女色の故を以て改易せられ、名古屋に来りて染工の業を創め、菱屋重蔵と称せり。後赦されて国に帰り」云々とするものもあるが（『名古屋市史　学芸編』）、はっきり確かめられない。二十歳そこそこで名古屋に来て、名古屋の俳人野水の世話で紺屋を営んだことは確かなようで、そのうちに名古屋俳壇に加わるようになり、貞享元年の『野ざらし紀行』（甲子吟行）の途次、芭蕉が名古屋を訪れたときに入門したらしい。貞享三年の『春の日』（荷兮《かけい》撰）に入集して頭角をあらわし、翌四年十一月に芭蕉が鳴海の知足亭から伊良湖崎に流されていた杜国を訪問した折にも随行し、さらに名古屋から木曽路の姨捨山を経て江戸に戻るまでも芭蕉と行動をともにし、深川芭蕉庵に逗留すること数カ月に及んだ。

芭蕉は越人が芭蕉庵に居るころに、「尾張十蔵、越人と号す。越路の人なればなり。粟飯・柴薪《さいしん》のたよりに市中に隠れ、二日つとめて二日遊び、三日つとめて三日あそぶ。性、酒をこのみ、酔和する時は平家をうたふ。これ我友なり。二人見し雪は今年もふりけるか　芭蕉」という一文を草している。狭い芭蕉庵で同居していれば色々アラも見えるだろうに、芭蕉はそうしたことも含めて越人をかわいがっていた。芭蕉が『おくのほそ道』出立前に序を書いた『阿羅野』（荷兮編）にも多数入集して名古屋俳壇の有力俳人となり、元禄三年刊の『ひさご』（珍碩編）には序を依頼されている。一時芭蕉から遠ざかって句作もしなくなったが、享保二年（一七一七）には大部の『鵲尾冠《しゃくびかん》』を出して復活、『不猫蛇《ふみょうじゃ》』や『猪《い》の早太《はやた》』では激しく文考を非難することになる。

越人は芭蕉が大垣に着いていることを二日の晩に耳にし、三日の朝に出発して夕方近くに大垣に着いた。越人は芭蕉に会いにきたのだから、訪ねたのは如行宅だったはずである。如行は荊口邸に行っていて留守だったから、そのまま如行宅で待った。そのうちに曽良が木因宅に着いたことを知って、如行の息子に頼んで、自分が如行の家にいることを知らせてもらったのだろう。如行の息子は先月の十四日に曽良が如行宅を訪れたときにも、親切に一泊させてくれた。その息子の迎えを受けたのだから断るわけにいかない。直情径行だが、芭蕉に「これ我友なり」といわしめた越人である。曽良にとっても慕わしい人物に思え、曽良は少々ウキウキして如行の家に行ったのだろう。

四日　天気吉。源兵へ、会にて行。

九月四日（陽暦十月十六日）、この日芭蕉は忙しかった。如水（恕水とも）に招かれたのである。

如水は戸田利胤《としたね》、通称を権太夫といった。大垣藩主戸田家初代藩主氏鉄《うじかね》の孫で、延宝八年（一六八〇）から次席家老を勤めて千三百石の大身。この日のことを如水は日記にしたためている。これは「こもり居て木の実草の実拾はゝ

や　はせを」の短冊が真筆であることを証明するために如水の息子がのちに引き写したもので、「右元禄二己巳年之日記書面左之通。自分ト有ハ如水事、二代目権大夫也」とある。

一　桃青事〔門弟等ハ芭蕉ト呼〕如行方に泊り、所労昨日より本復の旨承に付、種々申《いろいろまうす》、他所者故、室下屋《むろしもや》にて自分病中といへども、忍《しのび》にて初《はじめ》て招《まねき》、之対顔《これにたいがんす》。其歳四拾六、生国は伊賀の由。路通と申法師、能登の方にて行連《ゆきつれ》同道に付、是にも初て対面、是は西国の生れ、近年は伊豆蛭島に遁世の体《てい》にて住める由。且又文□（虫喰）の才等有之《これあり》と云云、如行誘引仕り、色々申と云へども、家中士衆に先約有之故《これあるゆゑ》、暮時分帰り申候、然共《しかれども》両人共に発句書残《をかきのこす》、自筆故下屋之壁に張之《これをはる》、謂所、

こもり居て木の実草の実拾ハはや　芭蕉
御影たつねん松の戸の月　自分
思ひ立旅の衣をうちたてゝ　如行
水さハさハと舟の行跡　伴柳
ね所をさそふ鳥（烏カ）はにくからす　路通
峠の鐘をつたふこからし　誾《ぎん》（如カ）加

是迄にて路通発句

それそれにわけつくされし庭の秋　路通
ために打たる水のひやゝか　自分
池の蟹月待ツ岩にはい出《いで》て　芭蕉

是迄奥州の方、北国路にて名句とおぼしき句共数多《あまた》雖聞《きくといへども》之を略す。就中頃日《なかんづくこのごろ》伊吹眺望といふ題にて、

そのまゝに月もたのまじ伊吹山　芭蕉

おふやうに伊吹颪の秋のはへ　　路通

尾張地の俳諧者越人、伊勢路の素良（ママ）、両人に誘引せられ、一両日の内におもむくといへり、今日芭蕉体は布裏の木綿小袖〔帷子《かたびら》を綿入とす、墨染〕、細帯に布の編服、路通は白き木綿の小袖、数珠を手に握る、心底計難《はかりがた》けれども、浮世を安くみなし、不諂不奢《へつらわずおごらぬ》有様也

（『新修大垣市史　史料編』）

これによると、芭蕉が如行宅に泊っていることを如水は早い段階から聞いていて、招きたいという意向を伝えていた。芭蕉は体調不良を理由に断っていたが、断り切れなくなって、この日になってようやく招きに応じたようである。如水自身も病中にあり、それを押して対面を望んだのは、よほどの興味があってのことだろう。如行編『後の旅』（元禄八年刊）には「亡人」とあり、これから数年で如水は亡くなっている。

如水が指定したのは大垣城の北西にある室の下屋敷だった。他国の者を城内の本邸に入れるのは憚りがあったからだ。芭蕉に同行したのは如行と路通である。如水は如行に俳諧を学んでいたのだろう。自分の師が師と仰ぐ芭蕉に如水は興味をもって質問し、芭蕉が四十六歳であること、生国は伊賀であることを聞いている。路通を「能登の方にて行連《ゆきつれ》同道」と、能登で逢って連れてきたような書き方をしているが、如水の聞き違い。尾張の越人と伊勢路の曽良に誘われて一日二日の内に出発する、とあるのも何となくもどかしい書き方である。芭蕉は如水に「所労昨日より本復」と言って、ようやく腰をあげたのだが、実はあちこちへ行っていたので気が咎め、明快な返答を避けたせいかもしれない。如水の観察眼は行き届いているから、聞違いは如水のせいとは思えない。如水邸を訪れた芭蕉は夏に着ていた墨染めの帷子に木綿の裏をつけて袷《あわせ》にし、その上に墨染を着て、細帯を締めていた。

路通は生国を聞かれ、「西国の生れ」と答えている。路通の生国は美濃や筑紫、京などといわれてきたが、西国、つまり筑紫生まれが正しいのかもしれない。しかし一所不住、風のままに生きた路通にとって生国などなんの意味もなく、その時々に適当に返事をしていたようである。近年は伊豆の蛭ヶ小島に隠遁していると答えている。「文□

之才」は「文筆の才」であろう。路通は白の木綿の小袖で、数珠を手にしていた。両人の心底はわからないが、どうせこの世はこんな程度という風情で、媚びる様子も、かといって思い上がっている様子も感じられない、と観察している。

室の下屋敷には芭蕉たちの外に伴柳と闇加も伺候していた。二人とも大垣藩士で如水の俳諧のお相手をしている者らしい。ただし闇加は闇如の間違いで、如行の門弟の一人だろう。

芭蕉はこの後に家中の門弟たちと約束があることを伝え、早速六吟に取りかかった。秋の風情がただよう下屋敷の庭を見て、芭蕉の「こもり居て木の実草の実拾はばや」の発句からはじまっている。その他に路通・如水・芭蕉の三吟があり、さらにこの奥州行脚で作った句の数々を披露した。芭蕉と路通はこの下屋敷の壁に飾るための句も染筆している。これらを終えて室の下屋敷を辞したのは暮れ時分になっていた。

室の下屋敷からすぐ左柳邸に向かった。左柳邸は現在の興文小学校グランドの南西にあったから、如水の下屋敷からすぐ近い。曽良がこの日「源兵へ、会にて行く」と書いていたのが左柳邸である。ちなみに左柳邸の前が荊口の屋敷で、左隣りは上田涼葉と河田支浪の屋敷があった。この二人は元禄五年の参勤で江戸に下った際に、芭蕉に入門することになる。

芭蕉は明後日に出発するから、これが最後の俳席となる。今や遅しと左柳邸に集まっていたのは、左柳をはじめ、文鳥・越人・荊口・此筋・木因・残香・曽良・斜嶺の九人。ここに如水の下屋敷から戻った芭蕉・路通・如行が加わり、芭蕉の「早ふ咲け九日《くにち》も近し宿の菊」、亭主左柳の「心浮き立つ宵月の露」の脇で、十二吟歌仙が興行された（車蓋編『桃の白実』天明八年刊所収）。荊口の三男文鳥ははじめて芭蕉と俳席を共にするので、初々しく緊張していたであろう。長男の此筋が十七歳だから、三男文鳥のおよその年齢の見当はつく。芭蕉はその他の連衆とはすでに会っているから、なごやかな雰囲気だったにちがいない。

歌仙が満尾したころに竹戸がやってきたらしい。竹戸については曰人《あつじん》が「貧乏鍛治也。翁奥行脚の持あるかれし紙《かみ》衾《ぶすま》を得たり。朝暮如行の処へ行通《ゆきかよひ》て、翁の肩腰あんまとり《(按摩)》、深心につかへしものなれば也」(『蕉門諸生全伝』)と記している。この鍛治工は芭蕉が逗留している如行の家にたびたび顔を出し、芭蕉の肩を揉み、腰をさすっていたわっていた。その返礼に芭蕉から紙衾を頂戴したと披露したのは、一同が集っていたこの時のことだったろう。紙衾は和紙を揉んで渋を塗ったもので、雨が降ればそれをかぶり、寝るときに敷いたり掛けたりするもので、長方形の大風呂敷のようなもの。軽くて丈夫で安価なので旅には欠かせないものだった。深川から持参したものはいつしかボロボロになり、最上《もがみ》で新しく求めた紙衾を与えたのである。それもだいぶくたびれてしまっていただろう。竹戸はこの紙衾を四季折々にどう使うかを句にした。

花の陰昼寝して見ん敷衾
虫干のはれにかざらん衾哉
長き夜のねざめうれしや敷ふすま
首出して初雪見ばや此《この》衾　　竹戸

遅かったと、悔しがったのは名古屋から駆けつけた越人である。彼も一文を草した。

(前略)夕に聞て其朝はしり着《つき》て、先逢《まづ》へてめづらしなんど泣わらふ。その道のほどはまへにきえつる衾は竹戸にもらはれけんこそこはいかに。富貴官位は徳大寺のごとくうらやまず。此ふすまとられむこそ本意《ほい》なけれ。貴妃李夫人が後を泣つゞけたるは噺になりぬ。越人〳〵おそく来てくやしからんと、越人と越人が云、

くやしさよ竹戸にとられたるふすま　　越人

曽良も黙ってはいなかった。

先だって往《ゆき》、おくれて来り、此衾の記を読てやまず。此ふすまは是はて(果)しなきみちのくよりあら海の北の浜辺をめぐり、みの〻(美濃)国まで翁のもち給へり。我したがつて旦夕《あしたゆふべ》にこれをおさむ。いま竹戸にあたへられし事をそねんで奪《うばは》んとすれど、大石のごとくあがらず。おもふべし。衾のものたる薄《うすく》してそのまことの厚き事を。

たゝみめは我手の跡ぞ其《その》衾　曽良

使い古した紙衾をめぐってのたわいない争いに大笑いになっただろう。『おくのほそ道』の旅中で一番なごやかさが感じられる場面である。

芭蕉は「紙衾ノ記」という一文を竹戸に与えている。

古きまくら古きふすまは貴妃がかたみより伝へて、恋といひ哀傷とす。（中略）いでや、此紙のふすまは恋にもあらず、無常にもあらず、蜑《あま》の苫屋《とまや》の蚤をいとひ、駅のはにふ(埴生)のいぶせさを思ひて、出羽の国最上《もがみ》といふ所にて、ある人のつくり得させたる也。越路の浦〳〵、山館野亭の枕のうへには二千里の外の月をやどし、蓬もぐらのしきねの下には、霜にさむしろのきり〴〵すを聞て、昼はたゝみて背中に負ひ、三百余里の険難をわたり、終に頭をしろくして、みの〻国大垣の府にいたる。なをも心のわびをつぎて、貧者の情をやぶる事なかれと、我をしとふ者にうちくれぬ。

また如行と路通もこの時の句を作っている。

ものうさよいづくの泥ぞ此衾　　如行
露なみだつゝみやぶるな此衾　　路通

なごやかなうちにこの日の夜は更けていった。
この夜から竹島町の六郎兵衛宅へ移って泊った。竹島町は大垣城の南の町人街で、美濃街道に面していて川港もあったから、旅籠屋が建ち並んでいた。六郎兵衛はそのうちの一軒の旅籠屋である。芭蕉と路通の他に曽良と越人が加わったのだから、如行宅では手狭になり、旅籠屋へ移動したのだろう。

五日　同。

九月五日（陽暦十月十七日）。曽良は「同」としか記していないし、またこの日に何があったのか、特定できる資料もない。曽良の「同」は前日の「天気吉」だけを指すのか、「源兵へ、会にて行」までを指すのかはっきりしない。前日は予定が盛りだくさんだったので、十二吟歌仙は満尾せずにこの日に続きがやられた可能性もあり、そうなると紙衾の取り合いもこの日のことになろう。
この日、如水から贈りものが届けられたことが「如水日記」からわかる。

同五日
一、芭蕉・路通、明日伊勢の地へ越る由申に付、風防之ため、南蛮樽一樽、紙子二表《ふたおもて》、両人の頭巾等の用意に仕り候様に、旅宿の亭主竹島六郎兵衛所迄申遣畢《まうしつかはしをはんぬ》。

南蛮樽は京都名産の酒で樽入り。紙子は紙で作った衣服で、おそらくこれは袖付きの上物だったろう。それが二枚。如水は路通が随行していると思っていたから、芭蕉と路通の分である。また二人分の頭巾等、他に旅に必要なものがあれば旅籠屋の六郎兵衛が用意するよう言いつけた。その代金はもちろん如水が出すのである。

芭蕉をただの旅の俳諧師と思ったならば、このような気遣いはしなかっただろう。芭蕉と対面して、如水には何か感じるものがあったに違いない。

六日　同。辰尅《たつのこく》出船。木因、馳走。越人、船場迄送る。如行、今一人、三里送る。餞別有。申の上尅、杉江へ着。予、長禅寺へ上《あがり》て、陸をすぐに大智院へ到《いたる》。舟は弱半時程遅し。七左・由軒〔玄忠〕来て翁に遇《あは》す。

九月六日（陽暦十月十八日）。辰の刻（八時前後）出発。水門《すいもん》川から揖斐《いび》川に出て、木曽三川（揖斐川・木曽川・長良川）が合流する河口まで行き、さらに伊勢長島の大智院まで行くのである。舟は木因が持ち船を出してくれた。船問屋の隠居の木因には容易《たやす》いことである。越人は船町の川港まで来て出発を見送ってくれた。

木因舟にて送り、如行其外連衆舟に乗りて三里ばかりしたひ候

秋の暮行先々《ゆくさきざき》は苫屋《とまや》哉《かな》　木因

萩にねようか荻にねようか　はせを

霧晴ぬ暫く岸に立《たち》給へ　如行

蛤《はまぐり》のふたみへ別行《わかれゆく》秋ぞ　愚句

（九月二十二日付杉風宛芭蕉書簡）

「愚句」はいうまでもなく芭蕉である。

また、赤坂の矢橋木巴が写しとったものには

はせを、伊勢の国におもむけるを舟にて送り、長島といふ江に寄せて立ち別れし

萩伏して見送り遠き別れ哉　　木因
同じ時、船中の興に
秋の暮行《ゆく》さきざきの苫屋哉　　木因
萩に寝ようか荻に寝ようか　　はせを
玉虫の顔隠されぬ月更けて　　路通
柄杓ながらの水のうまさよ　　曽良

とあり、路通と曽良も同船していたことが知られる。

芭蕉、木因、如行、路通、曽良、そして「今一人」が舟に乗って下っていった。「今一人」は誰だったのだろうか。曽良が知らない人物だから、歌仙の席にいなかった人物だろう。

旅の物うさもいまだやまざるに、長月六日《ながつきむいか》なれば、伊勢の遷宮《せんぐう》おがまんと、又舟にのりて、
蛤のふたみにわかれ行《ゆく》秋ぞ
（『おくのほそ道』）

三里ばかりのところで如行・木因・「今一人」が下船した。川湊があったという今尾あたりだろうか。

「行春《ゆく》や鳥啼魚《なきうを》の目は泪《なみだ》」と詠んで旅立った『おくのほそ道』は、「蛤《はまぐり》のふたみにわかれ行《ゆく》秋ぞ」で終った。まさ

に「行く春」から「行く秋」にかけての四百五十里、百五十五日間に及ぶ大旅行で、ここまでが『おくのほそ道』になる。

しかし、芭蕉と曽良の旅はまだ続く。

『おくのほそ道』以後

遷宮式――芭蕉と曽良は神前に行くことができたか（九月七日〜十四日）

芭蕉・曽良・路通を乗せた船はさらに下って行った。木曽三川が合流する河口の中州にできた輪中《わじゅう》集落が集まっているのが長島である。船は三河寄りの木曽川を通って加路戸川に入り、長島城（城といっても館であった）のそばまで舟をつけることができた（加路戸川から長島の西に抜ける水路があり、初期の熱田・桑名間の七里の渡しはこの水路を通っていた）。長島城から大智院まではすぐである。舟はぐるりとまわって大智院の近くに着岸させるつもりなので時間がかかる。そこで曽良だけが申の刻（一五時三〇分前後）に長島の北東にある杉江で降りた。島を横切って一足早く大智院に行き、芭蕉到着を知らせようというのである。芭蕉と路通は、曽良が大智院に着いてから一時間弱ほどで到着した。

曽良は七左と由軒を大智院に呼び、芭蕉と対面させている。由軒は藩医の森恕庵で、八月十六日に会っていた玄忠（「久松家御年譜」には「玄仲」とあるという）。七左は吉田久兵衛豊幸で、通称を七左衛門といった長島藩士。良兼の婚礼の使者として越後村上に行ったことがある。二人は長島にいた頃の曽良の俳諧仲間であろう。「翁に遇《あは》す」という書き方から、曽良が誇らしい気持で芭蕉を紹介した様子が見て取れる。

七日　七左・八良左・正焉《しようえん》等入来《じゆらい》。帰て七左残り、俳有。新内も入来《じゆらい》。
○今宵、翁、八良左へ被行《ゆかる》。今昼《このひる》、川澄氏へ逢《あひ》、請事《うけごと》有。寺へ帰て金三歩《ぶ》被越。木因来る。

九月七日（陽暦十月十九日）。昨日に続き、吉田七左衛門が八郎左と正焉たちを連れてやって来た。八良左は藤田雅純で、通称は八郎左衛門。延宝九年（一六八一）には長島藩留守居役で家老も兼務していて、俳号を蘭夕《らんせき》といった。後のことになるが、元禄十五年（一七〇二）八月に、藩主忠充《ただみつ》の乱心が原因で切腹させられることになる。曾良がこの家老を仲間のように記しているのは、俳諧仲間であったからだろう。

正焉は大島の郷士で廻船問屋の水谷彦太夫という。父親の代には木曽からの材木を江戸に送る海運業を大々的にやっていたが、寛文元年（一六六一）の海難事故を機に事業を縮小した。正焉が住んでいた大島集落は、桑名への渡し場があった村である。

八郎左衛門と正焉は帰り、七左衛門だけが残って俳諧が興行され、新内も来て連衆に加わったようである。新内は人見新内正勝で長島藩士、俳号は残夜という。「俳有」とあるが、どのような句が作られたのかは不明。

芭蕉は昼から川澄氏へ行っているが、長島藩士の川澄十太夫だろうか。敬称が付けられているので、藩の重臣の一人かもしれない。用件は「請事」で、揮毫を頼まれたらしい。その晩、芭蕉は家老の藤田八郎左衛門邸へも出向いている。これも揮毫の懇願だろう。「被越」はどう読むのか不明だが、「金三歩」は揮毫の謝礼で曽良に渡されたのかもしれない。

この夜に木因が合流した。

八日　雨降る故、発足延引。俳有共《あれども》、病気発して平臥す。

九月八日（陽暦十月二十日）。出発を予定していたが、雨で出発できなかった。そのために急遽七吟歌仙が興行されている。連衆は、芭蕉・路通・蘭夕・白之・残夜・曽良・木因。発句は路通の「一泊《ひととま》り見替《かは》る萩の枕かな」、脇は蘭夕の「虫の侘音《わびね》を薄縁《うすべり》の下」である。発句は芭蕉でなく路通が詠んでいる。病気が再発して臥せっていたと書いた曽良も四句出句しているので、この歌仙は大智院で興行されたのかもしれない。

大智院逗留の際に、色紙に揮毫した芭蕉の真蹟が残っている。なお詞書にある「信宿《しんしゆく》」は、旅の予定をのばして二泊すること。

伊勢の国長島、大智院に信宿す

憂きわれを寂しがらせよ秋の寺

九日　快晴。出船。辰の刻、桑名へ上る。一里余。暗く津に着《つく》。

九月九日（陽暦十月二十一日）。雨は上がり快晴となった。芭蕉と曽良、路通は大智院を出て、長島城の近くから舟に乗り込み、桑名へ向かった。前々日に木因が大智院に着いていた。自分の船でやって来ていただろうから、木因が桑名まで送ったのだろう。木因は一行を桑名に上陸させると、そのまま大垣に戻ったようである。

しかし、木因は何のために再び大智院にやってきたのだろうか。前日の歌仙興行はあらかじめ予定されていたものではないから、歌仙に加わるのが目的ではなかったはずだ。桑名までは渡船が運行されているから、桑名まで送るためにわざわざ来たわけでもなさそうである。おそらく木因は芭蕉たちを津か、神宮にほど近い伊勢川崎湊まで船で送ってやろうと再びやって来たのだろう。木因は川舟の他に外洋船二艘も所有していた。桑名から津まで海上十里、さらに伊勢川崎の大湊まで海上十八里、いずれも伊勢参宮者を乗せる船が出ていた。伊勢湾内を航行するので外洋を行くような危険は少ないのだが、航行中に突風が吹き、とんでもないところに漂着したという事故がないわけでもない。曽良は体調を崩しているから船で送ってもらいたいのは山々だが、そうしなかったのは昨日の荒天の余波がまだ残り、安全を優先して断念せざるを得なかったのかもしれない。推測に過ぎないが、このように考えないと木因がわざわざやって来た理由がわからない。

表6　伊勢参宮道行程

桑名 → 四日市	3里8丁
四日市 → 神戸	3里
神戸 → 白子	1里　半
白子 → 上野	2里
上野 → 津	2里
津 → 松坂	2里
松坂→小俣	4里
小俣 → 山田	1里
山田 → 内宮	1里

（「五駅便覧」より）

桑名の川口町に上陸したのが辰の刻（八時前後）。桑名から東海道を西へと進み、日永追分から伊勢参宮道へ。桑名から津まで十一里二十六丁。曽良が記した「一里余」は長島から桑名までの距離だろうか。実際には半里余である。桑名・津間の十一里二十六丁に曽良が記したこの一里余を足すと十三里ほど。普通なら二日で行く距離を一日でこなして、一行は疲れきって津に宿を取った。曽良にはつらい一日だったことだろう。急ぐ必要はなかったように思うが、津の宿所にあらかじめ九日に泊まると告げてあったからなのだろうか（表6）。

十日　快晴。久居長禅寺へ行きて宿。

九月十日（陽暦十月二十一日）、津から久居に向い、長禅寺（正しくは超善寺）に泊まった。久居は伊賀越大和街道と合流する宿場で、芭蕉の故郷伊賀上野へも通じている。

津から久居までは一里半ほど。久居藩は寛文十年（一六七〇）に津藩から五万石を分与されて立藩したばかりの支藩で、伊賀からもかなりの家中が移り住んでいたから、芭蕉と懇意な者が大勢いただろう。芭蕉の姉の再婚先も久居であったという。久居藩初代藩主藤堂高通《たかみち》（一六四四～九七）は文人としても名高く、北村季吟とも親交があって任《にん》口《こう》という俳号をもつ。芭蕉がはじめて江戸へ下ったときに同行してくれたのは久居藩士の向日八太夫・俳号卜宅《ぼくたく》であ

図 31　僧尼拝所（右下隅↘印の小屋）　その正面に内宮の正殿がある（『伊勢参宮名所図会』より）.

った。芭蕉を執筆《しゅひつ》にしてひき立ててくれた幽山もまたのちに任口に仕え、久居に住むようになる。さらに後年のことになるが、『おくのほそ道』の旅から九十七年後に東国を旅して『東遊記』を著した橘南谿も久居の出身である。

この日、内宮《ないくう》の遷宮式が執り行われる。「伊勢の遷宮おがまんと」大垣を出発したのだから、すぐに出発しそうなものだが、芭蕉にはその気配もなく、のんびりと伊賀上野の門弟卓袋《たくたい》へ手紙を書いている。遷宮が過ぎたらそちらに行くが、曽良と路通を同行する、藤堂探丸《たんがん》から下屋敷に滞在するよう申し出があったが、それは断って「小借家」を探しておいてもらいたい、という内容である。

すぐに出立しなかったのには理由があった。芭蕉も曽良も僧形、そして路通もまた僧くずれで頭を丸めていたからだ。こうした格好では遷宮式を間近に拝むことはできなかった。伊勢の神は僧侶や尼など頭髪のない者を忌むので、五十鈴川から中へ入ることができない。法体者は宇治橋の手前から五十鈴川に沿って上流へ行き、内宮正殿の真向いに作られた僧尼拝所から参拝することになっていた（この禁が解かれるのは明治五年になる）。

外宮《げくう》も同様で、『伊勢参宮名所図会』（一七九七年刊。前頁図30）には「僧尼拝所〔三の鳥居の前、流水の小橋をわたりて左に有り、正殿に向かへり〕僧尼・山伏・法体人ここにおいて拝し奉る。（中略）服記道《ふつけみち》〔御むまや（厩）のうしろにあり〕服者《ふくしゃ》及び僧尼・山伏、法体の輩のかよふ道なり」と記されている。服者は喪に服している者である。

貞享元年（一六八四）に芭蕉が伊勢を訪れて外宮を参拝したときは、「僧に似て塵有《ちりあり》、俗に似て髪なし。我僧にあらずといへども、髪なきものは浮屠《ふと》の属《やから》にたぐへて、神前に入事《いること》をゆるさず。暮て外宮に詣侍りけるに、一の華表《とりゐ》の陰ほのくらく」と書いている（『野ざらし紀行』）。芭蕉は神前に詣でることができないことをすでに体験して、知っていたのである。

芭蕉の師・北村季吟も貞享四年（一六八七）四月に参宮をしているが、剃髪していたと見えて、やはり五十鈴川のほとりの僧尼拝所から、対岸にある内宮正殿を参拝している。

> かしら剃れるものの拝所有。したひよればはれ〴〵しく、宮居あざやかにおがまれて、いとたふとし。（中略）内宮の拝所は、五十鈴河を隔《へだて》たれど、神前は猶くまなくおがまれさせ給へり。五十鈴河中に流れて遠くとも祈る心は神はへだてじ。（「伊勢紀行」）

江戸で点者として活躍した蕉門の一人園女《そのめ》（一六六四～一七二六）は、夫の斯波渭川《しばいせん》の死後に智鏡尼と号して剃髪したが、ほんの十筋ばかりの髪を残していたという。園女は伊勢山田の御師《おんし》の娘だったから、尼のように完全に剃り落すことを忌んだのである。

僧形の芭蕉たちは普通なら神前に近づくことはできない。神前近くへ行くには御師に頼んで深夜に詣でるしかなく、急いで行っても意味がなかったのである。二十年に一度の遷宮式だから、参宮者は例年の数倍に達している。参拝者の多くが御師宅に泊まるので、迎える御師たちは大忙しで芭蕉の相手をしている時間はないだろう。

芭蕉は自ら、これまでに五度は伊勢に趣《(赴)》いたと記している。だから門人・知友が多く、彼らの多くが御師だった。御師は大きな寺社に所属し、その信仰を広めるために各地をまわってお札を配ったり祈禱をしたりして初穂（米や銭）を集めて、本社参拝を勧める下級神官のことをいう。こうした御師は伊勢だけでなく、熊野や富士、白山、三島、出雲、津島などにもいたが、一番活発な活動をしていたのは伊勢の御師たちだった。御師の呼び方は普通はオシであるが、伊勢だけはオンシという。御師は大夫《たゆう》名をもっているのが普通である。

伊勢神宮（伊勢神宮という建物はない。内宮と外宮《げくう》を合わせて伊勢神宮となる）の神官には階級があり、神に直接奉仕するのは、内宮では荒木田家の血筋十家、外宮では度会《わたらい》家の血筋の十家と決まっていた。山崎宗鑑と並び俳諧を連歌から独立させた荒木田守武は、内宮の最高級神主の出である。伊勢の神領では自治制がしかれ、それにあたるのが三方家や年寄家、その下に平御師職がいて、普通は彼らを御師《おんし》と呼んでいる。上級神官は伊勢の神領から出ると穢《けがれ》がつくと忌んだので、神領から出て各地をまわってお札を配り、初穂を集めて、さらに本社参拝のための参宮を勧めるのは平御師の役目になっていた。とはいっても、多くの御師自身は伊勢にいて、実際に各地に足を運んだのは御師の手代たちである。伊勢にいる御師たちはお札を刷り、参宮者が来ると自邸に宿泊させて神楽を奉納させ、手代や下男たちに両宮や二見浦を案内させたりした。御師たちにはそれぞれの担当地区があり、檀家の数によって収入が決るから、その規模も格式もさまざまだった。天皇家は内宮が藤波神主・外宮は檜垣神主、徳川将軍家は内宮が山本大夫・外宮は春木大夫、宮家や全国の諸大名家も担当する御師が決まっていた。

東国を中心に大規模地域に檀家をもって大邸宅をもつ御師がいた一方で（三日市大夫邸は敷地総面積千八百坪、総床面積約八百坪もあった）、自分では檀家をもたず、神楽奉納の手伝いに駆り出されるだけという貧乏御師もいた。御師は信者を開拓することで収入を上げることができたし、御師宅に泊まって神楽を奉納する者からも多額の奉納金を受け取ることができた。こうした高級旅館並の営業をする一方で、高利貸や漆器屋、酒造業などをやっている御師も少なくない。伊勢神宮の経済を握っていたのはこうした御師たちで、中でも外宮の御師たちに裕福な者が多かった。御師は貞享元年（一六八四）には山田（外宮）だけで四百四十家。これに宇治（内宮）の御師が加わるから、六百から七百家の御師がいたと推定されている。江戸末期になると山田で五百五十五家、宇治で三百九家、合計八百六十四家の御師が確認されている。

太神宮のお札を受ける家が伊勢神宮の檀家（信者）になるわけだが、そうした家は江戸時代の後期には日本全体で七〜八割はあったという。このように伊勢信仰が全国にずば抜けて広まったのは、その徹底した現世利益と御師がもたらす土産にあった。農民は豊作、武士は武運長久、商職人は商売繁盛、その他、家内安全・諸病治癒・寿命永盛など、望み次第の祈願をすることができる。御師が持ってくる土産は暦や伊勢白粉、紙、櫛、海苔、箸など初穂に応じてさまざまだったが、これも人々の心を捉えた。特に伊勢暦は農事暦が記されていて、当時人口のおよそ八割を占めていた百姓たちがこぞって欲しがったものである。

参宮者は通常で年間二十万人から五十万人ほどあったという。豊作や飢饉、また災害などで大きく左右されるのが当時の旅だったが、一生に一度は伊勢参りをといわれ、伊勢参りに行ってこないと一人前に扱われない土地も多かった。伊勢詣が他の信仰の地より人々を惹きつけたのは、回国して宣伝に努めた御師手代たちの力であり、また伊勢で迎える御師たちが徹底してサービスに努めたからである。「太々の料理神慮に大違ひ」、「太々の夜具一人には惜しいもの」という江戸川柳は、太々神楽をあげる御師の邸宅での料理と夜具が非常に豪華なことを詠んだもの。御師の家で神楽をあげる金額は相当高いものだったが、食べきれないほどの山海の珍味とふかふかの蒲団が用意されて、極楽のような非日常を過すことができたのである。

諸国より山海万里を越えて貴賤男女こころざしあるほどの人、願いのごとく参宮せぬということなし。ことさら春は人の山なして、花を飾りし乗掛馬の引き続きて、在所々々の講参り、一村の道行も二百三百人の出立。同じ

御師へ落ち着くほどに、東国西国の十ヶ国も入り乱れて道者の千五百、二千、三千いずれの大夫殿にいても定まりのもてなし
（『西鶴織留』）

少々誇張されているが、これが通常の参宮の様子である。遷宮式にあたる年には参拝者が数倍にふくれあがる。芭蕉たち一行は賑やかな雑踏の中を行ったであろう。

芭蕉は『野ざらし紀行』の途次に伊勢を訪れたときは風瀑《ふうばく》のところに滞在し、雷枝邸にも泊まっている。また勝延邸や蘆牧邸も訪れていた。風瀑・雷枝・勝延・蘆牧は御師である。風瀑は江戸担当の御師で、長く江戸に住んで芭蕉とも知りあっていた。勝延も同じように御師として江戸をまわることが多く、駒込大円寺から失火した大火で類焼した芭蕉庵再建のために、天和三年（一六八三）九月に山口素堂が勧進を募ったときは十四匁を寄付していた。貞享五年（一六八八）二月に杜国とともに訪れたときは、御師中津益光《えきこう》邸で芭蕉の「何の木の花とは知らず匂ひ哉」を発句に八吟歌仙を興行している。連衆は芭蕉・益光・又玄《ゆうげん》・平庵・勝延・清里・野仁《のひと》（杜国）・正水。この中の平庵はかなり年配の武家で、すでに致仕していたがこの地での顔は広かった。伊勢の有力御師で著名な学者・俳人でもある足《あ》代弘氏《じろひろうじ》・弘員《ひろかず》（俳号雪堂）父子を紹介してくれたのは平庵である。その他にも久保倉右近（路草）、応宇・葛森、斯波一有とその妻園女《そのめ》（風瀑の娘）なども蕉門に名を連ねていた。

一般の旅人は参宮者であふれかえる中で右往左往して宿泊所を探さなければならないが、芭蕉には門弟がたくさんいたから、泊るところもちゃんと確保し、神前近くで参拝できるよう頼んでおくことができた。だから慌てて出発する必要はなかったのである。

十一日　長禅寺辰上刻立《たつのじようこくにたつ》。堤ぜこ《(世古)》到《いたり》て雨降る、則宿《すなはちやどる》。

九月十一日（陽暦十月二十二日）。超善寺を辰の上刻（七時一五分頃）に出発。久居から直接月本の追分に向ったのだろう。月本は伊勢参宮を終えて伊賀越で大和に行く者が使った街道で、芭蕉もよくたどっていた道である。

久居から月本まで二里、月本から松坂へ一里半、さらに五里で伊勢山田で、合計八里半。伊勢山田に入る前に宮川を渡るが、「渡し船は昼夜を分たず、満水の時も両宮の神官より人を出だし、参詣人を渡さしむ」（『伊勢参宮名所図会』）とあるように、一年中どんな時間であっても、誰をも無料で渡したので「御馳走舟」と呼ばれていた。川を渡るたびに船賃や人足の川越し賃を払ってきた旅人が、お伊勢様のありがたさを最初に感じて感激したのが、この無料の「御馳走舟」であった。

渡し舟を降りると中川原で、御師の看板を掛けた旅籠屋や茶屋が建ちならんでいる。「堤世古《つつみぜこ》（中川原の次の町なり）世古とは他所にては小路《しょうじ》・裏町などいふがごとし」（『伊勢参宮名所図会』）とあるように、中川原に続いて堤世古（現伊勢市宮川町）となり、ここの旅籠屋に泊まる。宿に着いてから雨になった。

十二日　辰の刻、館の長左へ尋《たづね》て嶋崎味右衛門、西河原の宿へ移る（松葉七郎大夫にて太々拝《だいだいをはいす》）。

九月十二日（陽暦十月二十三日）。辰の刻（八時前後）に長左の屋敷を訪ねた。長左は中津長左衞門のことで御師の泉館半大夫。俳号は益光《えきこう》で、芭蕉はすでに杜国と一緒に訪れたことがある。十日に内宮の遷宮式は終っていたが、外宮の遷宮式が明日に控えていて、参宮者はこれからも押しよせて来る。益光邸に泊ってもらいたいところだが、この時期はどうにもならない。

そこで芭蕉の宿舎に当てられたのが、西河原の島崎味右衛門邸である。俳号は又玄《ゆうげん》（一六七一～一七四二）。彼も前年の歌仙に同座していたから芭蕉とは面識がある。元禄二年当時、又玄は十九歳。俳諧を嗜んでいたことや教養の高さから、親の代はかなりの格式ある家柄だったのだろうが、芭蕉を迎えたときは檀家のない貧しい平御師にすぎなく

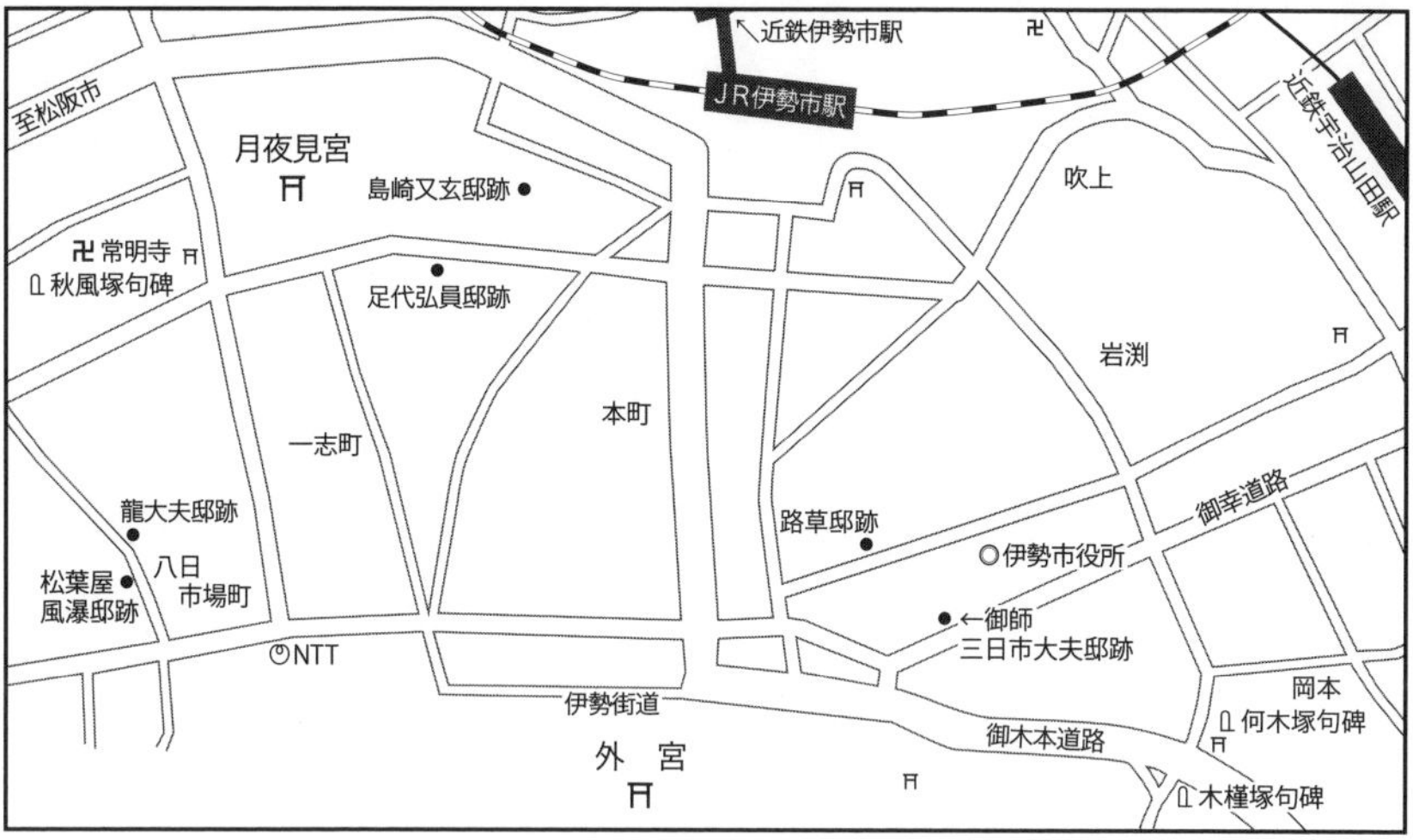

図 32　伊勢俳人宅跡

なっていた。檀家を多数もっていたならば、遷宮時は忙しくて芭蕉たちを泊めることなどできなかっただろう。今回の伊勢滞在はここ又玄邸が芭蕉たちの宿舎になる（図32）。

何日のことかは確定できないが、芭蕉は又玄邸に滞在しているときに、又玄の妻に句文を与えている。

将軍明知（智）が貧のむかし、連歌会いとなみかねて侘侍れば、其妻ひそかに髪をきりて、会の料にそなふ。明知（智）いみじくあはれがりて、いで君五十日のうちに輿《こし》にものせんといひて、頓《やが》て云けむやうになりぬとぞ。

月さびよ明知が妻のはなしせむ　はせを

又玄子妻にまいらす

明智光秀は城を滅ぼされた後、妻の煕子《ひろこ》や家族を連れて越前丸岡の称念寺の末寺に逼塞して暮していた。そんな中で連歌の席を催す機会が巡ってくる。連歌の席は顔を売って仕官を頼むにはまたとないチャンスなのだが、光秀には参会者をもてなす酒肴を調える金がない。しかし妻の煕子は連歌会をすることを強く勧め、当日はたいそうな馳走を振る舞って成功させ、光秀の朝倉家への仕官がかなった。連歌会の資金は煕子が自慢の黒髪を売って得たもので、それを知った光秀は、必ず天下を取ると誓ったという。

この逸話が残る丸岡を芭蕉は通ってきた。それを思い出してこの一文をしたためたのだろう。又玄の妻は幾つだったのだろうか。貧しい中で夫又玄を助けて懸命にもてなそうとしているいじらしい姿に、芭蕉は心打たれた。

山田に着いたこの日、芭蕉たち一行は松葉屋七郎大夫（風瀑）に頼んで、太々神楽を見物させてもらっている。

明治四年に御師制度が廃止され、現在は内宮・外宮ともに境内に神楽殿が建てられているが、それ以前は各御師の邸宅の中に神楽殿があり、そこで神楽が奉納されていた。神楽奉納者の祈願を御師がうやうやしく神に奏上するのだが、ただ願文を読み上げるだけでは神様に願いが届かないと考えたらしく、願文を読む間に何度かに分けて笛や鼓の伴奏にあわせて巫女舞があり、そのたびに奉納者があらかじめ渡しておいた銭が撒かれる。奉納金の額によって巫女舞の回数や楽人の数、神楽殿をぐるりと取りまいて座る御師の人数が違ってくる。奉納金が多くなればなるほど荘厳さが増し、有難味もいっそう深くなるというわけだ。

この神楽の奉納金は高額である。『東海道中膝栗毛　五編追加』（文化十二年刊）には、「太々講は、やすうて金拾五両も出さんせんけりや、でけんわいな」というセリフが出てくる。江戸時代後期で最低が十五両。江戸中期から後期にかけては二十五両から五十両くらいが普通で、上は天井知らずのお志次第。商人などは見栄もあって目玉が飛び出しそうな金額を奉納していることがある。

芭蕉には神楽を奉納する財力はないから、他人があげる神楽を見物させてもらっている。芭蕉だから特別というわけでもなく、頼めばたいていは見物させてくれた。荘厳さに感激して、次は自分も奉納をと考える者もいたからである。

この日の前後のことを、芭蕉は木因に今までの礼とともに報告している。


此度さまざま御馳走、誠に以て痛み入り、辱《かたじけな》く存じ奉り候。爰元《ここもと》へ御参詣成され候にやと心待ちに存じ候処、いかが成され候哉、御沙汰も御坐無く、御残り多し。拙者も寛々《ゆるゆる》遷宮奉拝、大悦に存じ候。（中略）此地、江戸才丸・京信徳・拙者門人共十人計《ばか》り参詣、おびただしき連衆出合ひながら、さわがしき折節にて、会もしまり申さず、神楽拝に一日寄り合ひ、さのみ笑ひて散々に成り申し候。以上

（九月十五日付木因宛書簡）

これによると、木因は後から来るようなことを言っていたが、結局は来なかったことがわかる。江戸の才丸（一六五六〜一七三八。才麿とも）と京の信徳（一六三三〜九八）とも伊勢で偶然出逢っている。二人とも芭蕉と親交があった。この雑踏の中でよく出逢えたものだと感心するが、参詣者を御師宅へ案内する手代が中川原に集っているので、そこで聞けば誰がどこに泊まっているかすぐにわかるし、知っている御師宅で聞いてもわかるので、案外簡単に逢うことができたようである。

いい機会だから俳席を設けようということになったが、なにしろ遷宮の慌ただしい時で、落ちついて句作することもできない。それで神楽見物となったのだろう。他人の神楽奉納を見物したのではなく、風瀑が一同のためにあげてくれたのかもしれないが、この辺はあいまいである。「さのみ笑ひて散々に成」ったのは、神楽奉納後に出された珍味や酒で上機嫌になったせいか。

○十三日　内宮参宮。未《ひつじ》の刻帰《かへり》て、遷宮拝ことをもよをす。小芝・土やを尋て、岡本岩出将太夫を尋て、両人同道にて暮前より神前詰《しんぜんにつめる》。子の刻前御船渡る。神宝は夕方より運ぶ。月の景色かんにたり。

九月十三日（陽暦十月二十四日）。午前中に内宮を参拝した。といっても五十鈴川を間に、僧尼拝所からの参拝だったはずである。未の刻（一三時三〇分頃）に又玄宅へ戻り、神前に詰める準備をしたようだ。僧体では神前に行くことができなかったのだが、方法はあった。付け髪をしたのである。『西国三十三所名所図

図33　付け髪（『西国三十三所名所図会』より）

会』（一八五三年刊）にはその絵が載せられ、こう説明されている。「雨合羽のたち屑をもて附髪を作り、広小路の商家にひさぐ。剃髪の徒《ともがら》これを需《もと》めて頭《かしら》につくり、宮中に詣ずれば許させたまふ。おほやけなる神慮のほどぞ最《いと》たふとし。髪長は伊勢の宮居のかへ言葉坊主合羽のたちくずの髷　松濤」（図32）。

　これでもわかるように、付け髪といっても鬘《かつら》のような本格的なものではなく、黒い雨合羽の切れ端に輪紐をつけて耳にかけ、後頭部に付けるだけの形ばかりのものだった。これを付ければ神前へも行けるというので、僧侶や頭が禿げてしまった庶民まで、大いに活用したようである。「役者ほど御師の戸棚に貸かづら」と江戸川柳に詠まれているから、御師に頼めば貸してくれたようだ。「付鬢《つけびん》の落ちたをあんにや見て笑い」。外宮と内宮の中間にある歓楽街古市の遊女は「あんにゃ」と呼ばれていた。「付鬢もせずにあんにやに大はまり」は、古市の遊郭にあがってなりふり構わず遊ぶ僧侶。「付鬢で涙こぼれる歌を詠み」は、西行の「何事のおはしますかは知らねどもかたじけなさに涙こぼるる」を踏まえて、あの西行も僧侶だから付鬢をして神前に行ったはずだという川柳。

『伊勢参宮名所図会』には内宮参拝後に宇治橋を渡る僧が描かれていて、時代を下るとかなりルーズになっていったようだが、しかし北村季吟の例で見るように、芭蕉の頃はかなり厳格に守られていたから、付鬢をするのは少々滑稽だが仕方ない。

　曽良が記している「小芝」は八月十六日にも出てくる小芝杢左衛門で、「土や」も社人かもしれない。武士は許可を得ないと小旅行さえできなかった。体面を重んじる武士が、遷宮見物に行きたいなどとはなかなか口に出せるものではない。曽良がこの二人を誘い、岡本に住んでいる御師岩出将大夫の案内で付け髪をして神前に詰め、深夜の儀式を間近に見たのだと思われる。岩出将大夫は庄内や敦賀にも神宮のお札を配っていた外宮の有力御師である。遷宮のときはご神体の遷座だけでなく、その後も新調されたさまざまな神宝が新殿へ運ばれ、すべてがうやうやしく執り行われる。それを見ようと参拝者が押しかけるから、良く見える場所に詰めようとすると、やはり特別に計らってもらう必要があった。神道家ということで、御師たちは曽良を特別に扱ってくれ、「御船」が良く見える場所に案内したようである。曽良は「御船」と記しているが、正しくは御船代《みふなしろ》で、遷宮の際に神宝を運ぶ神輿のこと。その渡御があったのは子の刻（二三時四五分前後）前であった。

この夜は九月の十三夜。豆名月・栗名月といって月見の行事をする地方も多い。帰り道で曽良は、月光に輝く景色が感にたえないと感激して記している。

十四日　外宮へ詣《まうづ》。此日猶《なお》神宝を移す。岩戸、月夜見の森へ詣で帰る。及申《さるにおよび》悪寒有。

九月十四日（陽暦十月二十五日）、この日に外宮を参拝した。外宮のご神体遷座は前日だったから、僧体の者は遠慮してこの日にしたらしい。しかし新調された神宝が新しい神殿に運び込まれるなど、まださまざまな行事が続いていたのは内宮と同様である。

内宮は事納まりて、外宮の遷宮拝み侍りて、

尊さに皆おしあひぬ御遷宮　　はせを

芭蕉がこの句を作ったのはこの日のことだった。

岩戸は外宮から八丁ほど坂道を上った高倉山にあり、天《あま》の岩戸と称する窟は、灯明代を払えば中へ入ることができ

た。高倉山からは山田の町中を見渡すことができる（現在は高倉山へは登れないようになっている）。下って外宮の境内を出、月夜見宮を詣でてから又玄宅に戻った。曽良は申の刻（一五時一五分前後）から悪寒を覚えたことを記している。

伊勢長島から名古屋へ（九月十五日〜十月五日）

十五日　卯の刻、味右衛門宅を立《たつ》。翁・路通、中ノ郷迄被送《おくらる》。高野一栄、道にて逢《あふ》。小幡《おばた》に至《いたり》て朝飯す。至て津に宿《やどる》。申に下る。

九月十五日（陽暦十月二十六日）。曽良は路通と共に伊賀上野まで芭蕉に随行することになっていたが、曽良は昨日から体調がすぐれず、再度伊勢長島で養生することになった。芭蕉に取り巻きがいると、曽良は体調不良になる傾向がある。

卯の刻（六時前後）に又玄邸を出発した。芭蕉と路通が中ノ郷まで見送ってくれた。中ノ郷は中川原の付近であろうか。宮川を渡ったあたりで偶然大石田の高野一栄と逢った。一栄も遷宮見物にやって来た一人だった。遷宮の年になると、いかに多くの参拝者が押しかけていたかがわかる。街道には人があふれていたに違いなく、こうした中で逢えたことを互いに喜びあったことだろう。しかしそれを曽良は記していない。自分の心覚えの記述だから、どう感じたかなどは書かないのである。

小幡は小俣《おばた》。伊勢山田から一里で、茶店が多かった所である。ここで朝飯を食い、伊勢参宮道をひたすら北上して津に泊まった。小幡から津まで六里だから、この日曽良が歩いた距離は七里。「申（一五時一五分前後）に下る」とあるが、津に到着した時間であろう。

○十六日　刁《とら》の上刻立《にたち》、上野に至《いたる》。未明稲生《いのう》へかゝり、神戸《かんべ》に至る。町や川を過て雨降る。所々にて彳《たたず》む。大智院へ寄《より》、水風呂《すいふろ》に入《はいり》、夕飯す。五良左へ移る。当番故、隠居に宿す。

九月十六日（陽暦十月二十七日）。寅の上刻（三時頃）に津を出発。まだ暗い中をひたすら歩いて伊賀上野へ。稲生は夜明け前に過ぎた。そして神戸から追分へ。大きな鳥居をくぐると前は東海道で、右に道をとって四日市へ。町屋川に架かる橋を渡ると桑名である。このあたりで雨が降り、所々で雨宿りをしなければならなかった。津〔二里〕上野〔二里〕白子〔一里半〕神戸〔三里〕四日市〔三里八丁〕桑名で十一里半。早朝の出発といい、この距離といい、病気を抱えていた曾良にはきつい道中だったろう。

桑名から揖斐川を船で渡り、伊勢長島の大智院へ。雨でずぶ濡れだったので風呂に入って夕食を食べさせてもらった。「水風呂」は蒸し風呂に対する言葉で普通の風呂。「据風呂」といわれることも多い。小寺五郎左衛門に泊めてもらおうと訪ねたら、夜勤で不在だったので、五郎左衛門の父親に頼んで泊めてもらった。曾良は小寺の家族とも親しかったことが見て取れる。

「曾良旅日記」は九月十七日から二十二日までは何も書かれていない。大智院や神主の小寺五郎左衛門宅などで臥す毎日だったのだろう。

一方芭蕉であるが、伊勢山田の又玄宅から伊賀上野へと向かったのだが、その日にちが特定できない。才丸や信徳とはいつ別れたのだろうか。九月十五日付の木因宛書簡に「拙者門人共十人計《ばか》り参詣」とあるが、「門人共十人計《ばか》り」が誰だったかもはっきりしない。伊賀上野から卓袋《たくたい》が来ているが、伊賀上野まで芭蕉を送るはずだった路通はいつの間にか姿を消し、李下《りか》が伊賀上野まで同行している。

○廿三日　夕に過て、小芝杢左衛門と同船。巳の刻、熱田に着船。杢左衛門、刁《とら》の刻に上り、江戸に趣《おもむく》。猶舟に寝、夜を明し、為丸を尋《たづぬ》。井戸田に有之由故《これあるよしゆゑ》、直《すぐ》に名古や荷兮《かけい》を尋《たづね》、朝飯をして、山口に至る。廿五日、朝迄居す。廿五日の晩、越人に宿す。廿六日、山口趣《におもむき》、道にて長や正以に逢ふ。廿七日、山口を立《たつ》。昼時荷兮へ寄て、日の入二ツやに着《つく》。藤七を尋《たづね》て、船にて長嶋に至る。

以上は、曽良の九月二十三日（陽暦十一月四日）〜二十七日（陽暦十一月八日）までの記述で、この前後は空白になっている。日記の続きがはじまる二十三日の朝まで、曽良が滞在していたのは伊勢長島である。

二十三日の夕方に曽良は小芝杢左衛門と一緒に船で長島から熱田に向った。桑名・熱田の間の七里の渡しは、由井正雪が幕府転覆をねらった慶安の変（一六五一年）以後は、七つ（日没のおよそ二時間前）を過ぎると船を出さないことになり、桑名にも熱田にも船番所を設けて積荷や乗船者のチェックをしていた。だから曽良たちが夕方に船を出したのは違法なのだが、役人に見つからなければ問題はないので、地元民は夜でも平気で船を出していた。時代がだいぶ下ってしまうが、歌舞伎役者の中村仲蔵は「日置より船に乗り、夜に入り七里を渡り、未明桑名の土手へ着す。これ裏手の抜道ゆゑ、船に居るうちも菰をかぶりて忍んでゐる位なり。やがて四日市へ着す」（『手前味噌』一八二七年）と記している。これなどは渡し賃をつり上げるために菰をかぶらせて、旅人を怖がらせた例だろう。

曽良がこのような手段を使って熱田に渡ったのは、杢左衛門が急に江戸へ行かなければならなくなったので、知り合いの者に頼んで伊勢長島から熱田へ船を出してもらうことにした、曽良が熱田へ行く用があることを知っていた杢左衛門が曽良を誘った、こうして二人で夜中に海を渡ることになったのだろう。

二十四日、船は寅の刻（四時前後）に熱田に着いた。夜明けまでにはまだ間がある。杢左衛門は闇の中をそのまま江戸へ向ったが、曽良は船中で寝て時間をつぶし、それから為丸を訪ねてみた。為丸は長岡為麿で熱田神宮の神主。

『名古屋市史　学芸編』には、「吉川惟足の門人に長岡為麿といふあり、もと権之進といひ、熱田の祠官たりしが、京都に出で、惟足に就きて業を受く、其説附会妖異の事多く、信ずるに足らずと雖《いへども》、熱田神宮の荒廃を慨《なげ》き、幕府に請ひて漸《やうや》く貞享の大修理を見るに至れりと云ふ、享保三年（一七一八）二月十五日没す、享年七十三」とある。

芭蕉が貞享元年（一六八一）に熱田神宮に詣でたときには、「社頭大いに破れ、築地はたふれて草村《くさむら》にかくる。かしこに縄をはりて小社の跡をしるし、爰に石をすえて其神と名のる」（『野ざらし紀行』）と、その荒廃ぶりはすさまじかった。それが三年後には「熱田御修覆《みしゆうふく》」と題して「磨《とぎ》なをす鏡も清し雪の花」と見違えるように復興したことを詠んでいる。

熱田神宮の修理修復は寛永十五年（一六三八）から幕府に陳情が続けられていたが、修理が決定したしたのは貞享三年。それから工事がはじまり、正殿から鳥居・土居まで、新造・修復をあわせて百余件の工事をわずかの期間で完成させたという。これに大きく貢献したのが長岡為麿であった。曽良と同じく吉川惟足門で、年齢も曽良より三歳年上だから、旧知の仲であろう。

為麿は井戸田に行っていて不在だった。為麿に会うのはあきらめて、そのまま名古屋の荷兮《かけい》の家を訪ねた。熱田から名古屋までおよそ一里。

荷兮（一六四八～一七一六）は山本武右衛門で、名古屋城南側の町人街である桑名町（現・中区丸の内二丁目）に住んでいた医者で、貞享元年に芭蕉に入門。すでに『冬の日』、『春の日』、『曠野《あらの》』を刊行して、尾張蕉門を代表する人物になっていた。しかし『曠野後集』を出した元禄六年頃から芭蕉に批判的になり、距離を置くようになる。この頃はまだ芭蕉に心酔していたから、蕉門といえば手厚くもてなしてくれただろう。そこで朝食を食べさせてもらってから山口へ行った。山口（名古屋市東区白壁町・撞木町・主税町から百人町・黒門町あたり一帯）は武家地で中級藩士の邸宅が多い。曽良はここで翌日の朝まで過している。

二十五日の晩は越人の家に泊った。越人の家は長島町（現・中区丸の内二丁目）にあり、荷兮の家とは通り一本を隔てたすぐ近くにある。越人とは大垣で別れて以来だから、話が弾んだことだろう。

二十六日はまた山口へ行ったが、途中で偶然長屋正以に会った。この日も山口に泊まる。

長屋正以について、同姓同名の者が吉川神道の「道統系譜」に列せられている（『吉川神道の基礎的研究』）。この者は吉川惟足の子の従長《よりなが》から何かを相伝されているのだが、従長が印可を与えることができるのは父惟足が亡くなる元禄七年（一六九四）以後のことになり、名前の位置からして従長晩年の門弟のようである。曽良は吉川惟足の門人であることを考えると、この者が曽良と出会った長屋正以であるかもしれない。正以が住んでいたのは伊勢長島らしいことが、十月二十二日の日記からうかがえる。

二十七日に山口を辞して、昼時に桑名町の荷兮の家に寄り、日の入り（一六時五二分）に二ツ家に着いた。二ツ家（現在の弥富町にあった）は筏川に面していて、当時は渡し場があった。藤七を訪ねて、船で伊勢長島に送ってもらった。対岸は長島押付村の三ツ家で、ここにも渡し場があったから三ツ家に上陸したのだろう。禁止にもかかわらず、地元民はあたり前のように夜間に船を出していたことがうかがわれる。

こうしてみると、曽良の目的は山口にあったようだが、誰の家に何をしに行ったのかは不明である。あるいは日置《へき》流《りゅう》弓術のことが知りたくて山口を訪れたのかもしれない。

曽良は旅日記を記した手帳に、「古代十六ヶ条」として弓道関係のことを記しているが、その中に「吉田出雲守」の名が記されている。吉田出雲守は日置流流祖日置《へき》弾正正次《だんじょうまさつぐ》から奥義を伝授された人物とも、日置弾正その人とも言われている。尾張藩は日置流弓術を学ぶ者が多く、京都三十三間堂での大矢数で、丸一日で六千三百二十三本を命中させて三度目の天下一となった長屋六左衛門忠重が住んでいたのは長塀町であった。その長塀町は白壁町の一部で、山口といわれた範囲に入る。名人長屋六左衛門忠重は貞享二年（一六八五）十二月に亡くなったが、その跡を長屋六左衛門忠孟が継いでいた。曽良は元禄四年の近畿巡覧の際に大坂平野町の弓屋に行って弓のことを話していて、弓道については並々ならぬ関心があったようである。

芭蕉が貞享五年に「有とあるたとへにも似ず三日の月」と詠んだ句は、「大曽根成就院の帰るさに」と前書があり、その成就院も山口からすぐ近くにある（成就院は了義院と名を変えて現在も東区徳川二丁目にある）。

九月二十八日〜十月五日まで記述なし。

伊賀上野、そして江戸へ（十月六日〜九日）

○十月六日　辰の刻、長嶋を立《たち》、いがへ趣《おもむく》。時雨《しぐれ》す。頓《やが》て止む。風烈《はげし》。申《さる》の下刻、至亀山《かめやまにいたり》に宿す。

十月六日（陽暦十一月十七日）、芭蕉に会うために伊賀上野に向けて出発したのが辰の刻（八時前後）。長島から船で桑名へ渡り、桑名からは東海道を上って行く。時雨が降ったがすぐに止んだ。激しい風が吹きつける中を歩き続け、申の下刻（一五時三〇分頃）に亀山に着いて泊まった。この日の行程は、桑名〔三里八丁〕四日市〔二里二十七丁〕石薬師〔二十五丁〕庄野〔二里〕亀山。合計八里二十四丁。

○七日　卯の中刻立《たつ》。風烈《はげし》。甲越《かぶとごへ》を上野に行。申の上刻也。翁は留主《るす》。其夜は路通・半左と語《かたる》。

十月七日（陽暦十一月十八日）。卯の中刻（六時三〇分頃）に亀山を出立。相変らず風が強い。亀山から関、関で東海道から分岐する加太越《かぶと》の道を取る。こうして伊賀上野に着いたのは申の上刻（一四時三〇分頃）だった。亀山〔一里半〕関〔一里半〕加太越〔二里〕柘植〔二里〕佐那具〔一里〕伊賀上野で八里。

芭蕉は他出していて留守だった。その夜は路通と服部半左衛門（土芳）と語り合った。

土芳《とほう》（一六五七〜一七三〇）は伊賀上野本町通りの米問屋木津家の生まれだが、幼くして藤堂藩士服部家の養嗣子となった。内海流槍術の名手であったが、前年の三月に三十二歳で早くも致仕して庵を結び、庵号を蓑虫庵（些中《さちゆう》庵とも）と称して俳諧に没頭していた。のちに伊賀蕉門のリーダーとなり、『三冊子《さんぞうし》』（元禄十五年成）をはじめ『庵日記』、『蓑虫庵集』、『蕉翁句集』、『蕉翁文集』、『蕉翁句集草稿』など多くの書を著すことになる。曽良と土芳の話は俳諧にとどまらず、弓術や槍術にも及んだのではないだろうか。

○八日　翁、巳の刻被帰《にかへられ》、終日談ず。手習の師の浪人へ、其夜会有。道にて天神を拝《はいす》。

十月八日（陽暦十一月十九日）。巳の刻（一〇時前後）に芭蕉が戻り、それからつもる話をして時を過した。夜は手習師匠の浪人の家での俳席に出席。その途中で天神を参拝した。天神は上野東町にある菅原神社（上野天神宮）で、寛文十二年（一六七二）一月に、芭蕉が俳諧師として身を立てる決心をして処女作『貝おほひ』を奉納した神社。曽良も奉納の話は聞いていただろうから、特別な思いで参拝したことだろう。

○九日　小川次良兵へにて会有て、昼時より趣《おもむく》。丑《うし》の刻に過ぬ。

十月九日（陽暦十一月二十日）。小川次郎兵衛邸で俳席があった。次郎兵衛は藤堂藩士で二百石。俳号を風麦《ふうばく》という。生年不詳、元禄十三年没。芭蕉のかるみを代表する「木《き》のもとに汁も膾《なます》も桜かな」は、元禄三年の風麦の屋敷での吟。風麦の息子雷洞《らいどう》、娘梢風《しようふう》（一六六九〜一七五八）とその夫友田良品《りようぼん》（一六六六〜一七三〇）も蕉門である。

俳席は昼過ぎに始まり、終わったのは夜中も過ぎた丑の刻（二時前後）であった。

○十日　卯の刻、上野を立《たつ》。四、五丁、翁・路通送る。夕に過て庄野に至て宿す。○十一日　日の出に立《たつ》。申の上刻長嶋へ渡る。安田氏にて夕飯し、夜に入、五良左衛門へ移る。

十月十日（陽暦十一月二十一日）。曽良は伊賀上野を卯の刻（六時三〇分前後）に出発した。曽良は何のためにわざわざ伊賀上野を訪れたのだろう。これから曽良は一路江戸を目指すのだが、その別れをいうためだったのだろうか。芭蕉と路通が四、五丁見送ってくれた。それから三日前に来た道を戻り、この日は庄野まで足を延ばした。上野から庄野まで十里。

十一日も日の出（六時三四分）に出発。庄野から桑名まで六里二十四丁。桑名から船に乗り、伊勢長島に着いたのは申の上刻（一四時三〇分頃）だった。安田氏は安田左五左衛門で長島藩士という。そこで夕食を済ませ、夜になってから神主の小寺五郎左衛門の家に行き、泊めてもらった。

十月十二日から二十一日までの記事なし。長島に滞在。

○廿二日　卯中刻《うのちゅうこく》、長嶋を立《たつ》。渡船せんと、桑名に行《ゆく》乗合なく、帰て平右衛門へ寄て、其由《そのよし》正以へ云通《いひとほ》して直ぐに三ツや行《にゅき》、渡《わたり》て、及暮《くれにおよび》荷兮《かけい》に至る。宿す。○廿三日　前夜より雨甚《はなはだ》し。及暮《くれにおよび》山口に至て、両晩宿す。廿四日も終日降る。

十月二十二日（陽暦十二月三日）、卯の中刻（六時四五分頃）に長島を出発して、名古屋城下の桑名町へ行こうとしたが、乗り合いの渡船がなかったので、戻って平右衛門の家に寄り、どうしたらいいか長屋正以に相談した。平右衛門は八月十六日に記された「平右」と同一人物だろう。そうしたら正以がすぐに渡し場がある押付村の三ツ家の渡しの船頭に話をつけてくれ、船を雇うことができた。暮れ方に名古屋桑名町に着き、この日は荷兮の家に泊めてもらう。二十三日は前夜から引き続いて大雨である。暮れになってから山口に行き、二十三日、二十四日の二晩泊めてもらった。

○廿五日　辰巳、市衛門、は（巾）、下の宿《やど》へ尋《たづぬ》。五左衛門、長嶋行《へゆき》、不逢《あはず》。忠衛門留主《るす》。市衛門に逢《あひ》て帰る。三介取次《とりつぐ》。此夜長嶋町へ行て、越人に宿す。○廿六日　申の刻、五左衛門来る。及暮迄《くれにおよぶまで》談じて、一所《いっしょ》に出、山口へ趣《おもむく》。○廿七日　於越人《えつじんにおいて》、五左衛門に談ず。其の夜山口へ帰る。廿九日　辰の刻過て、山口を立《たつ》。午の上刻に井戸田へ着《つき》、為磨と談じて宿《やどる》。

十月二十五日（陽暦十二月六日）、辰己（九時前後）に市右衛門（不詳）を巾下《はばした》の宿へ訪ねた。当時の巾下は西区の城西・花の木・浅間あたりをいったようで、下級武士が居住していた地域である。巾下の南は美濃街道に沿っているので、城に近い地域では町方が旅籠屋を営んだりしていた。「宿へ尋」ねたとあるから、市右衛門は旅籠屋にでもいたのだろう。五左衛門（曽良の生家高野家を継いだ曽良の弟も五左衛門といった。弟が名古屋に来ていたとも考えられるが、五左衛門という名は多いので、弟と言い切るには不安が残る）と忠右衛門（不詳）にも会おうとしたが、五左衛門は長島へ行って会えず、忠右衛門も不在だった。そこで市右衛門にだけ会って戻った。「三介取次」は不明だが、この三人から何かの仲介を頼まれたようだ。それとも「三介」は人名か。この日は名古屋長島町の越人の家に泊めてもらった。

二十六日の申の刻（一五時前後）に、昨日長島へ行っていた五左衛門が訪ねてきた。夕暮時まで話しこみ、一緒に山口へ行った。

二十七日、曽良は越人宅にいたようで、再度五左衛門がやって来ている。その夜、曽良は山口へ帰り、山口で泊っている。「三介取次」は、どうやら山口に住んでいる者と関係がありそうである。

二十八日は記述なし。曽良は山口にいた。

二十九日、辰の刻（八時三〇分前後）を過ぎてから山口を出て、午の上刻（一一時一五分頃）に井戸田に着いた。井戸田にいた長岡為麿を訪ね、色々話し込んで、そこに泊めてもらった。

○晦日　辰の刻立《にたつ》。及暮《くれにおよび》藤川に宿《やどる》。大仏の道、向向求《むきむきもとめ》ず、同宿す。これより同行す。朔日《ついたち》荒井。二日袋井。三日藤枝。四日沖津。五日沼津。六日小田原。七日戸塚。八日申の中刻、鈴木町に着く。名古屋立《をたち》てより一日も雨不降《ふらず》。

十月三十日（陽暦十二月十一日）。辰の刻（八時三〇分前後）に井戸田を出発。熱田に出て東海道を江戸に向って下る。「大仏の道」は不明。「向向求《むきむきもとめ》ず、同宿す。これより同行す」を直訳すれば、「それぞれが勝手に行かずに同じ旅籠屋に泊まった。これ以後は一緒に行く」となり、曽良は誰かと一緒だったらしい。それが曽良の弟の五左衛門ならば、同宿するのが当然だから、このような書き方にはならないだろう。この日は藤川まで行って泊まる。熱田から藤川まで十里。

十一月一日、藤川から荒井（新居）まで十里。

十一月二日、荒井から袋井まで九里三十五丁。

十一月三日、袋井から藤枝まで九里五丁。

十一月四日、藤枝から沖津まで八里三十三丁。

十一月五日、沖津から沼津まで十里二十四丁。

十一月六日、沼津から小田原まで九里半。

十一月七日、小田原から戸塚まで十里九丁。

十一月八日（陽暦十二月十九日）、戸塚から江戸日本橋まで十里半。鈴木町に着いたのは申の中刻（一四時四五分頃）だった。鈴木町は日本橋の手前、京橋の東にある。誰の家に着いたのかは不明。名古屋を発ってから、一日も雨が降らなかった。

○九日　源右殿へ行《ゆく》。十日　愛岩(宕)にて政右衛門に逢《あふ》。十一日　青山へ行《ゆき》、帰《かへり》に川田氏へ寄。十三日　深川の庵に帰る。

為磨丈へ通　あつた問や浜村善右衛門
なごや　風月孫介

十一月九日（陽暦十二月二十日）。早速「源右殿」へ江戸帰着の報告に行った。「殿」をつけていることから、長島藩江戸詰の川合源右衛門かもしれない。曽良は七月二十三日に金沢から「川源」に手紙を書いていたが、この人であろう。長島藩を離れて久しいのに真っ先に訪問しているのは、何かの義理があったようである。

十日は愛宕（港区愛宕）で政右衛門に逢った。政右衛門は不詳だが、当時の蕉門に政右衛門は見当たらないので、神道関係の人物かもしれない。

十一日は青山へ行き、帰りに川田氏に立ち寄った。川田氏も不詳。

十三日になってようやく深川の庵に戻った。芭蕉庵はすでに「人に譲」っていたから、これは曽良が住んでいた庵である。曽良は江戸に来た頃から深川五間堀に住んでいた。

江戸に帰着するとすぐに名古屋の長岡為磨へ手紙を書き、熱田の問屋浜村善右衛門と風月孫介への手紙も同封して、為磨から二人に渡してくれるよう頼んだ。

浜村善右衛門は加藤重五《じゅうご》（一六五四～一七一七）であろう。熱田港に陸揚げされる木曽材を扱っていた裕福な材木商である。店は熱田にあって屋号は川方屋、邸宅は上材木町《うわざいもくちょう》（中区丸の内一丁目・錦一丁目）にあった。『冬の日』、『春の日』、『阿羅野』の有力メンバーである。「風月孫介」は名古屋で貞享年間から明治まで続いた書肆風月堂の主人で、長谷川孫助（?～一七二三）。俳号を夕道《せきどう》といい、彼もまた『阿羅野』以来の蕉門である。芭蕉の「いざさらば雪見にころぶ所まで」は本町《ほんまち》（中区丸の内三丁目）にあった風月堂で詠んだ句である。

こうして曽良の旅は終った。江戸を出発してから帰着まで二百二十二日。半分以上の日々を芭蕉とともに過ごした。移動日は芭蕉と二人きりである。曽良は濃密な時間を過ごしたにちがいない。普段は見ることができない芭蕉の生《なま》の姿を見たのも曽良である。芭蕉は行く先々のことを曽良に任せきりにしていた。見知らぬ地で俳人宅を探すのも、旅の日々の支払いも、すべて曽良に任せられていたはずだ。聞き取れない方言に四苦八苦したり、さまざまな場合を想定して芭蕉をいかに安全に導くか、曽良の苦労はかなりなものだったろう。しかし曽良は泣き言は書かなかった。芭蕉に訴えもしなかっただろう。「腹が痛い」という事実を伝えただけである。芭蕉の足手まといになるとわかれば、すぐに身を引いた。こうした性格はおそらく曽良の生い立ちからきたものであろう。

元禄二年十月十日に伊賀上野で芭蕉と別れた後、一向に江戸に戻る様子のない芭蕉を案じて、曽良は元禄四年三月四日に江戸を発ち、京に向かった。芭蕉とは会えず、吉野や熊野、姫路などを一周して五月二日になってようやく落柿舎で再会。芭蕉は去来と凡兆を助けて『猿蓑』監修に没頭している最中で、江戸に戻る気はなかった。六月二十五日、曽良は芭蕉と別れ、奈良、伊賀上野、伊勢をまわり、七月下旬に伊勢長島へ行ってから江戸深川に戻った。『猿蓑』が京都井筒屋から出版されたのは元禄四年の七月三日のことである。

しかし芭蕉はなおも近江や京にとどまり、江戸に戻ったのは元禄四年十月二十九日。しばらく日本橋橘町の彦右衛門方借家に落ち着くことになった。芭蕉庵はいまだ再建なっていなかったのである。第三次芭蕉庵は元禄五年四月初めに建てられ、芭蕉は五月に転居した。そして許六が入門し、羽黒山から呂丸が訪ねて来、珍碩《ちんせき》（洒堂《しゃどう》）が五カ月間も居候を決め込んだ。

元禄六年一月末に珍碩がようやく発ち、二月には呂丸の訃報が届く。三月には甥の桃印が没し、六月には其角が三囲《みめぐり》神社で「夕立や田を見めぐりの神ならば」の雨乞いの句を作って雨を降らせ、江戸っ子からヤンヤの喝采を浴びた。七月には「閉関の説」を書いて、八月中旬まで芭蕉と会えたのはごく親しい者だけであった。元禄二年の東国行脚での俳文を道順に執筆・推敲をしたのはこの頃だったろう。八月に嵐蘭が、続いて其角の父で蕉門でもあった東順が亡くなった。

元禄七年四月、素龍（柏木儀左右衛門）に頼んでいた『おくのほそ道』の清書が出来上がった。五月八日、芭蕉はそれを懐にして二郎兵衛と一緒に伊賀上野へ向かった。二郎兵衛は寿貞の息子らしい。曽良は箱根まで同道し、「ふっと来て関より帰る五月雨」と詠んで別れた。何度も繰り返された別れの風景で、これからも何度もあるはずだった。しかし、これが芭蕉と曽良の今生の別れとなった。この年の十月十二日、芭蕉は大坂で急死。十月二十二日に江戸で、桃隣・杉風・岱水・孤屋・利牛・野披・ちり・素竜・此筋・子珊らと追悼歌仙を巻き、曽良は「むせぶとも芦の枯葉の燃しさり」と追悼吟をたむけた。そして十一月十六日、今度は神道の師・吉川惟足が没した。享年七十九。

それからの曽良は何をしていたのか。もともとが多作の人ではないし、特に親しく付き合っていた俳友もいなかった。芭蕉を失った後は俳席に同座することも少なくなり、消息はつかめない。元禄十五年の秋、五十四歳になった曽良は江戸を出て義仲寺に詣で、故郷下諏訪に立ち寄ったことがわずかにわかるだけである。

還暦を過ぎてから曽良は突然の転機を迎える。本名の岩波庄左衛門にもどり、宝永六年（一七〇九）十月二十七日に九州方面をめぐる幕府巡見使の随員の一人に命じられたのである。幕府の神道方となっていた吉川家が、神社関係の調査員として推挙してくれたのだろう。九州行は曽良にとっては長年の夢だったようで、歳旦吟「ことし我乞食やめてもつくし哉」と「立初《たちそむ》る霞の空にまづぞおもふことしは花にいそぐ旅路を」という和歌を作って、上諏訪の一族に送っている。

二千石の旗本土屋数馬が率いる巡見使の一行四十四人は、翌年の三月一日に江戸を出発。筑前、筑後をまわって、五月七日には壱岐の郷ノ浦に入港。曽良こと岩波庄左衛門は五月二十二日に壱岐勝本浦の海産物問屋中藤五左衛門宅で病死し、中藤家の菩提寺能満寺に葬られた。享年六十二。

一生独身で終わったこの孤独な旅人の死を、その一族が知ったのは二十数年後だった。

参考・引用文献

『新版おくのほそ道』潁原退蔵・尾形仂訳注　角川ソフィア文庫　二〇〇三年
『芭蕉　おくのほそ道』萩原恭男校注　岩波文庫　一九七九年
『芭蕉　おくのほそ道』杉浦正一郎校注　岩波文庫　一九五七年
『曾良　奥の細道随行日記』山本安三郎編著　小川書房　一九四三年
『天理図書館善本叢書第十巻　芭蕉紀行文集』天理図書館善本叢書和書之部編集委員会　八木書店　一九七二年
『芭蕉書簡大成』今栄蔵著　角川書店　二〇〇五年
『芭蕉年譜大成』今栄蔵著　角川書店　二〇〇五年
『詳考奥の細道増訂版』阿部喜三男・久富哲雄著　日栄社　一九七九年
『尾花沢の俳人鈴木清風』星川茂平治編著　尾花沢市地域文化振興会　一九八六年
『越後路の芭蕉』大星哲夫著　冨山房　一九七八年
『加越能古俳書大観』日置謙校訂解説　石川県図書協会　一九三六年
『芭蕉北陸道を行く』蜜田靖夫著　北国新聞社出版局　一九九八年
『改訂加能俳諧史』大河良一著　清文堂出版　一九七四年
『松尾芭蕉とその門流――加賀小松の場合』綿抜豊昭著　筑波大学出版会　二〇〇八年
『越前の古俳諧』石橋重吉著　非売品　一九四〇年
「『曾良旅日記』伊勢長島関係資料」谷沢尚一著『連歌俳諧研究』三一号
「曾良とその周辺」小笠原恭子著『俳文芸』八号
『吉川神道の基礎的研究』平重道著　吉川弘文館　一九六六年
『曾良長島異聞』岡本耕治著　朝日新聞名古屋本社　一九九五年

あとがき

『おくのほそ道』の研究書は山ほどあるのに、第一級史料である「曽良旅日記」を正面から取り上げた解説書がないのは誠に不思議だと、かねがね思っていた。「曽良旅日記」は自分さえわかればいいという心覚えのメモだから、こうも考えられるし、ああも理解できるので、読み解くことは誠にやっかいである。正確に解き明かそうとする研究者にとっては、おそらく危ない代物なのだろう。

しかしあまり恐れることはないのではないか、俳諧宗匠に付き従って厚い待遇を受けているのは俳諧愛好者の家に滞在している時だけで、そうした期間を除けばひたすら歩くだけの普通の旅人である。一日にどれだけ歩けるか、飛脚でもない限り自ずと決まってくる。何里か歩けば必ず休むし、悪路に悩まされるのも、眼前に大河が流れていれば立ち止まって渡る方法を考えるのも同じである。そんなときはどうするのか、それは庶民の数々の旅日記に教えてもらった。芭蕉と曽良も彼らと同じように行動するしかなかったはずである。「曽良旅日記」で記されていないことは、曽良にとって当たり前のことか、あるいは必ず思い出せるので最小限の記述にとどめた場合だろう。ならば曽良の気持ちと体力に寄り添い、多くの旅人の旅日記を読むことで、それらはかなり埋めることが出来るのではないか、私はそういう方法で「曽良旅日記」を読んでいった。

しかし、曽良の気持ちと体力に寄り添うためには、その日に歩いた距離やどんな人に会ったのかを知らなければならない。そこで「曽良旅日記」に記されていない距離を、市町村史の資料編等で埋めて計算してみた。資料を変えて何度やってみても、『おくのほそ道』の行程は四百五十里前後にしかならない。定説では『おくのほそ道』の行程「およそ六百里」。歩いて旅をする者にとって、百五十里の差は無視できない数字である。

同じ距離を歩くにしても、ゆっくりなのか急ぎ足なのかでかかる時間は違ってくる。そこで曽良が記した不定時法の時間を、曽良がいた場所の県庁所在地の日の出、南中、日の入りで現行時間に計算しなおした。時は刻々と移りゆくということがしみじみわかった。ゆったりと歩を進めた日、風景も楽しまず足早に宿にたどり着いた日、それだけでも曽良の気持ちが少しわかるような気がした。

そしてこれまであまり問題にされてこなかったことだが、諸藩の番所にも注目した。庶民の旅日記を読み続けていると、旅人たちが番所でいかに緊張を強いられているかがよくわかる。藩によって出国する方法が違い、番所役人は威張り散らす。番所から出国しないと重罪になるとおどされているから、旅人たちはほぼ同じ道をたどることになる。とはいいながら、番所を抜ける道は必ずあるという杜撰さ。旅の苦労も、掟破りをする痛快さも、この番所にある。

そして出来るだけ触れるように務めたのが、地方俳人たちの動向である。そのために同時代の俳書等にはできるだけ目を通そうと心がけたが、すでに活字になっているものしか、それもごく限られたものにしか目を通すことができなかった。つまり『おくのほそ道』に関心があれば誰もができる程度のことしかやっていない。

この小著は定説にとらわれず、距離、時間、番所、地方俳人の動向をキーワードにして読んでいった。あまり頼りにならない方法だったかもしれないが、それでも多くの発見があったと自負している。曽良が大石田の俳人として挙げていた「似林」は「似休」であろうし、象潟から酒田までは舟に乗ったはずである。また芭蕉は鼠ヶ関を遠くから一見して戻っただろうことも理由を添えて明らかにした。越後では築地《ついじ》から新潟までどのようにして行ったのか、新潟で「大工源七」宅に泊まることになった理由も示した。曽良と別れてからの芭蕉の足取りも、距離と時間さえわかっていれば、可能性を狭めることができる。『おくのほそ道』では、天竜寺から福井まで「たそかれの路たど〳〵し」とあたかも一人でたどったかのように書いているが、そのようなことはあり得ない。遠来の客に対して、相手が恐縮するほど親切に対応するのが日本人だ。私も若い頃は一人で旅行をしていて、田舎の人の親切が身に染みている。女一人でもヒッチハイクができた最後の年代だったろう。

『おくのほそ道』のルートのほとんどは何度も訪れることができた。二〇〇四年からＪＲ西日本ジパング倶楽部で

『おくのほそ道』のツアー講師をやらせてもらい、最後は不定期になってしまったが、六年ほど続いた。同じ場所に何度も行くことができ、そのたびに新しい発見があった。『おくのほそ道』ツアーの企画者である渡邊亜矢さん、そしてリピーターとして何度も付き合ってくれたジパング倶楽部のあの時のメンバーにお礼を申し上げたい。

また「曽良旅日記」の大垣以降江戸までを解読をしてくれた平井潤一さんの助力がなければ、曽良の旅の最後まで書き続けることはできなかった。『天理図書館善本叢書第十巻　芭蕉紀行文集』の写真版から解読してもらったのだが、曽良の癖のある筆跡に手こずることもあっただろうに、平井さんは嫌な顔ひとつ見せずにやってくれた。彼の厚情には感謝の言葉がみつからない。

そして一番感謝しなければならないのは、先学たちの研究である。私が目を通すことが出来たのは氷山の一角のそのまた一部でしかないが、こうした先学の諸研究があったから私はその上に持論を積み重ねることができた。「定説にとらわれず」などと偉そうに書いたが、「定説」として受け入れられるまでに、先学がいかに膨大な周辺史料を積み上げて検証してこられたことかと、敬意の念を新たにした。

芭蕉が言葉を研ぎながら紡ぎ出した『おくのほそ道』。芭蕉に付き従って日々を共にしていた曽良は、具体的な旅の日々をこのように記した。まだまだ疑問点も多いのだが、ともかく曽良と一緒に旅しているような気分で、楽しんで読んでもらえたら幸いである。

二〇一三年　盛夏

金森敦子

著　者

金森敦子（かなもり　あつこ）

1946年，新潟県中蒲原郡横越村（現・新潟市）に生まれる．

國學院大學文学部卒業．

著書に，『“きよのさん”と歩く大江戸道中記』（ちくま文庫，2012），『伊勢詣と江戸の旅』（文春新書，2004），『芭蕉「おくのほそ道」の旅』（角川書店，2004），『江戸庶民の旅』（平凡社新書，2002），『関所抜け 江戸の女たちの冒険』（晶文社，2001），『芭蕉はどんな旅をしたのか』（晶文社，2000），『江戸の女俳諧師「奥の細道」を行く』（晶文社，1998；角川ソフィア文庫，2008），『お葉というモデルがいた』（晶文社，1996），『女流誕生』（法政大学出版局，1994），『瞽女んぼが死んだ』（角川書店，1990），『旅の石工』（法政大学出版局，1988），『石の旅』（クロスロード選書，1988）がある．


「曽良旅日記」を読む――もうひとつの『おくのほそ道』

2013年 9 月 9 日　　初版第 1 刷発行

著　者　金森敦子 © Atsuko KANAMORI

発行所　財団法人 法政大学出版局
〒102-0071 東京都千代田区富士見 2-17-1
電話 03（5214）5540／振替 00160-6-95814

組版：秋田印刷工房，印刷：平文社，製本：誠製本

ISBN 978-4-588-32507-6
Printed in Japan

付表1「曽良旅日記」行程表

＊は地名は記されているが，距離が記されていないものを示す．「余」とあるものは割愛，1丁は60間（けん）なので，31間から繰り上げて1丁とした．

日目	元禄2年	陽　暦	行　　程	距　　離	出　　典	合計距離
1	3月27日	5月16日	江戸→春日部	9里		9里
2	3月28日	5月17日	粕壁→間→田	9里		9里
3	3月29日	5月18日	間→田→小山	1里18丁		
			小山→飯塚	1里18丁		
			飯塚→壬生	1里18丁		
			壬生→楡木	2里		
			楡木→鹿沼	1里18丁		8里
4	4月　1日	5月19日	鹿沼→文挟	2里　8丁		
			文挟→板橋	28丁		
			板橋→今市	2里		
			今市→鉢石	2里		7里
5	4月　2日	5月20日	鉢石→裏見の滝	1里		
			裏見の滝→今市	1里　8丁		
			今市→大渡	2里		
			大渡→船生	2里		
			船生→玉生	1里		7里　8丁
6	4月　3日	5月21日	玉生→鷹内	2里　8丁		
			鷹内→矢板	1里		
			矢板→沢村	1里		
			沢村→太田原	2里　8丁		
			太田原→黒羽	2里		8里16丁
7	4月　4日	5月22日	黒羽→雲巌寺	＊2里18丁	地図で計測	
			雲巌寺→余瀬	＊2里20丁	地図で計測	
			余瀬→野間	2里		
			野間→高久	1里18丁		8里20丁
19	4月16日	6月　3日	高久→松子	1里		
			松子→湯本	3里		4里
23	4月20日	6月　7日	湯本→漆塚	3里		
			漆塚→芦野	2里		
			芦野→白坂	3里　8丁		
			白坂→旗宿	＊1里18丁	地図で計測	9里26丁
24	4月21日	6月　8日	旗宿→関山頂上	1里18丁		
			関山頂上→白河	1里18丁		
			白河→矢吹	6里15丁		9里15丁
25	4月22日	6月　9日	矢吹→須賀川	4里		4里
32	4月29日	6月16日	須賀川→石河滝	1里18丁		
			石河滝→小作田	1里		
			小作田→守山	2里		
			守山→郡山	2里		6里18丁

日目	元禄2年	陽　暦	行　　程	距　　離	出　　典	合計距離
33	5月　1日	6月17日	郡山 → 日和田	1里 18丁		
			日和田 → 二本松	＊4里 22丁	仙台藩参勤交代行程	
			二本松 → 八丁ノ目	2里		
			八丁ノ目 → 福島	3里		11里　4丁
34	5月　2日	6月18日	福島 → 山口村	1里		
			山口村 → 瀬の上	2里		
			瀬の上 → 佐場野	1里 18丁		
			佐場野 → 飯坂	2里		6里 18丁
35	5月　3日	6月19日	飯坂 → 桑折	2里		
			桑折 → 白石	5里 27丁		7里 27丁
36	5月　4日	6月20日	白石 → 仙台国分町	13里　2丁		13里　2丁
40	5月　8日	6月24日	仙台国分町 → 塩釜	＊4里	「続奥のほそ道蝶の遊」	4里
41	5月　9日	6月25日	塩釜 → 松島	＊2里 18丁	「続奥のほそ道蝶の遊」	2里
42	5月10日	6月26日	松島 → 高城	20丁		
			高城 → 小野	2里 18丁		
			小野 → 石巻	4里 10丁		7里 12丁
43	5月11日	6月27日	石巻 → 鹿又	2里		
			鹿又 → 飯野川	1里		
			飯野川 → 柳津	3里		
			柳津 → 戸今	1里 18丁		7里 18丁
44	5月12日	6月28日	戸今 → 上沼新田	3里		
			上沼新田 → 阿久津	3里		
			阿久津 → 加沢	1里		
			加沢 → 一関	3里		10里
45	5月13日	6月29日	一関 → 山ノ目	1里		
			山ノ目 → 平泉	1里 18丁		
			平泉 → 一関	2里 18丁		5里
46	5月14日	6月30日	一関 → 岩崎	4里		
			岩崎 → 真坂	3里		
			真坂 → 岩手山	4里 18丁		11里 18丁
47	5月15日	7月　1日	岩手山 → 宮	2里		
			宮 → 鍛冶屋沢	1里 18丁		
			鍛冶屋沢 → 尿前	1里 18丁		
			尿前 → 中山	1里 18丁		
			中山 → 堺田	1里		7里 18丁
49	5月17日	7月　3日	堺田 → 笹森	1里 18丁		
			笹森 → 市野々	3里		
			市野々 → 尾花沢	1里 18丁		6里
59	5月27日	7月13日	尾花沢 → 元飯田	2里		
			元飯田 → 楯岡	1里		
			館岡 → 六田	1里		
			六田 → 天童	2里		
			天童 → 山寺	1里 18丁		7里 18丁
60	5月28日	7月14日	山寺 → 元飯田	5里 18丁		

(2)　付　表

日目	元禄２年	陽　暦	行　　程	距　　離	出　　典	合計距離
			元飯田 → 大石田	1 里 18 丁		7 里
63	6 月　1 日	7 月 17 日	大石田 → 舟形	2 里		
			舟形 → 新庄	2 里　8 丁		4 里　8 丁
65	6 月　3 日	7 月 19 日	新庄 → 本合海	1 里 18 丁		
			元合海 → 古口	1 里 18 丁		
			古口 → 清川	3 里 18 丁		
			清川 → 雁川	1 里 18 丁		
			雁川 → 羽黒手向	3 里 18 丁		11 里 18 丁
72	6 月 10 日	7 月 26 日	羽黒手向 → 鶴ヶ岡	＊3 里	「陸奥衢」	3 里
75	6 月 13 日	7 月 29 日	鶴ヶ岡 → 酒田	7 里		7 里
77	6 月 15 日	7 月 31 日	酒田 → 吹浦	6 里		6 里
78	6 月 16 日	8 月　1 日	吹浦 → 女鹿	1 里		
			女鹿 → 小砂川	1 里 18 丁		
			小砂川 → 塩越	3 里		5 里 18 丁
80	6 月 18 日	8 月　3 日	塩越 → 酒田	11 里 18 丁		11 里 18 丁
87	6 月 25 日	8 月 19 日	酒田 → 浜中	5 里		
			浜中 → 大山	3 里		8 里
88	6 月 26 日	8 月 11 日	大山 → 三瀬	3 里 16 丁		
			三瀬 → 温海	3 里 18 丁		6 里 34 丁
89	6 月 27 日	8 月 12 日	温海 → 中村	＊10 里	「庄内要覧抄」他	10 里
90	6 月 28 日	8 月 13 日	中村 → 村上	＊8 里 18 丁	「正保越後絵図」	8 里 18 丁
92	7 月　1 日	8 月 15 日	村上 → 乙	＊4 里　2 丁	「正保越後絵図」	
			乙 → 築地	＊1 里	「正保越後絵図」	5 里　2 丁
93	7 月　2 日	8 月 16 日	築地 → 新潟	＊10 里	「正保越後絵図」	10 里
94	7 月　3 日	8 月 17 日	新潟 → 弥彦	＊8 里	「正保越後絵図」	8 里
95	7 月　4 日	8 月 18 日	弥彦 → 出雲崎	＊6 里	「正保越後絵図」	6 里
96	7 月　5 日	8 月 19 日	出雲崎 → 柏崎	＊6 里	「正保越後絵図」	
			柏崎 → 鉢崎	＊4 里	「正保越後絵図」	10 里
97	7 月　6 日	8 月 20 日	鉢崎 → 黒井	＊5 里	「正保越後絵図」	
			黒井 → 今町	＊1 里	「正保越後絵図」	6 里
99	7 月　8 日	8 月 21 日	今町 → 高田	＊2 里 18 丁	「正保越後絵図」	2 里 18 丁
102	7 月 11 日	8 月 25 日	高田 → 名立	＊6 里	「下通山川駅路分間之図」	
			名立 → 能生	＊3 里	「下通山川駅路分間之図」	9 里
103	7 月 12 日	8 月 26 日	能生 → 糸魚川	＊3 里 18 丁	「下通山川駅路分間之図」	
			糸魚川 → 市振	＊5 里　5 丁	「下通山川駅路分間之図」	8 里 23 丁
104	7 月 13 日	8 月 27 日	市振 → 入善	＊3 里 29 丁	「下通山川駅路分間之図」	
			入善 → 滑川	＊6 里 20 丁	「下通山川駅路分間之図」	10 里 13 丁
105	7 月 14 日	8 月 28 日	滑川 → 東岩瀬野	3 里		
			東岩瀬野 → 放生津	4 里 18 丁		
			放生津 → 高岡	2 里		9 里 18 丁
107	7 月 16 日	8 月 30 日	高岡 → 金沢	＊11 里 35 丁	「下通山川駅路分間之図」	11 里 35 丁
115	7 月 24 日	9 月　7 日	金沢 → 小松	＊8 里　1 丁	「三州地理志稿」	8 里　1 丁
118	7 月 27 日	9 月 10 日	小松 → 山中温泉	＊6 里	「加州山中温泉風景」絵図	6 里
126	8 月　5 日	9 月 18 日	山中温泉 → 大聖寺	＊3 里	「加州山中温泉風景」絵図	3 里

日目	元禄2年	陽 暦	行 程	距 離	出 典	合計距離
128	8月 7日	9月20日	大聖寺 → 橘	＊1里 1丁	「三州地理志稿」	
			立花 → 吉崎	＊20丁	「三州地理志稿」	
			吉崎 → 塩越	1里16丁		
			塩越 → 北潟	1里		
			北潟 → 金津	1里		
			金津 → 森田	＊3里20丁	「越前国名蹟考」より算出	8里22丁
129	8月 8日	9月21日	森田 → 福井	＊1里18丁		
			福井 → 府中	＊5里30丁	「江戸往来記」	
			府中 → 今庄	＊5里	「江戸往来記」	12里12丁
130	8月 9日	9月22日	今庄 → 木ノ芽峠	＊1里33丁	「三州地理志稿」	
			木ノ芽峠 → 敦賀	＊3里	「指掌録」	
			敦賀 → 色浜	4里		8里
131	8月10日	9月23日	色浜 → 常宮	2里		
			常宮 → 敦賀	2里		4里
132	8月11日	9月24日	敦賀 → 刀根 → 木之本	＊4里15丁	「指掌録」	4里15丁
133	8月12日	9月25日	木之本 → 長浜	＊3里18丁	庶民の旅日記より	
			長浜 → 彦根	＊3里	庶民の旅日記より	
			彦根 → 鳥居本	＊1里	「五駅便覧」	7里18丁
134	8月13日	9月26日	鳥居本 → 関ヶ原	＊5里19丁	「五駅便覧」	5里19丁
135	8月14日	9月27日	関ヶ原 → 大垣	＊3里32丁	「江戸往来記」	3里32丁
						合計 456里 1丁

「続奥のほそ道蝶の遊」は俳人北華の1738年の旅,「陸奥衡」は俳人桃隣の1696年の旅,「正保越後絵図」は「正保国絵図」(1645年)の写し,「下通山川駅路分間之図」は1760年金沢藩作成,「江戸往来記」は1786～94年に成立,「三州地理志稿」は江戸後期,「指掌録」は1737年までに成立,「五駅便覧」は1799年成立.

付表２ 「曽良旅日記」新旧時間対照一覧

曽良が記した時間は不定時法なので，国立天文台発表 2014 年の日の出・日の入りを参考に，曽良がいた県の県庁所在地での現在の時間を算出した．「1 刻（尅）」は日の出から日の入りまでを 6 等分した長さで季節によって長さが異なり，2 時間 28 分から 1 時間 37 分までの開きがある．曽良は 1 刻をさらに 3 等分して「上刻・中刻・下刻」も記している．本文では中心になる時刻を 15 分程度に区切り，1 刻の場合は「前後」とし，1 刻を 3 等分している場合は「頃」を付記しておよその時間を記した．

元禄２年	陽　暦	曽良時刻	現行時間	中心となる時刻
3 月 20 日	5 月　9 日	日出	4：42	4：41
		巳の下尅	9：41 〜 10：27	10：04
3 月 28 日	5 月 17 日	辰上尅	5：42 〜　6：30	6：06
		午の下尅	12：00 〜 12：47	12：24
3 月 29 日	5 月 18 日	辰の上刻	5：42 〜　6：29	6：05
4 月　1 日	5 月 19 日	辰上尅	5：42 〜　6：29	6：05
		午の尅	10：26 〜 12：48	11：37
		未の下尅	14：22 〜 15：10	14：46
4 月　2 日	5 月 20 日	辰の中尅	6：28 〜　7：16	6：52
		午	10：25 〜 12：48	11：37
		未の上尅	12：48 〜 13：35	13：11
4 月　3 日	5 月 21 日	辰上尅	5：40 〜　6：27	6：04
4 月　9 日	5 月 27 日	夜五ツ	19：38 〜 21：14	20：26
4 月 18 日	6 月　5 日	卯尅	3：34 〜　5：34	4：34
		辰の上尅	5：34 〜　6：23	5：59
		午の尅	10：26 〜 12：51	11：39
		未の下尅	14：28 〜 15：17	14：53
4 月 19 日	6 月　6 日	午の上尅	10：26 〜 11：14	10：50
4 月 20 日	6 月　7 日	辰中尅	6：18 〜　7：07	6：43
		辰下尅	7：07 〜　8：00	7：32
4 月 21 日	6 月　8 日	辰上尅	5：29 〜　6：18	5：54
		申の上尅	15：17 〜 16：06	15：42
4 月 29 日	6 月 16 日	巳中尅	8：46 〜　9：35	9：11
		日の入	19：02	19：02
5 月　1 日	6 月 17 日	日出	4：16	4：16
		日の入	19：02	19：02
5 月　3 日	6 月 19 日	巳の上尅	7：55 〜　8：44	8：20
5 月　4 日	6 月 20 日	辰の尅	5：27 〜　7：55	6：41
5 月　8 日	6 月 24 日	巳の尅	7：56 〜 10：24	9：10
		未の尅	12：53 〜 15：21	14：07
5 月　9 日	6 月 25 日	辰の尅	5：28 〜　7：56	6：42
		午の尅	10：24 〜 12：53	11：39
5 月 13 日	6 月 29 日	巳の尅	7：58 〜 10：26	9：12
		申の上尅	15：22 〜 16：11	15：46

元禄２年	陽　暦	曽良時刻	現行時間	中心となる時刻
5月27日	7月13日	辰の中尅	6：26〜 7：15	6：51
		未の下尅	14：34〜15：23	14：59
5月28日	7月14日	未の中尅	13：45〜14：34	14：10
5月29日	7月15日	未尅	12：57〜15：23	14：10
5月30日	7月16日	辰刻	5：40〜 8：06	6：53
6月 1日	7月17日	辰刻	5：40〜 8：06	6：53
6月 3日	7月19日	申の刻	15：22〜17：47	16：35
6月 6日	7月22日	申の上尅	15：21〜16：09	15：45
6月 8日	7月24日	申の刻	15：20〜17：44	16：32
6月 9日	7月25日	申刻	15：20〜17：43	16：31
6月10日	7月26日	未の上刻	12：56〜13：44	13：20
		申の刻	15：19〜17：42	16：31
6月13日	7月29日	申の刻	15：18〜17：40	16：29
6月25日	8月10日	未の尅	12：53〜15：11	14：02
6月26日	8月11日	未の尅	12：53〜15：11	14：02
6月28日	8月13日	申の上刻	15：14〜16：00	15：37
6月29日	8月14日	未の下尅	14：28〜15：14	14：51
7月 1日	8月15日	巳の尅	8：23〜10：40	9：32
		午の下尅	12：10〜12：56	12：33
		申の上尅	15：12〜15：58	15：35
7月 2日	8月16日	辰の刻	6：07〜 8：23	7：15
		申の上刻	15：12〜15：57	15：34
7月 3日	8月17日	申の下刻	16：41〜17：27	17：04
7月 4日	8月18日	辰の上刻	6：08〜 6：53	6：31
		申の上刻	15：11〜15：56	15：33
7月 5日	8月19日	辰の上刻	6：09〜 6：54	6：32
		申の下尅	16：40〜17：25	17：02
7月 8日	8月22日	未の下尅	14：23〜15：08	14：45
7月11日	8月25日	巳の下尅	9：55〜10：39	10：17
7月12日	8月26日	午の尅	10：39〜12：52	11：46
		申の中尅	15：48〜16：32	16：10
7月13日	8月27日	申の下尅	16：37〜17：21	16：59
7月14日	8月28日	申の上刻	15：09〜15：52	15：30
7月15日	8月29日	未の中刻	13：43〜14：26	14：04
7月16日	8月30日	巳の刻	8：37〜10：48	9：43
7月17日	8月31日	丑	0：48〜 2：38	1：43
7月20日	9月 3日	子の刻	22：57〜 0：48	23：53
7月22日	9月 5日	未の刻	12：56〜15：04	14：00
7月24日	9月 7日	申の上尅	15：03〜15：45	15：24
7月25日	9月 8日	申の刻	15：01〜17：08	16：05
7月26日	9月 9日	巳の刻	8：40〜10：47	9：43
		申の刻	15：01〜17：08	16：04
7月27日	9月10日	巳の上刻	8：40〜 9：22	9：01
		申の下尅	16：23〜17：05	16：44

(6)　付　表

元禄２年	陽　暦	曽良時刻	現行時間	中心となる時刻
8月　4日	9月17日	巳の刻	8：42～10：46	9：44
8月　5日	9月18日	申刻	14：52～16：55	15：54
8月　6日	9月19日	未の刻	12：48～14：51	13：50
8月　7日	9月20日	辰の中刻	7：21～　8：01	7：41
		申の下尅	16：13～16：54	16：34
8月　8日	9月21日	日の出	5：42	5：42
		巳の刻	8：45～10：47	9：46
		未の上刻	12：49～13：29	13：09
		申の下刻	16：12～16：53	16：32
8月　9日	9月22日	日の出	5：42	5：42
		未の刻	12：48～14：50	13：49
		戌刻	18：52～20：50	19：51
8月10日	9月23日	巳刻	8：45～10：46	9：45
		申の中刻	15：29～16：09	15：49
8月11日	9月24日	巳の上刻	8：45～　9：25	9：05
		午の刻	10：46～12：47	11：47
		申の中刻	15：28～16：09	15：49
8月12日	9月25日	午の尅	10：47～12：48	11：48
8月15日	9月28日	辰の中尅	7：24～　8：04	7：44
		未の尅	12：43～14：43	13：43
		申の下尅	15：15～16：14	15：44
8月16日	9月29日	七ツ	14：42～16：41	15：42
		戌刻	18：37～20：28	19：32
8月25日	10月　8日	巳下刻	10：05～10：44	10：24
9月　2日	10月14日	申の尅	14：30～16：24	15：27
9月　3日	10月15日	辰の尅	6：55～　8：49	7：52
9月　6日	10月18日	辰尅	6：58～　8：50	7：54
		申の上尅	14：27～15：04	14：46
9月　9日	10月21日	辰の尅	6：59～　8：51	7：55
9月11日	10月23日	辰の上刻	7：01～　7：38	7：19
9月12日	10月24日	辰の刻	7：02～　8：52	7：57
9月13日	10月25日	未の刻	12：33～14：23	13：28
		子の刻	22：34～　0：44	23：39
9月14日	10月26日	申	14：22～16：12	15：17
9月15日	10月27日	卯の刻	5：03～　7：03	6：03
		申	14：22～16：11	15：17
9月16日	10月28日	寅の上刻	4：20～　5：04	4：42
9月23日	11月　4日	巳の刻	8：57～10：44	9：50
		寅の刻	2：57～　5：10	4：03
9月27日	11月　8日	日の入	16：54	16：54
10月　6日	11月17日	辰の刻	7：20～　9：03	8：12
		申の下刻	15：22～15：56	15：39
10月　7日	11月18日	卯の中刻	6：07～　6：47	6：27
		申の上刻	14：13～14：47	14：30

元禄２年	陽　暦	曽良時刻	現行時間	中心となる時刻
10月　8日	11月19日	巳の刻	9：05～10：47	9：56
10月　9日	11月20日	丑の刻	0：48～　3：05	1：57
10月10日	11月21日	卯の刻	5：24～　7：24	6：24
10月11日	11月22日	日の出	6：34	6：34
		申の上刻	14：13～14：47	14：30
10月22日	12月　3日	卯の中刻	6：20～　7：00	6：40
10月25日	12月　6日	辰己	8：42～　9：16	8：59
10月26日	12月　7日	申の刻	14：14～15：53	15：03
10月29日	12月10日	辰の刻	7：39～　9：18	8：28
		午の上刻	10：56～11：29	11：13
10月30日	12月11日	辰の刻	7：39～　9：18	8：28
11月　8日	12月19日	申の中刻	14：36～15：09	14：53

付表3　芭蕉宿泊一覧

月　日	宿泊地	曽良の記載	備　考
3月27日	粕壁	記載なし	東光寺または観音院泊という伝承あり
3月28日	間々田	記載なし	旅籠屋
3月29日	鹿沼	記載なし	光太寺泊という伝承あり
4月　1日	日光	上鉢石町五左衛門	民家(報謝宿)
4月　2日	玉入	名主の家	玉生七郎右衛門宅
4月　3日	余瀬	鹿子畑翠桃	大関藩士．448石
4月　4日～10日	黒羽根	浄法寺図書	大関藩城代家老．500石
4月11日～14日	余瀬	鹿子畑翠桃	大関藩士．448石
4月15日	黒羽根	浄法寺図書	大関藩城代家老．500石
4月16日～17日	高久	高久角左衛門	大名主．図書の紹介
4月18日～19日	那須湯本	和泉屋五左衛門	温泉宿
4月20日	旗村	記載なし	旅籠屋
4月21日	矢吹	記載なし	旅籠屋
4月22日～28日	須賀川	相楽等躬	俳人．問屋役人．芭蕉知友
4月29日	郡山	記載なし	旅籠屋．「宿ムサカリシ」
5月　1日	福島	記載なし	旅籠屋．「宿キレイ也」
5月　2日	飯坂	記載なし	湯治場．鯖湖湯か滝の湯という伝承あり
5月　3日	白石	記載なし	旅籠屋
5月　4日～　7日	仙台	大崎庄左衛門	旅籠屋
5月　8日	塩釜	治兵へ	旅籠屋．加衛門の紹介
5月　9日	松島	久之助	旅籠屋．加衛門の紹介
5月10日	石巻	四兵衛	旅籠屋．コンノ氏の紹介
5月11日	登米	検断庄左衛門	町役人
5月12日	一関	記載なし	金森家二夜庵泊という伝承あり
5月13日	一関	記載なし	金森家二夜庵泊という伝承あり
5月14日	岩手山	記載なし	旅籠屋
5月15日	堺田	和泉庄屋	「封人の家」(『おくのほそ道』)
5月16日	堺田	和泉庄屋	「封人の家」(『おくのほそ道』)
5月17日	尾花沢	鈴木清風	俳人・富商
5月18日～20日	尾花沢	養泉寺	清風の紹介
5月21日	尾花沢	鈴木清風	俳人・富商
5月22日	尾花沢	養泉寺	清風の紹介
5月23日	尾花沢	鈴木清風	俳人・富商
5月24日～25日	尾花沢	養泉寺	清風の紹介
5月27日	山寺	立石寺宿坊	
5月28日～30日	大石田	高野一栄	俳人・富商
6月　1日～　2日	新庄	渋谷風流	俳人・富商
6月　3日～　4日	羽黒	南谷別院	羽黒山塔頭
6月　5日	羽黒	先達の宿坊	羽黒山塔頭
6月　6日	月山	角兵衛小屋	山小屋

月　日	宿泊地	曽良の記載	備　　考
6月　7日～　9日	羽黒	南谷別院	羽黒山塔頭
6月10日～12日	鶴岡	長山五郎右衛門	俳人の長山重行・鶴岡藩士・100石
6月13日～14日	酒田	記載なし	旅籠屋か
6月15日	吹浦	記載なし	旅籠屋
6月16日～17日	象潟	向屋	旅籠屋佐々木左右衛門
6月18日～24日	酒田	記載なし	旅籠屋か
6月25日	大山	丸屋義左衛門	低耳の紹介
6月26日	温海	鈴木所左衛門	低耳の紹介
6月27日	中村	記載なし	旅籠屋か
6月28日～29日	村上	大和屋久左衛門	旅籠屋
7月　1日	築地	次市郎	民家
7月　2日	新潟	大工源七	民家
7月　3日	弥彦	記載なし	宝光院泊という伝承あり
7月　4日	出雲崎	記載なし	旅籠屋大崎屋という伝承あり
7月　5日	鉢崎	俵屋六郎兵衛	旅籠屋・庄屋
7月　6日	直江津	古川市左衛門	旅籠屋・地元民の紹介
7月　7日	直江津	佐藤元仙	医者．俳人
7月　8日	高田	池田六左衛門	富商か
7月11日	能生	玉屋五郎兵衛	旅籠屋
7月12日	市振	記載なし	脇本陣桔梗屋泊という伝承あり
7月13日	滑川	記載なし	旅籠屋
7月14日	高岡	記載なし	旅籠屋
7月15日	金沢	京屋吉兵衛	旅籠屋
7月16日～23日	金沢	宮竹屋喜左衛門	息子たちは俳人・富商．
7月24日～26日	小松	近江屋	旅籠屋
7月27日～8月4日	中山温泉	泉屋久米之助	俳人貞室ゆかりの温泉宿．紹介あり
(以後は曽良と別行動になるので，宿泊は推定である)			
8月　5日～　7日	小松	歓生	俳人
8月　8日	大聖寺	全昌寺	泉屋の紹介
8月　9日	長崎か		旅籠屋か
8月10日	松岡	天竜寺	住職は「古き因」あり
8月11日～12日	福井	等栽	昼は永平寺見物
8月13日	今庄か	旅籠屋	等栽が同道
8月14日～19日	敦賀	旅籠屋　出雲屋	等栽が同道
8月20日	木之本か	旅籠屋	路通が同道
8月21日～9月5日	大垣	如行	蕉門の俳人
9月　5日	大垣	六郎兵衛	旅籠屋